KB115196

내 마음에 캔디

내 마음에 캔디 1

초판 1쇄 찍은 날 | 2018년 02월 23일
초판 1쇄 펴낸 날 | 2018년 03월 05일

지은이 | 김선정
펴낸이 | 서경석

편 집 책 임 | 조윤희
편 집 | 이은주
이예진
디 자 인 | 신현아

펴 낸 곳 | 도서출판 청어람
등록번호 | 제387-1999-000006호
등록일자 | 1999. 5. 31
어람번호 | 제11-0077호

주소 | 경기도 부천시 부일로 483번길 40 서경B/D 3F (우) 14640
전화 | 032-656-4452 팩스 | 032-656-4453
http://www.chungeoram.com
E—mail | chungeorambook@daum.net

ISBN 979-11-04-91625-0 04810
ISBN 979-11-04-91624-3 (SET)

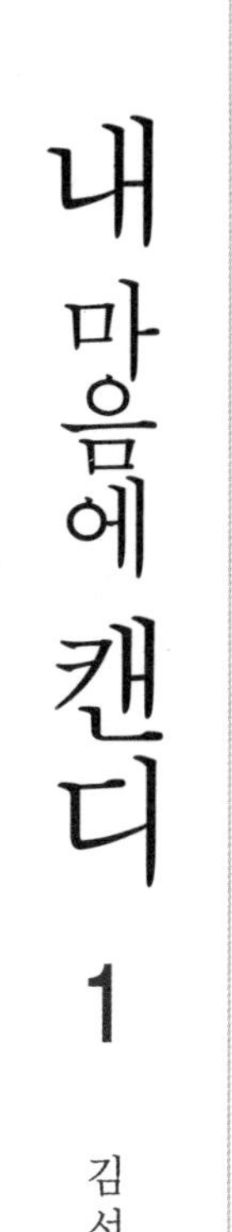

내 마음에 캔디 1

김선정 장편소설

◆ 목차 ◆

프롤로그.

내 눈에만 보여요

"알았어. 알아서 잘 할게. 네가 내 아빠야?"

이른 아침의 공원을 걷고 있던 아리가 버럭 짜증을 냈다. 동시에 질끈 묶은 긴 머리가 말꼬리처럼 흔들거렸다.

[제발 아빠처럼 말을 안 하게 해줘. 제발, 어디 끼어들고 그러지만 않으면 내가 잔소리를 안 하잖아.]

"알았어. 쓸데없는 일에 안 끼어들게. 응. 진짜. 약속한다니까?"

정말로! 아리는 보이지 않는 그에게 새끼손가락을 내밀었다. 얇고 긴 손가락이 허공을 푹 찌르다 아래로 툭 떨어졌다. 모처럼 쉬는 날이라 조깅이나 할까 했더니만. 공원에 나오기 무섭게 현태에게 전화가 걸려 왔다. 덕분에 뜀박질은커녕 준비운동조차 할 수 없었다. 휴무의 시작이 어쩐지 줄줄이 꿰고 있는 걸 보면 절친한 친구답다고 생각했다. 물론 친구라는 단어보다 가족이라는 단어에 조금 더 가까운 사이였지만.

[약속? 네가 나랑 약속해서 안 지킨 게 몇 번인지 기억은 해?]

"알아, 알아. 그래. 그래서 안 한다고 몇 번 말해. 현태야, 너 일 안 하니?"

[점검 다 끝내고 전화하는 거니까 걱정하지 마. 지금 네가 내 걱정을 할 때가 아니야.]

현태는 평소 아리가 걱정이 된다는 이유로 그녀와 휴무를 맞추곤 했다. 백화점에서 두 사람을 연인으로 착각하는 이가 한둘이 아닐 정도로 매주. 혹은 한 달 내내. 그래서인지 따로 휴무가 주어질 때면 현태의 잔소리는 배가 되었다. 물론 잔소리의 이유도, 걱정의 이유도 충분하다는 건 아리 역시도 알고 있었다.

중학생이 되었을 무렵, 아리의 눈에 사람들의 마음이 캔디로 보이기 시작했다. 갑자기 생긴 능력인 만큼 두려움보단 흥미로운 마음이 더욱 컸다. 사람들의 마음에 따라 캔디 역시 그 색이 달라졌다. 사랑하는 사람을 마주할 때면 캔디가 빨갛게 변했고, 싫어하는 사람을 만나면 캔디는 조금씩 검게 물들었다. 상처를 받을 때에는 캔디에 시퍼런 멍이 들었고, 슬플 때에는 우중충한 먹구름색이 되곤 했다. 시간이 지나 다양한 감정과 마주할수록 캔디의 종류 또한 늘어났다.

이렇게 지나치지 못하는 상황을 마주하는 날도 늘어났고.

"여기 혼자 서서 뭐 하니, 꼬마야?"

공원에 홀로 서서 안절부절못하는 아이의 앞에 한 남자가 쪼그려 앉아 있었다. 겉보기에는 좋은 사람처럼 웃고 있었지만, 아리의 눈을 피할 수는 없었다.

"미안해, 현태야. 내가 진짜 약속 지켜보려고 했는데."

[야, 한아리. 아리야.]

"도저히 지나칠 수가 없다. 미안. 이따 전화할게."

[한아리!]

현태의 열렬한 부름에도 불구하고 아리는 전화를 뚝 끊어버렸다. 주머니에 핸드폰을 아무렇게나 쑤셔 넣은 뒤, 흠흠 목을 가다듬었다.

"엄마 기다려요."

"그래? 그럼 아저씨가 엄마 찾아줄까?"

남자의 물음에 아이가 눈을 동그랗게 떴다. 대답을 하려던 찰나, 빠르게 다가온 아리가 아이의 앞에 서서 남자를 내려다보았다.

눈을 마주하는 순간, 까맣게 물든 남자의 캔디가 보였다. 역시 이럴 줄 알았다니까.

"아까부터 봤는데, 지금 뭐 하시는 거예요?"

아리의 등장에 남자가 얼굴을 잔뜩 구겼다. 몸을 일으켜 그녀를 내려다보는 표정이 꽤 험악했다.

"넌 뭔데?"

"그냥 지나가는 사람인데, 아무리 봐도 이상하잖아요. 애가 여기서 엄마 기다린다는데 길을 잃은 것 같으면 경찰을 불러주든가, 애랑 같이 있어주든가. 왜 데려가려고 해요?"

"뭐, 내가 뭐 이상한 마음으로 애를 데려가려고 했어? 그냥 엄마 찾아주겠다는 거잖아!"

남자가 적반하장으로 소리를 높이자 아리가 숨을 크게 들이마셨다. 짜증이 머리끝까지 차올랐다.

"그러니까, 같이 기다려 주든가 경찰을 불러주면 되잖아요! 생판 모르는 사람이 엄마를 찾아주려고 애를 데려가는 게 맞는 거예요?"

아리의 커다란 목소리에 공원을 오가던 사람들이 하나둘 걸음을 멈추었다. 두 사람을 쳐다보며 웅성거리는 소리가 점점 늘어나고 있었다. 결국 자리에 우뚝 서 있던 남자는 아리와 아이를 번갈아 쳐다보다 작게 욕설을 내뱉었다. 그리고 급히 뒤를 돌아 자리를 피했다. 잰

걸음으로 떠나는 남자의 뒷모습에 아리가 흥, 코웃음을 쳤다.
"저 봐. 끝까지 시커먼 거."
아리는 팔짱을 낀 채 남자가 향한 곳을 바라보았다. 다시 돌아올 기미가 보이지 않는 듯해 안심하고 아이를 향해 몸을 돌렸다. 남자의 줄행랑에 주위에 모인 사람들도 하나둘 자리를 떠난 뒤였다.
"꼬마야, 엄마가 여기서 기다리랬어?"
아리의 물음에 아이가 고개를 끄덕였다.
"엄마가 이 앞으로 차 가져온다고 했어요."
아이가 손을 뻗어 공원의 옆, 도로를 가리켰다.
"그래? 그럼 엄마 올 때까지 언니가 옆에 있어줘도 될까? 아까처럼 이상한 아저씨 올까 걱정돼서 그래."
아리의 말에 아이는 조금 고민하는 듯했다. 동그란 눈동자가 바닥과 아리를 몇 번이나 번갈아 쳐다보았다.
"언니는 이상한 사람 아니에요?"
아이의 조심스러운 물음에 아리가 킥킥, 웃음을 터뜨렸다. 고개를 끄덕이며 다리를 굽혀 눈높이를 맞추었다.
"언니가 이상한 사람이었으면 호랑이처럼 어흥! 잡아갔을 텐데?"
아리가 손가락을 굽혀 호랑이 시늉을 하자 아이가 까르르, 웃음을 터뜨렸다. 그 모습이 얼마나 예쁜지, 아리의 입가에 미소가 번졌다.
근처 의자에라도 앉아 있을까 싶던 찰나, 뒤쪽으로 한 여자의 급한 부름이 들렸다.
"세미야!"
"엄마!"
해사하게 웃던 아이가 저를 스쳐 지나감에 아리는 안도의 한숨을 내쉬었다. 사실 이대로 저와 있고 싶지 않다 대답을 하면 어쩌나, 고민을 하던 찰나였으니. 다행이다 싶어 뒤를 돌았을 때, 아리는 무언가 상황이 잘못되고 있음을 깨닫게 되었다.

"엄마가 모르는 사람이랑 이야기하면 안 된다고 했잖아!"

"엄마, 아니야. 이 언니가."

"된다고 했어, 안 했어!"

엄마가 버럭 소리를 지르자 아이가 고개를 푹 숙였다. 무어라 조그만 목소리로 중얼거리자, 따가운 눈총은 아리에게로 돌아왔다. 더불어 검보라색으로 점점 물들고 있는 아이 엄마의 캔디 역시 눈에 띄었다.

"아니, 그게 아니고. 방금 전에 어떤 남자분이 그 아이를 데려가려고 하셔서."

"그걸 어떻게 알아요?"

"네? 아니, 어머님."

"아가씨가 우리 애를 구해줬는지, 데려가려고 한 건지. 어떻게 아냐고요. 누구 본 사람이 있는 것도 아닌데!"

아이 엄마의 말에 아리가 입술을 꾹 눌렀다. 그래, 그 말이 사실이다. 과정이 어떠하든, 결국 그녀의 눈에 보이는 것은 저와 아이 둘만 남은 상황이니 말이다. 더더군다나 방금 전 남자가 도망가며 구경꾼들까지 모두 사라지지 않았던가.

"혹시 아가씨가 말한 그 남자랑 공범 아니에요?"

"네? 아니에요. 공범 아니에요. 제가 진짜 그 남자를."

"됐고! 경찰 부를 테니까, 자세한 이야기는 경찰이랑 해요."

안 되겠네, 정말.

화를 주체하지 못하는 아이 엄마의 반응에 아리는 아무런 말도 할 수 없었다. 하지만 경찰을 부르는 건 막지 않았다. 이런 일에 휘말려 경찰서에 들락거린 게 한두 번도 아니고. 더불어 자신이 아무 죄가 없다는 건, 경찰이 알아서 밝혀줄 것이라 믿고 있었다. 공원 CCTV라도 돌려 본다면 확인이 될 테고. 결국 자포자기하고 만 건지, 아리가 어깨를 으쓱거렸다.

차라리 경찰서로 가는 게 더 빠르겠구나 싶었다.

"저기요."

그 순간, 한 남자의 목소리가 아리와 아이 엄마의 가운데를 가로질렀다. 고개를 돌리니, 꽤 훤칠한 남자가 서 있었다. 검은색 코트에 잘 빗어 매만진 머리. 적당히 그을린 피부에 고양이처럼 매서운 눈매를 가진 남자였다.

"누구세요?"

날카로운 아이 엄마의 목소리에 남자가 아리를 슬쩍 쳐다보았다.

"아까부터 상황을 지켜본 사람인데, 여기 이 여자분을 오해하시는 것 같아서요."

"증거 있어요?"

"증거는 없는데, 저 말고 증인은 있습니다."

아이 엄마의 얼굴이 잔뜩 일그러졌지만, 남자는 개의치 않은 채 아이를 내려다보았다.

"꼬마야, 아까 이 언니가 데려가려고 했니?"

남자의 물음에 아이가 고개를 도리도리 저어댔다.

"그럼?"

"어떤 아저씨가 엄마한테 데려다준다고 했는데 언니가 멀리 내쫓았어. 경찰 아저씨 불러주라고 막 소리 지르고, 아저씨 혼냈어."

"그리고 언니가 뭐라고 했어?"

"엄마 올 때까지 기다려 준다고. 걱정되니까, 여기에서 같이 기다려 준다고 했어."

아이의 말이 끝나자, 남자가 고개를 들어 아이 엄마를 쳐다보았다. 어깨를 으쓱거리는 그의 모습이 제법 여유 있어 보였다.

"만약 어머님이 말하는 대로 이 여자분이 공범이었다면, 어머님을 보자마자 도망갔겠죠. 안 그렇습니까?"

남자의 물음에 아이 엄마의 얼굴이 붉게 달아올랐다. 민망한 건지, 아리와는 눈도 마주치지 못한 채 아이와 남자만을 번갈아 보았다.

"예방을 하고, 경계를 하는 게 나쁜 건 아니지만 무조건 그렇게 몰아붙이는 건 아이 교육에도 좋지 않을 텐데요. 더더군다나 아이를 혼자 놔두고 간 어머님 잘못도 있고요."

남자의 말에 아이 엄마의 얼굴이 곧 터질 것처럼 달아올랐다. 눈은 마주하지도 못한 채 아이 엄마가 입을 열었다.

"예. 그러네요. 죄송해요."

"저 말고, 여기 이분에게 하셔야죠."

저를 향하는 남자의 말에 아리가 깜짝 놀라 손을 마구 내저었다. 누군가를 도와주려다 오해를 사는 것이 제법 빈번했던 터라, 그다지 놀랄 일도 아니었다.

"아니에요. 괜찮아요! 당연히 많이 놀라시고 화 나셨겠죠. 당연해요. 그러니 너무 개의치 마세요."

그런 아리의 말에도 아이 엄마는 미안하다 사과를 건넸다. 여전히 떨떠름해 보였지만 그럼에도 아리는 마음이 가벼워졌다. 나쁜 일이 일어나는 것보다 자신이 오해를 받는 게 나을지도 모른다.

아이 엄마는 아리에게 사과를 건넨 뒤, 재빠르게 공원을 벗어났다. 그리고 남자는 아이와 아이 엄마가 공원을 빠져나갈 때까지 묵묵히 아리의 곁을 지켜주었다. 아이를 태운 차가 공원의 근처를 벗어났을 때, 아리와 남자가 동시에 한숨을 쉬었다.

"다행이다. 감사해요, 정말. 하마터면 꼼짝없이 경찰서에 갈 뻔했네요."

아리가 가슴을 쓸어내리며 안도하는데도 남자는 표정 변화 한 번 없었다. 그저 빤히 그녀를 내려다보고 있을 뿐. 아리는 머리 하나 정도의 차이가 있는 남자를 천천히 훑어보았다. 한 번, 두 번. 그리고 세 번. 이윽고 깜짝 놀란 그녀가 눈을 휘둥그레 떴다.

"다행이고 감사고, 앞으로 이런 상황이 생기면 주변 사람에게 도움을 좀 청하세요. 혼자 해결하려 하지 마시고. 지금이야 제가 있었다지만, 다른 때에 아무도 없으면 꼼짝없이 경찰서 가는 겁니다."

남자의 말에도 고개만 끄덕일 뿐이었다. 입 밖으로 터져 나오는 건 거친 탄식뿐. 얼마나 놀란 건지, 입이 다물어질 생각을 하지 않았다.

"그럼 저도 이만 가보겠습니다."

고개를 꾸벅 숙인 그가 몸을 돌려 걸음을 옮겼다. 불어오는 바람에 그의 코트가 펄럭거렸다. 뒤로 질끈 묶어놓은 말꼬리 머리 역시 함께 흔들리고 있었지만, 아리는 좀처럼 정신을 차리지 못했다.

까만 눈동자가 빠르게 깜빡였다.

"저, 저기요."

간신히 뱉은 부름이었지만, 그 작은 목소리가 남자의 걸음을 쫓아갈 리 만무했다. 크게 숨을 들이마시며 손을 뻗었다.

"저기요."

그리고 다시 한 번 불렀지만, 목소리가 작은 건 여전했다. 결국 남자는 아리를 한 번 뒤돌아보지 않은 채 걸음을 옮겼다. 멀어지는 남자를 빤히 쳐다보던 아리가 손을 툭 떨어뜨렸다.

"진짜 신기하네."

남자의 뒷모습은 점점 더 멀어져 점처럼 작아지고 있었다. 그를 빤히 쳐다보던 아리가 헛웃음을 터뜨렸다. 다시 만나고 싶다는 생각이 강하게 그녀를 사로잡았지만, 이미 버스는 떠난 지 오래였다.

"캔디가…… 안 보이잖아."

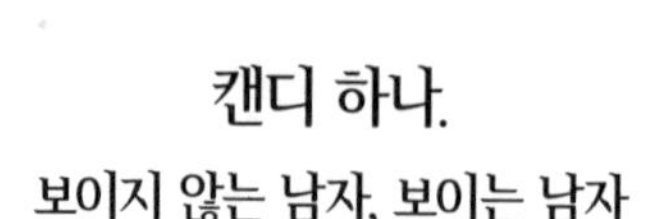

캔디 하나.

보이지 않는 남자, 보이는 남자

아리는 생각했다.

“앞으로 너 혼자 절대 못 쉬게 할 거야.”

어째서 현태에게 이런 말을 들으며 휴무까지 간섭받고 혼이 나야 하는 걸까.

“나랑 휴무 같이 짜. 한아리, 듣고 있어?”

현태가 사실은 제 친엄마라는 충격적인 출생의 비밀이 있다고 해도 믿을 것이다. 이렇게 간섭에 간섭을 더하는 걸 보면. 아니, 어쩌면 부모님이 살아 계실 때보다 더 극성일지 모른다.

“야, 한아리!”

현태의 굵직한 부름에 아리가 걸음을 우뚝 멈추어 섰다. 숨을 크게 들이마시던 그녀가 천천히 뒤를 돌아 그와 눈을 마주했다.

“듣고 있냐고 물어봤잖아.”

“잘 들었어.”

"대답이 그게 다야?"
"그럼, 뭐 더 필요해?"
언제나처럼 시침을 뚝 떼자 현태가 기함했다. 말로만 들어도 위험한 상황이었는데 정말 심각성을 모르는 걸까. 오지랖이 태평양보다 넓고, 무모함이 하늘을 찌르는 건 알고 있었지만 이 정도일 줄은 몰랐다. 사실 홀로 쉬는 날이니 평소보다 조금 더 조심할 것이라 생각하긴 했다.
그런데 그렇게 사고를 칠 줄이야 누가 알았겠냐고.
"너 진짜."
오늘은 정말 제대로 화를 내야겠다 싶어 이를 꽉 물었다.
"지 팀장님, 이제 곧 오픈 시간인데 가보셔야죠."
하지만 아리는 들은 척도 하지 않았다. 매장으로 쏙 들어가 새로 들어온 상품의 전표를 보느라 여념이 없었다. 핸드폰을 슬쩍 꺼내어 보니 8시 30분이라는 시간이 그를 반기고 있었다.
"너 이따 보자."
"그럼, 쉬는 시간에 보겠지. 언제는 안 봤니."
"야, 한아리."
현태가 다시 한 번 힘을 주어 그녀의 이름을 불렀다. 하지만 전표를 보던 아리는 전혀 개의치 않는 듯했다. 뻐근한 목을 두어 번 돌리다 현태를 바라보았다.
"야, 한아리. 그거 한 번 더 하면 세 번째거든?"
"네가 내 말을 들은 척도 안 하니까 그렇지."
"저 일하는 거 안 보이시나 봐요?"
늘 이런 식이었다. 잔소리를 하려 하면 일을 하는 데에 여념이 없는 척을 한다. 자기가 가고 나면 늘 다른 직원인 효영에게 일을 맡기면서 말이다. 아후! 크게 한숨을 내뱉던 그가 제 머리를 마구 헝클였다.

"네! 한 매니저님! 오늘 하루도 수고하십시오!"

화는 나지만 아리에게 제 감정을 표출할 수는 없다. 벌써 몇 년째 이어지는 딜레마였다. 잔소리를 하고, 그녀를 다그치는 건 할 수 있지만 어쩐지 그 이상으로 화를 내는 건 어려웠다. 아무리 그래도 지금보다 더 소리를 지르고 그녀를 몰아붙이는 일은, 절대 상상할 수가 없다.

"네. 지 팀장님도 오늘 고생하세요."

아리는 콧소리를 잔뜩 내며 대답했다. 현태가 저에게 화를 내지 못하고, 몰아붙이지 못한다는 사실은 저 역시 아주 잘 알고 있었다. 현태가 저 멀리 사라지고 나서야, 아리는 크게 한숨을 터뜨릴 수 있었다.

"언니, 안녕하세요."

이윽고 효영이 싱글벙글 웃음을 그리며 매장으로 들어왔다.

"너 저 앞에 매장에서 몰래 보고 있었지?"

"어! 들켰어요?"

아리가 눈을 흘기자 효영이 어깨를 으쓱거렸다.

"어떡해요, 그럼. 언니랑 현태 오빠랑 그러고 있으면 낄 틈이 없는 걸."

"와서 도와줘야지. 나 엄청 혼났단 말이야."

"언니, 그건 혼나는 게 아니죠."

외투를 벗어 정리하던 효영이 아리를 쳐다보았다. 동그랗게 뜬 눈이 어쩐지 불안했다. 그 눈빛이 무얼 말하는지 어렴풋이 알 것 같았다.

"그럼, 뭔데?"

"사랑이 담긴 잔소리. 뭐 그런 거?"

손가락으로 슬쩍 작은 하트를 그리는 효영의 너스레에 아리가 입을 떡 벌렸다.

"야, 아니거든?"

"치, 사랑이 담긴 잔소리가 아니면 오빠가 매일매일 언니를 신경 쓸 리가 없지. 솔직히 친구라기에 너무 과한 애정 같지 않아요?"

"어. 안 해. 현태는 가족이야, 가족. 나 고등학생 때 부모님 돌아가시고 현태랑 현태 부모님이 나 완전 잘 챙겨주셨다니까?"

길길이 날뛰는 아리를 효영은 빤히 쳐다보기만 할 뿐이었다. 효영은 익숙한 표정으로 그녀를 바라보다 어깨를 으쓱거렸다.

"네, 네. 그래요. 그런 거로 해요."

"박효영!"

"이거 신상품이에요? 창고에 정리할까요?"

효영이 너스레를 떨며 상자를 가리키자 아리가 끙, 앓는 소리를 냈다. 뭐라 해도 듣지 않을 게 뻔했다. 해맑게 웃는 표정 하며, 아무 일도 없었다는 저 행동 하며.

"효영이 너, 나랑 너무 오래 일했다. 그치."

"너무 좋죠, 언니?"

"그래, 너무 좋다. 너무 좋아서 춤추고 싶다."

아리의 핀잔에도 효영은 넉살 좋은 미소를 그렸다. 그럴 줄 알았다 덧붙이는 그녀의 대답에 아리의 잇새에서 한숨이 새어 나왔다. 아침 내내 현태의 말을 무시한 벌을 받는 건가 싶었다. 매장에 진열할 상품을 하나둘 빼던 효영이 무언가 생각났다는 듯 손바닥을 마주쳤다.

"맞아! 언니, 언니."

"일이나 하세요. 곧 오픈이야."

카운터에 있던 노트북을 펼친 아리가 효영을 노려보았다. 꼭 이렇게 아침 시간을 허비하다 층 담당자인 모란에게 또 얼마나 혼나려고. 잔소리가 좀 심한 것도 아닌데 말이다.

담당자인 모란은 사적으로 만나면 참 똑 부러지는 성격이라 좋을 것 같은데, 공적으론 아니었다. 똑 부러지는 성격이기에 배로 피곤했다.

이건 왜 그래요, 저건 왜 이래요. 직원 교육은 시키는 건가요. 이것저것 묻는 그 말에 웃으며 잘 하겠다 대답을 하는 것도 한두 번이지.

"아니, 옆 매장 있잖아요. 왜 임시 매니저로 와 있던 그 언니."

"유정 씨. 웬만하면 이름 좀 외워라. 언제까지 있을 줄 알고 이름도 안 외웠어?"

전산을 살피던 아리가 미간을 잔뜩 좁혔다. 이건 또 왜 달래, 중얼거리던 그녀의 목소리에 짜증이 가득 묻어 있었다.

"그 언니 갔어요. 어제가 마지막이었대."

효영의 말에 깜짝 놀란 아리가 고개를 들어 올렸다. 어지간히 놀란 모양이었다.

"정말? 진짜 갔어? 나 인사도 못 했는데."

"그런데 언니, 오늘 새로 매니저 오는데 진짜 장난 아니래요."

"뭐가 장난 아니야?"

주위를 훑던 효영이 아리에게 가까이 다가갔다. 한쪽 손으로 입가를 가린 채 그녀의 귓가에 속삭였다.

"엄청 잘생겼는데, H그룹 아들이래요. 왜 있잖아요, M브랜드랑 S브랜드랑…… 아무튼 계열사 빵빵한 그 대기업이요."

"정말?"

효영을 향해 고개를 획 돌린 아리의 눈은 조금 전보다 더 커져 있었다. 놀란 표정을 본 효영이 만족스럽다는 듯 웃으며 고개를 끄덕였다.

"정말요."

H그룹. 언젠가 들어본 적이 있었다. 국내에서 잘 나간다는 브랜드 중 반은 모두 H그룹에서 론칭한 것과 다름없다고 했다. 느떼 백화점

만 해도 H기업을 모처로 둔 브랜드만 한두 군데가 아니었으니까. 그런 대기업 아들이 코딱지만 한 백화점으로 온단다. 코웃음이 나왔다.

“그런 거물이 왜 매니저를 한대? 가만있어도 회사 물려받을 거.”

“밑바닥부터 해보고 싶다 사장님에게 부탁드렸대요.”

“맙소사. 그거 무슨 배부른 투정이니?”

그러니까요. 어깨를 으쓱거리는 효영을 바라보던 아리가 텅 비어 있는 M브랜드의 매장을 슬쩍 바라보았다. 아직 아무도 도착하지 않은 매장을 이리저리 훑다 혀를 내둘렀다.

“얼마나 배부른 사람인지 보고 싶네.”

“그래도 언니 너무 좋지 않아요? 잘생겼다고 하잖아요. 매일매일 눈 호강할 수 있는데.”

“좋긴 뭐가 좋니? 얼굴 뜯어먹고 살 것도 아니고. 그나저나 오늘 행사 아르바이트 하기로 한 친구는 왜 아직 안 오나 몰라.”

관심이 없다는 듯 흘리는 아리의 말에 효영이 입을 삐죽거렸다. 언제 오는지 문자를 보내는 아리와 매장들을 점검하기 위해 돌기 시작하는 현태를 번갈아 보았다.

“하긴, 현태 오빠랑 그렇게 붙어 다니니 눈 호강은 매일 하겠네요.”

“잘생긴 현태가 그렇게 좋으면 너 가지세요.”

“죄송해요, 언니. 저는 임자 있는 사람은 안 건드려서요.”

곧 아리의 서슬 퍼런 시선이 돌아왔다. 어깨를 움찔거리던 효영이 곧 바닥에 있던 박스를 번쩍 들어 올렸다. 꽤 무거울 법도 한데, 한 번에 들어 올린 채 활짝 웃음까지 지었다.

“그럼 전 창고에 다녀오겠습니다, 매니저님.”

혼이 날 것 같으니 피하는 게 모두 보였지만, 일을 한다니 아무 말도 하지 않기로 했다. 다시 아리의 시선이 노트북으로 향하자, 효영이 안도의 한숨을 내쉰 채 매장을 나섰다.

"하긴, 현태 오빠랑 그렇게 붙어 다니니 눈 호강은 매일 하겠네요."

효영의 말을 곱씹던 아리가 고개를 들었다. 마침 매장 앞을 지나던 현태와 눈이 마주하자마자 그를 유심히 쳐다보았다. 뭐, 어디에 놓아도 빠지는 얼굴은 아니다. 턱선이 꽤 잘 빠졌다는 말은 학생 때부터 듣던 소리였고. 다부진 눈매와 진한 눈썹이 꽤 괜찮다는 생각은 했지만…….

"왜 쳐다보십니까, 한 매니저님?"

저런 면이 영 마음에 들지 않았다. 툭 하면 시비 걸고 싶어 안달이 난 저 모습. 물론 쌓인 게 있어 그렇겠지만.

"우리 매장 직원이 지 팀장님 잘생겼다고 하도 칭찬을 해서요."

"그래서 한 매니저님도 인정하고 쳐다보는 겁니까?"

만족스럽게 웃는 그의 얼굴에 아리가 하, 코웃음을 쳤다.

"그럴 리가 있겠어요. 도오저히 이해할 수 없어서 쳐다보는 거죠."

아리가 턱을 괸 채 고개를 저어대자 현태가 이를 꽉 다물었다. 만약 오픈을 앞둔 시간이 아니었다면 또 한 번 말싸움을 했을지도 모른다.

"오픈 준비나 하시죠. 또 나 팀장님한테 혼나지 마시고요."

"알아서 할게요. 점검이나 다니세요."

"거기 벌려놓은 거나 좀 치우시고요."

네, 네. 아리가 건성으로 대답하자 현태가 앓는 소리를 냈다. 뒤를 따르는 직원들이 아니었다면 당장 달려가 머리에 꿀밤을 놓았을 것이다. 하지만 아리는 그런 현태의 마음을 아는 건지 모르는 건지. 현태가 저를 쳐다보고 있음에도 눈길 한 번 주지 않았다. 더 이상 깐족댔

다가는 오픈을 하기 전까지도 말싸움을 할지도 모른다.

물론 진심으로 싸우는 건 아니었다. 그건 현태도, 저도 마찬가지일 테다. 그저 하루의 일과 중 하나였다. 나름대로 친구로서의 애정 표현이기도 했고.

"무슨 신상품이 이렇게 많아? 엄청 많이 들어왔네."

중얼거리던 그녀가 옷을 정리하며 비닐을 뜯었다. 몸을 일으켜 앞을 보았을 때, 누군가 그녀를 쳐다보고 있었다. 순간 아리는 몸이 꽁꽁 굳는 것을 느꼈다. 번개에 맞았을 때 기분이 이런 걸까. 머리부터 발끝까지 전기가 통해 온몸이 저릿저릿한 느낌 말이다.

"여기 매장 매니저님 맞습니까?"

아리를 쳐다보고 있었던 건 어제 공원에서 도와준 남자였다. 캔디가 보이지 않았던, 참 이상했던 남자. 물론 지금도 마찬가지였다. 아무리 들여다보아도 남자의 캔디는 보이지 않는다.

꼭 마음이 존재하지 않는 사람처럼.

아리는 고개를 갸웃거리는 남자의 모습에 뒤늦게 아차, 싶어 고개를 꾸벅 숙여 인사를 했다.

"아아, 네. 안녕하세요."

"안녕하세요. 여기 옆 매장에 새로 온 매니저, 강수호라고 합니다."

수호가 아리에게 손을 내밀었다. 가까이 다가온 그를 본 아리가 화들짝 놀라 저도 모르게 손을 덥석 잡고 말았다. 그러다 그의 말을 곰곰이 되씹었다.

옆 매장에 새로 온 매니저. 옆 매장, 새로운 매니저.

"잘생긴 사장님 아들이요?"

자기도 모르게 툭 터진 아리의 말에 남자가 눈을 껌뻑였다. 곧 하하, 어색하게 웃던 그가 머리를 긁적이며 눈을 피했다.

"하하, 네. 저희 아버지가 왕년에 미남이시긴 하셨죠."
"아, 아니요. 아니 그러니까 그 제 말은."
맙소사. 오해를 해도 이런 식으로 오해를 하다니. 어떻게든 말을 풀어보려 했지만, 머리가 돌아가지 않았다. 무언가 꽉 막힌 것처럼 더 이상의 생각을 할 수 없다. 하지만 아리가 버벅거리는 데도 수호는 넉살 좋게 웃어 보였다. 악수를 하던 손을 떼고 다시 한 번 정중히 고개를 숙였다.
"제가 부족한 게 많으니 잘 부탁드리겠습니다."
"네? 저요? 제가요?"
"유정 씨가 여기 매니저님께서 참 잘하신다고, 배우면 될 거라고 하던데요?"
그의 말에 아리가 생긋 미소를 그렸다.
'유정 씨 나이스.'
속으로 내뱉던 목소리가 튀어 나오지 않도록 꾹꾹 억눌렀다.
잘 부탁드려요. 잘 해봐요. 왜 이렇게 당황했는지 모르지만, 말이 나오지 않았다. 어떻게 이야기를 이어가야 할까 고민하던 찰나, 수호가 그녀를 보며 고개를 갸웃 기울였다. 한참 그녀를 바라보다 다시 고개를 갸웃, 또 갸웃.
이윽고 그가 넌지시 아리에게 물어보았다.
"혹시 우리…… 그러니까 이런 질문 좀 그럴 수도 있는데."
한참 머뭇거리는 수호를 보고서 아리는 금세 알아챌 수 있었다. 무엇을 물어보려 하는지, 알고 싶어 하는지. 그래서일까, 기분이 좋아졌다. 저만 기억하고 있다는 사실에 조금 속상하려던 찰나였으니까.
"우리 어디서 만난 적 있습니까?"
"그거 잘못 들으면 되게 구식 멘트인 거 아세요?"

웃으며 대답을 하는 아리에게 수호는 죄송하다는 말을 뱉었다. 머쓱해하는 표정마저 꽤 근사했다. 펌을 한 건지, 구불거리는 갈색 머리칼이 꽤 부드러워 보였다. 어제와 다른 걸 보니, 머리를 새로 한 듯했다. 그럼 어제 그 길이 미용실을 가던 길이었나?

왜 이렇게 얼굴을 자세히 뜯어보고 있는지 모르겠지만. 수호의 고양이 같은 눈매마저 웃음을 그릴 땐 근사하게 휘어진다. 오뚝한 콧날이 유독 눈에 띄었다. 현태만큼 참 예쁜 콧날이었다.

"우리 어제 만났어요."

자기도 모르게 툭 던지고 말았다. 물론 잘생긴 얼굴 때문은 아니었다.

"어제 공원에서 저 도와주셨잖아요."

왜인지 모르게 그와의 접점을 만들고 싶었다. 저를 도와준 사람이 미남이기에, 라는 이유도 있지만 무엇보다도 캔디가 보이지 않는 게 신기했다. 난생 처음 만나는 부류였다. 가끔 아주 작아 눈에 띄지 않는 사람은 있었어도, 수호처럼 아예 보이지 않는 사람은 한 번도 없었으니까.

"아, 그 무모한 여자분."

그의 말에 아리가 킥킥, 웃음을 터뜨렸다. 그리고 다시 한 번 손을 내밀어 악수를 청했다.

"어젠 정말 감사드려요. 덕분에 살았어요."

"나중에 커피 한 잔 사주시면 됩니다. 아, 매니저님 성함이?"

왜 이렇게 가까워지고 싶을까 곰곰이 생각하던 아리가 활짝 미소를 그렸다. 생각보다 답은 빨리 내려졌다. 아주 간단한 문제였다. 캔디가 보이지 않는 것도, 두 번이나 우연히 마주친 것도 보통 일은 아닐 것이다. 운명, 이건 운명이 분명했다.

"아리, 한아리예요. 제 이름."

❁

점심시간을 삼십 분 앞둔 시각. 손님이 조금 빠져나간 뒤라 그런지, 캐주얼 매장이 들어선 지하 2층은 생각보다 한산했다. 물론 행사장과 매장을 번갈아 다니는 효영을 제외하고는 말이다. 예상대로 M브랜드 새로운 매니저에 대한 소문은 널리널리 퍼졌다. 2층 여성복에서, 4층 스포츠매장에서, 심지어 6층 아동복에서까지 그를 보러 내려왔다.

"봐봐, 진짜 잘생겼지?"

"완전 드라마 아니니? 사장 아들이 직접 현장에 나왔어."

깍깍거리는 목소리들이 아리의 매장 앞을 스쳤다. 그녀의 매장에 오도카니 서서 수호를 바라보는 이도 적지 않았다. 입은 아리에게 말을 건네고 있었지만, 눈은 M브랜드에 향해 있다. 물론 그 말조차도 시시껄렁한 내용뿐이었다.

"언니, 완전 웃기지 않아요? 이건 업무 방해야. 확 모란 언니나 왔으면 좋겠네."

효영이 투덜거렸지만, 아리는 아무런 반응이 없었다.

"모란 언니는 어디 있는 거야. 언니, 제가 사무실에서 모란 언니 데려올까요?"

좋은 생각이라며 손뼉을 친 효영이 아리를 향해 고개를 돌렸다. 분명 아리도 그렇게 하라며 동조할 것 같았는데.

"언니?"

아리는 아무런 말이 없었다. 아니, 애초에 효영의 말을 듣고 있지 않았다.

"매니저님?"

아리의 시선은 그녀들과 똑같이 M브랜드로 향해 있었다. 것도 넋이 빠진 채로 말이다. 아리의 매장에 와 있거나, 그 앞을 지키는 다른 브랜드의 사람들보다 더 바보 같은 눈빛이었다.

"맙소사."

중얼거리던 효영이 얼굴을 더욱 숙여 아리를 쳐다보았지만, 그녀는 미동조차 없었다. 언제부터 이렇게 쳐다보고 있었을까.

"언니, 강 매니저님 얼굴 뚫어지겠어요."

"안 보이는데."

"네?"

"안 보여."

아리가 동문서답을 하자 효영이 혀를 내둘렀다. 이상하다. 이상해져도 단단히 이상해진 것이 틀림없다. 모란이든 현태든 데려와야 이 상황이 끝이 날 것 같았다. 잽싸게 다녀오리라 마음을 먹고 매장을 나서려 할 때였다.

"왜 다른 층 매장까지 와서 서 계십니까?"

익숙한 목소리가 들렸다. 활짝 미소를 그린 효영이 옆을 바라보니, 잔뜩 인상을 쓴 현태가 서 있었다. 한 손에 쥔 무전기에서 치지직-잡음이 흘러 나왔다.

"업무 시간인데, 각 층 담당자들은 직원들이 여기서 이러는 거 알고 있습니까?"

보안 팀장의 등장에 몇 직원들이 몸을 움찔거렸다.

"각자 매장으로 돌아가셔야 할 것 같은데, 다시 한 번 말씀드릴까요? 아니면 각 층에 호출할까요."

현태의 마지막 말에 몇 직원들이 몸을 움찔거리며 서로 잡아끌었다. 어서 올라가자는 직원들의 소곤거림이 현태의 미간을 더욱 좁아지게 만들었다. 하, 깊은 한숨을 몰아쉬던 그가 무전기를 들어 입에 가져다 댔다.

"각 층 보안팀은 듣습니다. 직원분들 업무 상태 엉망입니다. 업무 시간에 다른 층 내려와 업무 방해하지 않도록 합니다."

잔뜩 낮아진 그의 목소리에 현태를 따라다니던 직원 둘이 침을 꿀꺽 집어삼켰다. 현태가 화가 나면 그날은 잔소리로 한 시간은 늦게 귀가해야 했다. 제발 더 이상 화를 돋우지 않기를. 그렇게 바라던 찰나, 누군가 현태의 팔을 찰싹 내려쳤다.

"오빠! 왜 이제 왔어요!"

깜짝 놀란 직원 두 사람과 현태가 옆을 바라보았다.

"아리 언니 진짜 이상해요."

"너희 둘은 마저 돌아. 금방 갈게."

효영의 말에 현태가 직원 둘을 먼저 보냈다. 꾸벅 고개를 숙인 두 사람이 층을 돌기 위해 걸음을 옮겼다. 두 사람의 뒷모습을 바라보던 현태가 효영에게 시선을 옮겼다. 미간을 잔뜩 좁힌 채 고개를 도리도리 저어대던 그녀가 아리를 가리켰다.

"봐요. 불러도 몰라, 대답도 안 해. 겨우 나온 말은 동문서답이지."

"쟤 왜 저래?"

"몰라요. 아까 아침부터 계속 저런다니까? 나 혼자 매장 보고, 행사장 다니고. 혼자 정신없어 죽겠어요."

"아침부터?"

효영이 고개를 끄덕이자, 현태가 쯧 혀를 찼다. 쉬고 온 다음 날이면 더 열혈이 되어 일을 하더니, 오늘은 또 왜 저럴까.

"내가 가볼게. 넌 일해."

현태의 말에 효영이 고개를 끄덕였다. 아리에게로 향하는 그의 뒷모습을 보며 어깨를 으쓱거렸다.

"죽고 못 산다니까."

킥킥, 작게 웃음을 터뜨린 효영이 가벼운 마음으로 행사장을 향해 걸어갔다. 현태가 왔으니 이제 크게 신경 쓸 일은 없겠지 싶었다.

효영이 매장을 떠나고 현태가 아리를 빤히 쳐다보았다. 꽤 오랜 시간 그녀를 지켜보던 그가 크게 한숨을 뱉었다.

"이보세요. 한아리 씨."

"현태야."

"일은 안 하십니까?"

현태의 물음에 아리가 그를 쳐다보았다. 눈을 깜빡이고 있었지만 어쩐지 넋이 나간 모습이었다. 나사 하나가 빠졌다는 게 이런 걸 두고 말을 하는 걸까 싶을 정도로.

"매니저님이 이러고 계시면 나 팀장님 오셔서 혼쭐이 날 텐데요?"

팔짱을 낀 현태가 영 마음에 들지 않는단 표정으로 그녀를 쳐다보았다. 하지만 아리는 개의치 않는 듯했다. 아니, 애초에 그의 말에 귀 기울이고 있지 않았다.

"내가 말했지?"

동문서답. 효영이 말을 한 게 이런 거구나 싶었다. 또 무엇이 그녀의 머리에 들어가 있는 걸까. 고등학생 때에는 무슨 만화책에 푹 빠져 있었다. 덕분에 중간고사며 기말고사며 난리가 났었지. 진학 대신 취업을 선택했을 때에도 그랬다. 야구에 빠져 틈만 나면 야구를 보러 가겠다, 중계를 봐야 한다 난리를 쳤던 적도 있었다.

"이번엔 또 뭔데?"

심각한 수준이라는 건 알고 있지만, 이 모든 게 부모님을 잃은 뒤에 생긴 트라우마 때문이라는 것도 알고 있었다. 제 능력을 사용해 오지랖을 부리는 것도, 무모하게 누군가를 돕는 것도. 그래서 더욱 화를 낼 수 없는 것도 있다.

"나 어제 꼬마 도와줬을 때, 내 대변해 줬다는 사람 있잖아. 아이 엄마한테 이야기 잘 해주고 사라진 그 남자."

"응. 그랬지."

"근데 내가 그 남자 캔디 안 보인다고 말했지? 너한테?"

"그랬지."

시큰둥하게 대답을 하고 있었지만, 아리에게 그 사실은 보이지 않는 듯했다. 잔뜩 신이 난 표정을 짓던 그녀가 현태의 팔을 잡아끌었다. 현태의 귓가에 아리의 얼굴이 가까워졌다. 가느다란 숨결이 살갗에 맞닿았을 때, 현태의 얼굴이 붉게 달아오르는 건 알지도 못한 채.

"M브랜드 새로 온 매니저가 그 남자야."

"그래, 그 남자가……."

대충 대답을 해주고 넘기려던 참이었나 보다. 무성의하게 고개를 끄덕이던 그가 이어지는 아리의 말에 잽싸게 몸을 뗐다. 고개를 돌려 아리를 바라보는 그의 눈에 힘이 잔뜩 들어가 있었다.

"뭐?"

"그 남자가 저 남자라고."

"그 남자가 저 남자?"

깜짝 놀란 현태가 천천히 고개를 돌려 수호를 바라보았다. 그는 고객을 응대하고 있는 직원을 보며 눈에 익히고 있었다. 아직 익숙해지지 않은 건지, 물건의 위치를 살피느라 여념이 없어 보였다. 딱히 경계할 만한 이유는 없는 것 같았지만, 영 불안했다.

캔디가 보이지 않는다며 잔뜩 호기심이 발동한 아리 때문에.

"그래서 뭐?"

"어?"

"그래서 저 남자 캔디가 안 보이는데 뭐 어쩌겠다고."

수호를 쳐다보던 현태가 아리를 내려다보았다. 그녀 역시 현태를 바라보며 눈을 깜빡이고 있었다.

"나는 안 보이니까 모르겠지만. 너한테는 저 남자 캔디가 안 보여. 그래. 그래서 어떻게 하겠다고 일도 안 하고 이러고 있는데?"

아리는 아무 말이 없었다. 그저 묵묵히 현태를 바라보고 있을 뿐.

"그쪽은 캔디가 안 보이네요. 그렇게 말하려고? 가서?"

"그건 아니지만."

아리가 고개를 저었다. 동그란 눈으로 현태를 바라보다, 다시 노트북을 내려다보았다.

"아니면 보일 때까지 쳐다보려고?"

"그것도 아니고."

웅얼거리는 그녀의 목소리에 현태가 흠, 한숨을 쉬었다. 상황이 정리되었다는 듯, 간단명료하게 그녀에게 답했다.

"그럼 됐네. 일해."

현태의 단호한 말에 아리가 무언가 말하려 입을 열었다. 하지만 금세 포기하고 일자로 꾹 다물어 버리고 말았다. 운명일지도 모른다는 말을 하면 그는 아마 불같이 화를 낼 것이다. 고작 한 번 본 사람에게 운명이니 뭐니 그런 걸 갖다 붙이냐며 말이다. 고지식한 아저씨, 딱 현태에게 어울리는 말이라고 생각했다.

입을 빼죽 내민 아리가 고개를 끄덕였다. 알겠다는 대답을 하려던 찰나, 붉게 빛나는 현태의 캔디가 보였다. 곧 현태보다도 더 놀란 아리가 고개를 들었다.

"지현태."

"왜?"

"너 연애하니?"

그녀의 갑작스러운 물음에 현태가 눈을 빠르게 깜빡거렸다.

"왜 갑자기 이야기가 그렇게 빠져?"

"너 캔디가 완전 빨개. 진짜 딸기, 아니 사과처럼."

아리의 말에 현태의 얼굴이 단번에 달아올랐다. 아니라 반박을 해야 하는데 왜 입이 꽁꽁 얼어서 아무런 말도 못 하는 걸까. 어버버, 입술만 떨던 그가 아휴! 크게 한숨을 뱉었다.

"뭐야, 뭐야? 연애가 아니면 짝사랑이야?"

"일이나 하세요, 한 매니저님!"

"뭐야, 친구 사이에 비밀이야? 뭔데, 뭔데?"

옆 매장 매니저에게서 관심이 사라진 건 다행이지만, 이상한 데로 불똥이 튄 것 같다. 아니라 둘러대고 있었지만 쉽게 포기할 아리가 아니었다.

"현태야, 뭔데? 응?"

아리가 끈질기게 달라붙어 오자 현태가 이를 꽉 물었다. 그녀를 살짝 저에게서 밀어낸 뒤 크게 숨을 들이마셨다.

초롱초롱 빛나고 있는 눈동자를 도저히 마주할 자신이 없어 눈을 꽉 감았다. 무언가 말을 하려 입을 달싹이고, 또 달싹이던 그가 천천히 말을 꺼냈다.

"그러니까."

"그러니까?"

아리의 눈빛은 기대 그 이상으로 차 있었다. 그의 옷깃을 꼭 잡고 있던 손에 힘이 들어갔다. 어째서 제 일도 아닌데 이렇게 온 마음을 다해 기대를 하는 건지.

현태는 조금 심통이 났다. 이렇게 묻는 이유가 뭘까. 눈을 뜬 그가 조금 전보다 더 평온한 표정으로 한숨을 탁 뱉었다.

"일이 너무 좋아서."

"뭐?"

"일이 너어무 좋고 행복해서 빨갛게 변했나 봐."

"말이 돼?"

"안 될 이유는 있고?"

없지. 딱 잘라서 대답하는 그녀의 말에 현태가 어깨를 으쓱였다. 그리고 딱! 소리가 나게 그녀의 머리에 꿀밤을 때렸다. 잔뜩 좁아진 미간이 본래의 지현태로 돌아왔음을 알려주고 있었다.

여전히 캔디는 빨간데.

"그러니까 나처럼 일에 푹 빠지세요, 한 매니저님. 일이 너무 좋아서 행복해 보셔야 제 마음을 이해하시죠."

"지금도 충분히 행복하게 일하고 있거든?"

투덜거리는 대답에도 현태는 웃지 않았다. 평소라면 웃으며 대답을 해주든가, 알고 있다 고개를 끄덕일 텐데. 이상하리만치 현태는 웃음기 하나 없는 표정을 짓고 있었다.

"이제 내 캔디 보지 마. 매일매일 일이 좋아서 빨갛게 변해 있을 거니까."

말이 안 된다는 건 알고 있었다. 일이 좋아서 빨갛게 변해 있을 리가 없지. 하지만 현태가 그렇게 말을 하니, 어쩐지 캔디를 보면 안 될 것 같았다.

한 번도 현태의 캔디를 보려 노력한 적도 없었고, 굳이 보지 않으려 한 적도 없었다. 현태 역시도 마찬가지였다. 보지 마라, 봐라 굳이 강

요하지 않았다. 그런데 캔디를 보지 말라니. 직접적으로 내뱉은 건, 분명한 이유가 있기 때문이겠지. 어쩐지 그래야 할 것 같아 고개를 끄덕였다.

현태는 그런 아리의 모습을 보며 미소를 지었다. 그녀의 머리를 톡톡 두드리며 희미하게 미소를 지었다. 원래대로 돌아온 기분이 들었다. 한아리가 아는 지현태의 원래 모습으로.

"열심히 해. 나간다."

"진짜 우리 엄마보다 잔소리 심해."

입을 삐죽이는 아리를 보곤 현태가 아랫입술을 꽉 물고 눈을 부릅떴다.

"또 딴짓하면 혼나!"

그의 대답에 아리가 웃음을 터뜨렸다. 고맙다는 말을 하려 했지만, 어쩐지 입 밖으로 나오지 않아 고개를 끄덕였다. 곧 현태가 매장을 나섰다. 그의 뒷모습을 보던 아리가 머리를 매만졌다. 무언가에 홀려 있다 겨우 세상 밖으로 나온 기분이었다. 열심히 하자, 중얼거리던 목소리는 백화점에 흘러나오는 노래에 금세 파묻히고 말았다.

아리와 수호, 두 사람은 생각보다 빠르게 가까워졌다. 아리가 일하는 브랜드는 해당 층에서 가장 큰 규모의 창고를 갖고 있었다. 매장의 크기만큼 상품이 많기 때문이었는데, 수호의 브랜드와 창고를 같이 쓰게 된 것이 두 사람이 가까워지게 된 첫 번째 계기였다.

"여기, 이쪽 쓰시면 돼요."

창고에 들어온 아리가 텅 비어 있던 한쪽 벽면을 가리켰다.

"고맙습니다. 여기는 우리 둘 브랜드만 쓰는 건가요?"

"네. 강 매니저님 브랜드랑 우리 브랜드가 매장이 제일 크거든요."

그만큼 매출이 좋다는 이야기이니 괜히 어깨가 으쓱거렸다. 대단하다는 듯 눈을 빛내는 그의 시선 때문에 더더욱 콧대가 높아진 것일지도 모르지만.

"그렇구나. 그럼 앞으로 더 잘 부탁드립니다."

곧 수호가 아리를 향해 손을 뻗었다. 서로 신상품이니 시즌이 지나 반품해야 할 상품이니 체크하기 위해 창고에 들어온 터라 장갑을 끼고 있었다. 하얀 장갑을 낀 손을 쑥 내미는 그의 모습에 아리 역시도 방긋 웃어 보였다. 수호의 손을 맞잡은 아리가 예쁘게 미소를 지었다.

"올해 딱 서른입니다."

"스물여덟이에요."

주거니 받거니 나이를 밝힌 두 사람이 곧 손을 뗐다. 그리고 곧 휘둥그레진 눈으로 서로를 바라보았다.

"서른밖에 안 됐어요? 엄청 동안이신데요?"

"그건 아리 씨도 마찬가진데. 나는 이십대 중반 생각했어요."

이윽고 까르르, 웃음이 터져 나왔다. 분위기가 제법 편해지자, 아리는 그에게 그만 말을 편하게 하라 부탁했다. 하지만 수호는 아리의 부탁을 거절했다.

"말을 편하게 하면 상대가 편해지지만, 편해지는 게 꼭 좋은 건 아니죠. 긴장감이 없으면 실수를 할지도 모르니까, 친해지면 그때 편하게 할게요."

"그럼 저도 그렇게 할래요. 우리 같이 친해지면 그때 편하게 해요. 괜찮죠?"

아리가 되묻자, 수호 역시 웃음을 터뜨리며 그렇게 하라 대답했다. 생각보다 아리는 똑 부러지는 사람이었다. 공원에서 볼 때만 하더라도 무모한 사람이란 이미지밖에 없었는데.

물론 상황이 그랬던 것이지만.

수호는 그런 아리가 퍽 마음에 들었다. 시원시원한 성격도, 무엇이든 맡겨진 일은 똑 부러지게 해내는 것도. 더불어 무모하다 느껴질 정도로 배려 넘치는 성격까지. 수호의 그런 생각이 두 사람을 가깝게 만들어주는 두 번째 계기였다. 더욱 가까워지고 싶다는 바람은 있었지만, 그게 생각보다 빠르게 이루어질 줄은 그조차 알 수 없던 일이었다.

그날 이후 아리는 종종 수호와 점심시간을 맞춰 식당에 가곤 했다. 현태는 당연히 아리와 함께했지만, 그러면서도 수호와 말 한 마디 섞는 법이 없었다. 이유는 딱 하나, 아리가 수호의 캔디를 볼 수 없다는 이유 때문이었다.

"그냥 안 보이는 걸 수도 있잖아."

"이제까지 안 보이는 사람 있었어?"

"없었지."

"거 봐. 그러니까 싫은 거야."

반박을 할 수 없어 입술을 삐죽거렸지만, 현태에게는 통하지 않았다.

"너 과보호야."

"네가 날 그렇게 만드는 거야."

"잔소리쟁이."

"고집불통."

흥! 콧방귀를 뀐 두 사람이 고개를 획 돌렸다. 서로 다른 곳을 쳐다보지만, 그것도 오래가지 않았다. 금세 서로를 마주하곤 킥킥 웃음을 터뜨렸다. 익숙하고도 평온한 사이라고 생각했다.

현태는 그런 사람이었다. 자신이 유일무이하게 가족이라 부를 수 있는 살아 있는 사람.

"그래서 언제까지 그렇게 말 한 마디 안 할 건데?"

아리의 말에 현태가 곰곰이 생각했다. 쥐고 있던 캔 커피를 한 모금 넘기며 휴게실 너머를 빤히 바라보았다.

"내가 봤을 때 좋은 놈이구나 싶으면."

"놈이 뭐야, 우리보다 나이 많아."

"그래. 좋은 사람이구나 싶으면."

수호는 지금도 충분히 괜찮은 사람이라 말을 하고 싶었지만, 하지 않기로 했다. 아리는 캔 커피를 잡고 있는 손가락에 힘을 주었다. 현태는 분명 뭘 보고 좋은 사람이라 단정하냐며 화를 낼 것이다. 그도 그럴 것이, 이제껏 좋은 사람이라 생각하다 데인 적이 한두 번이 아니지 않던가. 심지어 그 당시에는 캔디의 모양이나 색도 신경 쓰지 않았다. 처음에는 누구든 빨갛고 예쁜, 혹은 무지개색으로 영롱하게 빛나는 캔디를 갖고 있었으니까.

아주 찰나의 순간이었지만 말이다.

"너는 기본적으로 경계심이라는 게 너무 부족해."

"오지랖은 잘 부린다며?"

"그래, 그렇게 무모한 순간 빼고는 사람을 너무 잘 믿어. 좋은 사람의 기준도 애매하고."

역시나 반박을 할 수 없었다. 아리는 입을 삐죽 내밀며 캔에 남아 있는 커피를 목으로 모두 털어 넣었다.

"다른 건 다 믿을 수 있는데, 너 사람 보는 감은 못 믿겠다."

"흥, 네가 날 믿어? 거짓말하고 있네."

"그러게. 거짓말인 거 같다. 나는 너 혼자 돌아다니는 것도 불안해 죽겠어."

현태의 말에 아리가 씨익 웃었다. 그리고 그를 향해 고개를 숙여 눈을 마주했다.

"나 결혼할 때는 어떡해? 우리 현태 불안해서 살 수나 있겠어?"

아리가 방긋거리며 웃는데 현태는 함께 웃을 수 없었다. 멍하니 그녀를 쳐다보다 어색하게 입꼬리를 말아 올렸다.

"누가 너랑 결혼은 한대? 연애도 못하는 게."

"누가 너무 과보호해서 연애도 못 한다고 생각 안 해보셨어요?"

깜짝 놀라는 척하며 묻는 아리의 말에 현태가 고개를 끄덕였다. 응, 짧게 대답하는 목소리에 웃음이 뒤엉켜 있었다. 어색하게 흘러갈 뻔했던 두 사람 사이로 밝은 웃음소리가 스며들었다.

사람이 많은 휴게실이라 그런 건지, 아리와 현태의 이야기를 엿듣던 누군가 둘 사이에 끼어들었다.

"무슨 걱정이야, 한 매니저 결혼 못 하면 지 팀장이 데려가면 되지."

툭 던진 말에 현태는 웃었고, 아리의 얼굴은 하얗게 질렸다. 말도 안 된다는 듯, 몸을 벌떡 일으켜 난색을 보였다. 당황한 기색이 역력했다.

"언니, 무슨 말을 그렇게 해요! 얘랑 지금 십 년도 넘게 붙어 다니는데, 결혼까지 하라고요? 그럼 내 인생 너무 불쌍하잖아!"

"어머, 지 팀장이 뭐가 어때서? 솔직히 강 매니저 들어오기 전까지만 해도 지 팀장만 한 인물 없었다?"

"그래, 맞네. 지 팀장이 지극 정성으로 아리 너 챙기는 것만 봐도 인연이야. 인연."

그럼, 맞지. 여기저기서 맞장구를 치는 소리가 들렸다. 현태 역시도 그 말을 들으며 고개를 끄덕였다.

"그래, 한아리. 정 시집갈 데 없으면, 내가 책임질게. 걱정하지 마."

"미쳤니? 그냥 혼자 사는 게 낫겠다."

"그래, 그럼. 종종 고스톱은 같이 쳐 줄게."

"너 진짜 나 결혼하지 마라 고사라도 지낼 기세다?"

잔뜩 높아진 아리의 목소리에 현태는 어깨를 으쓱거릴 뿐, 별 다른 말을 하지 않았다. 절대 그렇게 살지 못하겠다는 그녀의 혼잣말에도 그저 쿡쿡 웃음을 던졌다.

쉬는 시간은 빠르게 지나갔다. 매장으로 돌아온 아리는 효영에게 쉬는 시간에 있었던 일을 알리기에 바빴다. 열변을 토하던 그녀의 표정은 가지각색으로 변했다. 벌겋게 열이 오르다가, 어이가 없다는 듯 콧방귀를 뀌었다. 그러다 결국 마지막엔 한껏 울상을 지으며 어깨가 축 늘어졌다.

"진짜 나 늙어서도 지현태랑 다니는 거 아니겠지?"

끔찍해. 아리가 중얼거렸지만, 효영은 아무런 반응을 보이지 않았다. 그저 빤히 그녀를 쳐다보다 음, 입술을 길게 찢을 뿐. 걸려 있는 옷가지들을 정리하던 효영이 어깨를 으쓱거리며 입을 열었다.

"솔직히 현태 오빠 정도면 괜찮지 않아요?"

"그래 지현태만 보면 괜찮지. 그런데 걔랑 나랑 십년도 넘었다니까? 아니, 따지고 보면 28년 내내 붙어 있던 거나 다름없어. 소꿉친구야, 소꿉친구."

"하긴 그것도 좀 그렇겠다. 언니는 계속 오빠가 가족이라고도 했구."

그래, 그거라고. 한숨을 푹푹 내쉬던 아리가 마우스를 딸깍거리며 제 답답함을 표출했다. 누군가 보면 열심히 일을 하는 것처럼 보이겠지만, 그저 의미 없는 손가락의 움직임일 뿐이었다.

아휴, 아휴. 앓는 소리와 함께 한숨만을 푹푹 터뜨리던 그때였다.

"강준호 매니저님."

익숙한 목소리가 들려옴에 아리는 자기도 모르게 허리를 바짝 세웠다. 잔뜩 긴장이 되는 건 비단 아리만은 아니었다. 백화점을 헤집고 다니는 효영마저도 바짝 긴장한 채로 매장을 정리하기 시작했다.

"아, 네. 나 팀장님."

깜짝 놀라 대답을 하는 건, C.Q Jeans의 매니저인 준호였다. 요즘 부쩍 판매량이 저조하다 하더니, 결국 올 게 찾아온 듯했다. 이크, 입을 길게 찢은 아리가 고개를 푹 숙여 시선을 피하려 노력했다. 트집을 잡힐 이유도, 일도 없었지만 어쩐지 오늘 모란에게 걸리면 영 좋지 않을 것 같았다.

직감이라고 할까.

"저번 달 판매 실적이 영 저조하던데, 신경 안 쓰시나 봐요?"

"워낙 청바지가 잘 안 나가는 계절이라 더 그랬나 봅니다. 앞으로 신경 쓰겠습니다."

이제 얼마나 또 쏘아대며 말을 할까 싶었다. 아리는 꼭 저가 준호가 된 기분이 들었다. 괜한 긴장감에 침을 꿀꺽 넘겼는데, 이상하게 모란의 말이 들리지 않았다.

보통 같았다면 어떻게 신경을 쓸 건지, 판매 실적은 어떻게 회복을 할 건지. 행사 상품은 왜 요청하지 않는지. 이것저것을 캐물을 게 뻔했는데, 이상할 정도로 모란이 조용했다. 눈치를 보던 아리가 슬쩍 고개를 들었을 때, 모란의 가느다란 목소리가 새어 나왔다.

"신경 써주세요."

그때, 아리는 모란의 캔디를 발견할 수 있었다. 그녀의 캔디는 준호 앞에서 빠르게 회전하다 바르르 떨기를 반복했다. 게다가 그 색이 어찌나 새빨갛던지, 보는 것만으로도 깜짝 놀랄 정도였다. 헉, 소리가 절로 나왔다.

이윽고 모란이 등을 돌려 걸어가자, 준호의 캔디도 아리의 눈에 들어왔다. 평소에는 왜 몰랐을까 싶을 정도로 그의 캔디 역시 빨갛게 물들어 있었다. 군데군데 파란 멍이 들어 있었지만, 모란 못지않게 빨간 캔디였다.

오, 입을 동그랗게 모은 그녀가 멀어지는 모란을 쳐다보다 준호를 바라보았다.

"아후……."

한숨을 내쉬던 준호가 손을 죽 뻗다 아래로 툭 떨어뜨렸다. 한쪽 손으로 얼굴을 마구 비벼대며 짙은 한숨을 토했다. 파란 캔디라니, 그 존재가 영 심상치 않았는지 아리가 흐릿하게 눈을 떴다.

"갔죠? 나 팀장님 갔죠?"

"가긴 갔는데, 효영아 너 준호 오빠 요즘 누구랑 친한지 알아?"

"준호 오빠요? 여기 앞에 강 매니저님?"

응! 아리의 대답에 효영이 심각한 표정을 지으며 고민을 이어갔다. 턱을 살살 어루만지며 무언가 생각하는 듯하다 손바닥을 짝 마주쳤다.

"맞아, 요즘 옆 매장 매니저님이랑 자주 다니던데요? 둘이 나이대가 비슷하다고 했나. 뭐 형님, 동생 하며 지내더라고요."

"수호 씨랑?"

"네. 저번에도 같이 맥주 한잔했다던데…… 근데 갑자기 왜요?"

아냐, 고개를 저어대는 아리의 대답에도 효영의 표정에는 궁금증이 가시지 않았다. 왜 그러냐 물었지만, 아리가 그에 답을 해줄 리 만무했다.

'그렇게 친하면 수호 씨한테는 말했겠지?'

그래, 그럴 거야. 홀로 묻고 대답까지 내린 아리가 천천히 매장 밖으로 고개를 내밀었다. 혹 모란이 또 돌아다니는 건 아닌지, 현태라도 마주하는 건 아닌지 복도의 양 끝과 다른 길까지 샅샅이 살폈다. 아무도 없음을 확인한 후, 매장을 나서려던 찰나였다.

누군가 수호의 매장 앞에서 기웃거리는 모습이 보였다. 검은 후드티를 뒤집어써 얼굴은 보이지 않았지만, 영 분위기가 험악해 보였다. 위험한 냄새가 솔솔 풍기는 그런 사람.

"강수호……."

더불어 수호의 이름을 중얼거리는 목소리까지 듣고 나니, 어쩐지 가만있을 수 없었다. 최대한 밝게 웃으며 그에게 다가가 눈높이에 맞춰 얼굴을 기울였다.

"고객님, 무엇을 도와드릴까요?"

"아, 깜짝이야."

아리의 갑작스러운 등장에 놀란 건지, 남자가 뒷걸음질을 쳤다. 잔뜩 갈라진 목소리로 중얼거리던 그가 미간을 좁혔다.

"아닙니다."

"도와드릴 일이 있다면 말씀해 주세요. 찾으시는 매장이라도 있으신가요?"

끈질기게 물어보며 그를 바라보았을 때, 검보라색으로 물든 그의 캔디가 아리의 눈에 들어왔다. 어쩐지 심상치 않았다. 그저 색깔만 그렇다면야 잘생겨서 질투하는 건가, 가볍게 넘기겠다만. 남자의 캔디는 도저히 그럴 상태가 아니었다. 여기저기 금이 가 있는 것 하며, 군데군데 캔디가 조각 나 있었다.

심지어 모양조차 울퉁불퉁해 본래의 모습은 찾아볼 수 없는 캔디라니.

"고객님?"

다시 한 번 되묻는 아리의 말에 남자가 잔뜩 미간을 좁혔다. 저에게 다가오는 아리를 툭 밀친 남자가 잽싸게 걸음을 옮겼다. 그 장면을 본 효영이 빠르게 다가와 아리를 부축하지 않았다면, 아마 꼴사납게 바닥으로 넘어졌을지도 모르는 일이었다.

"언니!"

효영의 급박한 목소리에 놀란 고객들과 직원들의 시선이 그들에게 향했다. 멀어지는 남자를 쳐다보는 건 아리 한 사람뿐이었다.

"뭐야, 무슨 저런 사람이 다 있어. 언니, 괜찮아요?"

짜증이 잔뜩 묻은 효영의 목소리에 아리가 고개를 끄덕였다. 괜찮다 대답을 했음에도 그녀의 짜증은 도저히 식을 생각이 없어 보였다.

"현태 오빠한테 말해놔야겠어요. 이상한 사람이네, 진짜!"

평소 같았다면 괜찮다 말을 했겠지만, 이번엔 효영의 뜻대로 하게 놔두기로 했다. 아무리 생각해도 이대로 놔두는 건 위험했다. 분명 수호의 이름을 불렀다. 것도 당장 깨질 것 같이 위태로운 캔디를 가진 사람이 말이다. 괜스레 불안해진 탓에 아리는 효영을 뒤로한 채 수호의 매장으로 걸어 들어갔다.

"수호 씨."

"아리 씨, 괜찮아요? 방금 무슨 일이에요?"

놀란 수호의 물음에 아리가 씨익 웃으며 어깨를 으쓱거렸다.

"괜찮아요. 그나저나 수호 씨 혹시……."

"네?"

차마 원한이 있을 만한 사람이 있냐 물어볼 수 없었다.

누구랑 싸웠어요? 아니면 누가 수호 씨 괴롭혀요? 이런 질문을 어떻게 한단 말인가. 곰곰이 생각을 하다 보니, 입이 꾹 다물어졌다.

"혹시?"

수호가 다시 한 번 되묻자 아리가 어색하게 웃어 보였다. 무어라도 좋으니 말을 해야겠다 싶어 수호에게 가까이 다가갔다.

“아까 그 남자가 수호 씨 이름을 불렀거든요. 강수호, 라고.”
“그 사람이요?”
“네. 무슨 일로 수호 씨를 찾는지 모르지만…… 느낌이 안 좋아요.”
차마 까만 캔디를, 보기에도 불안정한 캔디를 갖고 있다는 말은 할 수 없었다. 사실 믿을지도 미지수였지만.
“그러니까 조심하세요. 조심, 또 조심. 알았죠?”
동그랗게 뜬 눈으로 저를 쳐다보는 아리가 퍽 귀여워 보였다. 웃음을 그리던 수호가 고개를 끄덕였다. 동그랗게 말려 올라간 입술의 끝이 발갛게 물들어 있었다.
“네. 고마워요.”
“그럼 전 가볼게요. 조심해야 돼요, 정말.”
마지막까지 조심하라는 말을 전한 채 돌아섰다. 이제야 조금 마음이 가볍다 싶었던 때, 자신의 매장 앞에 서 있던 현태와 눈이 마주쳤다.
“조심해야 돼요. 정말.”
현태가 제 말을 따라하자 아리가 입술을 빼죽거렸다.
“뭐야, 왜 따라해?”
“뭔데? 무슨 일이었는데?”
현태의 물음에 아리가 이제껏 있었던 일을 설명해 주었다. 캔디에 관련된 건 조용히, 그에게만 들리게 이야기를 해주었지만. 혹시라도 누군가 들을까 목소리를 한껏 낮추는 것도 잊지 않았다. 이야기를 모두 전해들은 현태가 하, 코웃음을 쳤다. 그리고 저와 아리를 쳐다보는 수호를 힐끗 쳐다보았다.
이래서 수호와 아리가 가까워지는 게 싫었는데. 쯧, 혀를 차던 그가 아리의 머리에 콩, 딱밤을 때렸다.
“야! 아파!”

"지금 네 행동 뭐라 하는지 알려줘?"

현태가 잔뜩 인상을 쓰자 아리도 함께 인상을 썼다. 딱밤을 맞아 얼얼한 머리를 마구 비볐지만 아픔은 좀처럼 가시지 않았다.

"오지랖이라고 하는 거야. 쓸데없는 오지랖 부리지 마."

현태는 입을 삐죽거리는 아리를 보며 고개를 도리도리 저었다. 제발 조용히 하루를 마무리하자는 말을 하며 돌아섰지만, 이상하게 수호에게 시선을 뗄 수 없었다. 강수호. 중얼거리는 그의 얼굴이 미묘하게 일그러져 있었다.

그럼에도 그는 무전기에 대고 아리에게 전해들은 남자의 인상착의를 전했다. 요주 인물, 주의할 것. 두 가지의 전달사항을 뱉으면서도 수호에게서 눈을 뗄 수 없었다. 어쩐지 수호 때문에 아리가 위험해질 것 같아 불안했다.

어떻게 하루가 지났는지도 알 수 없었다. 일은 일대로 바빴지만 아리는 좀처럼 집중할 수 없었다. 지하 2층을 돌아보는 것도 현태가 아닌 다른 직원이 도맡아 더더욱 그랬다.

"효영아, 내가 잘못한 거야?"

"언니가 왜요? 강 매니저님한테 조심하라 말한 것뿐이라면서요."

아리가 고개를 끄덕이자 효영이 어깨를 으쓱거렸다.

"그게 왜 잘못한 거예요? 난 그게 더 이해 안 되는데?"

"그치? 내가 잘못한 거 아니지?"

"뭐, 언니가 직접 그 남자를 잡겠다는 것도 아닌데. 현태 오빠는 왜 그렇게 화를 내는 거래요?"

그에 말문이 턱 막혔다. 남자를 잡겠다는 건 아니지만 현태가 왜 그리 화를 내는지는 알 수 있었다. 하지만 효영에게는 차마 말을 하지 못하는 사정이고, 내용이니 그저 입을 꾹 다물 뿐이었다. 결국 정신없이 하루를 보내는 것 외엔 방법이 없었다. 손님이 마구 몰아쳐도 전처럼 신나게 판매를 할 수 없었다. 그들의 캔디가 빨갛게, 주황색으로 물들어가는 걸 보고서야 마음을 놓는 자신을 발견하곤 의아함에 미간을 좁혔다. 왜 이런 모습에 안심을 하게 되는 걸까.

그러다 누군가 물건에 대해 불만을 표하며 소리를 지를 때면 아리는 눈을 꽉 감았다. 까맣게 물들어가는 캔디를 보고 싶지 않았다. 겨우겨우 일의 끝이 보였다. 유독 시간이 느리게 지난 것 같았다. 덕분에 아리는 평소보다 더 녹초가 되었다.

"오지랖이라고 하는 거야."

마감을 하고, 뒷정리를 하는 내내 현태의 목소리가 머리에서 떠나지 않았다.

"쓸데없는 오지랖 부리지 마."

사실 쓸데없는 오지랖인지, 정말 필요한 오지랖인지 모르는 일이 아니던가. 실제로 자신이 부린 오지랖 중에 쓸데없는 일은 단 한 번도 없었다. 적어도 지금까지는 말이다. 그리고 오지랖이면 어떤가. 이럴 때가 아니면 왜 있는지도 모를 능력인데. 누군가를 도울 수 없어 괴로워하는 건 오래전 그때로 족했다. 더 이상 느끼고 싶지 않았다. 물론 이 모든 말은 현태에게 뱉을 수 없었다. 그가 어떤 마음으로, 생각으로 저에게 말을 하는지 모두 알고 있었기에.

일이 모두 끝나고 효영과 인사를 하며 뒤돌아서는 순간까지도 아리의 머리는 복잡했다. 어휴, 어휴 몇 번이나 한숨을 내뱉었다.
"오늘 전달 사항은……."
그러면서도 퇴근은 현태와 함께하기 위해 보안실의 앞까지 걸어왔다. 직원 주차장과 바로 맞닿아 있어 퇴근할 때에 만나는 곳은 언제나 이곳, 보안실 앞이었다. 전달 사항을 모두 마치고 나온 현태가 아리를 보며 한숨을 푹 쉬었다.
"왜 그렇게 부어 있는데?"
"오지랖 아니야."
"오지랖이 아니면 뭔데?"
"진짜 위험하면 어떡해. 심상치 않았단 말이야."
아리가 걱정을 놓지 못하자 현태가 으휴! 짧은 짜증을 터뜨렸다. 그리고 뒤를 돌아 오늘의 야근자에게 손을 흔들며 인사를 건넸다.
"형은 들어간다."
"네, 들어가세요. 형."
곧 아리의 등을 툭툭 두드린 현태가 크게 숨을 들이마셨다.
"한아리 너, 뭐 무술 자격증 있냐?"
"무슨 무술 자격증?"
"아니면 나처럼 운동을 좀 했고, 체대 나왔고. 호신술은 좀 하나?"
"너 술 마셨니?"
걸음을 우뚝 멈춘 채 현태를 올려다보는 아리가 미간을 좁혔다. 뜬금없이 무슨 줄줄이 제 이력을 자랑하는 시간인가 싶었다.
"거봐. 아무것도 없잖아. 네 몸 하나 지키는 것도 사실 힘들잖아. 아니야?"
할 말이 없었다. 그의 말이 맞다. 사실 위험을 감지해 행동하는 것도 누군가 있을 때, 밝을 때에만 가능한 일이었다. 더불어 현태가 있는 상황에서만 가능한 일이기도 했고. 어두운 밤길, 혼자 있을 때에는 엄두도 내지 못했다. 그건 알고 있다.

"네가 그 능력을 그렇게 쓰고 싶어 하는 거 알겠어. 다 알겠는데, 네가 그래서 다칠지도 모른단 생각 안 해? 그래, 그때처럼 네가."

"그때 이야기는 하지 마."

아차 싶었다. 딱 잘라 말하는 아리의 표정이 차갑게 변하는 걸 보자마자 현태는 입술을 꾹 눌렀다. 흠흠, 목을 가다듬으며 애써 상황을 모면하려 했지만 아리의 표정은 돌아오지 않았다. 그녀에게 있어 아픈 기억이라는 걸 알면서 왜 건든 걸까. 급격히 후회가 밀려왔지만, 너무 늦었다는 걸 알고 있다. 끙, 앓는 소리를 낸 그가 두 손으로 얼굴을 마구 비벼댔다.

"내가 다치는 것보다 구할 수 있었던 걸 못 구했다는 게 더 괴로워."

아리의 말에 숨이 막히는 기분이 들었다. 다른 사람은 몰라도 현태만큼은 아리의 마음을 알고 있다. 왜 그런 생각을 하는지, 어째서 자책을 하며 저 자신을 타박하는지. 다만 그게 그녀에게 배로 돌아오지 않을까 걱정이 되는 것이다.

"말 해줬다며. 위험하다고. 그럼 된 거야."

"달라질 수도 있잖아. 내가 조금 더 신경 써주면."

"아아, 진짜. 한아리. 제발."

우는 소리를 뱉는 현태의 말에 아리가 입술을 꾹 눌렀다. 아리는 늘 이런 식이었다. 결국 이기지 못하고 그 바람을 모두 들어줄 것이라 믿는 것이다. 아니, 알고 있는 것이겠지. 학생 때에도 늘 이런 식으로 굴다 '선민고등학교 수호대'라는 우스꽝스러운 이름까지 붙지 않았던가.

"너 진짜 무슨 탐정이라도 돼? 네가 무슨 코난이야?"

"아니, 그건 아니야."

"그래. 그러니까 제발."

"내 이름은 한아리. 참견쟁이죠."

어깨를 으쓱거리던 아리가 한쪽 입술만 씨익 말아 올렸다. 그에 현태는 어이가 없다는 듯 헛웃음을 쳤다.

"웃으라고 하는 소리야?"

"웃었잖아. 그럼 됐지."

"아무튼 안 돼. 절대 안 되니까 그렇게 알아."

웬일로 아리의 투정을 뿌리친 현태가 미간을 잔뜩 좁혔다. 입술은 여전히 웃고 있으면서 고개를 도리도리 저었다. 주머니에서 담배를 꺼내며 차를 가리켰다.

"타 있어. 한 대만 피고 탈게."

"폐 썩는 냄새."

현태가 제 투덜거림을 따라하자 아리가 그를 흘겨보았다. 담배를 입에 무는 것을 확인한 아리가 차를 향해 걸음을 옮겼다. 오늘은 더 조를 수 없을 것 같았다. 더 이상 투덜거리고 졸랐다간, 아마 화가 잔뜩 날 것이다. 좀생이처럼.

입술을 삐죽거리며 차로 돌아가려던 그때였다. 현태의 차가 세워진 라인의 끝으로 수호의 모습이 드러났다. 반가운 마음에 손을 들려던 찰나, 그의 뒤로 검은 그림자가 따라오는 게 보였다.

"어?"

일순간, 매장에서 보았던 검은 후드티를 입은 사람이 떠올랐다. 헉! 순간 저도 모르게 숨이 막혔다. 어떡하지? 평소에 이어지던 고민은 필요치 않았다.

반사적으로 걸음을 옮긴 아리의 두 발이 점점 더 빠르게 움직였다.

"야, 어디 가."

현태의 부름에도 아리는 대답하지 않았다. 곧 빠른 걸음은 뜀박질이 되고, 그녀는 수호를 향해 달려갔다. 수호를 따라오던 남자의 뒤로 무언가 묵직한 게 보여 이를 꽉 물었다. 남자는 매장에서 본 사람이 확실했다. 형태를 알 수 없던 캔디는 금이 간 것도 모자라 이미 조각이 되기 바로 직전이었다.

"야! 한아리!"

현태의 부름에 수호와 수호를 뒤따르던 남자가 고개를 돌렸다. 그때, 잽싸게 달려든 아리가 남자의 팔을 세게 깨물었다.

"아악! 아아악!"

얼마나 세게 깨문 건지, 남자의 고통스러운 비명이 이어졌다. 인상을 잔뜩 찌푸린 그가 손에 들고 있던 벽돌을 높이 들어 올렸다. 하지만 그는 아리에게 위해를 가할 수 없었다. 수호가 손목을 낚아채 벽돌을 빼앗아 던지고, 급하게 뛰어온 현태가 목을 꽉 움켜잡았기 때문이었다.

동시에 몸을 압박당한 남자가 발버둥을 쳐 보았지만 꼼짝도 할 수 없었다.

"너 누구야!"

"이 새끼, 너 누구야?"

동시에 튀어 나온 두 남자의 외침에 의문의 남자가 입술을 콱 씹었다. 으으, 앓는 소리를 내뱉다 아악! 외마디 비명을 내질렀다. 꽤 분한 모양인지, 이마에 핏줄이 툭툭 불거졌다.

수호는 남자의 팔을 깨물고 있던 아리를 잡아끌어 제 뒤에 세웠다. 슬쩍 그녀를 바라보는 눈빛이 크게 요동치고 있었다.

"아리 씨, 괜찮아요?"

"네. 괜찮아요. 수호 씨는요?"

"덕분에요. 고마워요."

보기 좋게 그을린 수호의 얼굴이 하얗게 질려 있었다. 많이 놀란 모양이었다. 갑작스러운 아리의 행동도, 저에게 위해를 가하려는 게 분명했던 남자의 행동도. 이윽고 현태가 둘을 흘겨보았다. 여전히 남자의 목을 세게 잡은 상태였다.

"잡담은 나중에 하고, 신고나 하세요. 이 새끼는 내가 잡고 있을 테니까."

현태의 목소리는 평소보다 더 냉랭했다. 수호를 노려보는 눈동자가 바늘보다 더 날카로웠다. 수호는 그의 말을 따르기로 했다. 그가 보안팀의 팀장이라는 걸 이미 알고 있기 때문이었다. 굳이 자신이 끼지 않아도 그 하나로도 남자는 충분히 제압이 될 것이다.

남자의 손목을 천천히 놓은 수호가 아리의 어깨를 감싸 안은 채, 뒷걸음질을 쳤다. 그리고 어느 정도 떨어졌을 때, 자신의 뒤쪽으로 아리를 세웠다.

"위험하니까 떨어지지 말아요."

아리가 고개를 끄덕이는 것까지 확인한 뒤에야 수호가 핸드폰을 꺼내들었다. 왜 이리 손이 벌벌 떨리는 건지, 자기가 생각해도 웃음이 나왔다.

얼마 지나지 않아 경찰이 출동했다. 세 사람은 주위를 순찰하던 참이었기에 일찍 도착할 수 있었다는 너스레를 들으며 안도의 한숨을 쉬었다. 수호가 피해자인 데다가 아리와 현태가 목격자 겸 신고자였기에 그들 역시 경찰서로 함께 동행해야 했다. 남자와 경찰까지 타고 나면 탈 자리가 없다는 그들의 말에 수호가 고개를 저었다.

"제 차로 움직이면 됩니다."

그에 질세라, 현태가 한 걸음 앞으로 나섰다.

"저도 차 있습니다."

수호를 노려보는 눈이 번뜩였다. 한참 서로를 노려보던 두 사람을 말리기 위해 경찰이 흠흠, 헛기침을 했다.

"각자 타고 가요. 각자."

"너는?"

"아리 씨는요?"

현태와 수호의 물음에 아리가 어깨를 으쓱거렸다. 곧 그녀가 경찰의 옆으로 섰다. 아주 당연하다는 표정을 지었기에 두 남자는 아무런 말을 할 수 없었다.

"내가 경찰차 조수석에 타면 되잖아."

결국 수호는 현태의 차에 타기로 했다. 하필 던진 벽돌이 떨어진 곳이 자신의 차 위였기 때문이다. 물론 수호가 함께 타는 건 현태 역시도 못마땅했다. 차라리 수호를 경찰차에 태우고 아리를 제 차에 태우고 싶었지만 엄연히 피해자와 가해자가 아니던가. 제 아무리 경찰이 타고 있어도 나쁜 놈이 나쁜 맘을 먹으면 뭔들 못할까.

어쩔 수 없이 함께 차에 올라탄 두 사람의 사이로 냉랭한 공기가 맴돌았다.

"한아리 씨 원래 저렇게 무모합니까?"

적막을 깨뜨린 건, 질문을 던진 수호의 목소리였다.

현태는 그의 물음에 대답을 할까 말까 고민했다. 다른 질문이었다면 백 번이고 대답을 해줬을 텐데, 아리에 대한 물음이라 차마 대답할 수 없었다.

아니, 하고 싶지 않았다.

"저번에 공원에서도 그러더니, 오늘도 그러네요."

수호의 가벼운 웃음이 왜 이렇게 기분이 나빴을까. 아리를 생각하며 웃는다는 것 자체가 마음에 들지 않았다.

"원래 참견쟁이입니다. 그쪽이라 신경을 쓴 게 아니라, 원래 저렇게 오지랖 부리는 걸 좋아해요."

착각하지 마세요, 하마터면 그렇게 말을 덧붙일 뻔했다. 그러지 않아도 자신이 한 말이 한참 앞서간 대답이라는 걸 알고 있었다. 왜 이렇게 유치해진 걸까.

"뭐, 덕분에 크게 일이 벌어지지 않아 다행이네요."

중얼거리는 수호의 말에 현태는 답을 하지 않았다. 다행은 개뿔, 속으로만 구시렁거리며 묵묵히 운전에 집중하려 노력했다. 어느새 경찰서에 도착하니, 경찰이 남자와 아리를 따로 조사하고 있었다.

"그러니까, 이름이 뭐냐고."

아리의 양옆으로 자리를 잡은 현태와 수호가 고개를 돌려 남자를 바라보았다. 하지만 남자는 형사의 물음에도 아무 대답이 없었다.

"이보세요. 이렇게 입을 꽉 다물고 있으면 상황이 나아집니까?"

형사의 큰 목소리에도 남자는 고개를 푹 숙인 상태였다. 답답한 건지 형사마저도 크게 한숨을 내뱉었다. 묵묵부답처럼 힘든 상황이 또 어디 있을까. 현태는 개의치 않다는 듯 아리를 쳐다보았다. 미간을 잔뜩 좁힌 그의 모습은 평소보다 더 험악했다. 제법 화가 난 모습이었다.

"너 여기서 나가기만 해."

현태의 말에 아리가 움찔거리자, 수호가 그의 눈을 제 손으로 가렸다. 이윽고 서로를 마주하던 남자들의 눈에서 파바박, 불꽃이 튀었다.

아리를 가운데에 둔 묘한 신경전이었다.

"아리 씨한테 너무 그러지 마시죠. 나쁜 건 아리 씨가 아닌데."

"뭐라고 하셨습니까?"

수호의 말이 영 거슬렸다. 꼭 자신이 아리를 나쁜 사람으로 만들었다는 말처럼 들려 기분이 좋지 않았다.

"전 한아리가 나쁘다고 한 건 아닌데요."

그는 아리가 앉아 있는 의자의 등받이에 팔을 둘렀다. 수호 쪽으로 기대는 아리의 몸을 자신에게 바짝 당기며 눈을 흘겼다. 아무리 생각해도 마음에 들지 않았다. 이런저런 경우가 있다 했지만 아리와 가까워지는 것도, 그녀가 나빴네, 착했네, 판단을 내리는 것도. 물론 전자가 제일 마음에 들지 않았지만.

"얘가 하는 짓이 하도 어이가 없어서 혼내려고 하는 겁니다."

현태는 보란 듯 아리의 어깨를 더욱 제 쪽으로 당겼다. 그와 저의 차이를 보여주고 싶었다. 쌓여 있는 유대감, 함께했던 시간들. 하지만 아리는 그런 현태의 기대감을 와장창 깨뜨리고 말았다.

"저는 지현태 씨에게 혼나고 싶지 않은데요?"

눈을 동그랗게 뜬 아리가 그의 팔을 밀어냈다. 현태의 말을 부정하며 무슨 말인지 모르겠다고 중얼거렸다. 으쓱거리는 작은 어깨의 움직임이 꽤 격렬했다.

그녀를 쳐다보는 두 남자의 표정이 극명하게 갈렸다. 현태는 당황한 나머지 눈이 휘둥그레졌고, 수호는 그런 아리를 보다 고개를 돌려 풋웃음을 터뜨렸다. 그런 두 남자를 지켜보던 형사가 크게 한숨을 내쉬었다. 책상 위에 놓인 파일을 들고 탕탕! 책상을 내려쳤다.

"조용히 좀 하세요. 조용히 좀."

잔뜩 인상을 쓴 얼굴에서 위압감이 느껴졌다. 짜증이 오른 얼굴로 한숨을 푹 내쉬다 제 머리를 마구 헝클였다.

"피해자가 누구예요. 아가씨예요?"

형사의 물음에 아리가 고개를 도리도리 저었다. 손가락을 들어 수호를 가리켰다.

"아뇨. 저 아니고, 여기. 이분이요."

험상궂게 생긴 형사의 시선이 현태와 아리를 지나 수호에게 머물렀다. 피해자도 아니면서 왜 여기에 있는 건지 의문스러운 게 분명했다. 그런 형사의 시선을 지켜보던 현태가 겉옷 안주머니에서 명함을 꺼내어 건넸다.

"느떼 백화점 보안팀 팀장 지현태입니다. 가해자가 덮치는 상황에 함께 있었고, 가해자 저지하는 것도 저희가 했습니다."

명함을 받아 든 형사가 입을 꾹 다물었다. 종이 위에 쓰인 이름과 그를 번갈아 쳐다보다 흠흠, 헛기침을 뱉었다. 아무렇게나 책상 위에 던져 놓는가 싶더니 키보드에 손을 올렸다.

"피해자, 여기 가해자한테 폭행을 당한 게 정말입니까?"

수호의 시선이 멀찍이 떨어진 남자에게로 향했다. 아무리 봐도 어디에서 많이 보았는데. 폭행 사건에 안면이 튼 게 더 이상하지만. 이윽고 수호가 형사를 보며 고개를 좌우로 저었다.

"아니요. 폭행을 당한 건 아닙니다. 당할 뻔했는데 여기 두 분이 구해주신 거고요."

"미수라 이거죠? 그럼 가해자. 거기, 가해자!"

쾅쾅! 책상 위를 두드린 형사의 목소리가 잔뜩 격양되어 있었다. 하지만 남자는 그런 부름에도 얼굴을 들어 올리지 않았다. 고개를 푹 숙인 채 커다란 후드 안에 얼굴을 숨기고 있을 뿐.

"저 사람, 아까부터 저러고 있었어. 자기도 피해자라는 말만 하고."

"피해자?"

아리의 속삭임에 현태가 미간을 좁혔다. 그리고 옆을 돌아보며 남자를 바라보았다. 사실 이상한 점은 분명 존재했다. 수호를 덮치려다 저에게 잡혔을 때, 그의 눈에는 눈물이 그렁그렁 맺혀 있었다. 수호를 쳐다보는 눈동자에 묻어 있는 건 마음 깊은 곳에서 느껴지는 분함, 그 이상도 이하도 아니었다.

"가해자가 싫으면, 이름을 말하라고! 이름을!"

얼마나 답답한지, 형사가 가슴을 쾅쾅 두드렸다. 어휴, 어휴. 앓는 소리를 몇 번이나 뱉으며 머리를 꽉 쥐었다. 그 모습을 지켜보던 수호가 몸을 일으켜 남자에게 다가갔다.

"수호 씨!"

"이보세요, 피해자!"

저를 부르는 부름에도 그는 걸음을 멈추지 않았다. 수호의 이름이 들리자, 남자의 어깨가 움찔거렸다. 하지만 여전히 얼굴은 들어 올리지 않았다. 의자에 앉은 몸이 구부정했다. 그에게로 가까이 다가가는가 싶던 수호가 일정한 간격을 두고 걸음을 우뚝 멈추었다. 그리고 손을 뻗어 어깨를 톡톡 두드렸다.

"혹시 우리 어디서 만난 적 있습니까?"

그는 대답이 없었다. 여전히 묵묵부답이었다.

"말을 해주세요. 제가 그쪽에게 사과를 해야 할 일이 있다면, 제대로 사과드리고 싶습니다."

수호의 말이 끝나기 무섭게 남자의 어깨가 잘게 떨리기 시작했다. 수호는 여전히 그에게서 멀지도, 가깝지도 않게 서서 남자를 내려다보고 있었다. 그렇게 조금 시간이 지났을까 남자가 몸을 일으켜 얼굴을 들었다.

그는 꽤 말끔하게 생긴 남자였다. 조금 야위어 안쓰러워 보이는 것을 제외하고는.

"정말 날 몰라?"

떨리는 목소리가 고요함을 깨뜨렸다.

"네가 내 인생을 망쳐 놓고, 날 몰라?"

남자가 소리를 꽥 지르며 수호를 향해 몸을 틀었다. 동시에 형사 몇 이 달려들어 그를 잡았기에 망정이지. 그러지 않았다면 단번에 수호의 얼굴로 주먹이 꽂혔을지도 모르는 일이었다.

씩씩거리던 남자가 아악! 외마디 비명을 지르며 발버둥을 쳤다. 남자의 발악에 아리가 침을 꿀꺽 삼켰다. 현태의 옷깃을 잡는 손에 힘이 들어갔다. 괜찮아, 제 손을 다독이는 현태의 체온 때문인지 마음이 조금 가라앉음을 느꼈다.

"네가, 네가 날 모른다고? 난 강수호 네 얼굴, 네 이름 한 번 잊지 않고 삼 년을 지냈는데! 날 몰라? 정말 네가 날 몰라?"

남자의 서슬 퍼런 눈빛이 수호를 향했다. 아득, 이를 가는 그의 얼굴에 시퍼런 칼날이 세워져 있었다.

❁

종구는 경기도 외곽에 1공장을 갖고 있는 제법 큰 전자기기 공장에 다니고 있었다. 아직 한국에서 으뜸가는 회사는 아니었지만, 전 분기에 나온 상품이 꽤 히트를 쳐, 앞으로의 성장 가능성이 다분한 그런 회사였다.

종구의 자랑은 그런 성장 가능성이 다분한 회사에 오 년째 몸을 담고 있단 것이었다. 주변에서도 늘 그를 부러워했다. 몸은 힘들었을지언정, 회사를 그만두어야 한다는 두려움이 없으니 말이다. 오 년이라는 시간은 그에게 라인의 관리자라는 명찰을 달게 해주었다. 뛸 듯이 기뻤다. 월급이 오르고 직분이 생겼다는 것보다 회사에서 인정을 받은 것 같아 행복했다.

하지만 그의 씀씀이가 큰 탓인지, 생활은 조금도 나아지지 않았다. 월급이 올라도 오른 것 같지 않았고, 보너스를 받아도 금세 카드 값으로 빠져나가기 일쑤였다. 그리고 어느새 그에게는 그조차도 낼 수 없는 빈곤함이 찾아왔다. 월급날이 되어도, 보너스가 나오는 날이 되어도 그의 통장에는 먼지만 가득했다. 결국 그가 손을 내민 건 주변에 친구들이었다.

"너는 승진도 했다는 놈이 왜 맨날 쪼들려 살아?"
"미안해 종구야. 나도 이번에 힘들다. 알잖아."
"솔직히 나보다 네가 더 잘 벌지 않겠어?"

돌아오는 건 몇 푼의 돈이 아닌, 그를 한심하게 생각하는 친구들의 쓴소리였다. 알고 있었다. 그들이 자신을 진정으로 걱정해 그런 말을 한다는 것도, 정말 잘못된 생활을 살고 있었다는 것도. 하지만 다시 되돌아가기에는 너무 잘못된 길을 오래 걸어왔다. 방법을 찾기 위해 여기저기 수소문을 했을 때, 그에게 달콤하기 짝이 없는 소문이 들렸다.

"K회사에서 벌써 몇 명이랑 접촉했다며?"
"완제품 아니어도, 제품 가져다주면 원하는 만큼 돈 준다고 했대."
"신상품 이제 막 제조 들어갔잖아? 야, 이거 유출되면 우리 회사도 좀 타격 입겠는데?"

충분히 위험한 도전이었지만 그만큼 종구에게는 달콤한 유혹이었다. K회사는 전 분기에 그의 회사와 비슷한 상품을 내놓은 회사였다.

하지만 무참히 짓밟혀 잊히고 말았다. 매니아 층마저 등을 돌린 상품이라는 오명만을 끌어안은 채.

"그런데 너무 위험한 제안 아니야? 게다가 그 위험한 제안을 왜 이렇게 공공연하게 퍼뜨려?"

"회사에서 일부러 이런 소문내는 거 아니야?"

이리저리 확신이 없는 소문도 났고, 되레 그 소문이 회사의 함정일지도 모른단 이야기도 퍼졌다. 하지만 종구는 더 이상의 선택지가 없다는 것을 알고 있었다. 어떻게든 소문의 근원지를 찾으면 되는 것이고, 제품이 제 손에 있으면 끝나는 일이었다. 만약 그게 헛소문이더라도 자신이 K사와 직접 거래를 하면 되는 일이니.

그 이후, 상황을 살피기 위해 일부러 야근을 자처했다. 잔업이 끝남에도 현장을 떠나지 않고 주위를 살폈다. 다른 부서로 물건을 옮길 때노라면 힘든 일임에도 자신이 나섰다.

"요즘 종구 씨 열심히 하지 않아?"

"유독 일에 열 내던데, 뭐 실연이라도 당했대?"

실체 없는 이야기가 여기저기 떠돌았다. 누구보다 일찍 출근하고 늦게 퇴근하는 그의 성실함은 사람들의 입에서 입으로 전해졌다.

소문이 한 장 한 장 쌓여 갈 때, 종구는 완벽한 실행을 위한 준비를 했다. 현장의 사각지대, 넣어서 몰래 빼돌릴 수 있는 가방까지. 하지만 모든 것이 준비되었음에도 그는 좀처럼 기회를 잡지 못했다.

그렇게 하루, 이틀이 지났다. 점심시간이 찾아와 모두가 식당으로 향했지만 단 한 사람, 종구만이 현장에 남기로 했다. 아침에 먹은 토스트가 얹혀 속이 영 좋지 않았기 때문이다.

"종구 씨, 괜찮아?"

"어휴, 얼마나 맛있게 먹었으면 체했어?"

"아침보다 괜찮아요. 가서 맛있게 드시고 오세요."

사람들은 그래도 조심하라는 말을 남긴 채 현장을 떠났다. 하나둘, 점심을 먹으러 사라지자 어느새 현장에는 종구 한 사람만이 덩그러니 남았다. 째각. 째각. 초침이 지나는 소리로 현장이 시끄러웠다. 빈 책상에 엎드려 있던 종구가 초조하게 움직이는 시계를 멍하니 쳐다보았다. 그리고 정확히 초침이 다섯 번 움직였을 때, 그가 몸을 벌떡 일으켰다.

'지금이 기회야.'

머리를 스치는 건, 지금 당장 자신이 하고자 했던 그 일을 해야 한다는 생각뿐이었다. 몸을 일으킨 종구는 자신이 숨겨둔 가방을 꺼냈다. 마침 며칠 전 사각지대에 제품을 쌓아놓은 걸 다행이라 생각했다. 복도 쪽으로 향해 있어 조금 불안하긴 했지만, 빨리 해치우면 될 것이다. 아무도 눈치채지 못하도록.

"괜찮아. 괜찮아. 이번만 잘 해내면 돼. 그래, 이번만."

불안에 찬 목소리로 중얼거렸다. 가방을 든 손이 덜덜 떨리던 찰나, 상자 속 제품이 눈에 들어왔다. 동시에 그의 머릿속으로 찬란한 미래가 그려졌다. K사에 무사히 제품을 넘겨 거액을 받아 새로운 인생을 사는 저의 모습이. 그래서일까 없던 용기가 차오르다 못해 흘러 넘쳤다. 가슴이 쿵쿵 뛰다 못해 코끝이 시큰거렸다.

"나도 살아야지. 나도 살려고 하는 일이니까."

그래, 그래야지. 침을 꿀꺽 삼키던 종구의 눈이 희번덕거렸다. 떨리는 손으로 제품을 집어 가방에 넣었을 때, 누군가의 날카로운 시선이 느껴졌다. 입안이 바짝 마르는 기분이었다. 제발 괜한 느낌이길, 아무도 없기를 바라며 얼굴을 들었다.

"안녕하세요?"

무언가 와르르 무너지는 소리가 들렸다. 꼭 발밑이 무너지는 느낌이었다. 그의 앞에 서 있는 건, 언젠가 보았던 아주 얼굴이 익숙한 남자였다. 말끔하게 생긴 그는 종구를 보며 웃고 있었다. 하지만 웃음은 어색했다.

"네……."

어렵게 대답을 건네자, 이내 남자의 시선이 저와 제품을 번갈아 보고 있다는 게 느껴졌다. 아차 싶어 제품을 빠르게 손에서 놓았다.

"그게 그러니까, 저기 그…… 조립 부서에서 가져다 달라고 해서요!"

말을 더듬지 말걸, 조금 더 매끄럽게 변명할걸. 아니 차라리 아무것도 아닌 것처럼 태연하게 대답할걸. 후회는 눈덩이처럼 불어나 그의 가슴을 묵직하게 짓눌렀다.

"네. 그럼 수고하세요."

아무것도 아니라는 듯 말하는 남자의 목소리에 온몸이 아래로 푹 꺼져 버렸다. 머리가 흔들리는 느낌에 눈을 감았다 뜨는 것도 힘들었다. 남자가 눈앞에서 사라질 때까지, 손가락에 힘이 들어가지 않았다.

조금 지난 뒤에야 종구는 제품을 담아 가방을 숨겼다. 구석에 숨어 덜덜 떨리는 손을 주무르며 스스로 마음을 달랬다. 괜찮아. 괜찮다. 들키지 않았을 거야.

목 끝까지 차고 올라온 긴장감을 억누르던 찰나. 복도 끝에서 들리는 여자 목소리에 눈이 번뜩 뜨였다.

"어머, 수호 씨! 웬일이에요? 사장님 보러 오신 거예요?"

"예. 작은아버지 안에 계시죠?"

"네. 사무실에 계셔요. 어쩐지 오늘 식당에도 안 가시더라니, 수호 씨랑 약속 있었구나?"

잔뜩 들뜬 여직원의 목소리에 종구가 손톱을 깨물었다. 톡, 톡 손톱의 끝을 잘게 물어뜯으며 두 사람의 대화에 집중하려 노력했다. 복도를 지나간 사람이라곤 방금 그 남자뿐이었고, 복도의 끝에 계단은 존재하지 않는다.

"수호…… 수호……."

곧 종구가 입을 열어 그의 이름을 중얼거렸다. 제품이 담긴 가방을 쳐다보는 눈동자가 묘한 빛을 내고 있었다.

그날, 종구는 무사히 제품을 빼돌렸다. 그리고 K사와의 접점을 찾기 위해 노력했다. K사와 연락을 취했다는 사원을 찾아보기도 하고, 홈페이지를 뒤적이기도 했다. 하지만 그의 노력은 좀처럼 빛을 보지 못했다. 시간은 계속 흘러갔고, 그가 빼돌린 제품의 출시일이 바짝 다가왔다. 얼마나 마음이 초조해진 건지, 꿈에서도 그는 K사에 대한 정보를 캐러 다녔다.

그럴 때마다 검은 그림자가 그에게 소리쳤다.

"도둑이야!"

"열심히 일하는 척하더니, 도둑질하려고 그런 거였어?"

여기저기서 쏟아지는 비난의 목소리에 머리가 아득해졌다. 아니라 고개를 도리도리 저을 때마다, 그의 주위로 가방이 떨어졌다. 바닥으로 떨어진 가방에서 그가 훔친 제품이 튀어나왔다.

"도둑놈!"

"이 도둑놈!"

버럭 소리를 지르는 그들의 목소리에 몸이 잔뜩 움츠러들었다.

"아, 아닙니다. 아니에요!"

겨우 튀어나온 목소리로 부정의 말을 해보지만, 그들에게 그 말이 전해질 리 만무했다. 그들은 종구를 힐난하고 비난하며 몸을 키워갔다. 그의 발밑으로 드리워진 그림자는 점점 더 길게 늘어져 그를 내려다보는 이들의 모습이 되었다.

"아악! 아, 아니에요! 아니라고!"

주먹을 휘두르며 그들을 위협해 보지만, 그저 허공을 휘젓는 주먹질일 뿐이었다. 위협적이지 않은 움직임 탓일까, 그림자는 점점 몸을 키워갔다.

"나도, 나도 절박해서 그랬다고! 나도!"

악을 질러보지만 상황이 나아질 리가 없었다. 그림자들의 허리가 굽어 종구에게로 서서히 다가왔다. 조금씩, 조금씩 다가온 그들의 입에선 똑같은 말이 터져 나왔다.

도둑놈, 도둑! 배신자!

목소리가 점점 더 커지자, 종구가 소리를 꽥 질렀다. 뒤로 빠르게 물러나며 고개를 도리도리 저었다.

"방법이 이것밖에 없는데 어떡해! 젠장!"

아악! 외마디 비명을 지르자마자 눈이 번쩍 뜨였다. 분명 집에서 자고 있었는데, 아니 자고 있었다고 착각한 걸까.

"김종구 씨, 이래도 할 말이 있습니까?"

그는 안락한 자신의 투룸, 침대 위에 누워 있지 않았다. 코를 찌르는 코롱 향기가 가득 들어차 있는 사무실에 덩그러니 서 있었다. 자신을 쳐다보는 건 회사의 임원들 및 제 상관이었다. 종구에게 늘 잘했다 칭찬을 하는 그들임에도 불구하고 절대 눈을 마주치지 않았다. 오래 일했으니 꼭 현장이 아닌 사무실로 옮기라는 말을 하던 그들이 더 이상 자신을 보고 있지 않았다.

물론 이러한 결과를 불러온 것이 다른 사람도 아닌 제 자신이라는 건 너무 잘 알고 있다.

"그 가방, 뭔지 설명해 보세요."

한 임원이 그의 앞으로 밀어준 건, 종구가 제품을 숨겨놓았던 가방이었다. 바닥으로 내리꽂힌 몸이 저릿저릿 아팠다. 대답해야 하는데 목이 따끔거려 아무런 말을 할 수 없었다.

이제 모두 다 끝났다. 그 생각으로 머리가 차갑게 식어버렸다.

"할 말 없습니다. 죄송합니다."

변명은 하지 않았다. 어차피 들킨 일인데 변명을 해봤자 소용이 없다는 걸 잘 알고 있다. 그저 이것을 그들에게 일러바친 이가 누구인지 생각하기에 급급할 뿐. 이후의 이야기는 일사천리로 진행되었다. 종구는 영업비밀침해죄 및 업무상배임죄로 구속되었다. K사에 접촉하려 시도했던 흔적마저도 들킨 탓이었다.

하지만 그것이 미수에 그쳤다는 점과, 완성된 제품이 아니라는 점을 감안하여 삼 년의 형량으로 그칠 수 있었다. 무릎이 아프다던 노모는 재판장까지 어렵게 걸어와 쓰러질 듯 울었다.

죄송하다, 죄송하다. 누구에게 외치는지도 모르게 소리를 지르며 죄송하다 울부짖었다. 그에 종구는 얼굴을 들지 못했다. 제 잘못이다. 자신의 죄인 건 분명하지만, 마음속에서는 미움과 분노의 씨앗이 조금씩 자라기 시작했다.

수감되어 있는 내내 그 누군가를 떠올렸다. 자신을 이곳에 가둔 그 누군가, 결국 끝까지 일을 방해해 놓고 재판 때에도 얼굴을 내비치지 않은 누군가. 수호였다.

삼 년의 교도소 생활을 끝내고 나오자마자 그가 한 것은 수호의 행방을 찾는 일이었다.

"야, 네가 왜 사장님 조카를 찾는 건데?"

어렵게 연락이 닿은 회사 동기가 이해가 안 된다며 물었다. 하지만 그는 아무런 말도 하지 않았다. 그저 신세를 진 게 있다고 거짓말을 하는 것 외에는 방법이 없었다. 그날, 자신을 훑어보았던 그 눈빛을 잊지 못했기에. 진짜 신세 진 거 맞느냐고 몇 번이나 되묻는 동기에게 고개를 끄덕여 주었다. 확실하다는 말을 몸짓으로 전하며 표정으로 연기까지 했다.

결국 동기는 못 이기겠다는 듯 자신이 알고 있는 것을 말해주었다.

"다음 주에 느떼 백화점 M브랜드 매니저로 들어간다더라. 회사 물려받기 전에 바닥부터 한다는 말에 사장님이 조카 기특하다고 난리였거든."

느떼 백화점. M브랜드. 동기에게 전해 들은 정보를 중얼거리던 종구가 고개를 뒤로 젖혔다. 눈부신 조명이 달려 있는 천장을 바라보며 이를 아득 갈았다. 그렇게 열흘 내내 종구는 백화점을 탐색했다. 지하 주차장의 이동거리, M브랜드의 위치와 직원들이 가는 통로의 위치. 더불어 직원들이 자주 오가는 휴게실과 식당까지 모두 머릿속에 넣어놓았다.

계획이라는 건 없었다. 그저 수호가 혼자 있을 때, 자신이 덮치기 좋은 순간만을 찾는 것이 전부였다. 하지만 홀로 매장에 서 있는 수호를 보기 무섭게 그 모든 다짐은 와르르 무너지고 말았다.

"아리 씨, 잠깐 이리 와 봐요."

옆 매장에 있는 아리를 불러 수다를 떠는 모습, 웃으며 손님을 맞이하는 모습. 어쩌면 당연할지도 모르는 그의 모습에 화가 치밀었다.

'누구 때문에 내 인생이 망했는데. 내 모든 게 무너졌는데!'

그로 인해 무너진 제 인생이 서글퍼졌다. 그로 인해 망가진 모든 것들을 떠올리다 콧잔등이 시큰해졌다. 속 안에서 부글부글 끓어오르는 무언가가 도저히 가라앉지 않아 미칠 지경이었다.

생각 같아선 매장으로 달려 들어가고 싶었다. 대체 당신이 뭔데 내 인생을 이렇게 망쳐 놓았냐 억하심정을 토로하면 좋으련만.

"고객님, 무엇을 도와드릴까요?"

활짝 웃으며 다가오는 한 여자 때문에 또 와르르 무너지고 말았다. 뛰어들어 주먹이라도 날리고 싶던 마음이 차갑게 식어버렸다. 젠장, 중얼거리던 그가 아니라 대답하고 뒤를 돌았다.

직원 주차장이 위치한 냉랭한 지하에서 꼬박 반나절을 기다렸다. 그가 나와 집으로 갈 때까지, 까만 어둠이 퍼져 누가 누군지조차 제대로 가늠할 수 없을 때까지.

직원들이 하나둘 모습을 드러내고, 차가 몇 대 남지 않았을 때. 그의 두 눈으로 수호의 뒷모습이 보였다. 익숙한 뒤통수를 따라 걸음을 옮기며 주머니 속 벽돌을 꽉 붙잡았다.

하지만 그게 끝이었다. 나쁜 마음을 먹는 것과 동시에 눈이 돌아갔고, 그것을 실행하려 가슴에 힘을 준 것. 그 이후의 두려움은 겪지 않아도 될, 겪을 수 없는 일들이 되고 말았다. 삼 년간 품은 분노가 물거품이 되어버린 순간이었다. 짓밟혔다 생각한 모든 것들이 짓밟힌 채 남아 그의 가슴을 까맣게 만들었다.

❂

종구가 숨을 크게 들이마시고 내뱉었다. 떨리는 숨결에 뒤엉켜 있는 그의 분노가 고스란히 느껴졌다.

"죄송하지만, 저를 보셨다고 했는데."

"그래, 당신이 봤잖아! 그날 당신이 나를 보고 사장한테 일러바친 거잖아!"

간신히 의자에 앉혀놓았더니, 화가 치민 종구가 또 몸을 일으키려 했다. 몇 경찰이 그를 붙잡아 눌러놓지 않았다면 당장 수호에게 달려들었을지도 모르는 일이었다. 하지만 수호는 눈 하나 깜짝하지 않은 채 종구를 쳐다보았다. 숨을 고르게 내쉬는가 싶더니, 영문을 모르겠다는 듯 고개를 저었다.

"죄송하지만, 그건 제가 아닙니다."

그의 말에 종구의 눈빛이 흔들렸다. 말도 안 돼, 중얼거리는 그의 얼굴이 하얗게 질려갔다.

"솔직히 말씀드리면, 그날조차 잘 기억이 나지 않아요."

"거짓말. 그게 말이 된다고 생각해?"

"거짓말이 아닙니다. 그리고 제가 알기론 그 사실을 작은아버지, 그러니까 사장님에게 말씀드린 건 다른 직원이라고 알고 있습니다."

몸에 힘이 풀린 건지, 경찰에게 붙들려 있던 종구의 몸이 휘청거렸다. 새어 나오는 탄식에 그의 기분이 고스란히 녹아 있었다.

"만약 그날 제가 당신이 훔치는 걸 봤다면, 일은 당일에 터졌겠죠."

수호의 마지막 말이 영향이 컸던 걸까. 와르르 무너지는 마음이 종구의 표정으로 드러났다. 아악! 외마디 비명을 지르던 그가 두 손으로 머리를 감싸 쥐었다.

"아니야! 아니라고, 아니야!"

지난 삼 년간의 분노는 무엇을 위한, 또 어디를 향한 것이었을까. 그토록 오랜 시간 동안 자신이 어두운 감정을 갖고 살아온 이유가 무어란 말인가. 후회는 후회로 거듭되고, 절망은 절망을 낳았다. 그런 종구의 모습을 지켜보던 수호가 한숨을 푹 내쉬었다.

“정말…… 당신이 한 게 아니라고?”

“제가 그 말을 했다 해도, 당신에게 그게 왜 중요합니까.”

“똑바로 말해!”

종구가 성을 내며 고개를 들어 올렸다. 그에 형사들의 몸도 함께 움찔거렸다. 혹시라도 수호에게 또 덤벼드는 건 아닐까 하는 불안 때문이었다.

“잘못은 당신이 한 게 확실한 거 아닙니까? 회사의 중요한 신제품을 빼돌리려 했으니까요. 누군가 그 사실을 전해 당신의 계획이 무너진 것보다, 당신이 범죄를 저지르려 했다는 게 중요한 겁니다. 당신 말로는 살아날 구멍이 그것뿐이라 하지만, 정말 그것뿐이었습니까? 양심을 저버리면서까지, 삶의 모든 걸 잃을지도 모르는데 정말 그 길뿐이었어요?”

수호의 물음에 종구가 입을 벙끗거렸다. 이윽고 그를 빤히 올려다보던 종구의 눈에 눈물이 그렁그렁 맺히기 시작했다.

“무슨 잘못을 했는지, 무엇 때문에 그 삼 년이라는 시간을 허비해야 했는지 본인이 가장 잘 알 거라 생각합니다. 그러니 저에게 화살이 돌아왔겠죠. 스스로 잘못을 덮어버릴 핑계가 필요했을 테니까요.”

이윽고 종구의 어깨가 파들파들 떨리기 시작했다. 눈물을 삼키는 소리가 중간중간 들렸다.

“두 번입니다. 당신이 잘못을 저지른 건, 삼 년 전 그날과 삼 년 후 오늘. 아무것도 달라진 게 없는 것 같네요.”

수호의 마지막 말에 종구는 오열했다. 무릎 위에 얼굴을 파묻은 채 엉엉 울음을 터뜨렸다. 그리고 수호는 그런 종구를 오랫동안 지켜봐 주었다. 간간히 어깨를 토닥이며 그를 달래주기도 했다. 두 사람의 뒤에서 지켜보던 아리의 얼굴로 구슬픈 마음이 드러났다. 그건 조각조각 부서져 형체조차 찾아볼 수 없는 종구의 캔디 때문이었다.

'수호 씨…….'

이윽고 수호에게로 향한 아리가 눈을 가늘게 떴다. 어쩌면 수호의 캔디도 종구처럼 조각조각 부서지고 있는 건 아닐까. 문득 스치는 생각에 가슴이 저릿해졌다. 어째서 그의 캔디는 보이지 않는 걸까, 같은 궁금증이 반복되는 순간이었다.

그 이후, 남자는 순순히 혐의를 인정했고, 세 사람 모두 무사히 조사를 끝마치고 경찰서에서 나올 수 있었다.

"오늘 감사해요."

주차장에 멈추어 선 수호가 고개를 살짝 숙여 아리와 현태에게 인사했다. 아래로 축 처지는 눈꼬리가 정말 미안해하고 있음을 말해주었다.

"아니에요. 같은 데에서 일하는데, 모른 척 지나갈 수 없잖아요."

괜찮다 말하며 고개를 도리도리 흔드는 아리의 앞으로 현태가 툭 끼어들었다. 손까지 흔들며 아니라 말하려는 그녀를 제압하곤 수호를 보며 고개를 끄덕였다.

"무슨 소리야, 도와준 건 맞으니 고맙다는 말은 받아야지. 네. 고마운 거 알면 됐습니다."

"조만간 밥이라도 먹죠. 감사의 뜻으로 밥이라도 사고 싶은데."

"아니요. 괜찮습니다. 여기 한아리 말대로 잘 해결됐으니 끝난 거죠. 고맙다는 인사도 받았고."

시선을 마주한 두 남자의 눈에서 또다시 파지직, 불꽃이 튀었다. 사이에 낀 아리만이 이러지도 저러지도 못해 눈치를 보고 있었다. 흠흠, 아리의 헛기침이 들리고 나서야 두 사람의 시선이 흩어졌다.

"지현태 너는 무슨 말을 그렇게 해? 호의는 거절하는 거 아니랬어."

"야, 너는!"

이런 일을 겪고도 어울리고 싶냐 말을 던지려고 했는데, 저를 노려보는 아리의 눈빛에 입을 꾹 다물고 말았다.

"지 팀장님께도 많이 감사하고 있습니다. 애초에 먼저 제압해 주지 않았다면, 일이 더 복잡해졌을지도 모르니까요."

수호가 웃으며 말하자, 현태가 들으라는 듯 크게 콧방귀를 뀌었다.

"알면 됐습니다."

여전히 냉랭한 태도에 안달이 난 건 아리 쪽이었다. 아랫입술을 누른 채, 그의 옆구리를 콱 찔렀다. 얼마나 세게 찌른 건지 현태는 외마디 비명도 지르지 못한 채 옆구리를 부여잡았다. 잔뜩 일그러진 표정에서 그의 고통이 드러나고 있었다.

"봐, 제가 조심하라고 했잖아요. 제대로 듣지도 않았죠?"

수호는 그런 아리를 보며 묘한 의문이 생겼다. 어떻게 알았을까. 그저 구부정한 모습으로 매장의 앞을 기웃거리는 것? 그게 아니라면, 의심쩍은 행동으로 앞을 서성거리는 것? 그 몇 가지로 저에게 악의가 있음을 알 수는 없었을 텐데. 고민에 고민이 이어질 때쯤, 현태가 아리의 팔을 잡아당겼다. 그녀의 몸이 기울어진 탓에 수호의 시선이 분산되었다.

"가자. 늦었어."

말을 하면서도 현태의 시선은 수호에게 고정되어 있었다.

"수호 씨는 어떻게 가시게요? 차 놓고 오셨잖아요."

"택시 타면 됩니다. 여기서 멀지 않아요. 저기 해로동에 살아요."

"어? 해로동이면 현태랑 같은 동네예요. 그치? 와, 같이 가면 되겠네!"

어느새 잡혀 있던 손목을 뺀 아리가 현태의 등을 짝! 내려쳤다. 해맑게 웃는 그녀의 얼굴이 왜 이리 얄밉게 느껴진 걸까. 현태는 알고 있었다. 아무리 자신이 싫다 해도 어차피 아리의 성화에 못 이겨 수호를 태우고 말 것이라는 것을. 그리고 아리는 자신보다 더 자신을 잘 알고 있을 테고.

"괜찮아요. 저는 택시를 타면."

"됐습니다. 타세요."

그래서 결국 한 번에 알겠다 대답하고 말았다. 물론 이유는 따로 있었다. 그에게 확실히 하고 싶은 것이 있었지만 아리의 앞에서는 할 수 없다던가. 그런 것들.

"너는, 어떻게 할래?"

"가는 길에 내려줘. 그럼 되잖아."

"그래, 그러자."

고개를 끄덕이며 차로 걸어가는 현태가 아리의 목에 팔을 둘렀다. 그리곤 세게 힘을 주며 이를 꽉 물었다.

"언제 안 보인다고 하디? 그 캔디. 어?"

"아! 아파! 이거 놔! 나도 몰라! 나도 안 보고 싶거든? 야! 놓으라고!"

도통 알 수 없는 이야기들을 하던 두 사람이 점점 멀어졌다. 오도카니 한 자리에 서 있던 수호가 아리의 뒷모습을 뚫어져라 바라보았다. 아리. 한아리. 그녀의 이름을 되새길 때마다 가슴으로 이어지는 오묘한 그 떨림이 무언지, 수호는 꽤 오래 알아차릴 수 없었다.

❁

해로동으로 향하는 내내, 현태와 수호는 한 마디도 나누지 않았다.

아리가 중간에 내리기 전까지는 그래도 조금의 소음은 존재했는데. 그녀가 내린 뒤로는 좀처럼 소리가 들리지 않았다. 간혹 들리는 바깥의 경적 소리만이 그 틈을 메워주었다.

"담배 태우세요?"

그 정적을 깨운 건, 수호에게 불쑥 질문을 던진 현태의 목소리였다. 그에 수호가 고개를 저었다.

"아니요. 지 팀장님 태우시면 저는 신경 쓰지 마세요. 괜찮습니다."

"그럼 마다하지 않고."

묵묵히 운전에 집중하던 현태는 주머니에 있는 담배를 꺼냈다. 담배 한 개비에 불을 붙인 채, 매캐한 연기를 목 안으로 깊이 빨아들였다. 꽤 이른 시간임에도 불구하고 도로는 차로 가득했다. 좀처럼 뚫릴 생각이 없어 보였다.

"궁금한 게 있는데, 물어보면 대답해 주십니까?"

"질문에 따라 다릅니다."

"그럼 일단 들어보셔야겠네요."

수호의 말에 현태가 미간을 좁혔다. 그리고 확신했다. 수호는 저와 기본적으로 상성이 맞지 않는 사람이다. 저의 단답을 아무렇지 않게 받아치는 이 남자가 저와 잘 맞는 사람일 수가 없다. 그렇게 생각하고 싶었다. 그게 제 단답을 이겨먹는 아리의 존재를 부정하는 것이라는 건 생각조차 하지 않은 채.

"아무리 생각해도 모르겠어서요."

"뭐가요?"

"아리 씨요. 어떻게 그 사람이 저를 위협할 거라고, 제가 위험하게 될 거라고 단언했을까요."

순간 가슴이 저 아래로 내려앉았다. 크흠흠. 헛기침을 내뱉으며 애꽂은 핸들을 툭툭 두드렸다.

"아리 말로는 그 사람, 강수호 씨 이름을 중얼거렸다고 하던데요."

"그건 저도 들었지만……."

답답한 마음에 연기를 깊게 들이마셨다. 담배의 끝이 타들어가는 소리가 제법 긴장감을 더했다.

"아무리 생각해도 이상해서요. 보통의 감은 아니라고 할까……."

"걔가 촉이 좀 좋은 편입니다. 학생 때부터 그랬어요."

하지만 수호는 현태의 말에 답을 하지 않았다. 그래요? 짧은 물음과 함께 창 너머로 시선을 던질 뿐. 수호는 매캐한 담배 냄새가 조금씩 차오르는 게 싫어, 제 쪽의 창문을 내렸다.

"그래서 기분이 나쁘단 겁니까?"

학생 때부터 빈번한 일이었다. 유독 촉이 좋기로 소문이 난 아리를 기분 나쁘게 보는 사람들이 한둘이었던가. 촉이 좋은 이유를 아는 건 현태 한 사람뿐이었던지라 더더욱 그 소문은 꼬리에 꼬리를 물 수밖에 없었다. 하지만 그렇다 해서 아리가 따돌림에 시달린 건 아니었다. 나름대로 능력을 잘 소화해 저를 따르고 좋아해 주는 사람들만 곁에 두었으니.

하지만 이런 경우는 몇 번을 겪어도 무뎌지지 않는다.

"아니요. 오히려 반대입니다."

의외의 대답에 좋아해야 할지 싫어해야 할지 알 수 없었다. 놀란 수호가 토끼 눈을 한 채 현태를 바라보았다. 창으로 불어오는 바람에 담배 끝이 더욱 빠르게 타들어갔다.

"처음엔 왜 저렇게 불안할 정도로 용감무쌍할까. 무모할까. 그런 생각을 했는데."

잘 알고 있었다. 저 역시도 그랬으니까. 능력이 생겼다는 이야기를 하기 무섭게 여기저기 일에 끼어들기 바쁘지 않았던가.

"오히려 그런 모습에 자꾸 눈이 가요. 밝게 하루를 시작하는 모습도, 누군가에게 힘이 되어주고 싶어 안달이 난 모습도. 자꾸 신경이 쓰이기 시작하는데……."

손끝이 저릿했다. 현태 역시 수호가 말하는 느낌을 알고 있었다. 그건 이미 자신이 가장 먼저 느낀 것이라 말을 하고 싶었지만, 좀처럼 입이 움직이지 않았다. 아니 수호에게 말하고 싶지도, 들키고 싶지도 않았다.

"지 팀장님도 저랑 같은 마음 아니었습니까?"

날카로운 수호의 대답에 콜록콜록, 기침을 터뜨렸다. 덕분에 잔뜩 쌓여 있던 담뱃재가 허벅지로 후두둑 떨어졌다. 그런 현태의 모습을 보던 수호가 키득키득 웃어 보였다. 아리와 함께 다닐 때에도 그랬지만, 정말 알기 쉬운 남자다. 저에게 적대적인 감정을 가지는 이유 역시 아리 때문일 것이다.

"무슨 마음을 말씀하시는 건지 모르겠네요."

담배 연기 때문에 콱 막혀 버린 목소리가 부정을 말했다. 하지만 수호는 그 말을 믿지 않았다. 아아, 그래요. 중얼거리는 목소리가 제법 즐거워 보였다.

"가벼운 마음으로 한 매니저한테 접근하지 마세요."

현태의 말에 수호가 고개를 돌려 그를 바라보았다.

"가벼운 마음인지, 아닌지 지 팀장님이 어떻게 압니까?"

"모르니까 더 그러는 겁니다. 함부로 상처 주지 말라고."

"증명해 보이면 됩니까?"

한 치의 흔들림도 없는 수호의 눈빛에 현태가 흠칫했다. 담배를 재떨이에 비벼 끄곤, 새 담배 한 개비를 꺼내 입에 물었다. 불을 붙이고 매캐한 연기를 빨아들이는 순간까지 가슴 속 두려움은 좀처럼 사라지지 않았다.

이윽고 꽉 막힌 도로가 뚫리기 시작했다. 굳어 있던 바퀴가 굴러가며 차들이 움직였다. 현태의 자동차 역시도 그 대열에 합류했다. 하지만 정체가 풀리고 있음에도 답답함은 가시지 않았다.

현태는 그 이유를 알고 있었다. 가슴이 꽉 막히는 답답함도, 이제껏 말도 안 되는 이유를 가져다 대며 수호를 아리에게서 떼어놓으려 했던 것도 모두 숨기고 있던 제 마음 때문이겠지. 하, 한숨을 내쉬며 담배 연기를 뿜던 그가 수호를 힐끗 쳐다보았다. 그 눈빛이 묘하게 날카로운 빛을 내고 있었다.

"증명을 하든, 뭘 하든 맘대로 하세요. 다만."

다시 운전에 집중하려는 듯, 현태의 눈동자가 죽 뻗은 도로로 향했다. 낮은 그의 목소리가 귀를 스치는 바람의 소리와 쏙 빼닮아 있었다.

"가볍게 생각하고 가볍게 접근하면, 가만 안 둘 겁니다."

수호는 대답하지 않았다. 그저 흥미진진하다는 듯 그를 슬쩍 쳐다보다 창밖으로 시선을 돌릴 뿐.

누군가에게는 유독 바람이 찬 밤이었다.

❂

집에 들어온 수호는 씻으면서도, 씻고 나와서도 온통 아리의 생각으로 정신을 차릴 수 없었다. 이상했다. 알게 된 지 얼마 되지도 않았는데 왜 이렇게 눈이 가고 마음이 향하는 걸까. 거리낌 없이 자신을 위험에서 구해준 그녀가 생각나 순간 심장이 철렁거렸다.

백마 탄 왕자님이라는 게 이런 거구나 싶었다. 성별에 제한되지 않고 누구나 백마를 탄 왕자가 될 수 있었다.

"한아리."

그녀의 이름을 중얼거리던 수호가 침대에 털썩 누웠다.

"한아리. 아리."

입에서 맴도는 그 이름이 참 귀엽다. 받침이 없어 여음이 남지 않는 게 아쉬웠지만, 어쩐지 착 감기는 느낌이 좋았다.

"아리 씨."

툭 내던진 그의 부름에 맞춰 핸드폰이 부르르 몸을 떨었다. 깜짝 놀란 그가 손을 뻗어 핸드폰을 들어 올렸다. 동시에 입가에 환한 미소가 만개했다.

〈잘 들어가셨어요? 너무 늦은 시간에 묻는 거 같아 죄송해요.〉

아리였다. 몸을 벌떡 일으킨 수호가 흠흠, 목을 가다듬었다. 전화도 아닌데 어쩐지 그래야 할 것 같았다. 말리지 않아 젖어 있는 머리칼도 정돈하고, 로션을 덕지덕지 바른 얼굴도 매만져 보았다. 이상이 없다는 걸 확인하자마자 핸드폰을 두드렸다.

〈네. 잘 들어왔어요. 오늘 너무 고마워요, 정말.〉

〈아니에요. 오히려 죄송해요. 사실 현태가 그런 애는 아닌데…….〉

현태. 이상했다. 현태가 아리를 부르는 건 아무렇지 않았는데, 아리가 현태를 부르는 건 기분이 영 이상했다.

〈괜찮아요. 친해지기 위한 과정이라 생각하면 됩니다.〉

사실 이런 생각을 한 것도 맞지만, 아닐지도 모른다. 좋은 사이로 남고는 싶었지만, 아리의 존재가 중첩되어 있는 건 싫었다. 것도 똑같은 마음이라면 더더욱 싫고.

〈그렇게 생각해 주신다면 감사해요.〉

귀여운 이모티콘과 함께 날아온 아리의 메시지에 수호가 킥킥 웃음을 터뜨렸다.

〈내일 아침에 커피 한 잔 어때요? 제가 살게요!〉

이어지는 그녀의 메시지에 수호가 입을 길게 찢었다. 침대 위로 풀썩 쓰러지며 핸드폰을 가슴으로 가득 끌어안았다. 끄응, 이상하고도 오묘한 소리가 목으로 새어 나왔다.

〈알았어요. 아침 일찍 만나요, 우리.〉

답장을 보낸 수호가 이불을 돌돌 말아 침대 위를 굴렀다. 으악! 짤막한 그의 외마디 비명이 방 안에서 사랑스럽게 울렸다.

❂

〈빨리 나와라.〉

톡톡 화면을 두드리며 메시지를 보내던 현태가 짜증 섞인 숨을 뱉었다. 아휴, 큰 소리를 내며 이마를 짚었다. 어젯밤 늦게 잔 게 분명했다. 그게 아니라면 이렇게 늦게 나올 리가 없다.

짜증은 짜증으로 이어져 머리가 지끈거리기 시작했다.

〈지금 나가요, 지 팀장님.〉

이어지는 하트 이모티콘에 현태가 숨을 참았다. 꼭 자신이 약해지는 타이밍을 알고 있는 것 같다. 이쯤 되면 다 알면서 모르는 척, 바보인 척하는 거 아닌가 싶을 정도로. 고개를 끄덕이던 그가 핸드폰을 아무렇게나 내려놓았다. 노래의 소리를 조금 더 키운 뒤 눈을 감았다.

"너는 떠나지 마, 현태야."

언젠가 자신을 붙잡으며 말했던 아리의 목소리가 떠올랐다. 울지도 못하고 바짝 마른 목소리만을 내뱉던 아리. 끙, 앓는 소리가 새어 나왔다. 이런 걸 생각하려고 상념에 잠긴 건 아니었는데. 짙은 한숨이 새어 나왔을 때, 익숙한 발소리가 들렸다. 급한 마음에 우당탕탕 계단을 굴러 내려오는 소리. 그에 현태가 킥킥, 웃음을 터뜨렸다.

못 말린다니까.

"현태야! 미안, 늦었지!"

차 안에서도 모두 들릴 정도로 쩌렁쩌렁한 목소리였다. 슬쩍 고개를 돌려 조수석의 창문을 내린 그가 새우 눈을 한 채 아리를 쳐다보았다.

"늦었으니 통행료 내고 타세요, 매니저님."

"아이, 빨리. 응? 열어!"

조금 과격해지는 목소리에도 현태는 꿈쩍도 하지 않았다. 고개를 도리도리 젓노라니 아리가 더욱 신경질적으로 문고리를 흔들었다.

"빨리!"

결국 현태는 웃어버렸다. 세상에서 가장 재미있는 게 무어냐 묻는다면, 그는 당연히 아리를 괴롭히는 일이라 말할 것이다. 어깨를 으쓱거리던 그가 아리에게 손바닥을 내밀었다.

"통행료."

또박또박 내뱉는 그의 말에 아리가 미간을 좁혔다. 뚱한 표정으로 그를 쳐다보다 흠흠, 목을 가다듬었다. 곧 오른쪽 손바닥을 펴 턱 아래에 가져다 댄 아리가 입술을 쭉 내밀었다.

"사랑이 담긴 뽀뽀?"

아리가 한쪽 눈을 찡긋거리자 현태는 잠시 넋을 잃고 말았다. 고개를 훽 돌린 채 좌우로 저어댔다.

"안 돼. 그거 아냐."

"아, 왜! 왜 안 되는데!"

"그거 아냐. 다른 거."

"아, 그럼 뭐!"

짜증 지수가 조금 높아진 아리의 목소리가 더 이상 괴롭히면 안 된다는 걸 말해주고 있었다. 천천히 고개를 돌린 현태가 그녀와 눈을 마주했다. 되도록 예쁜 말로 아침을 맞아주자 마음은 먹지만, 실천은 그리 쉬운 일이 아닌가 보다. 항상 이렇게 말이 허투루 나오는 걸 보면.

"오늘 점심 먹고 아이스크림."

"알았어. 매점 가."

"아니 그거 말고. 서른한 가지 골라먹는 맛으로."

"너 일부러 그러지?"

"아 뭐, 타기 싫음 마시고."

투덜거리며 창문을 올리려던 찰나, 아리의 두 손이 올라가려는 창문을 탁! 잡았다.

"야! 지문!"

"알았어. 서른한 가지 골라먹는 아이스크림. 살게, 사면 되잖아!"

다급한 아리의 목소리보다 현태에게 더욱 급한 건, 지문이 고스란히 남아버린 조수석의 창문이었다. 그가 잽싸게 창문을 내리자, 기대고 있던 아리가 조수석의 안으로 풀썩 쓰러졌다.

"협상!"

그리곤 잽싸게 잠금장치를 풀고 문을 열었다. 자리에 앉기까지 걸린 시간은 오 초도 되지 않았다. 신나게 흥얼거리는 아리가 어깨를 들썩였다.

"뭐 해? 빨리 가."

여전히 아리를 보는 현태의 눈은 가자미눈이 되어 있었다.

"그러게 그냥 열라고 할 때 열면 얼마나 좋아."

그렇지? 흥얼거리던 아리가 안전벨트를 한 뒤, 꼭 닫혀 있던 가방을 열었다. 그 안에 들어 있던 하얀 헤어밴드를 꺼내고 다시 현태를 바라보았다.

"뭐 해, 안 가?"

천연덕스레 대꾸하자 현태가 이를 부득 갈았다. 정말 이걸 때릴 수도 없고, 중얼거리는 그의 잇새에서 짙은 탄식이 새어 나왔다. 하지만 아리는 개의치 않다는 듯 조수석 위에 있는 거울을 내렸다. 흥얼거리던 아리는 헤어밴드를 하고 몇 번이나 거울을 바라보았다. 그리고 짤막한 머리의 끝을 만지다 현태를 보며 울상을 지었다.

"나 머리 기를까?"

"그러든가."

"아니, 짧은 게 나으려나?"

"그럴지도."

"아냐 그래도 겨울인데 기르는 게 낫겠지?"

"그래."

무미건조한 현태의 대답에 아리가 눈을 흘겼다.

"너 성의 없는 대답 할래?"

"네 질문이 더 성의 없거든? 왜 갑자기 머리를 기르네, 마네 난리래. 한아리답지 않게."

뭐, 그냥. 중얼거리던 아리가 어깨를 으쓱이며 콧노래를 흥얼거렸다. 헤어밴드를 한 제 모습이 그렇게 마음에 드는 건지, 거울을 보며 생긋 웃어 보였다.

"갑자기 심경의 변화가 생긴 이유라도 있어?"

"그냥, 예뻐지고 싶어서."

그냥. 아리의 말을 중얼거리던 현태가 턱을 괸 채 고개를 끄덕였다. 핸들을 잡고 있던 손이 흘러나오는 음악에 맞춰 리듬을 타기 시작했다. 잠시 정적을 지키던 현태가 입을 달싹이며 아리를 힐끗거렸다.

"야, 한아리. 하나만 묻자."

"뭔데?"

금세 핸드폰에 시선을 빼앗긴 아리의 물음에 현태의 눈이 게슴츠레하게 변했다.

"호박에 줄 긋는다고 수박 되냐?"

현태의 말이 끝나기 무섭게 아리의 외마디 비명이 들렸다. 아니, 외마디 비명과 비슷한 괴성이었다.

"지현태!"

늘 똑같은 아침의 시작에 내심 안심하던 현태가 더욱 크게 웃어 보였다. 어제의 오늘과 조금도 달라지지 않았다며 잔뜩 움츠러든 가슴을 살살 쓸어내렸다.

"아, 생각보다 일찍 와버렸네."

손목에 찬 시계를 내려다보던 현태가 쯧쯧, 혀를 찼다. 주차장에 주차까지 완벽하게 마쳤는데도 평소보다 삼십분 정도 일찍 도착했다. 여기에 오픈 준비 시간까지 하면 한 시간이 훌쩍 넘어버린다. 오픈 시간까지 넉넉하게 도착하는 게 일상이었다지만, 생각보다 더 빨리 도착하고 말았다. 어쩌지, 중얼거리던 현태가 아리를 향해 고개를 돌렸다.

"우리 커피라도 마시러 갈까?"

그의 물음에 아리의 눈이 동그래졌다. 웃는 듯 마는 듯 오묘한 표정을 지으며 눈동자를 도르륵, 도르륵 굴리기 시작했다. 으음, 낮게 중얼거리는 아리를 보곤 현태가 고개를 갸웃거렸다.

"왜? 너 왜 그래? 똥마려?"

"넌 진짜 나한테 못 하는 말이 없어."

"너니까 그런 거지."

"똥 안 마려워. 집에서 볼일 보고 왔어."

"그래? 그럼 다행이네."

어이없어. 중얼거리는 아리의 목소리에 현태가 킥킥 웃어 보였다. 핸들을 툭툭 두드리며 다시 그녀를 향해 물었다.

"왜 그러냐고. 뭐 나한테 말을 못 할 일이라도 있어?"

현태가 묻기 무섭게 아리가 고개를 끄덕였다. 너무 빠른 대답에, 심지어 못 할 말이라는 단어에 가슴이 쿵 내려앉았다.

"뭐야, 뭔데?"

무어라 물어야 할지 알 수 없었다. 친구끼리 비밀이 어디 있냐고 묻기엔 저와 아리의 관계를 정의내리는 것 같아 차마 할 수 없고, 끈질기게 캐물어 귀찮은 사람은 더더욱 되고 싶지 않았다. 더더군다나 지금 아리에게 저는 잔소리꾼에 엄마 같은 소꿉친구가 아니던가. 더 이상 그런 이미지로 남는 건 저 역시 원치 않는다.

"그게. 그러니까."

"말하기 싫음 말고."

"야아, 삐졌어?"

아직 제 반응을 신경 쓰고 있다는 게 내심 기분이 좋았다. 토라진 건 아니었지만 최대한 그런 척 표정을 유지했다. 웃음이 새어 나오려는 걸 참는 게 이토록 힘든 일일 줄이야.

"말할게. 응? 말할게."

"뭔데, 무슨 중요한 일이라서 그렇게 급하게 가는데?"

"그게. 수호 씨한테 커피를 사기로 해서."

현태는 수호의 이름에 머리를 한 대 얻어맞은 기분이 들었다. 눈을 깜빡이는 속도가 현저히 느려졌다. 온몸의 피가 거꾸로 솟는 것 같다. 그가 마음에 들지 않았다. 처음 아리와 만나게 된 계기도 별로라 생각했는데, 아리와 얽히며 점점 그 존재를 넓혀가는 것도 영 탐탁지 않았다. 불안함이 엄습했다.

혹시나, 하는 그 가설 때문에. 제 곁에서 '친구'라는 이름으로 머물러 있는 아리가 그의 곁에는 다른 이름으로 머무를까 봐.

"왜 네가 사?"

머리를 잔뜩 굴리고 굴려 나온 질문이었다. 그에 아리가 뭐가 문제냐는 듯 입을 삐죽였다.

"너 그 사람한테 뭐 빚졌어?"

"아니? 무슨 빚을 져."

"그럼 왜 네가 사는데."

"솔직히 현태 너 어제 수호 씨한테 좀 예의가 없었잖아."

"근데?"

표정 관리를 하고 싶은데, 딱딱하게 굳는 얼굴근육을 어찌할 수가 없었다. 애써 웃으려 노력을 해보아도, 좀처럼 나아지지 않는다.

"너에 대한 편견이 생기는 것도 싫고. 괜히 나쁘게 보는 것도 싫고. 그래서 내가 커피 산다고 했어."

"그러니까 내가 잘못한 걸 왜 네가 사냐고."

네가 뭔데. 목 끝까지 차오르는 말을 눌러 삼키느라 꽤 고생했다. 화가 부글부글 끓고 있었지만, 말을 삼키며 화 역시 억누르는 데 온 힘을 썼다. 표정 관리라는 게 이토록 힘든 일이었나 싶었다.

"내 친구잖아. 가장 소중한 친구가 버릇없고, 이상한 애로 비치는 게 싫어. 피는 안 섞였어도, 유일하게 남은 가족이 넌데……."

친구라는 말에 한 번. 유일하게 남은 가족이라는 말에 두 번. 가슴이 따끔거렸다. 코끝까지 시큰거리는 느낌이 퍽 좋지 않아 현태는 콧잔등을 찡그렸다 펴기를 몇 번이나 반복했다. 하, 깊은 한숨을 내뱉던 그가 안전벨트를 풀고 아리를 쳐다보았다.

"내려."

"어?"

"내리라고. 커피 내가 살 테니까."

현태의 말에 아리는 꿈쩍도 하지 않았다. 자리에 오도카니 앉아 놀란 눈으로 현태를 바라보고 있었다.

"내가 실수한 거니까 내가 만회할게. 그러니까 빨리 내려."

아휴, 한숨을 내뱉으니 아리가 활짝 웃어 보였다. 가방을 꼭 쥔 채 조수석에서 내려 조잘조잘 떠들기 시작했다. 대부분의 이야기는 수호에 대한 것이었지만, 현태는 아무런 반박도 할 수 없었다.

그저 쓰린 가슴만을 잔뜩 부여잡은 채 그녀와 함께 걸음을 옮기는 수밖에.

두 사람이 도착한 곳은 수호와 아리가 약속했다는 백화점의 바로 옆에 있는 프랜차이즈 카페였다. 이미 도착해 자리를 잡고 있는 수호에게 아리가 손을 흔들었다.

"수호 씨!"

그에 맞춰 수호가 고개를 들었다. 아리를 보며 활짝 웃다 현태를 보고는 웃음의 열기가 사악 식어버렸다. 그건 현태가 보아도 알 법한 변화였다.

"진짜 못 숨기네."

중얼거리는 그의 목소리를 아리는 듣지 못한 듯했다. 그에게 쪼르르 달려가 빈자리에 가방을 올려놓았다.

"잠깐, 나 화장실 다녀올게요. 현태야, 알아서 주문해 줘."

"아리 씨 뭐 드실 건데요?"

"아, 현태가 알아요. 금방 다녀올게요!"

화장실로 달려가는 아리의 뒷모습을 보던 수호가 피식 웃으며 의자에 몸을 기댔다. 그리고 제 앞에 앉아 있는 현태와 눈을 마주했다.

"아리 대신 제가 살 겁니다. 제일 비싼 거 시키세요."

"그래요, 제일 비싼 걸로 고르고 디저트까지 시켜야겠네요."

"네. 그러세요."

수호가 입술을 말아 올렸다. 그가 싫은 건 아니었다. 되레 말수가 적고 자신의 감정에 솔직한 현태가 마음에 들었다. 너무 마음에 들어 자신과 함께 일하자고 스카우트 제안을 하고 싶을 정도로.

다만 아리에 관한 일에 열정적으로 관여하는 게 영 마음에 들지 않는 것뿐이지.

"조금 더 분발해야겠네요."

의미심장한 수호의 말에 현태가 고개를 들어 올렸다.

"뭘요?"

"분발해야죠. 현태 씨 허락 없어도 아리 씨랑 커피 마실 수 있도록 말이에요."

수호의 도발에 현태가 눈썹을 찡그렸다. 토독. 토독. 테이블을 두드리는 그의 손가락에서 언짢은 기운이 느껴졌다. 하지만 수호는 아무런 말도 하지 않았다. 희미한 미소를 그린 채 현태를 빤히 마주하고 있을 뿐이었다.

"한아리는 저한테 허락을 받지 않는데요. 적어도 누굴 만나는 데 있어선."

"당연한 거 아닌가요? 허락받는 게 더 이상할 것 같은데."
"그런데 무슨 허락을 받지 않는 사이가 됩니까?"
"지 팀장님이 이렇게 졸졸 쫓아오지 않는 사이가 되고 싶다는 거죠."
순간, 두 남자의 사이에 미묘한 전류가 흘렀다. 그 사이를 메우려 부드러운 노랫소리가 황급히 끼어들었지만, 결코 녹아들 수는 없었다. 지갑을 꼭 쥐고 있던 현태가 먼저 일어났다.
"어떤 거 드시겠습니까?"
무관심으로 답을 하는 게 나을 것 같았다. 딱히 아리에게 접근하지 말라, 그런 생각으로 대하지 말라 말을 해보았자 달라질 것도 없을 테고.
'도대체 지현태 씨가 무슨 자격으로요?'
사실 그런 말을 듣는 게 가장 힘이 들 것 같았다. 현실을 깨닫는 것만큼 괴로운 게 없다. 적어도 아리와의 관계에선 말이다.
"저는 그냥 아메리카노면 됩니다."
"디저트는요."
"아리 씨가 좋아하는 거요."
"걘 다 잘 먹습니다."
"그럼 아리 씨가 제일 잘 먹는 걸로."
하, 깊은 한숨이 새어 나왔다. 신경질적으로 뒤를 돌아선 현태가 천천히 계산대로 향했다. 그런 현태를 바라보던 수호가 즐겁다는 듯 미소를 그렸다. 등받이에 몸을 기댄 그가 검지와 엄지로 턱을 두어 번 쓰다듬었다. 좋은 사이가 될 수 있을 법도 한데, 가드가 단단하다.
서로의 원 안에 아리라는 존재가 중첩되어 있으니 그런 거겠지만.
흥미진진했다. 그로서는 아주 오랜만에 누군가에게 갖는 호감이었고, 친구가 되고 싶은 사람을 만난 것이었다. 흐응. 콧노래를 부르던 수호가 맞잡은 손을 살살 어루만졌다.

주문까지 모두 마친 현태가 수호의 앞에 털썩 앉았다. 쥐고 있던 진동벨을 신경질적으로 테이블 위에 집어던지고 핸드폰을 꺼냈다. 누군가에게 전화가 온 건지, 요란하게 진동이 울리고 있었다.

"어, 왜."

사무적인 말투. 보안팀 사무실인가 지레짐작했다. 언젠가 아리가 쉬는 시간에 그런 말을 한 적이 있었다. 현태는 같이 일하는 보안팀에게는 무서울 정도로 냉정하다고.

"그런 건 네가 알아서 하라고 했잖아."

그 말이 맞구나 싶었다. 잔뜩 인상을 쓴 얼굴이나, 저에게 말을 할 때보다 더 낮은 목소리만 보아도 알 수 있었다.

"하……. 알았어. 갈게. 기다려."

아, 짜증나. 전화를 끊은 현태가 낮게 중얼거렸다. 그를 유심히 지켜보던 수호가 싱긋 웃었다.

"급한 일이 생겼나 봐요?"

"아리에겐 제가 말할 테니, 마시고 오세요."

"지 팀장님."

몸을 일으키던 현태가 수호의 부름에 우뚝 멈추었다. 몸을 돌려 그를 바라보는 눈빛은 여전히 서늘했다.

"저는 지 팀장님이랑 잘 지내고 싶습니다."

뜬금없는 말에 현태가 미간을 좁혔다. 영문을 모르겠다는 듯 그를 쳐다보다 짧은 한숨을 뱉었다. 의자를 제대로 집어넣으며 수호를 힐끗 쳐다보았다.

"생각해 보죠."

절대 잘 지낼 가능성도, 생각도 없다는 뜻이었다. 하지만 수호는 그저 싱글벙글 웃고만 있었다. 무엇이 그리 좋은지, 얼굴에 미소가 만개했다. 수호를 힐끗 보던 현태가 막 나온 아메리카노를 들고 급하게 카페를 빠져나갔다. 결국 커피와 디저트를 가져오는 건 수호의 몫이었다.

"와아, 케이크다."

수호가 테이블을 정돈하던 찰나, 화장실을 다녀온 아리가 그의 앞에 마주 앉았다.

"다녀왔어요? 현태 씨 방금 나갔는데 봤어요?"

"아아, 네. 오다가 급하게 뛰어가는 거 봤어요."

"급한 일이 있나 봐요."

"유망주라 그래요. 보안팀 유망주."

무슨 말인지 모르겠다는 듯 수호가 눈을 동그랗게 뜨자, 아리가 커피를 입에 머금었다. 으음, 무언가 고민하다 포크로 케이크를 한 입 떼어먹었다.

"보안팀도 협력업체인데, 그쪽 본사에서 현태를 되게 예쁘게 보나 봐요. 백화점 말고 다른 쪽에서 근무를 하길 바라는데, 쟤가 여길 고집해서 가끔 본사에서 무리하게 보고를 시키고 그래요. 일부러 힘들다고 못하게 만들려고."

"아…… 그럼 그냥 다른 데로 가면 되잖아요."

수호의 말에 아리가 어깨를 으쓱거렸다.

"저 때문에 못 간대요."

"엄마네요, 엄마."

"그쵸? 저도 가끔 그런 생각해요."

눈을 마주한 두 사람이 킥킥, 웃음을 터뜨렸다. 커피를 홀짝이며 웃는 두 사람의 사이로 부드러운 피아노 선율이 자리 잡았다.

"저 수호 씨한테 묻고 싶은 게 있었어요."
"뭘요?"
"그러니까 이런 거 조금 어려울지 모르겠지만……."
"물어봐도 괜찮아요."
사실 어려운 질문이 아닐 거라 생각했다. 아리의 성격상 정말 어렵다 생각이 된다면 묻지도 않았을 것이다. 오래 지켜본 건 아니지만, 어쩐지 그럴 것 같았다. 고개를 끄덕이는 그를 보곤 아리가 음, 입을 길게 찢어 고민했다. 수호 쪽으로 몸을 숙인 아리가 좀 전보다 더 작은 목소리로 속삭였다.
"왜 굳이 현장까지 나와서 일을 하는 거예요? 그냥 아버지 회사 물려받을 수 있는 거잖아요."
그녀의 질문에 눈을 빠르게 깜빡이던 수호가 음, 함께 고민했다. 포크를 들어 케이크를 몇 번 떼어 먹다 포크로 접시를 톡, 두드렸다.
"우리 브랜드 본사는 원래대로라면 외국 계열 회사예요. 그건 알죠?"
아리가 고개를 끄덕였다. 사실 백화점 안 브랜드의 반 이상이 그런 회사이지 않던가.
"그래서 사실 우리나라 회사처럼 자식에게 회사를 물려준다, 는 개념이 없어요. 한국 지사 사장이 바뀔 때에는 외국 본사 임원들의 승인이 필요하고요. 물론 능력이 있다면 후임이 자식이든 동생이든 괜찮겠지만, 이 회사 임원들이 좀 특이한 건지 그런 걸 싫어하더라고요. 이해하지 못해요. 혈육에게 내 회사를 물려준다는 걸요."
사뭇 진지해진 수호의 말에 아리는 고개를 끄덕이며 이야기를 경청했다. 반짝이는 아리의 눈을 마주한 그가 가볍게 웃어 보였다.
"그래서 열심히 하고 싶었어요. 아버지가 젊었을 때부터 힘들게 일

구어온 회사이고, 어렵게 한국에 들여온 브랜드이니까. 적어도 그 열정을 아는 내가 뒤를 잇는 게 낫지 않을까 싶었거든요."

"그래서 직접 매니저까지 하시는 거예요?"

"사실 우리가 옷을 들여오고, 외국 본사에 수수료를 주는 걸로 끝나는 건 아니잖아요. 매출이 나와야 하고, 옷이 잘 팔려야 하는데. 우리가 백날 전화하고 키보드 두드려 봤자 실질적인 매출은 현장에서 나오는 거니까."

그렇죠. 고개를 끄덕이던 아리가 커피를 입안에 머금었다. 향긋한 냄새가 콧속으로 단박에 밀려들어 왔다.

"이 사람들의 마음을 이해해야겠구나 싶었어요. 우리가 현장을 이해해 주고 지원해 주는 만큼, 이 사람들도 열심히 해줄 테니까. 그런데 사실 이런 건 직접 경험해 보지 않고는 아무것도 모르잖아요. 그래서 시작하기로 마음먹었어요."

"멋있네요, 수호 씨."

아리의 말에 수호가 당황한 표정을 지었다. 베시시 미소를 그리는 그녀의 모습을 뚫어져라 쳐다보다 자기도 모르게 고개를 휙 돌려 버렸다. 멋있다는 말을 처음 들은 것도 아닌데 왜 이렇게 부끄럽고 민망한 걸까. 하하, 어색하게 웃음을 터뜨리는 내내 코가 시큰거렸다.

"그럼 수호 씨는 어느 정도 배우고 나면 다시 본사로 돌아가시는 거예요?"

"아, 아마 그러지 않을까요? 현장에는 오래 있지 않기로 아버지와 약속을 해서. 회사 실무도 배워야 하니까요."

하하, 어색하게 웃으며 커피를 마셨다. 아직 김이 모락모락 나는 뜨거운 커피였음에도 불구하고 벌컥벌컥 들이켰다. 목이 바짝 타서 그러지 않곤 못 배길 것 같았다.

"그렇구나. 아쉽네요."

이어지는 중얼거림에 수호의 눈이 커다래졌다. 지금 뭐라고 한 건가 싶어 눈을 빠르게 깜빡거렸다.

"아, 그러니까. 그게. 친해지자마자 간다는 느낌이 들어서, 그래서!"

아리 역시도 당황해 두 손을 흔들었다. 고개까지 흔드는 게 제법 많이 당황한 듯했다. 그런 아리를 지켜보던 수호가 고개를 끄덕였다. 참으려 했지만 결국 킥킥, 웃음소리가 새어 나왔다.

"아, 나도 궁금한 거 있어요."

웃음을 주고받던 가운데, 커피를 한 모금 마신 수호가 아리에게 말했다. 눈을 동그랗게 뜬 그녀가 고개를 끄덕였다.

"네, 물어보세요."

"현태 씨랑 가족이라는 말을 들은 적이 있어서요. 그러니까 이건 일부러 엿들으려 한 건 아니고, 매장 직원분이랑 이야기하는 걸 들어서."

자기가 뱉고도 당황하는 수호를 보고 아리가 슬쩍 미소를 그렸다 고개를 끄덕이며 계속 이야기하라 눈짓을 보냈다.

"그럼 지현태 씨랑 진짜 가족입니까?"

순간 아리는 그 질문에 가슴이 콱 막히는 것 같았다. 떠올리기 싫었던 그날의 기억들이 자꾸만 머리를 괴롭혔다.

"아니요. 진짜 가족은 아니에요. 저…… 가족 없어요. 고등학생 때 부모님이 돌아가셔서요."

어색하게 웃는 아리의 대꾸에 수호의 눈동자가 흔들렸다. 아차 싶었는지 황급히 바로 앉아 머리를 긁적였다. 수호의 표정이 굳어지는 게 보였다.

아리는 처음으로 수호의 캔디가 보이지 않는 게 고마워졌다. 스스로 떠올리는 것도 싫지만, 누군가의 반응을 보는 게 더 아팠다. 굳이 제 슬픔에 누군가를 끌어들일 필요는 없다고 생각하는데. 더불어 일찍 세상을 떠난 분들이더라도, 그들이 남겨준 건 빨간 캔디가 오래토록 남을 행복한 추억들뿐이었으니까.

"죄송합니다."

"아니에요, 사실 슬픈 건 맞지만 그분들이 슬픔만 남겨주고 간 건 아니니까……."

말을 채 잇지 못하는 아리를 보고 수호가 입술을 꾹 눌렀다. 이런 분위기를 만들려고 물어본 건 아닌데, 약간의 후회가 밀려왔다. 하지만 그것도 잠시. 금세 활짝 웃는 아리 덕에 분위기가 저 아래로 꺼지지 않았다.

"부모님 돌아가신 뒤로, 현태 부모님께서 많이 챙겨주셨어요. 현태랑 남매처럼 자라서 그런가, 더 가족 같아요."

그 말을 듣고 나니 수호는 이제껏 아리가 현태에게 의지했던 이유를 단박에 이해할 수 있었다. 가족. 그래, 가족이었다. 물론 현태는 조금 다른 의미로 아리를 생각하는 것 같았지만, 어찌 되었든 그들의 울타리는 누구도 쉽게 부술 수 없는 것이었다. 가족. 아무도 함부로 할 수 없는 그 울타리 말이다.

"가족 맞네요."

수호의 대답에 아리가 활짝 웃었다. 고개를 끄덕이며 일회용 컵을 살살 어루만졌다. 어느새 뜨거운 열기는 가시고, 따스함이 남아 그녀의 손에 맴돌았다.

"나도 해줄게요."

툭 던진 수호의 말에 아리가 놀라 얼굴을 들어 올렸다.

"네? 뭘요?"

이윽고 수호가 입을 달싹였다. 어쩌면 이제껏 아리에게 보여준 미소 중 가장 부드러운 미소를 그린 채.
"가족. 나도 한 매니저님 가족이 되고 싶어요."

❁

하루가 어떻게 흘러갔는지 알 수 없었다. 머리가 멍해져서 무슨 생각을 하고 지냈는지도 가늠이 가지 않았다. 손님이 들이닥치는 시간에도 아리는 좀처럼 제정신으로 있을 수 없었다. 새로 온 직원에게 이것저것 가르치는 효영을 보면서도 상념에서 벗어나지 못했다.
"매니저님."
뭘까, 그 말은 뭐였을까. 가족이 되고 싶다니?
"언니?"
설마 결혼? 결혼을 이야기하는 거였을까? 진짜?
"아리 언니!"
"결혼은 아직 일러요!"
순간 매장 안이 서늘해졌다. 그 미묘한 공백에 정신을 차리니, 효영과 새로 온 직원인 수미가 아리를 이상하게 쳐다보고 있었다.
"저도 언니랑 결혼은 아닌 것 같아요. 저는 예쁜 남자가 좋거든요."
"아니, 효영아, 그게 아니고."
"그나저나 웬 결혼? 어머, 웬일이야. 현태 오빠가 결혼하자고 해요?"
아리는 한숨을 쉬었다. 앓는 소리와 함께 터져 나온 그것은 공중을 힘없이 떠다니다 자취를 훅 감추고 말았다. 고개를 도리도리 저어대던 아리가 손을 양쪽으로 저었다.
"아니야. 그런 게 아니라."
"뭐야, 뭔데. 그럼 언니가 그러고 싶단 거예요?"

사람이란 정말 타인의 일에 관심이 많다. 많아도 너무 많다. 한숨을 푹 내쉬던 아리가 고개를 좌우로 흔들었다.

"아니. 아니. 그냥 좀 생각할 게 있었어. 아무튼 별로 신경 쓸 일은 아니고, 갑자기 왜?"

흥미 있을 '뻔'한 일이라 그런 걸까. 효영이 입술을 삐죽거렸다. 치, 입술 사이로 새어 나오는 그 소리에서 아쉬움이 물씬 느껴졌다.

"A관에 있는 청바지 브랜드 말이에요. L브랜드. 거기 빠진다는 이야기 들었어요?"

"정말? 빠진대?"

아리의 물음에 효영이 고개를 끄덕였다.

"네. 실적도 안 좋았고, 본사가 조금 어려워졌나 봐요. 대폭적으로 매장을 축소한다고 했는데, 딱 저기가 걸렸대요."

"이번에 막 행사 들어갔잖아?"

"고별 행사로 이름 바꿔야지, 뭐. 조만간 대대적으로 행사해야 해서, 아르바이트생도 많이 뽑는다던데."

이어지는 효영의 말은 귀에 들어오지 않았다. 우리 브랜드는 그럴 일이 없도록, 부터 시작했던 것 같은데 아리의 머리엔 온통 수호가 일하는 M브랜드만이 가득했다. 저런 상황을 만들고 싶지 않아 직접 현장에서 뛰고 있는 거라 생각했다. L브랜드처럼 소리 소문 없이 매장을 철수하는 일을 막기 위해서.

수호 생각을 하다 보니 시선이 절로 그에게로 향했다. 열심히 고객을 응대하며 웃는 그를 보니 어쩐지 맥박이 빠르게 뛰기 시작했다.

"언니."

그리고 이어지는 효영의 부름에 아리가 깜짝 놀라 그녀에게로 시선을 돌렸다.

"왜?"
"요즘 이상해. 매일매일 수호 매니저님 쳐다보고."
"내가? 아니야, 무슨 이상한 소리 하고 있어."
"아닌데, 진짜 이상한데."
팔짱을 낀 채 아리를 쳐다보는 효영의 뒤에서 신입 직원이 흥미진진하다는 듯 둘을 번갈아 봤다.
"아니라니까. 아, 나 팀장님한테 다녀와야겠다. 우리도 이번 달 행사 있어."
"또요? 아니 우리 행사 접은 지 한 달 됐거든요?"
"본사에서 하라는데 어떡해. 지난 시즌 다 털어버리래. 다른 매장에서도 올 거니까, 각오하고 있어."
효영의 날카로운 추리는 생각보다 빠르게 끝났다. 행사를 알리는 아리의 말에 효영의 얼굴이 잔뜩 일그러졌다. 아아, 제발. 효영이 우는 소리를 하자 수미의 얼굴에도 걱정이 드리웠다.
"그렇게 힘들어요?"
"말도 마. 종일 거기 정리만 해야 돼. 화장실 가는 건 또 쉬울까. 아. 제발."
두 손으로 얼굴을 가린 효영의 캔디가 푸른색으로 변해가고 있었다. 저렇게 싫을까 싶던 아리가 킥킥, 웃음을 터뜨렸다. 덩달아 수미의 캔디마저도 푸릇푸릇 변해가고 있었다.
"걱정 마. 이번에는 매장 내에서 행사니까."
"정말? 진짜요?"
아리의 말에 고개를 번쩍 들어 올린 효영의 눈이 반짝반짝 빛을 냈다. 금세 파란 안개가 훅 걷힌 그녀의 캔디가 불그스름하게 물들었다.
"나 팀장님이 허락하면."

"언니!"

파일을 정리하던 아리가 킥킥 웃어 보였다. 효영이 저를 놀리는 게 특기라고 하지만, 저 역시 그녀에게 뒤지지 않았다. 틈이 날 때마다 자신이 놀려먹고 있다는 건 생각하지 못하는 것 같았다.

어휴, 한숨을 내쉬던 아리는 매장을 벗어났다. 지나치며 수호와 눈이 마주친 것 같았지만 차마 뒤를 돌아볼 수 없었다. 괜히 의식하는 것처럼 보이고 싶지 않았다. 조금 걸어가던 찰나, 누군가 옆으로 서는 게 느껴졌다. 깜짝 놀라 옆을 보니, 검은 정장이 보였다.

"뭐야, 놀랬잖아."

"놀라기는. 뭐 잘못한 거 있어?"

"없어. 내가 잘못한 게 어디 있어."

있을 수도 있지. 현태가 중얼거리는 소리에 아리가 눈을 흘겼다. 치, 콧방귀를 뀌던 그녀가 들고 있던 파일을 꼭 끌어안았다.

어릴 때에는 캔디가 시도 때도 없이 보여 혼란스러웠다. 그래서 놀이공원 등 사람이 많은 곳으로 소풍을 갈 때면 아리는 항상 집에 남았었다. 나이를 먹다 보니 캔디를 보고, 보지 않고는 스스로 조절할 수 있게 되었다. 조절이 가능하다고 생각조차 하지 않아서 그런 건지, 처음으로 조절을 했을 땐 뛸 듯이 기뻤다. 굳이 보려 하지 않으면 보이지 않고, 보고 싶으면 보이는 능력에 익숙해졌다. 물론 익숙해지기까지 매우 힘들었지만.

"요즘은 안 힘들어?"

"뭐가?"

"그냥. 요즘처럼 시즌일 때에, 손님들 캔디 때문에 힘들어 했잖아."

"치, 매출 올리려면 어쩔 수 없지 뭐. 보기 싫어도 캔디가 보이면 판매하기도 수월하단 말이야."

어쩔 수 없잖아. 아리가 어깨를 으쓱거리자 현태가 웃어 보였다. 그래, 어쩔 수 없지. 그녀의 마지막 말을 따라하는 그의 걸음이 어느덧 느릿해졌다.

"왜 같이 가? 너도 사무실에 볼일 있어?"

걸음을 우뚝 멈춘 아리가 현태를 올려다보았다. 이상하지. 그의 캔디는 항상 붉은색이다. 볼 때마다 불그스름하게 물들어 있으니, 이상하단 생각을 떨칠 수 없었다. 매일 매일이 그렇게 행복하고 즐거운가 싶어서.

그러다 문득 더 이상 캔디를 보지 말라는 현태의 말이 떠올라 눈을 질끈 감았다 떴다. 그래, 그 정도 부탁은 들어줘야지.

"아니 그건 아닌데."

"그럼 빨리 일하러 가. 또 나 팀장님한테 욕먹어."

"아니, 그러니까……. 뭐 좀 물어보려고."

현태의 말에 아리가 고개를 끄덕였다. 어서 말을 해보라는 뜻이었다. 하지만 현태는 쉽게 말을 하지 못했다. 고민하고, 또 고민하고 망설이다 숨을 크게 내뱉었다.

"뭔데?"

"아까 무슨 이야기 했어?"

이해를 못 한 아리가 고개를 갸웃 기울였다.

"무슨 이야기?"

"그러니까, 저기 강수호 씨랑 무슨 이야기 했냐고."

아리는 눈을 깜빡거렸다. 무얼 묻고 싶은 걸까 고민하다 어깨를 으쓱거렸다.

"별말 안 했어. 왜?"

"그러니까 그 별말이 뭐냐고."

집요하게 묻는 게 이상했다. 도대체 왜 듣고 싶은 걸까.

"왜 듣고 싶어?"

"그냥 궁금하니까."

"그냥 뭐……."

사실 대답을 하는 게 어려운 건 아니었다. 별 이야기를 나누지 않았으니 말을 해도 상관없겠다만, 현태의 행동이 영 이상했다. 무엇이 그리도 궁금한 걸까. 하지만 이대로 대답을 하지 않으면 몇 분이고 저를 괴롭힐 게 뻔했다. 자리에 세워놓고 대답을 할 때까지 보내주지 않겠지. 그건 싫었다.

"한 마디로 말하자면 친해지기로 했어."

"지금도 충분히 친해 보이는데."

"이제 됐지?"

사실 된 것도 안 된 것도 없지만 현태는 아무런 말도 하지 못했다. 그저 입술을 꾹 누른 채 그녀를 쳐다볼 뿐. 무슨 이야기인지 구체적으로 물어보면 분명 화를 낼 것이다. 자신이 생각해도 그건 좀 아닌 것 같기도 했고. 사실 친구 사이에 그런 것이 궁금할 수도 있겠지만, 집요하게 묻는 건 이상할 테니까.

"그래. 빨리 가봐. 나도 가야겠다."

시끄럽게 울리는 무전기를 쥔 현태가 아리의 머리를 마구 헝클였다.

"야! 머리 엉켜!"

"가라, 이따 점심시간에 봐."

아리가 소리를 높였지만, 그는 전혀 개의치 않은 듯했다. 손을 흔들며 멀어지는 그의 뒤로 불그스름한 캔디가 보였다. 정말 왜 저러는 걸까, 일상이 행복한 것도 복인데.

중얼거리던 아리가 아휴, 한숨을 내쉬며 파일을 꼭 끌어안았다. 그리고 사무실로 걸음을 옮기려던 찰나, L매장에서 고개를 빼꼼 내민 누군가를 발견했다. 앳된 얼굴에 긴 생머리. 동그란 눈을 가진 그녀는 영캐주얼 A관에서 제일 예쁘다 소문이 난 세영이었다.

'진짜 예쁘긴 하네.'

여자가 봐도 예쁜 얼굴이었다. 조막만 한 얼굴 하며, 뽀얀 피부 하며. 동그란 눈이 깜빡거릴 땐 자기도 모르게 그곳으로 시선을 향하고 만다. 뚫어져라 세영을 쳐다보던 아리가 아차 싶어 걸음을 재촉했다.

"미팅! 나 팀장님 미팅!"

중얼거리던 아리가 왜 멍청하게 서 있었냐며 제 머리를 콩콩 때렸다. 재촉하며 떠나는 걸음 뒤로 세영의 시선이 박히는 줄은 꿈에도 모를 일이었다.

한편, 뒤쪽에서 아리와 현태를 바라보던 수호가 크게 한숨을 내뱉었다. 두 손으로 머리를 감싸 쥐며 눈을 질끈 감았다 떴다. 왜 두 사람이 이야기를 나누는 데 이렇게 눈을 뗄 수 없는 걸까. 사실 아리와 간간히 눈이 마주칠 뻔했다는 건 알고 있었다. 그럴 때마다 다른 일을 하는 척하며 피했다.

"가족이 되고 싶어요."

자신이 했던 말을 떠올리기 무섭게 얼굴이 화르륵 달아올랐다. 사실 괜한 말을 한 걸까 싶은 정도였다. 그래. 효영의 부름에 깜짝 놀란 아리가 외친 그 말만 아니었다면 말이다.

"결혼은 아직 일러요!"

자신이 했던 말이 계속 머리에 남으니, 아리의 그 말조차 저 때문이라 생각했다. 아닐 수도 있겠지만, 가능성이 크다고 느껴졌다.

아아, 죽겠네. 중얼거리던 그가 카운터에 머리를 콩 박았다.

"송주야, 나 하나만 묻자."

텅 빈 매장을 정리하던 직원을 부르는 수호의 목소리에 힘이 하나도 없었다. 매장을 정리하던 송주가 고개를 끄덕였다.

"말씀하세요."

"너는 누군가 너한테 가족이 되어주겠다고 하면 무슨 생각이 들 것 같냐?"

"가족이요?"

"응. 가족."

고개를 들어 올린 수호가 송주와 눈을 마주했다.

"막 결혼하자는 소린가 싶을까?"

터무니없는 물음에 송주가 기함했다. 헛웃음을 몇 번 내뱉다 손사래를 쳤다.

"그냥 그런 사람이 되고 싶구나, 하는 거죠. 무슨 결혼?"

"아닌가?"

"그거 착각이에요, 형. 그럼 뭐, 봉사 다니는 사람들이 가족이 되어줄게, 하면 전부 결혼하자는 이야기예요? 정신 좀 차려요."

이윽고 돌아온 송주의 이야기에 수호가 아아, 우는 소리를 냈다. 아무리 생각해도 머리가 이상해진 게 틀림없다. 절대 고치지 못할 불치병이 되어버릴지도 모르겠다.

캔디 둘.

사랑의 큐피드

“어휴, 힘들어.”

모란과 회의를 마치고 나온 아리가 문에 기대 한숨을 푹 내뱉었다. 몇 번이나 모란과 독대로 회의를 해봤지만 좀처럼 적응이 되지 않았다. 서늘한 말투나 표정에 항상 위축된다고 할까. 에고, 에고. 앓는 소리가 절로 새어 나왔다. 빨리 매장으로 가서 숨겨놓은 사탕이나 먹자 싶어 걸음을 뗐다.

“저기, 지 팀장님.”

그 순간 익숙한 이름이 들렸다. 가녀린 목소리로 부르는 지 팀장이라는 호칭은 꽤 달달했다. 자신은 일부러 내려 해도 절대 나오지 않는 목소리였다. 뒤를 돌아보니, L매장의 세영이 현태를 불러 세운 모습이 보였다. 동시에 아리는 자기도 모르게 몸을 숨겼다.

“네. 무슨 일이십니까?”

현태는 자신에게 대할 때와는 다르게 매우 사무적이고 딱딱한 모습을 보였다.

"아이그, 바보. 그러면 여자들이 싫어하지!"

절로 엄마와 같은 모습이 되었다. 으이구, 바보! 작게 주먹을 말아 쥐어 허공에 휘두르던 아리가 두근두근한 마음으로 두 사람을 지켜보았다.

"저기 그러니까, 그러니까 점심시간에."

"네?"

"점심시간에 혹시 괜찮으시면."

"아, 죄송합니다. 같이 먹는 친구가 있어서요."

딱 잘라 거절하는 현태의 모습에 아리가 헐, 작은 탄식을 내뱉었다. 까짓 거 저야 다른 사람이랑 식사하면 될 일인데 저렇게 거절을 할 필요가 있담? 아리는 저러니 연애를 못 하는 거라 중얼거렸다. 저도 마찬가지이지만, 그건 모두 현태가 연애를 시작하면 해결될 것이라 생각했다. 지금은 그가 워낙 저를 과보호해 될 것도 안 되는 것이 분명하니.

숨죽여 그 광경을 지켜보았다. 학생 이후로 처음 보는 광경이라 그런 건지 흥미진진했다.

"아, 그럼 혹시 티타임은."

"역시 같이 나가는 친구 있습니다."

현태의 똑 부러지는 말에 세영이 잔뜩 울상이 되었다. 그렇구나. 고개를 끄덕이다 입술을 꾹 누르는 모습에 아리는 미간을 좁혔다.

'저거 진짜. 매너 더럽게 없네.'

차마 밖으로 뱉지 못하는 말이었다. 입안으로만 잔뜩 삼킨 뒤 벽을 꽉 붙잡았다.

"그러면……. 그러면 끝나고."

"뭘 원하는지 모르는 건 아니지만, 죄송합니다. 어려울 것 같습니다."

단번에 잘라 버리는 현태의 모습에 아리는 낮은 탄식을 내뱉었다. 동시에 세영의 붉은 캔디가 푸르게 변했다. 마치 멍이 드는 것처럼 천천히 푸른색이 퍼지고 있었다.

"그럼."

짧은 인사와 함께 고개를 숙인 현태가 L매장의 앞을 떠났다. 하지만 세영은 좀처럼 미련을 거두지 못한 건지, 멀어지는 현태를 빤히 쳐다보고 있었다. 현태의 캔디만 보면 그의 마음이 어떤지 대충 알 수 있을 텐데. 어쩐지 그 캔디를 마주할 용기가 나지 않았다. 자기가 꼭 세영이 된 것 같은 기분도 있고, 현태가 보지 말라 이야기를 한 것도 있고.

현태의 모습이 사라지고 나서야 세영은 매장 안으로 들어갔다. 아리 역시도 그제야 걸음을 옮겼다.

'왜 거절한 거지? 얼굴도 예쁘고, 성격도 좋다고 하던데.'

도대체 왜 거절한 걸까. 의문은 꼬리에 꼬리를 물었다.

"언니!"

매장에 가까워지자 효영이 호들갑을 떨며 아리를 불렀다.

"뭐래요? 매장 내 행사래요?"

"응. 그렇게 하라고 하더라."

"아싸! 다행이다, 와!"

효영이 두 팔을 들어 기쁨을 표출하자 아리가 피식 웃었다. 막내인 수미 역시도 효영의 곁에서 두 팔을 들어 와아, 기쁜 탄식을 질렀다.

"대신 이 주 뒤에 창고 정리야."

"네?"

기쁨은 매우 짧았다. 망연자실한 표정으로 아리를 쳐다보던 효영의 눈썹이 아래로 잔뜩 내려갔다.

"시즌 바뀌잖아. 본사에서 아울렛 쪽으로 보낼 물품 정리해 달라고 공문을 보냈대."

"아, 맙소사."

"전체적으로 정리해야 할 건 내가 볼게."

아리의 말에도 효영은 우울함이 통 회복되지 않는 듯했다. 푹 숙인 고개를 끄덕이는 게 어쩐지 힘이 없어 보였다. 매사에 열심히 일을 하는 효영이었지만, 어쩐지 창고 정리만은 힘들어했다.

자리로 돌아가 매출 시스템을 만지던 아리는 또다시 상념에 빠졌다. 어째서 그는 세영을 거부했을까. 혹시 마음에 둔 누군가라도 있는 걸까? 아니, 도대체 누구지?

"아리 씨."

옆쪽에서 들리는 목소리에 아리가 고개를 휙 돌렸다. 그곳에는 활짝 웃는 수호가 있었다.

"헐. 내가 부를 땐 듣지도 않더니."

효영의 볼멘소리도 들리지 않았다. 그저 환하게 웃는 수호의 얼굴이 유독 눈에 띌 뿐.

"네?"

"점심시간에 맛있는 거 먹으러 가요. 요 앞에 식당 예약해 놨어요."

"아, 네. 그래요."

"그럼 이따 봐요."

수호가 손을 흔들자 아리 역시도 웃으며 고개를 끄덕였다. 정말 이상한 사람이었다. 방금 전까지 머리를 괴롭게 하던 상념들을 한 번에 잊게 해주었다. 그 부름 한 번으로, 목소리 하나로.

'캔디가 보인다면 얼마나 좋을까.'

보고 싶었다. 어떤 색의 캔디를 갖고 있는지, 저와 이야기할 때에는 캔디가 어떤 색으로 변할지. 더불어 그의 캔디는 얼마나 예쁜 모양을 하고 있을지. 그를 빤히 지켜보던 아리의 곁으로 효영이 다가왔다. 영 마음에 들지 않는단 표정으로 그녀를 훑다 흥, 콧방귀를 꼈다.

"뭐야? 그 표정은? 언니 수호 매니저님이랑 뭐 있어요?"

"뭐가? 아닌데?"

"에이, 아니긴 뭐가 아니에요. 딱 봐도 뭐 있고만."

"아니라니까, 어제 그럴 일이 좀 있었어."

아리의 대답이 마뜩잖은 건지, 효영의 눈이 가늘어졌다. 그녀를 보는 내내 의심이 가득했다.

아리는 더 이상의 이야기를 하지 않은 채 묵묵히 일에 전념했다. 하지만 머리는 복잡했다. 현태와 수호의 생각이 엉키고 엉켜 실타래가 되어버렸다. 한숨을 몇 번이나 쉬어도 그 생각은 좀처럼 머리를 떠나지 않았다.

어느덧 점심시간이 되었다. 효영과 수미를 먼저 보내고 난 뒤, 아리는 홀로 매장에 남아 손님들이 벗어놓고 간 옷을 정리하고 있었다.

"한 매니저님."

익숙한 목소리가 부름에 뒤를 돌아보니, 현태가 서 있었다. 잔뜩 일그러진 얼굴이 그가 얼마나 짜증이 나 있는지 알려주었다.

"오늘 밥 같이 못 먹겠다. 미안."

"왜, 갑자기?"

"본사에서 온다고 시간 비워두래."

"아침에 다 끝난 거 아니었어?"

"그러니까."

마지막 한 마디에 부글부글 끓는 그의 속마음이 들어 있었다. 양손을 허리에 짚은 채 아휴, 아휴 한숨만 쉬던 현태가 옆 매장을 슬쩍 쳐다보았다. 고객을 응대하는 수호를 보다 아리에게 시선을 돌렸다.

"그럼 저 매니저랑 같이 먹으러 가?"

"응. 수호 씨가 식당 예약했다고 했거든."

젠장. 현태가 이를 아득 갈았다. 따라가야 하는데, 따라갈 수 없는 상황에 속만 끓었다.

"어? 지 팀장님, 벌써 점심 먹으러 나가세요?"

그런 현태의 마음을 아는 건지 모르는 건지, 매장과 매장 사이로 수호가 웃으며 다가왔다. 아직 시간이 되지 않았다 말하는 그의 모습에 현태가 혀를 찼다. 입술 한 쪽을 꽉 씹으며 미간을 좁혔다.

"아니요. 그러려고 온 거 아닙니다."

"현태는 같이 못 간대요. 우리 둘이 가야 할 거 같은데."

현태의 입에서 짜증이 뒤엉킨 한숨이 또 한 번 새어 나왔다.

"아, 정말요? 아깝다. 진짜 맛있는 명태 먹으러 가려고 했는데."

"어, 명태요? 저 명태 진짜 좋아해요! 아, 지현태 아깝다. 명태 귀신인데."

"둘이 입맛이 비슷해요?"

놀라 묻는 수호의 말에 현태가 씩 웃었다. 이제야 자신이 우월한 무언가를 찾았기 때문일까. 그게 매우 유치한 줄은 생각도 하지 못한 채, 고개를 끄덕였다.

"예. 우리 둘이 같이 자라다시피 해서, 입맛이 비슷하거든요."

하지만 그가 어깨를 으쓱거리며 으스대는 말에도 수호는 꼼짝하지 않았다. 아아, 그렇구나. 고개를 끄덕이며 중얼거렸다.

"아닌데? 넌 과일 별로 안 좋아하잖아. 난 엄청 좋아하고."

“아니, 반찬 말야. 반찬.”

“넌 버섯 싫어하잖아. 난 좋아하고.”

“하…….”

현태의 짙은 한숨에 수호는 새어 나오려는 웃음을 몇 번이나 참아야 했다. 흠흠, 크흠. 헛기침을 내뱉으며 시선을 피하는 것도 죽을 맛이었다.

“아무튼 그렇게 알아. 나 간다.”

“알았어. 이야기 잘 하고.”

“잘 가요, 지 팀장님. 쉬는 시간에 봐요.”

현태는 습관적으로 아리의 머리를 톡톡 두드렸다. 힘이 들어 있지 않은, 나름대로 애정의 표현이었다. 그러나 반대로 수호에게는 차가운 눈빛과 고갯짓만을 돌려주었다. 그조차도 하고 싶지 않았지만, 그에 따라오는 아리의 잔소리를 견딜 자신이 없다.

현태가 멀어졌던 그때였다. 아리의 매장이 있는 B관과 A관을 잇는 통로에 익숙한 얼굴이 보였다. 그건 L브랜드의 직원인 세영이었다.

“어?”

아리의 눈이 동그래졌다. 통로에 서서 까치발을 하며 복도를 기웃거리는 모습이 어째 이상했다. 그녀가 기웃거리는 곳을 보기 위해 매장에서 나선 순간, 아리의 눈에 현태의 뒷모습이 들어왔다. 그제야 무언가 깨달은 아리가 미소를 그렸다.

“수호 씨, 잠깐 매장 좀 봐줘요.”

“어디 가요?”

“잠깐이면 돼요.”

눈을 찡긋거린 아리가 잽싸게 통로 쪽으로 향했다. 그리고 구석진 곳에 서 있던 세영에게로 다가갔다. 아리의 접근을 뒤늦게 눈치채곤 몸을 움찔거렸다.

"안녕하세요?"

"아…… 네. 안녕하세요."

고개를 꾸벅이며 인사를 하는 세영은 목소리마저도 예뻤다. 얼굴이 곧 목소리라는 것처럼. 그러니 더더욱 현태가 이해가 되지 않는 것이다. 왜 거절을 한 걸까. 자신이 남자였다면 밥 같이 먹자는 것쯤은 흔쾌히 승낙했을 것이다.

"한아리라고 해요. 저기 저 보안팀장 소꿉친구구요."

"아, 네. 알고 있어요. 영캐주얼에서 제일 매출 많은 매니저님이라고 소문났는걸요."

통로를 사이에 두고 떨어진 A관과는 영 왕래가 없어 저를 모를 줄 알았더니. 별거로 다 소문이 났다. 아리가 하하, 웃으며 머리를 긁적였다.

"쑥스러운 이야기로 소문이 났네요."

"지 팀장님이랑 소꿉친구인 것도, 많이 들어서 잘 알고 있어요."

그렇구나. 아리가 고개를 끄덕이자 세영이 그녀를 뚫어져라 보더니 숨을 크게 들이마시다, 무언가 고민하는 듯 입을 꾹 다물었다. 하얀 바닥과 아리를 번갈아 쳐다보던 그녀가 힘주어 말을 꺼냈다.

"저, 한 매니저님께 꼭 부탁드리고 싶은 게 있어요."

갑작스러운 세영의 말에 아리의 눈이 커다래졌다.

"오늘 점심 괜찮으시면 같이 하실래요? 꼭…… 꼭 말하고 싶은 게 있었어요!"

❁

"이모! 여기 간장조림명태 2인분이요!"

"네! 2번 테이블 간장조림명태 2인분!"

식당은 시끄러웠다. 주문을 하는 사람들과 서빙을 하는 사람들의 목소리가 한데 엉켜 정신이 하나도 없었다. 그뿐인가. 밥을 먹으면서도 쉬지 않고 떠드는 사람들이 있으니, 그야말로 아비규환이나 다름없었다. 하지만 그럼에도 아리와 수호, 그리고 세영은 차분한 분위기를 이어갔다.

"죄송해요. 밖에서 식사하시는 줄은 몰랐어요."

세영은 고개를 푹 숙인 채 어쩔 줄을 몰라 했다.

"아니에요. 내가 미리 말 못 해서 미안해요."

"저는 한 매니저님만 있을 줄 알고……."

아휴, 한숨을 쉬던 세영이 입술을 꽉 씹었다. 고개를 얼마나 푹 숙이고 있었는지, 당장에라도 땅으로 꺼져 버릴 것 같았다.

"아니에요. 괜찮아요. 어차피 셋이어야 했는데, 잘됐죠. 예약한 것도 세 명이 먹을 양이었는데."

"세영 씨, 괜찮으니까 고개 들어봐요. 네?"

수호와 아리의 채근에 세영이 결국 고개를 들어 올렸다.

"죄송해요."

몇 번이나 죄송하다 말을 해야 성이 찰는지. 똑같은 말만 몇 번이나 되풀이하던 세영은 연거푸 한숨을 내쉬었다.

"뭐가 그렇게 죄송해요."

괜찮다니까? 물잔에 물을 채워주던 아리가 다정하게 답해주었다. 수저까지 챙겨준 뒤, 세영과 눈을 마주했다. 아무리 생각해도 현태가 단단히 실수를 한 것 같았다. 이렇게 예쁘고 귀여운 여자를 왜 그렇게 뒤도 돌아보지 않고 차버린 걸까. 정말 바보 같이 말이다.

"두 분 데이트하는 데 낀 것 같아서……."

참 예쁜 친구구나 싶었던 그때, 세영의 입에서 갑작스러운 말이 튀어나왔다. 놀란 건 아리만이 아니었다. 수호 역시도 물을 마시다 말고 쿨럭쿨럭 기침을 이어갔다. 빳빳하게 굳은 아리와 기침을 하느라 정신이 없는 수호의 모습이 절묘하게 어우러졌다. 시끄러운 식당에 제법 잘 어울리는 모습이었다.

세영은 두 사람의 반응에 놀라 눈이 휘둥그레졌다.

"데, 데이트라니! 아니에요. 그냥 옆 매장이라 친한 것뿐인데!"

"네? 데이트가 아니에요?"

수호는 여전히 기침을 하고 있었고, 아리는 고개를 빠르게 저어댔다. 그러나 입으론 아니라 하면서도 불그스름하게 달아오르는 얼굴이 세영의 의구심을 더욱 증폭시켰다. 아니면 아닌 거지, 저렇게 과한 반응이 나올 필요가 있을까 싶었다.

"정말 아니에요?"

"그렇다니까. 원래 현태도 같이 셋이 먹기로 했었어요. 그런데 일이 생겼다고 해서, 우리 둘만 오게 된 거고요."

"아……."

세영의 표정은 오묘했다. 마치 열애설을 부정하며 친구라 말하는 연예인을 지켜보는 시청자의 표정 같다 할까. 믿을 수 없지만 믿어야 하겠지, 라는 표정.

"진짜예요."

다시 한 번 못을 박는 아리의 말에도 불구하고 세영의 표정은 변하지 않았다. 고개를 끄덕이며 수호와 아리를 번갈아 보는 게 아직도 의구심이 가시지 않은 듯했다. 물을 한 모금 마시면서도 아리를 쳐다보는 눈빛은 오묘했다. 의심에 의심을 더해 그 말이 진짜일까 생각하는 게 엿보였다. 그러던 찰나, 의심으로 가득한 세영의 눈빛이 단숨에 또랑또랑한 빛으로 변했다.

"그럼 다른 거 하나만 물어봐도 돼요?"

"네. 그럼요."

아리의 대답에 세영이 숨을 크게 들이마셨다. 천천히 내뱉으며 주먹을 불끈 쥐었다.

"지 팀장님이랑 정말 소꿉친구, 그뿐이에요?"

세영이 던진 질문은 아리가 언제나 들어오던, 흔하고 흔한 질문이었다. 매번 반박하는 것도 지겨운. 또 이런 것 때문이구나 싶어 입안이 씁쓸해졌다.

결국 씁쓸한 느낌을 이기지 못한 아리가 찬 물을 벌컥벌컥 들이켰다. 빈 잔을 탁! 내려놓으며 고개를 끄덕였다.

"네! 소꿉친구 그 이상도 이하도 아니네요!"

그녀의 단호한 태도에 놀란 세영과 수호가 눈을 빠르게 깜빡였다.

"자세한 사정까지 밝힐 순 없지만, 어릴 때부터 함께 자라다시피 했어요. 정말 현태랑 저는 친구예요. 그 이상의 관계는 생각해 본 적도 없으니까 오해 마세요."

아리의 단호함에 세영은 침묵을 지켰다. 한참 그녀를 쳐다보다 금세 배시시 웃음을 터뜨렸다. 수호 역시 잔뜩 긴장한 표정으로 아리를 쳐다보다, 이내 희미한 미소를 그렸다.

한순간에 드러나는 세영의 안도감에 아리가 피식 웃었다. 학창 시절에 많이 봤던 모습이었다.

"현태 선배랑 무슨 사이세요?"

잔뜩 긴장해서 저를 찾아온 후배들은 허리를 곧게 세운 채, 그렇게 물었다. 그럴 때마다 아리는 한 치의 망설임도 없이 대답했다.

친구. 가족. 그 이상도 이하도 아니라고.

그때나 지금이나 다를 게 없다. 현태는 친구일 뿐이다. 친구가 아니라면 벌써 이루어지고도 남았겠지. 벌써 결혼을 했을지도 모르는 일이다. 현태의 부모님도 내심 그걸 바라고 있었으니까.

하지만 아리는 그러고 싶지 않았다. 남녀의 사랑이라는 건 모든 것들을 쉽게 무너뜨릴 수 있는 감정이었다. 지금처럼 쉽게 가족이라 말하는 것도 그런 감정이 없기에 가능한 일인 것이다. 가족의 사랑이 아닌, 남녀의 사랑은 언제든 무너질 수 있는 감정이다. 사랑이 무너진다면 관계도 무너지고, 관계가 무너진다면 현태와의 관계는 끝이 난다. 그러면 자연스럽게 현태의 가족과도 멀어져야 한다.

이미 무너진 관계이니까. 무너진 것을 다시 쌓아 올리는 것만큼 힘든 게 또 어디 있을까.

"현태 좋아해요?"

세영의 얼굴이 금세 달아올랐다. 그녀는 다소곳이 모으고 있는 손을 마주하며 어쩔 줄 몰라 했다. 살짝 붉게 물든 눈꼬리에서 곧 꽃이 피어날 것 같았다.

안달이 난 모습이 왜 이리도 예쁜 건지, 그녀를 보는 내내 아리의 입가에 미소가 떠나지 않았다.

"티 나요?"

"매일 현태 지나갈 때마다 쳐다보죠?"

"네?"

놀란 세영의 목소리가 높아졌다. 눈을 휘둥그레 뜬 그녀가 잠시 주위를 살피다 고개를 끄덕였다. 당장에라도 펑 터져 버릴 것 같은 얼굴이 참 사랑스럽다.

"사실 그때 아니면 볼 수도 없어요. 제가 말 걸어도…… 쌀쌀맞게 대하셔서……."

세영이 말끝을 흐리자 수호가 한숨을 내쉬었다. 수호가 인정한다는 듯 턱을 괸 채 고개를 끄덕였다. 현태는 세영뿐만 아니라, 저에게도 쌀쌀맞은 사람이니까.

"하긴, 지 팀장님이 좀 쌀쌀맞긴 하죠."

"걔가 성격이 좀 그래요. 운동을 하던 애라 더 표현에 인색하기도 하고요."

"그래도 나쁜 분은 아니에요!"

마치 반박이라도 하듯, 세영이 고개를 바짝 들어 입을 달싹였다. 그리고 다시 붉게 달아오른 얼굴을 푹 숙였다. 꼭 그 얼굴처럼 붉은 명태찜이 상의 중앙에 올려졌다. 모락모락 피어오르는 김 너머로 수줍은 듯 입술을 깨물고 있는 세영의 얼굴이 보였다.

"사실은 굉장히 다정한 분이라는 거, 잘 알고 있어요. 그래서 좋아하는 거고요."

"다정해요? 지 팀장이?"

놀라 묻는 수호의 말에 세영이 고개를 끄덕였다. 도저히 믿을 수 없는 모양인지, 수호의 눈이 평소보다 더욱 동그래졌다. 사실 그럴 만도 했다. 그에게는 단 한 번도 다정한 모습을 보여준 적이 없었으니까.

눈을 잔뜩 째고 노려보는 모습이라면 모를까.

"무슨 일 있었어요? 뭐, 현태의 다정함을 깨닫게 된 순간이라던가?"

아리는 어쩐지 신이 나 보였다. 몸을 앞으로 잔뜩 내밀어 세영을 바라보는데, 그 눈빛이 반짝반짝 빛났다. 곧 수호가 젓가락을 들어 명태 살을 발라내기 시작했다. 뼈가 없는 걸 예약한 것 같은데, 투덜거리는 목소리가 시끄러운 소음에 묻혔다.

아리의 질문을 몇 번인가 곱씹던 세영이 고개를 끄덕였다.

"있었어요."

어머, 어머! 자기가 더 신이 나 추임새를 넣는 아리의 얼굴에 웃음꽃이 활짝 피었다. 드디어 지현태에게 인연이 나타났다. 그가 연애를 한다면 저 역시도 연애의 '연'을 생각해 볼 수 있을 것이다. 옆에서 잔소리란 잔소리를 마구 쏴대는 남자가 없을 테니까. 그런 생각을 하니 더더욱 세영의 사랑을 응원하고 싶어졌다.

"이야기 해줄 수 있어요?"

아리의 말에 놀란 세영이 고개를 들어 올렸다. 들은 대로 분위기의 흐름이 참 변화구 같은 사람이라고 생각했다. 그런 말재간이나 센스로 영캐주얼 매장에서 부동의 판매율 1위를 기록하는 거겠지.

세영은 잠시 고민하는 듯하더니 곧 자그마한 목소리로 물었다.

"비밀로 해주실 거죠?"

주뼛거리는 그 모습이 예뻐, 아리는 고개를 끄덕이면서도 웃음을 감추지 못했다.

"당연히 비밀이죠. 이런 거 퍼뜨리지 않아요."

"강 매니저님도요?"

"저는 신경 쓰지 마세요. 사실 남 연애사에 크게 관심이 없거든요. 나도 못하고 있는데."

걱정하지 말라며 웃는 그의 모습에 세영이 안도의 한숨을 내쉬었다. 마주 잡고 있던 손을 살살 어루만지던 그녀가 어렵게 입을 열었다.

❁

때는 일 년 전. 세영이 느떼 백화점 L브랜드의 막내로 취직한 지 얼마 되지 않았을 때였다. 하루에 한 번 실수를 하지 않으면 막내가 아니라는 말에 꼭 맞게 세영은 매일 실수를 반복했다. 것도 같은 실수였다. A제품을 찾아와야 하는데 비슷한 L제품을 가져온다거나, 여자 사이즈를 가져와야 하는데 남자 사이즈를 가져온다거나 하는 것들.

손님의 불만은 생각보다 크지 않았다. 들어온 지 얼마 되지 않아 실수가 잦다는 매니저나 둘째의 위로 덕에 웃고 넘기는 게 대부분이었다.

마음이 불편하고 눈치가 보이는 건 세영 쪽이었다. 어째서 같은 실수를 반복할까, 자신이 한심했다. 일이 채 익숙해지기도 전에, 세영에게 있어 최대의 난제가 찾아오고 말았다. 하필이면 정기적으로 매니저 교육이 있는 날과 세영의 바로 윗 직원의 쉬는 날이 겹친 것이었다. 설상가상으로 둘째까지 점심을 먹으러 나가 매장에는 세영 홀로 남아야 하는 상황이 되고 말았다.

"세영아, 진짜 혼자 있어도 되겠어?"

둘째 직원인 윤제가 걱정스레 물었다. 자신이 같이 있을 때에도 열 번 중 네 번은 실수를 하던 세영이었기에 더더욱 걱정이 되었다.

"네. 괜찮아요. 정말 어려울 때에는 옆 매장에라도 물어볼게요."

기세 좋게 말은 했지만, 맘속으론 불안해 미칠 지경이었다. 정말 잘 할 수 있을까, 그 걱정만이 머리를 잔뜩 맴돌았다.

"그래. 최대한 밥 빨리 먹고 올게. 그러니까 조금만 기다려. 점심시간이라 손님은 많지 않을 거야."

"네. 걱정 마세요, 오빠."

"그래…… 나도 걱정 안 하고 싶다."

우스갯소리겠지만, 반 이상은 진담이라는 걸 세영은 알고 있었다.

윤제는 매장을 떠나면서도 몇 번이나 뒤를 돌아보았다. 떨어지지 않는 걸음을 떼느라 퍽 힘이 들어 보였다.

그가 사라지고 나서야 세영에게 불안감이 파도처럼 밀려왔다. 목 끝까지 차오르는 그 불안감을 삼키고 또 삼켰다.

'그러니까 창고 왼쪽엔 상의였고, 오른쪽은 하의. 중간에 일렬로 정리되어 있는 게 아우터고…….'

몇 번이나 머릿속으로 창고 구조를 되새겼다. 물론 이 모든 게 소용이 없다는 건 자신이 가장 잘 알고 있다. 막상 창고에 들어서면 머리가 하얗게 변할 것이다. 어디서부터 어떻게 무얼 찾아야 할지 뒤죽박죽이 되어버리겠지. 잘못 가져가면 어쩌나 걱정하느라 말이다.

그렇게 마음을 졸이던 순간, 결국 가장 걱정하던 상황이 들이닥치고 말았다.

"저기요, 이거 사이즈 있어요? 남자 XL 사이즈로요."

묵직한 남자의 목소리에 온몸이 빳빳하게 굳어졌다. 아, 입술을 달싹이던 세영이 천천히 뒤를 돌았다. 최대한 활짝 웃으며 다가가는데 발이 왜 이리도 무거운 건지.

"네, 고객님. 잠시만 기다려 주시겠어요?"

"예. 천천히 하세요."

저를 훑어보는 남자의 시선이 영 이상했지만, 세영은 그것까지 신경 쓸 여력이 없었다. 사이즈, 사이즈 찾기. 머릿속으로 해야 할 일을 더듬어보았다.

'일단 전산, 전산을 찾아보라고 했지.'

전산에서 없기를 바랐다. 차라리 사이즈가 없어서 창고로 찾으러 갈 상황이 아니기를. 그렇게 바라며 사이즈를 검색했다. 없어라, 없어라. 몇 번이나 기도하고 기도했는지 모른다. 하지만 운명은 그녀의 손을 들어주지 않았다. 화면에는 보란 듯 XL사이즈가 존재한다 쓰여 있었다. 온 세상이 무너지고, 조각났다. 몸이 바스라지는 느낌이 이런 걸까 싶었다.

몇 번이나 머리로 떠올리던 창고의 위치 역시 그녀의 머리에서 와르르 무너졌다.

“없어요?”

어느새 제 앞까지 성큼 다가온 남자의 모습에 깜짝 놀란 세영이 고개를 도리도리 저었다.

“아. 아니요. 있어요. 잠시 기다려 주시겠습니까?”

세영은 어색하게 웃었다. 억지로 웃느라 입가에 경련이 일어날 것 같았다.

“네. 천천히 다녀오세요.”

“감사합니다. 잠시만 기다려 주세요.”

배운 대로 응대를 한 세영이 잽싸게 창고로 뛰어갔다. 머릿속으로 몇 번이나 되뇌었다.

‘상의는 왼쪽, 상의는 왼쪽…….’

아니, 남자와 여자는 또 나누어져 있다고 했었나? 분명 박스가 여러 개였는데. 뛰면서도 걱정이 이만저만이 아니었다. 여기서 실수라도 한다면 열심히 가르쳐 준 매장 식구들을 볼 낯이 없을 것 같았다. 자신의 실수를 감싸주느라 몇 번이나 애를 먹던 그들이 떠올랐다.

하지만 그 걱정은 창고에 도착한 순간 싹 사라지고 말았다. 삐뚤빼뚤한 윤제의 글씨로 박스마다 정성스레 쓰여 있는 품목 때문이었다.

[남자-상의]라 적힌 박스를 발견한 세영은 코끝이 찡해졌다. 고마워요, 오빠. 중얼거리며 박스를 내린 뒤 찾고 있던 제품의 사이즈를 꺼냈다.

세영은 매장으로 향하며 벅차오르는 기쁨을 감출 수 없었다. 물론 반 이상은 윤제 덕이었지만, 혼자서 해냈다는 사실 하나만으로도 가슴이 쿵쿵 뛰었다.

"많이 기다리셨죠, 고객님?"

세영이 헉헉거리며 뛰어오자 남자가 씨익 웃었다.

"아니요. 괜찮습니다."

"이게 XL사이즈인데, 한번 입어보시겠어요?"

남자는 활짝 웃는 세영을 보며 고개를 끄덕였다. 그러면서도 시선은 세영에게 머무른 채 묘한 빛을 전했다. 탈의실에 들어가 문을 닫을 때까지 그 시선은 여전했지만, 그녀는 알아채지 못했다.

문이 닫히는 것과 동시에 세영이 활짝 웃었다. 드디어 자신이 무언가를 해냈다는 기쁨 때문이었을 것이다. 야호! 속으로 쾌재를 내질렀다. 이대로 판매까지 성공하면 매니저나 선배들에게 자랑을 할 수 있을 것이다. 나도 할 수 있다는 것을 보여줄 수도 있겠지. 키득거리며 웃고 있던 그 찰나였다.

"저기요, 이것 좀 봐주시겠어요?"

탈의실 안에서 남자의 굵직한 목소리가 들렸다. 화들짝 놀란 세영이 뒤를 돌았다. 하지만 탈의실의 문은 굳게 닫혀 있었다.

"예? 입고 나오시면 봐드릴게요, 고객님."

"아니, 잠깐 문 열 테니까 봐주세요."

목소리가 영 찝찝해 절로 미간이 찡그려졌다. 하지만 인상을 펴야 한다는 걸 누구보다 잘 알고 있었다.

"서비스업의 기본은 미소입니다. 활짝 웃는 얼굴로 고객을 응대하는 것이 우리가 기본으로 갖추어야 할 자세라고 할 수 있습니다."

실무에 투입되기 전 받은 서비스 교육이 떠올랐다. 아무리 싫어도 미소를 지으며 응대해야 한다고 했다. 그게 서비스업의 기본이라 했으니까. 몇 번 심호흡을 한 세영이 탈의실 문으로 가까이 다가갔다. 영 내키지 않았지만, 별일이야 있겠나 싶었다.

"네, 고객님. 무슨 일이세요?"

그리고 문이 살짝 열렸을 때, 세영은 눈앞에 펼쳐진 광경에 머리가 와르르 무너지는 걸 느꼈다.

"옷이 영 빽빽한데, 좀 내려주시겠어요?"

남자는 옷을 채 내리지도 않고 상체에 반쯤 걸쳐 놓고 있었다. 그렇게 세영을 쳐다보며 미소를 지었다. 아니, 미소라기엔 징그러운 웃음이었다. 길게 찢어진 입술을 보자마자 세영의 온몸으로 우두두 소름이 돋았다.

"네?"

"옷 좀 내려달라고."

남자가 세영에게 손을 뻗었다. 커다란 손이 가까이 오자, 세영이 몸서리치며 그 손길을 뿌리쳤다.

서비스업, 기본, 미소 그런 건 머리에 떠오르지도 않았다.

"꺄아아악!"

소리를 지르며 뒷걸음질을 치던 세영은 옷걸이에 부딪쳐 주저앉고 말았다. 다리에 힘이 풀린 탓이었다. 복도 쪽으로 재빠르게 뒷걸음질을 치며 손으로 입을 틀어막았다. 하지만 입을 막은 손 사이로 여전히 찢어질 듯한 비명이 새어 나오고 있었다.

하얗게 질린 얼굴이 그녀가 얼마나 겁먹었는지 말해주었다.

"뭐야? 무슨 일이야?"

하나둘 사람이 모이기 시작했다. 하지만 세영은 지금 자신이 어떤 표정으로, 소리를 지르고 울고 있는 건지 알 수 없었다. 반도 채 열리지 않은 탈의실 안쪽에서 옷을 입으며 웃고 있는 남자의 얼굴에 소름이 끼칠 뿐.

아무렇지 않게 탈의실에서 걸어 나온 남자는 되레 인상을 썼다.

"뭐야, 옷 봐주는 게 그렇게 싫어? 소리를 질러 왜!"

버럭버럭 소리를 지르는 남자의 모습에 왈칵 눈물이 쏟아졌다. 잘못한 건 당신이 아니냐 따지고 들어야 하는데, 도저히 목소리가 나오지 않았다.

"야! 여기 담당자 누구야! 어? 여기 담당자 누구냐고!"

고래고래 소리를 지르는 남자의 모습에 덜컥 겁이 났다. 죄송하다 사과라도 해야 하는 걸까, 그게 아니라면 당신이 먼저 그러지 않았냐 따지고 들어야 할까. 아니 애초에 잘못한 게 없는데. 정신적으로 충격을 받은 건 저 남자가 아니라 자신인데 왜 사과를 해야 하는 걸까.

오만생각과 걱정으로 머리가 복잡하던 때, 누군가 그녀의 앞을 가로막았다. 잘 다려진 검은 정장 바지를 입은 남자였다.

"넌 뭐야? 네가 여기 담당자야?"

남자의 외침에도 검은 정장을 입은 사내는 아무런 말을 하지 않았다. 세영을 돌아보며 손을 내밀었다. 눈물로 범벅된 세영의 얼굴을 안쓰럽게 쳐다보던 그가 들리지 않게 한숨을 뱉었다.

"일어날 수 있어요?"

낮지만 다정한 목소리에 절로 고개가 끄덕여졌다. 주변으로 하나둘 모인 사람들의 웅성거림과 수군거림이 세영과 남자에게로 향했다. 그의 손을 잡은 채 일어나며 이름표를 보았다. 보안팀 팀장 지현태. 보안팀이란 글자를 보자마자 가슴이 덜컹 내려앉았다.

"보안팀 조심해. 조금이라도 자세 흐트러지거나 하면 바로 와서 지적하고 사무실에 보고하니까. 고객을 위해 우리를 감시하는 입장이야."

윤제의 목소리가 떠올랐다. 정말 제 편은 그나 매니저밖에 없을까 싶어 입술을 잘근 씹는 그때였다.

"이 층 보안 담당입니다. 무슨 일이십니까?"

현태의 무덤덤한 목소리에 남자가 하! 코웃음을 쳤다. 그는 두 팔을 걷어 부치는 시늉을 하더니 어깨를 으쓱였다. 그리고 현태의 뒤에 서 있는 세영을 가리키며 미간을 잔뜩 찌푸렸다.

"아니 무슨 직원이 옷 좀 봐달라니까 소리를 질러? 내가 벌레야? 어? 내가 뭐, 못 볼 거라도 보여줬어?"

고래고래 소리를 지르는 남자의 말에 현태가 살짝 뒤를 돌았다. 세영은 벌벌 떨며 울고 있었다. 입을 틀어막은 두 손이 떨리는 모습에 짙은 눈썹이 일그러졌다.

"진짜입니까?"

현태의 물음에 세영이 고개를 도리도리 저었다.

"와, 이거 진짜 고객을 물로 아네. 야, 나와봐. 나와서 내 얼굴 보고 말해!"

"진짜가 아니면 어떤 일인지 저 사람 앞에서 설명해요."

"네?"

현태는 세영에게만 들릴 정도로 작게 속삭였다. 광분해 고객을 물로 안다, 서비스가 개떡같다 소리를 지르는 남자를 힐끗 본 현태가 다시 세영을 향해 고개를 돌렸다.

"말하라고요. 여기서 꼼짝없이 당신 잘못으로 몰리고 싶습니까?"

"저 믿어주시는 거예요?"

"믿으나 마나, 그냥 옷 좀 봐달라 했다고 소리를 지를 리는 없지 않습니까. 저 사람 말대로 진짜 몸이 바퀴벌레가 아닌 이상은."

세영은 현태의 말에 조금 안심이 되었다. 그래, 아무리 생각해도 자신이 이렇게 뒤로 물러나 벌벌 떨 이유는 없었다. 적어도 이 순간 한 사람이라도 제 편이 있다고 생각하니 마음이 든든했다.

"머. 먼저 이상한 짓 하셨잖아요!"

세영은 여전히 현태의 뒤에 선 채로 목소리를 냈다.

"뭐? 뭐라고 했어, 너?"

"오, 옷 다 입지도 않고 내려달라고 하셨잖아요! XL사이즈 입으신다고 해서 가져다 드렸는데, 잠깐 봐달라면서 탈의실 문 열어주셨잖아요. 그런데 옷은 다 입지도 않고, 걸치기만 한 채로 저한테 내려달라고 그랬잖아요!"

현태의 덕에 세영은 조금 더듬었을지언정 하고 싶었던 말은 모두 할 수 있었다. 비록 목소리는 떨렸지만, 마음은 후련했다. 이대로 잘린다 해도 마음은 편할 것 같단 생각이 들었다.

"뭐? 증거 있어? 야, 증거 있냐고!"

"그랬잖아요. 진짜로 그랬잖아요!"

이젠 세영의 목소리가 울먹임으로 가득했다. 발갛게 달아오른 두 볼이 당장에라도 터질 것 같았다. 남자와 세영이 다시 한 번 소리를 지르려던 찰나, 현태가 손을 뻗어 두 사람의 사이를 저지했다. 그리고 자신의 뒤쪽에 위치한 CCTV를 가리켰다.

"저기 보이십니까?"

"뭐?"

현태의 말에 남자가 인상을 잔뜩 쓰며 얼굴을 들어 올렸다. 그리고 손끝이 닿는 곳에 위치한 CCTV를 본 남자의 얼굴이 하얗게 변했다. 아, 짤막한 탄식이 새어 나옴과 동시에 동공이 흔들리는 게 보였다.

"완벽하게 찍히진 않았겠지만, 대충 상황 파악이 될 정도는 보일 겁니다. 불미스러운 일이 많이 발생해서, CCTV로 매장 안을 비추도록 보안 규정이 강화되어서 말입니다."

"난 아무 잘못 없다니까! 저, 저 계집애가. 그래! 저 직원이 먼저 나한테 눈웃음을 쳤다고!"

"그럼 고객님한테 웃지, 울어요? 안 웃으면 싸가지 없다고 욕할 거잖아요!"

이젠 이판사판이라 이건지, 세영이 고래고래 소리를 내질렀다. 그에 남자가 몸을 움찔거렸다. 그녀가 제 목소리를 높일 것이라 생각을 하지 못한 건지 놀란 듯했다.

현태는 코웃음을 쳤다. 세영의 말이 백프로, 아니 어쩌면 천프로 맞을 것이다. 정말 자신이 떳떳했다면 애초에 세영이 비명을 질렀을 때 되레 화를 내지 않았을 것이다. 당황하는 건 남자 쪽이었겠지.

"일단 보안실로 같이 가주셔야겠습니다."

"내, 내가 왜! 내가 뭘 잘못했다고!"

"CCTV는 판독해 봐야죠. 그게 아니면, 경찰을 부를 테니 경찰서로 끌려가시겠습니까? 그게 더 보기 안 좋을 텐데요."

현태의 말에 남자가 주위를 휘 살폈다. 이미 구경을 나온 손님이나 직원이 한둘이 아니었다. 이를 아득 씹던 그가 세영을 노려보다 현태에게 시선을 돌렸다.

"가시죠."

하지만 그는 개의치 않다는 듯, 남자의 한쪽 팔을 붙잡았다. 곧 현태가 남자와 걸음을 옮겨 매장을 빠져나갔다. 그런 두 사람의 뒷모습을 지켜보던 세영은 다리에 힘이 풀려 주르르 자리에 주저앉고 말았다.

"세영아!"

"세영아, 괜찮아?"

직원들이 달려와 그녀를 부축해 주었다. 남자를 욕하며 그녀의 안위를 묻는 목소리가 여기저기서 들렸다. 손님들마저도 세영을 걱정해 주며 남자를 욕했다. 하지만 그런 목소리도 세영에게는 와 닿지 않았다.

"일어날 수 있어요?"

자신에게 내밀었던 현태의 손이, 목소리가 너무 고마워 그저 엉엉 울음을 터뜨릴 뿐이었다.

❁

세영의 이야기가 끝이 날 때 즈음, 아리와 수호는 현저히 다른 반응을 보였다. 너무 놀라 입조차 벙끗거리지 못하는 수호와 다르게 아리는 한숨만을 연거푸 내쉬었다.

"그런 사람이 있다고요?"

놀란 수호의 물음에 세영이 어렵게 고개를 끄덕였다.

"말도 안 돼."

"수호 씨는 남자라 그런 경우를 못 본 것뿐이에요."

아리의 말이 더욱 충격적이었다. 매장 직원을 상대로 성추행이라니. 보는 눈이 한두 개도 아니고 말이다. 생각해 본 적도 없을뿐더러, 겪어본 적도 없는 이야기에 수호는 기함했다.

"더불어 수호 씨가 겪지 않았다 해서 말도 안 되는 상황이라 할 수도 없고요."

아리의 말에 수호가 움찔거렸다. 그래, 그녀의 말이 맞다. 자신이 겪지 않았던 건 건장한 '남자'이기 때문일 것이다. 만약 자신이 아리나 세영과 같은 '여자'였다면 이 상황이 그다지 낯설게 들리지 않았겠지. 잠자코 고개를 끄덕이던 수호가 다시 세영을 바라보았다.

"남자 손님은 그 이후로 다시 오진 않았나요?"

"경찰들이 왔다 가서, 진술도 하고 그랬어요. 그 이후에 따로 매장에 찾아오지는 않았고요."

"다행이네요."

세영의 말에 수호가 한시름 놓았다는 표정으로 가슴을 쓸어내렸다. 세상에 알 수 없는 사람이 많다더니, 자신이 일하는 곳에 그런 사람이 있을 줄이야.

"그래서 현태랑 접점은 그게 끝이었어요?"

화제를 돌린 아리의 물음에 세영이 고개를 가로저었다. 무릎 위에 놓인 제 손을 바라보는 세영의 얼굴이 불그스름하게 달아올라 있었다.

"그럼, 또 있었어요?"

"네……."

기어들어 가는 목소리에서 세영의 수줍은 마음이 느껴졌다. 위아래로 끄덕이는 고갯짓에 묻어 있는 떨림이 사랑스럽다.

"일단 먹고 이야기하죠."

수호가 둘 사이에 툭 끼어들었다. 젓가락을 들어 접시를 톡톡 두드리던 그가 아리와 세영을 보며 씨익 웃었다.

"식으면 맛없으니까요."

수호의 말에 아리와 세영이 눈을 마주했다. 곧 어쩔 수 없다는 듯 고개를 끄덕이며 수저를 들었다. 밥을 먹는 동안에는 현태와 관련된 이야기가 나오지 않았다. 요즘 자주 출몰하는 교환을 밥 먹듯 하는 진상 손님에 대한 이야기라든가, 부쩍 늘어난 백화점 직원 모니터링에 대한 이야기가 전부였다. 그 이야기는 세 사람이 식사를 끝낼 때까지 계속되었다.

식사 후 세 사람은 백화점 8층에 위치한 야외 옥상으로 향했다. 직원들을 위해 꾸며놓은 야외 휴게실이었다.

"그래서, 또 현태랑 접점이 있던 거예요?"

아리는 자신이 더 신이 난 듯 몸을 들썩였다. 호기심으로 왕성한 눈동자가 반짝반짝 빛을 냈다. 그런 아리의 물음에 세영이 고개를 끄덕였다.

"네. 두 번 정도……."

수줍은 듯 얼굴을 붉히는 모습에 아리가 흐뭇하게 미소를 지었다. 이런 느낌을 받아본 게 언제 적일까 떠올리다 들리지 않을 한숨을 뱉었다.

누군가의 마음이 캔디로 보인 뒤부터, 설렘이란 아리에게 너무 먼 이야기였다. 어쩌면 죽을 때까지 찾아오지 않을 감정일지 모른다. 상대방의 마음이 뻔히 보이는데, 어떻게 그런 감정을 느낄 수 있으랴. 자신의 행동으로 그의 마음이 시시각각 변하는 모습을 지켜봐야 하는데.

"자, 커피 배달 왔습니다."

수호가 다가와 두 사람의 앞에 캔 커피를 올려놓았다.

"일부러 따뜻한 걸로 뽑았어요. 어차피 금방 식을 테니까."

"감사합니다."

"고마워요, 수호 씨."

뭘요. 아리는 어깨를 으쓱거리는 수호의 가슴께를 슬쩍 내려다보았다. 혹시 캔디의 부스러기라도 보이지 않을까, 아니, 그 빛이라도 보이는 건 아닐까. 한편으론 아무것도 보이지 않는 그의 신비로움이 좋았지만, 또 한편으로는 아무것도 보이지 않는 그가 이상했다. 어째서 아무런 캔디도 보이지 않는 걸까.

미간을 좁혀가면서까지 그의 가슴팍을 보던 그때, 수호가 어색한 미소를 그리며 아리를 쳐다보았다.

"아리 씨?"

그 부름에 놀란 아리가 고개를 들어 올렸다.

"네?"

"제 옷에 뭐 묻었어요? 혹시 아까 양념 튀었나?"

수호가 제 옷을 내려다보며 여기저기 살피자, 아리가 민망함에 눈을 휘어 웃어 보였다. 그가 알아챌 만큼 뚫어져라 쳐다보고 있었던 걸까. 고개를 빠르게 저은 그녀가 두 손을 활짝 펴 좌우로 흔들었다.

"아니, 아니에요. 생각 좀 하느라고. 안 묻었어요. 걱정하지 마세요."

"넋이 나갈 정도로 생각한 거예요?"

"하하……. 네."

아리의 어색한 대답에 수호가 피식 웃어 보였다. 맨 처음에 만났을 때도 그랬지만, 아리는 종종 누군가를 뚫어져라 쳐다보는 경향이 있는 것 같았다. 처음에는 그저 사람을 관찰하는 버릇이 있는 것인가 싶었는데 요즘엔 그게 전부가 아닌 것 같았다. 관찰하는 것을 넘어 조금 더 특별한 무언가 느껴졌다. 아리에게서 느껴지는 신비로운 무언가에 궁금해졌다.

"그런데 있잖아요."

아리와 수호가 세영에게 시선을 향했다.

"정말 두 분 아무 사이도 아니에요?"

"네?"
"저희요?"
두 사람의 똑같은 반응에 세영이 고개를 끄덕였다. 아리와 수호가 슬쩍 서로를 쳐다보았다. 무어라 말을 해야 할까 고민하는 것 역시 둘 모두 같았다. 하지만 그 고민은 오래가지 않았다. 곧 세영을 향해 고개를 돌린 뒤, 동시에 고개를 저었다.
"아니라니까. 세영 씨, 우리는 그냥 옆 매장이라 친한 것뿐이에요."
"맞아요. 나도 아리 씨에게 이것저것 도움을 많이 받아서. 아직 그런 사이는 아니에요."
얼렁뚱땅 넘어가려는 수호의 말에 세영은 고개를 끄덕였다. 그렇구나. 작게 중얼거리는 그 목소리에 두 사람이 어색하기 짝이 없는 미소를 그렸다. 그래도 잘 어울린다는 말을 하고 싶었지만, 세영은 더 이상의 말을 하지 않기로 했다. 보아 하니 서로의 마음을 알게 되는 것도 시간문제인 것 같고. 사실 자기가 끼어든다 해서 달라질 것이었다면, 진작 무어라도 일이 있었겠지.
더더군다나 지금은 제 코가 석자였다.
"다음 이야기 좀 해봐요. 쉬는 시간 끝나기 전에 들어야지."
캔을 따는 소리가 정적을 깨뜨렸다. 아리의 말에 화들짝 놀란 세영의 잇새로 바람이 빠지는 소리가 들렸다. 고개를 푹 숙인 그녀가 곧 입술을 달싹였다.
두 볼이 봄에 피는 꽃처럼 예쁘게 물들어 있었다.

❁

그날 이후, 웬만한 상황이 아니고서야 세영이 혼자 매장을 보는 일은 없었다. 혹시라도 그 손님이 찾아와 세영에게 해코지라도 하는 건 아닐까 하는 매장 식구들의 배려 아닌 배려였다.

그러던 어느 날, '웬만한 상황'이 찾아오고야 말았다. 직원 한 명이 그만둔 것도 모자라 매니저가 본사에 불려간 탓에 매장에 단둘이 남고 만 것이다. 그렇다 해서 점심시간을 아예 뺏을 수 없는 노릇이었기에, 세영은 애써 괜찮은 척 윤제의 등을 떠밀었다.

"괜찮아요. 그러니까 어서 다녀오세요."

"진짜 혼자 있어도 괜찮겠어?"

"그럼요. 여차하면 옆 매장 오빠들 부를게요."

그러니까 걱정하지 마세요.

해맑게 웃는 세영의 모습에 더 걱정이 됐지만 자신이 빨리 밥을 먹고 오면 되는 일이라 생각했다. 윤제가 식당으로 나서고, 세영은 또다시 매장에 홀로 남게 되었다. 주변에서는 세영에게 왜 그 매장에 남아 있냐 물었다. 더 좋은 곳으로 가거나, 다른 곳에서 아르바이트를 하라 그녀를 다그쳤다. 그럴 때마다 세영은 괜찮다 손사래를 쳤다.

이제야 일이 손에 익어 재미있는 것도 있었고, 매장 사람들이 워낙 잘 챙겨주는 것도 있었고. 물론 더 큰 이유는.

"또 혼자 있습니까?"

가끔 캐주얼 층을 순찰하며 마주치는 남자, 현태 때문이었다.

"네? 아, 그렇다고 점심시간을 안 챙겨줄 순 없잖아요."

"하……. 직원 보충은 아직입니까?"

"네. 생각보다 지원자가 없어서……."

같은 사건이 반복되는 것 자체를 피하기 위해 신경을 쓴다는 건 알고 있었다. 자신이 걱정이 되어서, 라는 이유가 아니라는 것쯤 누구보다 잘 알고 있다.

"CCTV도 한 대 더 추가했다면서요. 괜찮아요."

해사하게 웃는 세영의 모습에 현태가 고개를 끄덕였다.

"혹시 수상한 사람 있으면, 바로 보안팀 호출하세요. 소리라도 지르든가."

"팀장님이 이 근처를 자주 돌아주시면 되잖아요."

자기도 모르게 던진 말이었다. 완벽한 진심이 담겨 있는 농담. 자기가 뱉고도 깜짝 놀란 세영이 두 손으로 입을 막았다. 정말, 이래서야 귀찮은 직원으로밖에 보이지 않을 것이다. 아니, 어쩌면 시답잖은 작업이라도 거는 걸까 생각할지도 모르고. 괜한 말을 꺼낸 거라 생각했다. 숨을 꽉 참은 채 고개를 들어 올린 순간, 엷게 웃는 현태의 얼굴을 볼 수 있었다.

소꿉친구라는 A관 매니저 앞 외에선 잘 웃지도 않는다던 사람이.

"그러네요. 제가 조금 더 일을 열심히 해야 하는 부분이었군요."

자신의 말로 엷게나마 미소를 그리고 있었다. 그 사실로 가슴이 세차게 뛰었다. 조금 더, 조금이라도 더 그의 웃는 모습을 보고 싶었다.

"저도 저지만, 조심하시는 게 좋을 것 같습니다. 매니저님께는 저도 말씀드리겠지만, 빨리 충원해 달라 부탁드리시고요."

"네? 아…… 네."

"그럼 수고하십시오."

하지만 미소는 아주 잠깐 지나가는 바람과 같았다. 금세 사무적인 말투와 똑 닮은 표정으로 변해, 세영에게 간단한 눈인사를 하고 매장을 벗어났다. 가지 말라고 하고 싶었지만, 그 말은 속 안으로만 터질 뿐이었다.

붙잡을 명분도, 조금 더 매장 근처를 지켜달라 떼를 쓸 용기도 없었다. 그저 멀어지는 현태의 모습을 빤히 쳐다보는 것으로 만족해야 했다.

그날 이후, 세영은 또다시 현태와의 접점을 바랐지만 전혀 이루어지지 않았다. 시즌이 바뀌는 탓에 눈코 뜰 새 없이 바쁜 하루가 이어졌다. 유독 세일이 많아졌고, 매대를 끌고 이벤트관으로 나가야 할 일도 부지기수였다. 심지어 이벤트관으로 나가는 것이 세영의 몫이었지만 그녀는 불만을 갖지 않았다. 이벤트관이라면 순찰을 도는 현태가 제일 먼저 들르는 곳이었다. 사람이 많이 몰리는 곳이니 만큼 가장 신경을 많이 쓰는 모양이었다.

"세영이 정말 괜찮겠어?"

"그럼요. 저 이제 물품도 다 외웠어요."

"그렇다면 다행이지만……."

무언가 숨기는 듯 머뭇거리는 윤재의 태도에도 세영은 아무 생각이 없었다. 되레 환한 미소를 그리며 괜찮다 몇 번이나 그를 안심시켰다.

이벤트관에서의 세일 첫날. 생각처럼 현태와 마주치고 인사를 하는 것으로 하루를 시작할 수 있었다. 그것만으로도 기분이 좋았다. 어쩐지 좋은 일만 일어날 것 같았다. 생각보다 판매율도 좋았다. 눈코 뜰 새 없이 바쁜 시간이 지나고, 드디어 쉬는 시간이 찾아왔다. 뻐근한 어깨를 툭툭 두드리며 휴게실로 향했다.

"아, 지 팀장님 있었으면 좋겠다."

복도에 울리지도 않을 작은 목소리로 중얼거렸다. 푼수처럼 튀어나오는 웃음소리가 세영의 마음을 대변해 주었다. 살짝 열린 휴게실 문 앞으로 다다랐을 때, 그 안에서 들리는 소리에 세영은 두 다리가 꽁꽁 굳어버렸다.

"솔직히 L매장 막내가 꼬드긴 거 같지 않냐?"

"아니, 꼬드긴 게 아니어도 그렇게 웃음 살살 치며 사람 애간장 녹이는 건 맞겠지."

"그래, 자기가 먼저 여지를 줬으니 그 미친놈이 그런 미친 짓을 했겠지. 그러지 않고서야 누가 미쳤다고 옷을 까겠냐?"

가슴이 쿵 떨어졌다. 어깨를 두드리던 손이 바들바들 떨리기 시작했다. 휴게실로 들어갈 수도 없었고, 이대로 매장으로 돌아갈 엄두는 더더욱 나지 않았다. 어쩌지. 어쩌지. 입술을 톡, 톡 뜯던 그때였다.

"주세영 씨?"

뒤에서 들리는 익숙한 목소리에 온몸이 와장창 무너지는 기분이 들었다. 현태의 목소리에 손가락 끝이 바스스 부서지는 기분이 들었다. 바짝 힘이 들어간 허리로 식은땀이 한 방울 죽 흘러내렸다. 들키고 싶지 않았다. 저에 대한 말도 안 되는 이야기들을 저 사람이 듣게 하고 싶지 않았다.

무엇보다 그 상황에서 자신을 지켜준 현태에게 이 장면을 들키고 싶지 않았다. 괜히 구해줬다는 생각을 하면 어쩌지. 바보 같은 걱정이 밀려왔다.

뒤를 돌아본 세영이 애써 웃음을 지었다.

"아, 지 팀장님."

조금 더 활짝 웃을 걸 그랬다. 아무 일도 없었던 것처럼. 아니 평소처럼. 그 평소처럼의 웃음이 무언지 조금도 모르겠지만.

"안 들어가세요?"

현태가 세영의 뒤쪽을 힐끗거렸다. 휴게실 안쪽으로 향하는 그의 시선에 아차 싶었던 세영이 고개를 빠르게 내저었다.

"아, 아니에요. 올라가 보려고요."

"지금 막 내려온 거 아닙니까? 그런데 벌써 올라가요?"

"네? 어떻게 아셨어요?"

눈을 동그랗게 뜬 채 물어보는 세영의 모습에 현태가 어깨를 으쓱거렸다.

"같이 내려왔으니까요?"

별거 아닌 대답인데도 왜 이리 기쁜지 알 수 없었다. 히죽 웃던 세영이 고개를 살짝 숙였다. 기쁘다. 헛된 이야기를 들어 마음이 상한 것이 사르르 녹아내리는 기분이었다. 이 작은 우연에도 행복해하다니.

세영을 쳐다보던 현태가 걸음을 옮겼다. 혼자라도 휴게실에 들어갈려는 모양이었다.

"팀장님!"

그때, 세영이 현태의 팔을 붙잡았다. 물론 그와 동시에 느껴지는 열기에 깜짝 놀라 손을 떼고 말았지만.

"그게, 그러니까."

어떻게든 들어가는 걸 막아야 하는데 이렇다 할 변명이 생각나지 않았다.

"그러니까……."

세영의 머뭇거림은 꽤 오래 이어졌다. 그러던 찰나, 문 안쪽에서 말소리가 들렸다.

"솔직히 그렇게 생각 안 해? 멀쩡한 남자가 왜 갑자기 옷을 벗겠어."

머리가 번뜩 뜨이는 기분이었다. 현태를 들어가지 못하게 막는 것만 생각했지. 그들이 나오며 이야기를 할 것이라는 건 조금도 생각하지 못했다. 세영은 활짝 미소를 지었다. 당장에라도 울음이 터질 것처럼 목이 따끔거렸지만, 참고 또 참았다.

"저 먼저 올라가 볼게요."

"벌써 올라가신다고요?"

"네. 급한 일이 생각나서…… 그럼 푹 쉬세요!"

세영은 고개를 꾸벅 숙인 채 현태를 지나쳤다. 계단 쪽으로 향하다가 직원 화장실로 몸을 숨겼다. 맨 끝 칸에 들어간 세영은 변기에 앉아 엉엉 울음을 터뜨렸다. 혹 누군가 듣기라도 할까 두 손으로 입을 틀어막은 채로.

왜 바보처럼 아무 말도 하지 못한 걸까. 절대로 그런 적 없다고 했어야 하는데, 왜 아무 말도 못해서 자신을 구해준 현태마저 바보로 만들어 버린 걸까. 수많은 후회가 그녀를 덮쳤다. 왜 그랬냐는 물음이 머리를 가득 채웠지만, 세영은 아무런 답을 내리지 못했다.

쉬는 시간을 온통 울음으로 보낸 세영은 다시 이벤트관으로 향했다. 슬프고 참담하다 해서 일을 빼 먹을 수는 없는 노릇이었으니까.

"아, 세영아. 잘 쉬고 왔어?"

저를 대신해 이벤트관에 있던 윤제의 인사에 세영은 또 한 번 코끝이 찡해졌다. 고개를 끄덕인 세영이 애써 미소를 지었다.

"네. 잘 쉬다 왔어요."

"근데 눈이 왜 이렇게 부었어? 울었어, 너?"

"네? 에이, 울긴요. 엎드려 있다 잠깐 잠들었더니……."

이럴 줄 알았으면 찬 물로 눈이라도 닦고 올 걸 그랬다. 두 손으로 눈을 꾹 누른 세영이 헤헤, 어설픈 웃음을 터뜨렸다.

"그렇담 다행인데…… 너 진짜 괜찮아?"

괜찮냐는 물음에 또 울음이 왈칵 쏟아질 뻔했다. 세영은 고개를 끄덕이며 그의 등을 떠밀었다.

"자, 오빠도 어서 쉬러 가요. 쉬는 시간 됐어."

"너 진짜 괜찮은 거지? 오빠가 진짜 걱정돼서 그래."

"괜찮다니까. 빨리 가요. 매니저님도 쉬어야 하잖아요."

끈질기게 묻는 그에게 세영은 괜찮다고만 했다. 스스로 괜찮다고 하지 않으면 정말 괜찮아지지 않을 것 같았다. 울 것 같은 세영의 마음을 알고 있는 건지, 손님이 마구 밀려오는 시간이 찾아왔다. 물밀듯 밀려오는 손님을 상대하면서도 문득 속 안에 뭉친 설움이 밀고 올라왔다.

세영은 그럴 때마다 더욱 활짝 웃어 보였다. 괜찮다 스스로를 다독이며 손님을 상대했다. 그렇게 시간이 흐르고, 어느덧 이벤트관도 한가해졌다. 하지만 세영은 그 한가로움조차 만끽할 수 없었다.

"솔직히 L매장 막내가 꼬드긴 거 같지 않냐?"

마음에 비수로 꽂힌 그 누군가의 말이 자꾸 떠올랐다. 아니야, 안 그랬어. 내가 그런 게 아니야. 몇 번이나 외쳐 보았지만 그건 마음속에서 떠도는 소리였다.

그러던 그때, 누군가의 그림자가 그녀의 앞에 다가왔다.

"그렇게 울상으로 판매하면 손님들이 붙습니까?"

익숙한 목소리에 고개를 들어 올리니, 현태가 서 있었다. 무심하게 찢어진 두 눈이 왜 이리도 다정하게 느껴진 걸까.

"네?"

"그렇게 있으면 오던 손님도 도망갈 것 같은데요."

"아, 아니에요. 저 판매 잘해요. 아니, 이제 잘해요."

다시 고개를 푹 숙인 세영이 매대 위 놓인 옷가지를 정리하기 시작했다. 엉켜 있는 옷가지들을 차곡차곡 정리하며 입술을 꽉 눌렀다. 왜 현태의 목소리에 이토록 눈물이 날 것 같은지 알 수 없었다.

"왜 도망쳤습니까?"

가슴이 콱 찔리는 기분이었다.

"그럴수록 더 당당해져야 헛소리들이 사라지는 거 모르는 것도 아닐 테고."

곧 현태의 손이 매대 위로 올라왔다. 세영은 순간 그가 제 손을 잡으려는 걸까 긴장을 했지만, 그건 착각일 뿐이었다. 그는 매대를 함께 정리해 주고 있었다. 제법 말끔하게 옷을 개는 게, 한두 번 해본 솜씨가 아니라 생각했다.

"당당해지세요. 그럴수록 더 어깨도 펴고, 가슴도 펴고 다녀야 소문도 잠잠해집니다."

"네……."

"조만간 다 해결될 겁니다."

현태의 말에 놀란 세영이 고개를 들었다. 그게 무슨 말이냐 물으려 입을 열었지만, 이어지는 현태의 미소에 아무런 말도 하지 못했다. 처음이자 마지막으로 세영을 향해 현태가 환히 웃어준 순간이었다.

"그러니 웃으면서 일합시다. 나 팀장님 오면 또 한소리 듣습니다."

힘내세요. 마지막 말을 남긴 채, 현태는 이벤트관을 떠났다. 그의 뒷모습을 지켜보던 세영은 또다시 울음이 왈칵 차올라 숨을 참아야 했다. 고개를 푹 숙인 세영의 얼굴이 평소보다 더 붉게 달아올랐다.

'어쩜 좋아…… 더 좋아지잖아…….'

그 이후, 세영은 현태와 좀처럼 마주칠 수 없었다. 보안팀의 인원이 갑자기 줄어 그에게 할당된 일이 많아졌다는 소문이 있었다. 서운하기도 했지만, 한편으로는 다행이라 생각했다. 그를 마주할 때마다 도망을 갔던 자신이 떠올라 자꾸만 작아지고, 작아졌으니까.

조금 더 당당해질 때 마주하고 싶었다. 그게 어떤 상황이 되었든

간에.

“세영아, 세영아!”

한숨을 푹푹 내쉬며 옷가지를 정리하던 그때였다. 세영보다 세 살이 더 많은 옆 매장 나린이 호들갑을 떨며 달려왔다.

“세영아, 이거. 이거 봤어? 오늘 뉴스 봤어?”

“무슨 뉴스요? 뭔데 이렇게 난리예요, 언니.”

“봐봐, 이거 빨리 봐봐.”

호들갑을 떨던 나린이 세영에게 자신의 핸드폰을 쥐여주었다. 그리고 다짜고짜 세영을 탈의실로 들이밀었다.

“언니, 잠깐만요!”

“빨리 봐봐!”

아주 약간의 반항을 해보았지만, 먹히지 않았다. 결국 세영은 나린에 의해 꼼짝없이 탈의실에 갇히고 말았다. 대체 무슨 일이길래 이렇게 호들갑을 떠는 건지, 원.

어차피 이렇게 된 거, 무슨 일인지 기사나 읽고 나가자 싶은 마음이 들었다. 픽— 가냘픈 소리를 내며 탈의실 불이 꺼졌다. 유일하게 빛나는 핸드폰으로 시선을 옮긴 순간, 머리가 흔들리는 느낌을 받았다.

[백화점 성추행으로 입건된 A씨…….]

기사에 나오는 A씨가 바로 그 남자라는 걸 단박에 알 수 있었다. 세영은 꽉 막힌 가슴을 뚫으려 숨을 크게 들이마시고 내뱉었다. 기사를 읽는 내내 손이 벌벌 떨렸다. 기사에서 말하는 피해자들이 꼭 저를 말하는 것 같았다. 이름이 쓰이지 않은 피해자. 목이 바짝바짝 마르는 기분이었다.

굳어버린 손가락으로 화면을 천천히 올리던 세영의 시선이 한 문장에 멈추었다. 그리고 꽤 오랜 시간 그곳에서 시선이 떨어지지 않았다.

[A씨를 구속하는 데 있어, 느떼 백화점 보안팀의 도움이 가장 컸다.]

보안팀. 동시에 현태의 얼굴이 스쳐 지나갔다. 조만간 다 해결이 될 것이라는 이야기가 떠오르기 무섭게 눈물이 떨어졌다. 오롯이 저를 위함이 아닐 텐데, 왜 그럴 것이란 착각마저 드는 건지 알 수 없었다.

구원받은 기분이었다. 깊고 깊은 어둠에서 한순간에 끌려 올라간 기분. 그래서 더욱 울음을 참지 못했다. 캄캄한 어둠 속에서 세영은 숨죽여 울음을 터뜨렸다. 고맙다는 말을 속으로 삼키고, 또 삼키고 삼키며 눈물만 떨어뜨렸다.

기사가 터진 이후 세영을 이상한 소문으로 몰았던 직원들이 찾아왔다. 자신들이 실수를 했다 고개를 숙이는 사람도 있었지만, 또 몇은 그러지 않았다는 듯 본래의 생활을 이어갔다. 하지만 세영에게 중요한 건 그들이 잘못을 인정했느냐 인정하지 않았느냐의 문제가 아니었다.

'지 팀장님에게 고맙다고 해야 하는데.'

더불어 제 마음을 다시 한 번 확인하고 싶었다. 그저 도와준 것에 대한 고마움인지, 그 이상의 마음인지. 하루에도 몇 번씩 현태의 얼굴이 떠올랐다. 그 얼굴과 미소를 곱씹다 보면 제 입가에도 어느새 두둥실 미소가 떠올랐다.

이벤트관에서의 마지막 날. 세영은 분주한 와중에도 현태를 찾았다. 하지만 점심시간이 지날 때까지 현태는 보이지 않았다. 오후가 지나 저녁 시간이 찾아올 무렵, 저 멀리 익숙한 실루엣이 보였다.

"지 팀장님!"

반가운 마음에 세영이 손을 번쩍 들어 흔들었다. 이벤트관을 지켜야 할 걸음이 절로 현태에게 향했다.

"무슨 일이십니까?"

사무적인 태도에도 세영은 전처럼 움찔거리지 않았다. 그게 원래 현태의 성격이라는 걸 깨달았기 때문이었다.

"저기, 그러니까……."

고맙다는 말을 해야 하는데, 입이 떨어지지 않았다. 잔뜩 긴장이 되어서, 입술이 바짝 말라서. 그리고 심장이 터질 것처럼 뛰어서. 수많은 이유로 말을 이어가지 못하고 있었다.

"주세영 씨."

현태의 부름에 쿵, 커다란 소리를 내며 심장이 떨어졌다. 세영의 두 뺨이 단번에 붉게 달아올랐다.

"업무시간입니다. 자리로 돌아가세요."

"그. 그럼 업무시간 외에는 괜찮나요?"

용기란 용기를 모두 끌어 모아 물어본 것이었다. 고개를 바짝 들어 올린 세영은 제 입술이 바짝 굳어지고 있음을 느낄 수 있었다.

"업무시간 외에는, 지 팀장님이랑 이야기를 나눌 수 있어요?"

입술이 굳어 아무런 말도 하지 못할까 봐. 또 한 번 현태에게 물었다. 지금이 아니면 묻지 못할 것 같아서. 또다시 스스로 얼버무리며 넘어갈 것 같아서. 하지만 현태는 아무런 대답이 없었다. 차가운 시선으로 세영을 바라보다 흠, 짧게 한숨을 뱉었다.

뒤이어 현태가 입을 열었다.

"주세영 씨와 업무시간 외에 만날 이유가 있습니까?"

낮은 목소리가 유난히 아프게 느껴졌다. 그럼 어째서 저에게 그렇게 잘해준 것이냐 물어보고 싶었지만, 이어지는 말에 입이 꼭 다물렸다.

"제가 무언가 착각하게 했다면 죄송합니다. 세영 씨를 도운 건 제 업무입니다."

가슴이 저 아래로 굴러 떨어졌다. 일말의 기대도 할 수 없는 사이라는 걸 깨달은 순간이 이토록 아플 줄이야, 누가 알았을까.

"요즘 주세영 씨와 저에 대한 이상한 소문이 돌아 일부러 거리를 유지하는 겁니다. 업무적으로 문제가 생기면 그때 불러주십시오. 빨리 자리로 돌아가시고요."

❁

세영의 이야기를 잠자코 들은 아리가 미간을 좁혔다.

"그게 전부예요?"

"네……. 그 뒤로 몇 번인가 다시 말도 걸고, 저녁 같이 먹고 싶다 먼저 말하기도 했는데……."

"했는데?"

세영의 얼굴이 울상이 되었다. 고개를 도리도리 젓던 그녀가 크게 한숨을 뱉었다.

"전부 퇴짜 맞았어요."

아이고, 앓는 소리를 낸 아리가 한쪽 손으로 머리를 꾹 짚었다. 감정 표현에 서툴러 연애를 기피하는 줄 알았더니. 연애마저도 일의 연장선으로 키우니 연애를 하지 못하는 것이다. 아리는 이럴 줄 알았다며 연거푸 한숨을 터뜨렸다.

"그래서, 지 팀장은 일적으로 도와준 것뿐이라면서 세영 씨를 피한다는 거죠?"

수호의 물음에 세영이 고개를 끄덕거렸다. 잔뜩 울상이 된 얼굴이 안쓰럽게 느껴질 정도였다.

"어렵네. 지 팀장."

혀를 내두른 수호가 고개를 저어대며 머리를 긁적였다. 같은 남자가 봐도 정말 어려운 상대였다. 일과 연애에 대한 경계가 뚜렷하다. 더불어 연애의 울타리 안에 존재하는 것 역시도 뚜렷할 테고. 세영만이 현태가 어려운 건 아닐 것이다. 그건 저에게도 마찬가지였다. 정말 어려운 남자였다.

"그럼 세영 씨는 어떻게 하고 싶어요?"

이어지는 수호의 질문에 세영이 눈을 동그랗게 떴다.

"네?"

"지 팀장이 선을 긋는 것도 알겠고, 세영 씨 피하는 것도 알겠는데. 가장 중요한 건 세영 씨 마음이잖아요? 당장 다음 달에 매장도 접는다고 들었는데."

수호의 말에 세영이 고개를 끄덕였다. 시무룩해진 표정에 아리가 입을 달싹이려 했지만, 수호가 손목을 붙잡아 그녀를 저지했다. 정적이 흘렀다. 서늘한 바람 한줄기가 그들을 스치고 지났을 때, 핸드폰의 알람이 우렁차게 울렸다.

"아, 점심시간 끝났어요."

점심시간이 끝났다는 수호의 말에 세영과 아리의 얼굴이 금세 울적해졌다. 이대로 돌아 설 수는 없다고 생각한 건지, 아리가 세영의 어깨를 두드렸다.

"그래도 세영 씨 마음 알았으니까, 어떻게 하고 싶은지만 천천히 생각해 봐요. 내가 도울 수 있는 만큼 도울게요. 알았지?"

곧 세영의 얼굴이 환해졌다. 고개를 끄덕이며 웃는 모습이 어찌나 예쁜지 아리 역시도 입가에 미소가 그려졌다.

"저 먼저 들어갈게요. 셋이 같이 나간 거 보면 지 팀장님이 별로 안 좋아할 것 같아요."

"왜 그렇게 생각해요?"

"그냥요. 그냥……."

세영이 얼버무리자 아리가 고개를 끄덕였다.

"그래요. 빨리 들어가 봐요. 괜히 혼나겠다."

"네. 이야기 들어주셔서 감사해요."

"어려운 것도 아니었는데요, 뭘."

아리는 세영을 토닥여 주며 어서 들어가 보라 등을 떠밀었다. 몇 번이나 인사를 하던 세영이 사라진 뒤, 남은 두 사람은 누가 먼저랄 것도 없이 크게 한숨을 쉬었다.

"진짜 지 팀장 만만치 않네요."

"저도 현태 연애하는 걸 본 적이 없어서, 진짜 난감해요."

사실 지난번에 보았던 현태의 캔디가 하도 붉게 빛나기에, 세영의 이야기를 들었을 때 가슴이 쿵쿵 뛰었다. 현태의 붉은 캔디가 세영 때문이라는 생각에 더욱 기대했던 것도 사실이었다. 하지만 현실을 맞닥뜨리고 나니 의구심만 증폭되었다.

어째서 현태는 세영을 마다할까. 세영이 상대가 아니라면 왜 그의 캔디는 그렇게 붉었던 걸까. 이런 저런 고민을 이어가던 찰나, 수호가 눈을 동그랗게 뜬 채 그녀를 쳐다보았다.

"잠깐, 지 팀장이 연애를 하는 걸 본 적이 없다고요?"

"네. 고등학생 때 인기는 많았는데…… 왜 그럴까요, 연애를 안 해요."

왜 안 하겠어요. 수호는 목 끝까지 차오르는 말을 애써 삼키고 또 삼켰다.

"이길 수가 없네."

"네?"

눈이 동그래진 아리에게 수호는 입꼬리를 씩 말아 올려 웃어 보였다.

"그냥요. 분발해야 할 것 같아서."

"분발? 분발해야 할 일이 있어요?"

"네. 쉽진 않을 것 같은데, 큰일 났네요."

이어지는 웃음소리에 아리는 고개를 갸우뚱 기울였다. 하지만 점심시간이 끝나 버린 탓에 더 이상 이야기를 이어 나갈 수 없었다. 궁금증만 속으로 몇 번이나 곱씹으며 매장으로 발길을 향했다.

"아, 아리 씨. 먼저 들어가세요. 저 창고에서 가져가야 할 게 좀 있어서."

"네. 알았어요. 먼저 들어갈게요."

멀어지는 수호의 뒷모습을 보며 아리는 숨을 탁 뱉었다.

"분발해야 할 것 같아서."

언뜻 그 눈빛 속에서 묘한 설렘을 느꼈다면 수호는 뭐라 말할까. 웃을까, 아니면 당황하며 아니라 손사래를 칠까. 수호의 뒷모습을 좇던 아리가 걸음을 옮기려던 찰나였다.

"야."

갑작스러운 부름과 더불어 뜨거운 숨결이 귓가에서 느껴졌다. 깜짝 놀란 아리가 고개를 돌렸다.

"누!"

누구냐 물으려던 입이 꾹 다물어졌다. 익숙한 향기가 코를 스쳤다.

그리고 아주 익숙하지 못한 감촉이 입술에 맞닿았다.

시간이 멈추는 듯한 기분이었다. 재빠르게 입술을 떼니 눈앞으로 현태의 얼굴이 보였다. 그때 본 캔디처럼 발갛게 물든 현태의 얼굴이. 두 사람은 한동안 아무런 말을 하지 않았다. 당장에라도 터질 것처럼 빨갛게 달아오른 얼굴을 마주하며 서로를 빤히 바라보았다.

"왜, 왜 그렇게 가까이 있어."

겨우 정적을 깨고 떨리는 목소리로 묻는 아리 덕에 굳은 현태의 얼굴이 당황한 듯, 부끄러운 듯 묘하게 변화했다.

"아, 그게. 어, 미안해."

현태의 대답 이후, 또다시 정적이 흘렀다. 자잘하게 들리는 백화점의 노랫소리라든가, 직원들의 시끄러운 목소리도 들리지 않았다. 두 사람의 세계만이 존재하는 것 같았다. 귓가에 소음조차 닿지 않은 채 먼지처럼 사라졌다.

"아……. 효영이가 찾아. 빨리 가봐."

이번에 정적을 깨뜨린 건 현태의 목소리였다. 흠흠, 헛기침을 몇 번이나 하고 있었지만 떨림은 가시지 않았다. 현태의 말에 아리가 고개를 휙 돌렸다.

"고, 고마워."

짧은 대답을 남긴 채, 아리는 서둘러 걸음을 옮겼다. 굳게 닫힌 문을 열고 안으로 들어설 때까지 그녀는 뒤를 돌아보지 않았다.

녹슨 문이 열렸다 닫히는 소리가 들렸다. 쾅! 문이 완전히 닫히고 나서야 현태가 한숨을 푹 내쉬었다. 동시에 다리가 풀려 그대로 주저앉고 말았다. 고개를 푹 숙인 그가 머리를 마구 헝클였다.

"아…… 아, 진짜. 아……."

얼굴이 당장에라도 터질 것처럼 뜨거웠다. 온몸으로 느껴지는 떨림에 숨을 쉬는 것조차 힘들었다. 입술의 감촉이 선명히 남아 사라질 생각을 하지 않았다. 손가락을 들어 제 입술을 더듬던 현태가 앓는 소리를 냈다.

"미치겠다, 한아리."

현태가 고개를 푹 숙였다. 쿵쿵, 크게 요동을 치는 머리가 뜨겁게 달아올랐다. 쉽게 가라앉지 않을 열기였다. 아주 오래 지속될, 기분 좋은 열기라는 건 현태 한 사람만이 알고 있는 이야기였다.

아리는 누구보다 빠르게 매장으로 걸어갔다. 심장이 터질 것처럼 뛰었다. 호흡이 가빠졌고, 머리가 어질어질했다. 무슨 일이 일어난 건지 도저히 알 수 없었다. 아니, 떠올리고 싶지 않았다. 떠올릴 수 없는 일이었다.

매장으로 돌아오니, 잔뜩 화가 난 효영이 투정을 부렸다.

"언니! 왜 이렇게 늦게 와요! 얼마나 바빴는데!"

평소 같았다면 미안하다 너스레를 떨었을 아리는 오늘따라 아무런 말을 할 수 없었다. 그저 미안하다고만 한 채 카운터 안으로 들어갔다.

"왜 혼자와요? 강 매니저님은요?"

"어? 아…… 창고."

"뭐야, 왜 이렇게 정신을 못 차려요? 강 매니저님이랑 무슨 일 있었어요?"

효영의 물음에 아리가 아니, 짧게 대답했다. 만약 수호와 그런 일이 있었다면 정신을 잃었을지도 모른다.

"그럼 현태 오빠랑?"

갑자기 튀어나온 현태의 이름에 당황한 아리가 효영을 바라보며 눈에 힘을 주었다. 꾹 다문 입술이 그녀의 당혹감을 말해주고 있었다.

"왜 거기서 현태가 나와."

"뭐야, 왜 나오긴요. 언니한테 남자라곤 강 매니저님이랑 현태 오빠밖에 없으니까 그렇지."

"그, 그러니까. 왜 굳이 현태를 콕 집냐 이거지."

얼굴이 뜨끈했다. 척 보기에도 분명 이상해 보일 것이다. 알고 있으면서도 진정이 되지 않았다. 자꾸 심장이 쿵쾅거렸다. 친구와의 사소한 실수라 생각하고 스스로를 다독거렸지만 달라지지 않았다.

"뭐야…… 언니, 무슨 일 있었어요, 진짜로?"

효영의 물음에 아리는 괜히 마음이 따끔거렸다. 정곡을 찔린 기분이 이런 걸까. 효영이 눈을 가늘게 뜬 채 묻자 아리가 빠르게 고개를 저었다.

"아니? 진짜 아니라니까?"

"에이, 아닌 게 아닌데? 뭐야, 뭔데요?"

끈질긴 효영의 물음에 아리가 카운터에 엎어졌다. 심장이 아릴 정도로 두근거렸다. 친구와의 작은 해프닝이다. 뽀뽀를 처음 해본 것도 아니었고, 입술의 감촉이 낯선 것도 아니다.

"뭐야, 언니 무슨 일 있죠? 그죠?"

잊으려고만 하면 떠올랐다. 효영의 닦달이 더해질 때마다 입술이 뜨거웠다. 당장에라도 녹아내릴 것처럼. 얼굴을 푹 파묻은 채 마음을 다잡던 것도 잠시, 주머니 속에서 진동이 울렸다. 아리는 고개는 들지도 않은 채, 주머니 속 핸드폰을 꺼냈다.

〈저 생각해 봤는데요.〉

세영의 문자였다. 동시에 세영과 현태의 이야기가 떠올랐다. 머릿속으로 재생되는 이야기 끝에는 현태의 모습만이 남아 있었다. 그의 모습이 조금씩 희미해지기 무섭게 입술이 뜨거워졌다.

'일 났네. 일 났어.'

아리는 앞으로 현태를 얼마나 봐야 할지 계산을 해보았다. 물론 계산을 해보아도 답이 없다는 건 스스로 가장 잘 알고 있다. 직장도 같고, 서로의 집도 알고 있다. 제 핸드폰에는 현태의 부모님이 엄마, 아빠로 저장되어 있었다. 떼려야 뗄 수 없는 사이가 저와 현태라는 걸 너무 잘 알고 있기에 이 상황이 더욱 불편했다.

〈응응, 말해봐요.〉

어떤 정신으로 답장을 썼는지 알 수 없었다. 노랫소리 때문인가 싶을 정도로 마음이 소란스러웠다. 세영은 생각보다 빠르게 답장을 보냈다. 핸드폰에 덩그러니 남은 글자들을 읽어 내린 아리가 피식 미소를 지었다.

〈지 팀장님이랑 가까워지고 싶어요. 그냥 어물쩍 고백하는 거 말고…… 조금 더 가까워진 뒤에, 그 뒤에 정식으로 고백하고 싶어요.〉

부러웠다. 캔디 같은 게 보이지 않는 사랑이란 어떤 걸까 궁금해졌다. 로맨스소설, 드라마, 영화. 섭렵하지 않은 것이 없었다. 그 속에서 여주인공들은 항상 두근거리는 만남을 이어간다. 상대방의 마음이 어떤지 고민하다 오해도 생기고, 싸우기도 한다.

하지만 결국 수많은 시행착오의 끝에는 '우리'라는 종착역이 존재했다. 그곳에 다다르기까지의 과정이 세상에서 제일 부러웠다. 물론 누군가 이런 저를 본다면 바보라며 비웃을 것이 분명했다. 사람의 마음을 알 수 있는 능력을 가지고선 무엇이 그리도 부럽냐며 말이다.

〈그래. 그럼 우리 같이 작전을 짜요. 내가 있는 힘껏 도와줄게!〉

아리는 답장을 보낸 뒤 씁쓸하게 화면을 어루만졌다. 언젠가 저도 그 종착역에 갈 수 있을까, 생각하다 이내 고개를 저었다. 아마 힘들 것이다. 캔디가 계속 보이는 한은 아마, 사랑이라는 것조차 힘들겠지.

캔디가 보이지 않는 사람이라면 몰라도 말이다.

그 순간, 머릿속으로 수호의 얼굴이 떠오름과 동시에 눈앞으로 그의 모습이 드러났다.

“아리 씨, 어디 아파요?”

지나가다 말고 아리의 매장 앞에 멈추어 선 수호가 물었다. 걱정이 잔뜩 묻은 눈빛을 마주한 아리가 깜짝 놀라 몸을 세웠다.

“강 매니저님, 나 팀장님 좀 데려와요. 진짜 언니 일 안 해서 미치겠어요.”

효영의 볼멘소리에 수호가 하하, 웃음을 터뜨렸다. 하지만 아리는 웃지 않았다. 그저 수호를 쳐다보며 그의 마음을 찬찬히 훑을 뿐.

여전히 캔디는 보이지 않았다. 캄캄한 어둠에 갇힌 것처럼, 처음부터 캔디가 존재하지 않는 것처럼.

“캔디가 보이지 않는 사람…….”

그렇게 중얼거리며 아리는 두 손을 꽉 마주 잡았다.

복잡한 머릿속을 재차 다잡으며 하루를 보냈다. 하지만 시간은 그런 아리의 마음은 궁금하지 않다는 듯, 아주 빠른 속도로 지나갔다. 정신없이 바쁜 오후가 지나고, 어느덧 백화점의 영업시간도 끝을 맞이했다.

아리는 여느 때와 마찬가지로 현태에게 향했다. 평소와 조금 다른 게 있다면.

“아, 너무 떨려요. 어떡하죠, 언니.”

잔뜩 긴장한 채 초조해하는 세영과,

“괜찮아요. 숨 크게 들이마시고 내뱉어요.”

그런 세영을 달래고 있는 수호가 함께라는 점이었다.

가끔 수호와도 퇴근을 하는 경우가 있긴 했지만, 그 역시 현태의 차에 올라타는 순간까지였다.

"모르는 사람이 내 일상을 침범하는 게 싫어. 그러니까 제발 변동이 있을 땐 미리 말해줘."

문득 현태의 말이 떠올랐다. 오래전부터 현태는 그런 성격이었다. 예상치 못한 변수를 끔찍이도 싫어했다. 물론 사회생활에서 변수를 맞닥뜨리지 않는 건 말이 되지 않으니, 그것만큼은 감수하는 편이었지만 지금처럼 '단순한 일상'의 변화에서는 조금도 양보를 할 생각이 없어 보였다. 것도 협의를 통한 변화가 아닌, 누군가의 막무가내로 인한 변화를 말이다. 누구나 그렇겠지만, 현태는 조금 남달랐다.

'처음에 수호 씨랑 같이 밥 먹기 시작할 때도 삼 일은 나한테 말도 안 걸었는데. 아냐, 그래도 이번엔 연애 문제잖아. 괜찮을 거야. 괜찮겠지?'

당당하게 도와주겠다고 했지만, 아리는 뒤늦게 현태의 반응이 걱정됐다. 현태 말마따나 너무 무모하게 도와주겠다 한 것 같기도 하고. 괜한 오지랖으로 현태와 저 사이에 골을 만드는 것 같아 불안하기도 하고. 그러지 않아도 복잡한 머릿속이 더더욱 엉켜가기 시작했다.

보안실이 점차 가까워지자 가슴이 바짝 조여들었다. 긴장되는 이유는 뻔했지만, 드러낼 수 없어 더욱 힘들었다. 결국 아리는 걸음을 멈춰 세영을 불렀다.

"저기, 세영 씨."

뒤를 돌아본 아리가 세영의 손을 꼭 잡고 설명했다.

"현태가 갑자기 화를 내거나 짜증을 내도 놀라지 말아요. 세영 씨한테 화가 난 게 아니라, 걔가 싫어하는 짓을 하는 나한테 화가 난 거거든."

"싫어하는 짓이요?"

"그게 뭐랄까. 그러니까 현태는 정형화된 일상을 깨뜨리는 걸 제일 싫어해요. 자기는 이렇게 될 거라고 생각하고 있었는데 거기에 원래 예정에 없던 일이 끼어드는 게 싫대. 공적인 부분은 어쩔 수 없지만 사적인 부분은……."

아리가 말을 채 잇지 못하고 얼버무리자 세영이 고개를 끄덕였다. 세영 역시도 알고 있었다. 퇴근을 함께하고 싶다는 자신의 부탁이 얼마나 뜬금없는 것이었는지 말이다. 알고 있음에도 굳이 말을 꺼낸 건, 제 마음을 고백할 수 있는 기회라도 잡고 싶기 때문이었다. 좋아한다는 말 한 마디라도 제대로 전하고 싶었다. 왁자지껄한 장소도 아니고, 사람이 많은 백화점도 아닌 곳에서 오롯이 현태와 둘만 마주하는 시간을 갖고 싶었기에 어렵게 부탁을 한 것이었다.

"괜찮아요. 걱정하지 마세요."

그러니 아리의 걱정처럼 놀라거나, 그 반응에 상처를 받거나 할 시간적 여유가 없었다.

아리는 세영의 대답에 한숨을 푹푹 내쉬었다. 대체 누가 누굴 걱정하는가 싶었다. 오늘이 지나면 자신이 더 곤란해질 거라는 걸 알면서.

"한아리?"

그런 와중에 현태의 목소리가 들리자 괜히 깜짝 놀란 아리가 뒤를 획 돌아보았다.

"뭐 해, 거기서?"

수호와 세영을 거친 현태의 눈빛이 아리에게로 향했다. 제법 불편해 보이는 표정이었다.

"아니, 그게……."

"조금만 기다려. 거의 다 끝났으니까."

현태가 손에 들고 있는 서류뭉치를 흔들었다. 하지만 시선은 여전히 수호와 세영을 번갈아 보고 있었다.

"그, 그래. 그렇게 하지 뭐."

어색한 대답을 던진 아리가 고개를 끄덕였다. 곧 현태가 보안팀 사무실로 들어가자, 이내 아리의 입술에서 큰 한숨이 터져 나왔다. 나는 수호 씨랑 갈게, 넌 세영 씨랑 가. 그 쉬운 말을 못 하는 자신이 안쓰럽기도 하고, 우습기도 했다.

그 말이 뭐라고 이렇게 쉽게 나오지 않는 건지. 한숨에 한숨이 더해질 때, 수호의 말이 아리와 세영의 시선을 불러들였다.

"음…… 이렇게 할까요?"

"뭘요?"

"아리 씨는 일단 나랑 먼저 출발해요. 그리고 세영 씨가 기다리면 되잖아요."

"언니를 찾으면요?"

"아, 그건 제가 미리 말할게요. 그러니까 걱정하지 마요."

수호의 제안이 제법 괜찮은 생각인 것 같아 아리가 거들었다. 물론 또 다른 이유가 있었다. 차마 화를 꾹꾹 눌러 삼키는 현태의 눈을 마주할 용기가 나지 않기 때문이었다. 사고를 쳐 놓고 뒷수습은 나 몰라라 하다니, 전혀 한아리답지 않다. 하지만 어쩔 수 없는 일이라 스스로를 다독이며 수호와 함께 걸음을 재촉했다.

세영은 힘내라는 응원을 남긴 채 멀어지는 수호와 아리의 뒷모습을 바라보며 한숨을 푹 내쉬었다. 알아서 집에 가라고 말하면 어쩌지. 제 말은 들어주지도 않는다면 어떻게 해야 하지. 수많은 고민이 머릿속을 괴롭혔다.

"안녕하세요, 오랜만이에요. 지 팀장님. 아, 아니야. 너무 단순하잖아. 평범하고."

하지만 그런 고민도 잠시. 세영은 곧 다가올 현태와의 만남의 첫 마디를 연습하기 시작했다.

"아리 언니가 저 좀 집에 데려다주래요. 아…… 아냐. 엄청 건방져 보여."

고개를 도리도리 저어대던 세영이 크게 한숨을 푹 쉬었다. 두 손으로 뺨을 톡톡 두드리다 다시 정면을 바라보았다.

"퇴근길 잘 부탁드리겠습니다."

허리를 숙였다 곧게 폈을 때, 세영은 온몸이 꽁꽁 굳어버렸다. 그 잠깐의 시간 동안 세영의 앞에 나타난 건, 현태였기 때문이었다. 현태도, 세영도 놀란 눈으로 서로를 바라보았다.

세영과 세영의 주변을 살피던 현태가 천천히 입을 뗐다.

"아리는요?"

"어, 그게. 그러니까. 그게."

아리도 그가 이렇게 일찍 나오리라고는 생각조차 하지 못했을 것이다. 미리 연락은커녕 운조차 떼지 못했을 것이라 생각한 세영이 재차 입을 빼끔거렸다.

"퇴근길 잘 부탁드리겠다는 건…… 혹시 지금 사라진 한아리 씨가 주세영 씨 퇴근을 저에게 부탁했다는 건가요?"

세영은 단박에 상황을 정리한 현태에게 박수라도 쳐 주고 싶었지만, 그럴 분위기가 아니라는 걸 아주 잘 알고 있었다. 세영이 어렵게 고개를 끄덕이자 현태가 크게 한숨을 내쉬었다.

어쩐지 오늘 종일 말도 없고, 불러도 제대로 듣지 못한다 싶더니만.

이런 일을 계획하고 있어 그런 것이었다.

현태가 인상을 쓴 채 혀를 차자 세영이 목에 힘을 주어 툭 말을 뱉었다. 가방을 쥐고 있는 손에 힘이 잔뜩 들어갔다.

"어, 어려우시면 들어주지 않으셔도 괜찮아요."

마음에도 없는 소리였다. 흔하지 않은 기회를 겨우 잡은 건데, 이대로 놓치고 싶지 않았다. 하지만 억지를 부려 그의 차에 타고 싶지 않았다. 찰거머리로 기억되는 게 더욱 싫었으니까.

"정말 괜찮습니까?"

현태의 질문에 가슴이 뻐근해졌다. 세영은 애써 고개를 끄덕였다. 웃는 모습을 보이고 싶어 입꼬리를 말아 올렸지만, 그 또한 어색하게 느껴질까 걱정됐다.

"네. 괜찮아요. 정말 괜찮아요."

두 번이나 괜찮다고 한 건 현태가 아닌 저 스스로에게 하는 말이었다. 괜찮아. 괜찮아. 몇 번이나 스스로를 달래던 세영이 입술을 꽉 씹었다.

"하……."

거칠어진 현태의 탄식에 더욱 자리를 떠야겠다 마음먹었다. 포기한 마음으로 걸음을 옮겼을 때, 세영의 귓가로 현태의 목소리가 흘러들어왔다.

"차 번호 4921입니다. 시동 걸어놨으니 먼저 타요. 데려다줄게요."

그의 말에 세영이 활짝 웃었다. 감사합니다! 허리를 숙여 인사를 하는 우렁찬 목소리에 현태가 픽 미소를 지었다. 그렇게 인사할 필요는 없는데, 차마 던지지 못할 이야기를 꾹꾹 눌러 삼키며 숨을 뱉었다.

한편, 수호와 함께 주차장을 떠난 아리는 여전히 걱정에 걱정을 이어가고 있었다.

'현태가 행패라도 부리면 어쩌지? 아냐, 걔가 좀 무뚝뚝하긴 해도 그렇게 경우가 없는 애는 아니니까. 성질을 내거나 화를 내는 건 내일 나한테 하겠지.'

현태가 세영에게 화풀이를 하지 않으리라는 건 자신이 더욱 잘 알고 있었다. 현태는 어릴 적부터 화나는 일이 있다고 해서 엉뚱한 상대에게 화풀이를 하는 아이가 아니었다. 아리에게 걱정은 따로 있었다.

'아니, 잠깐. 그럼 내일 내가 제일 문제고 걱정인 거 아니야? 큰일인데. 내일 엄청 잔소리 들으려나?'

세상에서 제일 듣기 무서운 현태의 잔소리를 내일 직접 맞닥뜨려야 한다는 것이었다. 얼마나 잔소리를 하고, 또 얼마나 화를 낼까. 상상하는 것만으로도 머리가 아팠다. 급하게 연차라도 내야 하는 건가 싶었다. 절로 끙, 앓는 소리를 내던 아리가 두 손으로 머리를 감싸 쥐었다.

"뭐가 그렇게 걱정이에요?"

수호의 물음에 아리가 아차 싶어 고개를 들어 올렸다.

"세영 씨가 잘 할까 불안해서 그래요?"

"그것도 그렇고……."

"그렇고?"

"세영 씨 일이든, 이렇게 수호 씨랑 퇴근하는 일이든. 현태한테 미리 말을 안 했잖아요. 그걸로 내일 얼마나 잔소리를 들을까 생각하고 있었어요."

아리의 대답에 수호가 흐응, 콧소리를 냈다.

"가끔 느끼는 건데, 아리 씨랑 지 팀장은 좀 별난 것 같아요."

"네? 뭐가요?"

아리의 대답에 맞춰 수호가 천천히 브레이크를 밟았다. 꽉 막힌 도로를 쳐다보던 그가 고개를 돌려 아리와 눈을 마주했다.

"음, 뭐랄까……."

다시금 정면을 향한 수호의 눈이 길게 휘어졌다. 고민을 하던 그가 핸들을 두드렸다. 톡. 톡톡. 톡톡. 핸들을 세 번째 두드렸을 때, 그가 입을 열었다.

"뭐랄까. 친구 같지만 친구 같지 않은 사이라고 할까요. 출퇴근도 꼭 같이 해야 한다고 정해져 있는 것도 그렇고. 쉬는 날도 무조건 맞춰야 하는 것도 그렇고. 아무튼 조금 별나요."

그게 이상한 걸까. 아리는 자기 자신에게 물어보았다. 이제까지 늘 반복되던 일상이라 누군가에겐 이상하게 보일 것이란 생각은 한 적이 없었다.

현태와 꼭 출퇴근을 함께하자 약속한 건 아니었다. 집이 가까워서, 같은 직장이니까. 그리고 가족처럼 지낸 사이니까. 여러 가지 이유들이 합쳐져 자연스럽게 출퇴근을 함께했던 것뿐이었다. 쉬는 날이 같은 건 저 역시 반갑지 않았다. 혼자 쉬어도 괜찮은데 굳이 걱정이 된단 이유로 쉬는 날을 맞추는 현태에게 불만도 있었다.

이게 이상해 보이는 거구나. 아리는 또다시 머리가 복잡해졌다. 간간이 듣던 이야기들이었는데, 수호의 입에서 들으니 또 다른 복잡함이 생겨났다.

이후로 꽉 막힌 도로가 뚫릴 때까지 수호와 아리는 별 다른 이야기를 나누지 않았다. 마음이 복잡한 이유도 있었겠고, 어색해진 탓도 있었다. 겨우 아리의 동네에 다다랐을 때, 먼저 말을 꺼낸 건 수호였다.

"심각하게 생각하지는 말아요. 그저 부러워 그런 거니까."

아리가 고개를 갸웃거렸다.

"왜 부러워요?"

수호는 대답하지 않고 웃기만 했다. 답을 듣고 싶었지만, 어느새 저 앞으로 아리의 동네가 보였다. 그의 차가 맨션의 입구에 멈추었고, 아리는 벨트를 풀며 문고리를 잡았다. 답을 듣고 싶은 마음은 굴뚝같지만, 어쩐지 답을 들려줄 것 같지 않았다.

"데려다주셔서 고마워요."

"괜찮아요. 나도 좋아서 한 건데요 뭘."

갑작스러운 수호의 말에 깜짝 놀란 아리가 고개를 돌렸다. 당황한 그녀의 눈동자가 미세하게 떨리고 있었다.

"네?"

곧 수호가 핸들 쪽으로 몸을 당겼다. 핸들에 비스듬히 몸을 기댄 모양으로 수호는 아리를 쳐다보며 씨익 웃었다. 거뭇한 구름에 가려진 달님이 서서히 모습을 드러냈다. 또다시 아리의 마음이 복잡해지기 시작했다.

"앞으로도 아리 씨랑 같이 퇴근하고 싶다는 말을 돌려서 한 거예요. 지금."

간신히 잠재워 놓았던 마음이 소란스럽게 흔들리는 순간이었다. 그런 아리를 보며 수호는 웃었다. 그 미소가 얼마나 근사한지, 아래로 떨어지는 달빛에 감사할 정도였다.

"하하, 부담 갖지는 말아요. 그냥 그러고 싶었다는 말이니까 흘려서 들어도 괜찮아요."

아리는 고개를 끄덕였다. 부담을 가지는 건 아닌데, 중얼거리는 목소리는 아마 그에게 전해지지 않았을 것이다. 그냥 그러고 싶었다는 말에 또다시 가슴이 소란스러워졌다. 이건 아마 달빛이 너무 강해서, 그래, 괜히 밤이 좋아 그런 것일 테지. 아리는 있는 힘껏 합리화를 하려 노력했다.

수호가 다시 한 번 눈을 접어 웃음을 그렸다. 그리고 손을 들어 그녀를 향해 흔들었다.

"잘 자요. 내일 봐요, 우리."

내일 보자는 말에 왜 놀랐는지 모르겠다. 아리는 고개를 끄덕이며 저 역시 손을 흔들었다.

"수호 씨도 조심히 들어가세요."

혹 떨리는 목소리를 들키지는 않았을까 긴장됐다. 별것 아닌 말에 과민반응을 하는 것일지도 모르니까. 하지만 수호는 아무것도 듣지 못했다는 듯, 차를 출발시켜 그녀의 맨션 앞을 벗어났다. 그의 차가 저 멀리 사라지고, 그림자조차 보이지 않을 때까지 아리는 좀처럼 움직일 수 없었다. 어둠 속에 덩그러니 남아 한참이나 수호의 차가 사라진 곳을 바라보았다.

밤공기가 코를 지나 폐부로 가득 차올랐을 때, 아리는 부랴부랴 걸음을 옮겨 맨션 안으로 들어왔다. 완벽하게 혼자인 순간이 찾아왔다 생각하니 이젠 수호의 말이 머릿속을 떠다녀 괴롭게 만들었다. 좀처럼 진정이 되지 않았다.

"하하, 부담 갖지는 말아요. 그냥 그러고 싶었다는 말이니까 흘려서 들어도 괜찮아요."

쿵! 쿵쿵!

계단을 밟고 올라가는 소리가 심장 소리만큼이나 크게 울려 퍼졌다. 계단을 오르는 내내 숨이 막혔다.

"잘 자요. 내일 봐요, 우리."

'우리'라는 말이 전해주는 울림에 손가락 끝이 지잉- 울렸었다. 그다지 부끄러운 지칭도 아니고, 통상적으로 쓰이는 단어인데 왜 이렇게 민감하게 느껴지는 걸까. 효영과 수미, 그리고 저도 '우리'다. 지하 1층 영캐주얼 매장에서 일하는 모든 직원들도 '우리'고, 심지어 현태와 저까지도 '우리'라 통칭할 수 있다.

그런데 왜, 어째서. 그들을 떠올릴 때의 '우리'와 수호가 말하는 '우리'의 떨림이 이다지도 다른 걸까.

쿵, 쿵 낡은 맨션에는 아리의 발소리만이 가득했다. 누구라도 뛰쳐나와 조용히 좀 다녀! 소리를 지른다 해도 이상할 것 없을 정도였지만 아리는 그 무엇도 신경 쓰지 않았다.

"내일 봐요, 우리."

수호의 그 말이 머리를 가득 메웠다.

"잘 자요."

그 말을 건넸을 때의 잔잔한 미소에 코가 간질거려 미칠 지경이었다. 감기에 걸렸을 때의 간질거림과 다르다는 것을 본인이 더 잘 알고 있다. 거친 숨을 몰아쉬던 아리가 급하게 비밀번호를 눌렀다. 문을 열기 무섭게 안으로 들어가서 쾅! 큰 소리가 날 정도로 문을 닫았다.

그리고 현관문에 기대어 서서 거칠게 올라오는 숨을 씩씩 내뱉었다.

현태처럼 저를 데려다준 것뿐이었다. 어둑한 밤거리를 혼자 지나긴 무서워 그의 차에 올라탄 것뿐이었다. 그리고 일상적인 밤 인사를 주고반은 것뿐인데.

"왜 이렇게…… 두근거리냐아……."

자리에 풀썩 주저앉은 아리가 두 손으로 얼굴을 감쌌다.

평소였다면 방 안에 가득한 어둠만이 반기는 퇴근길에 허무함을 느꼈을 것이다. 반겨주는 이 하나 없는 집에서 쓸쓸함에 지쳐 수면을 재촉했을 게 분명했다. 하지만 오늘은 달랐다. 수호로 인해 느껴지는 두근거림으로 허무함도, 쓸쓸함도 존재하지 않았다.

"술도 안 먹었는데, 왜 이런담."

아휴, 또 한 번 크게 한숨을 내뱉은 아리가 고개를 푹 숙였다. 머리는 빨리 진정하라 재촉하고 있는데, 몸은 왜 머리를 따라주지 않을까. 괜히 마음이 답답했다. 무거운 다리에 힘을 주어 몸을 일으켰을 때, 주머니에 들어 있는 핸드폰이 부르르 몸을 떨었다. 핸드폰을 꺼내자마자 숨이 콱 막혔다.

〈잘 들어갔냐.〉

현태였다. 응, 잘 들어왔다. 핸드폰을 두드리던 찰나, 오늘의 일이 아리의 머리를 휙 스쳐 지나갔다. 수호의 일로 안달이 나 있을 때가 아니라는 걸 너무 늦게 깨달아 버렸다.

〈응. 잘 들어왔어. 미안. 놀랐지. 미리 말 못해서 미안해.〉

어렵게 전송 버튼을 누르고 나니, 또다시 수호의 생각이 밀려왔다.

"아리 씨랑 지 팀장은 좀 별난 것 같아요."

별난 사이. 중얼거리기 무섭게 답장이 날아왔다.

〈잘 도착했으면 됐다. 내일 아침에 봐.〉

순간 아리의 눈이 동그래졌다. 왜? 화가 난 게 아니었던가? 아리는 몇 번인가 눈을 깜빡이며 화면을 보다가, 다시 손가락을 움직였다.

〈화 안 났어?〉

〈화가 날 게 뭐 있어. 빨리 자, 내일 지각할라.〉

〈응. 알았어. 너는 집이야?〉

현태의 답장이 돌아올 때까지 아리는 현관에 오도카니 앉아 있었다. 환하게 빛나는 핸드폰을 바라보다 한숨을 뱉고, 들이마시기를 반복했다.

"뭐랄까. 친구 같지만 친구 같지 않은 사이라고 할까요."

친구 같지 않은 사이. 그렇담 이제껏 현태와 쌓아왔던 시간들은 무얼까. 어떤 사이를 친구라 가정해야 하고, 또 어떤 사이를 친구 같지 않은 사이라 가정해야 하는 걸까. 머리가 복잡해졌다.

〈응. 집이야. 빨리 자.〉

마지막 메시지를 받았을 때, 언제 그랬냐는 듯 상념이 싹 씻겨 내려갔다. 아리는 몸을 일으켜 기지개를 켜는 그 순간까지, 고민하던 모든 것들을 아래로 툭툭 털어버렸다.

〈응. 내일 봐.〉

마무리 짓는 메시지를 보내고 나서야 아리는 집 안으로 발을 내디뎠다. 어두운 방에 불을 밝힌 그녀가 조그마한 목소리로 속삭였다.

"다녀왔습니다."

"제가 너무 갑자기 이런 행동해서 놀라셨죠?"

현태는 대답하지 않았다. 잘 알고 있구나, 그런 생각을 할 뿐. 아무 말 없이 운전에 집중하는 그에게 세영이 다시 한 번 말을 걸었다.

"저 곧 매장 없어져서, 그만둬요. 이미 알고 계시겠지만……."

정적이 이어졌다. 어색한 기류가 흐르는 걸 싫어하는 터라, 무슨 말이라도 해야 하나 고민을 했다. 그래, 뭐라도 말하자 싶어 숨을 깊이 들이마신 순간 세영이 다시 입을 열었다.

"그때까지, 지 팀장님이랑 가까워지고 싶어요."

얼마나 놀랐는지 모른다. 겉으로 표현하지 않기 위해 입술을 얼마나 세게 씹었는지도. 하지만 그 모습조차 세영에게는 보인 건지, 키득키득 웃는 소리가 들렸다.

"당황할 줄도 아시네요."

"연상 상대로 장난치는 거 아닙니다."

"장난치는 거 아닌데. 진짜예요."

그 목소리가 제법 진지해서 현태는 아무런 말도 할 수 없었다. 그저 침묵으로 일관했다.

"사실 처음에는 몰랐는데, 그래서 더 안달이 났었는데…… 조금 알 것 같아요. 지 팀장님이랑 저랑 이루어질 수 없는 이유요."

덜컹, 심장이 저 밑으로 내려앉았다. 신호가 바뀌어서 다행이지, 그게 아니었다면 당장 브레이크를 밟아 급정거를 했을지도 모르는 일이었다.

"뭘 안다는 겁니까?"

세영은 아무런 말도 하지 않고 그를 빤히 쳐다보았다. 낮은 침묵이 이어지고, 또 이어졌다. 다시 직진 신호로 바뀌고 차가 부드럽게 출발했을 때, 세영이 다시 입을 열었다.

"알고 싶으시면 내일 아침부터 저도 같이 출근하게 해주세요."

"뭐라고요?"

"저도 데리러 와달라 말하는 거예요. 저 먼저 태우고 한 매니저님한테 가면 되잖아요."

당돌하다고 해야 할까. 그게 아니면 참 겁이 없다고 해야 할까. 잘 알지도 못하는 남자의 차에 덥석 타는 것도 그렇고, 이젠 출근길까지 책임져 달라 말하다니. 현태는 어이가 없었다.

"이게 제가 지 팀장님께 부릴 수 있는 최대의 어리광이라는 걸 잘 알아요. 그러니까, 이번에만 고집 부릴래요. 지 팀장님도…… 제가 이러는 이유 잘 아실 거라 생각해요."

현태는 긍정도, 부정도 하지 않았고, 그 후로 대화는 없었다. 세영을 그녀의 집 앞까지 태워다 준 후 현태는 곧장 아리의 집 앞으로 향했다.

후우– 길게 뱉는 숨이 하얀 연기가 되어 모락모락 피어올랐다. 담배라도 피면 좋을 텐데, 사와야 한다는 걸 깜빡 하고 말았다.

찬바람을 담배 연기 삼아 들이마시고 내뱉었다. 메시지를 보내고 싶은데, 무어라 보내야 할지 몰라 몇 번이나 망설였다.

〈잘 들어갔냐.〉

겨우 보낸 거라곤 잘 들어갔냐는 일반적인 이야기.

눈을 지그시 내리감은 현태의 머릿속으로 방금 전, 세영과의 대화가 떠올랐다.

"제가 이러는 이유 잘 아실 거라 생각해요."

이러는 이유. 아까 들은 세영의 말을 중얼거린 현태가 다시 고개를 들어 아리의 집을 올려다보았다. 여전히 불이 켜지지 않은 캄캄한 집.

〈응. 잘 들어왔어. 미안 놀랐지. 미리 말 못해서 미안해.〉

뭐가 그렇게 미안한 걸까. 미안이라는 글자가 두 번이나 들어가는 걸 본 현태가 피식 웃었다. 화가 안 났냐는 물음에 한숨이 나왔다. 화가 나고 나지 않고의 문제가 아니었다. 그저 저와 아리의 사이에 명확해지는 선들이 조금 서글펐을 뿐.

친구면 족하다, 이름뿐이지만 가족으로 묶인 걸로 행복하다. 그렇게 생각했던 지난날이 후회되었다.

〈응. 알았어. 너는 집이야?〉

현태는 휴우, 한숨을 쉬었다. 집 앞이니 내려오라 말하고 싶었다. 그리고 제정신이 아닌 척 제 마음을 모두 털어놓으면 어떨까 하는 생각이 들었다. 하지만 그건 생각일 뿐. 행동으로 옮길 욕심도, 용기도 그에게는 없었다.

무어라 답장해야 할까 한참을 고민했다. 고민하고, 또 고민하다 겨우 답장을 적어 내려갔다.

〈응. 집이야. 빨리 자.〉

거짓말을 제일 싫어했지만, 세상에는 꼭 필요한 선의의 거짓말이라는 게 존재하니까. 지금 자신이 하는 건 그런 '선의'를 위한 거짓말이라 생각했다.

〈응. 내일 봐.〉

내일 보자는 말에 또 입술이 씨익 말려 올라간다. 이렇게 단순한 사람이었나 싶다. 이제 걸음을 뗄 수 있을 것 같아 차에 올라탔다. 어서 집으로 돌아가 이 복잡한 머리를 잠시 잠재우고 싶었다.

내일이 되면 조금 나아질 것이다. 오늘 하루쯤은 이런 복잡한 머리를 꽉 끌어안은 채 잠에 들어도 괜찮을 것 같았다. 내일이면 나아질 테니까.

❁

다음 날. 아리는 여느 때와 마찬가지로 출근 준비를 하며 현태를 기다렸다. 아침 대신 과일을 먹으며 핸드폰 시계를 확인했다. 앞으로 현태가 도착하기까지 삼 분이 남았다.

〈내려와 있어.〉

칼같이 온 연락에 아리는 딸기를 꾸역꾸역 입안으로 집어넣었다. 가방을 어깨에 들쳐 멘 아리가 현관에서 운동화를 신고는 뒤를 돌아보며 씨익 웃어 보였다.

"다녀오겠습니다."

부모님이 돌아가신 후로 버릇이 되어버린 것 중 하나였다. 아무도 없는 걸 알면서도 인사가 툭 튀어나온다.

아리가 계단을 내려가 출입문 앞에 나섰을 때, 저 멀리 현태의 차가 오는 게 보였다. 한데, 조금 이상했다. 조수석에 누군가 앉아 있는 것이 보였다. 엄마인가? 볼일 있어서 함께 나온 건가? 궁금증은 아주 잠시였다. 곧 현태의 차가 미끄러지듯 아리의 앞에 멈추어 섰고, 조수석의 창문이 내려갔다.

"언니! 저예요!"

조수석에는 예상치 못한 사람이 앉아 있었다.

"깜짝 놀랐죠?"

히히, 입을 길게 찢어 웃는 세영이었다.

"아, 어? 둘이 어떻게 같이 와?"

"히히. 그렇게 됐어요."

좋아 죽으려는 세영을 보니 절로 흐뭇한 미소가 그려졌다.

"빨리 타. 늦는다."

현태의 말에 아리가 아차 싶어 뒷좌석으로 향했다. 문을 열고, 차에 오르는데 묘하게 이질감이 느껴졌다.

"지 팀장님, 가다가 커피숍 들러도 돼요? 커피 마시고 싶은데."

"백화점 가서 먹어."

"치사해."

둘이 언제 그렇게 가까워진 것이냐 묻고 싶었는데. 뒷좌석에 앉은 것만으로도 현태와의 거리가 저만큼 멀어진 것 같았다. 아리는 결국 아무런 말도 못한 채 가방을 꼭 끌어안았다.

이질감은 끝나지 않고 계속되었다. 뒤쪽에서 조수석을 처음 본 기분이었다. 조잘조잘 떠드는 세영의 모습에 왜 갑자기 울적해진 걸까. 꼭 자신이 섞여선 안 되는 공기에 섞여 있는 기분이었다.

끙, 앓는 소리를 내던 아리가 입술을 꾹 눌렀다.

"언니, 언니. 자요?"

세영의 목소리가 들렸지만 아리는 눈을 뜨지 않았다. 이대로 자는 척을 하는 것도 나쁘지 않겠지 싶었다.

"에이, 언니 자나 봐."

"제대로 앉으라니까. 사고 난다고 몇 번을 말해."

아쉬움에 젖은 세영의 목소리 뒤로 힘을 준 현태의 목소리가 들렸다. 그리고 곧 키득키득 세영이 웃음을 터뜨렸다.

"오, 지 팀장님 지금 저 걱정해 주는 거예요? 정말?"

"하……."

현태의 깊은 한숨을 아리는 금세 알아챌 수 있었다. 하지만 끝까지 눈을 뜨지 않았다. 아리는 눈을 꽉 감은 채 이 순간이 빨리 지나가기를, 백화점에 빨리 도착하기를 바랐다.

그날, 아리는 일을 하는 내내 한숨과 떨어지지 못했다. 왜 이렇게 가슴이 꽉 막히는 건지 알 수 없었다. 표정이 좋지 않은 건 아리뿐만이 아니었다.

"지 팀장님!"

현태가 A관에서 B관으로 넘어올 때마다 따라붙는 세영 때문인지 효영의 표정 역시 영 좋지 않았다.

"언니, 쟤 지금 몇 번째인지 알아요?"

팔짱을 낀 효영이 아리에게 퉁명스럽게 물었다.

"모르지. 그걸 셀 만큼 한가하지가 않습니다."

말은 그렇게 하고 했지만, 사실 아리는 데이터가 눈에 들어오질 않아 같은 페이지만 몇 번씩 다시 보고 있었다.

"여섯 번째예요. 여섯 번째. 오늘 현태 오빠 오고가는 내내 저렇게 따라온다니까요?"

효영의 말에 아리가 고개를 들었다. 그리고 세영에게 붙잡혀 꼼짝없이 이야기를 나누고 있는 현태를 바라보았다. 아니, 이야기를 나눈다기보단 일방적으로 세영의 이야기를 듣는 모양이었다. 지루해 죽겠다는 표정이라든가, 곤란하다는 표정을 보면 알 수 있었다.

"뭐, 친해졌나 봐."

"언니! 언니 이러다 조강지부 뺏긴다?"

효영의 극성에 아리가 헛웃음을 터뜨렸다. 조강지부라니. 몇 번이고 친구라는 말을 들어왔던 효영이 그런 말을 하니 웃음이 나왔다.

"언니!"

"효영아. 나 진짜 지 팀장이랑 친구라니까? 쟤도 연애를 해야 나도 연애를 할 거 아냐. 안 그래?"

아이를 달래는 듯한 아리의 말에 효영이 입술을 댓 발 내밀었다. 막내 수미가 쉬는 날이라 다행이지, 수미까지 있었다면 둘이서 함께 괴롭혔을 게 분명했다. 아리는 이걸 어떻게 넘겨야 하나 싶었다. 머리가 지끈거려 눈이 뻐근해졌다. 휴게실이라도 가야 하나 싶었는데, 수호가 매장과 매장 사이의 벽을 톡톡 두드렸다.

"거기 옆집 너무 시끄러운데, 조용히 해줘요."

장난으로 얼굴을 굳힌 수호가 아리와 효영을 바라보았다. 하지만 그게 두 사람에게 통할 리 만무했다.

되레 효영은 화색을 띠곤 수호에게 다가갔다. 그의 팔을 꼭 잡은 채 애원하듯 말을 했다.

"강 매니저님! 그래, 강 매니저님이라도 우리 언니 좀 데려가라. 응?"

"박효영! 내가 물건이니?"

결국 아리가 버럭 화를 내자 효영이 입술을 배죽 내밀었다. 그리고 다시 수호를 향해 검지와 엄지로 자그만 하트를 만들었다. 수호의 앞에서 하트를 내밀었다 뺐다를 반복하며 효영은 조잘대기 시작했다.

"그럼 말 바꿔서. 강 매니저님, 우리 언니랑 썸 어때요? 썸? 응? 간질간질한 그 단어, 어때?"

"박효영, 너 진짜!"

효영이 이크, 입술을 길게 찢었다. 그리고 잽싸게 매장 밖으로 달아났다.

"맞다, 맞다. 오늘 재고 조사해야 하지! 매니저님, 저 창고 갑니다!"

효영이 콧소리를 내며 아리에게 손을 흔들었다. 그리고 누가 따라올세라 잽싸게 창고를 향해 잰걸음을 옮겼다. 효영의 뒷모습을 좇던 아리가 장난스레 주먹을 들어 올렸다. 일할 때는 똑 부러지는 친구인데 그 외에선 저를 너무 피곤하게 한다. 텐션이 높아도 너무 높다고 할까.

"하하, 아리 씨 매장은 늘 활기차서 좋아요."

그런 아리의 마음을 아는 건지 모르는 건지, 매장으로 들어오던 수호가 크게 웃음을 터뜨렸다.

"저건 활기찬 게 아니에요. 진짜, 누가 매니저고 누가 직원인지 모르겠다니까."

"뭐, 그래도 속을 모르게 조용한 것보단 낫다고 생각하는데."

넉살 좋은 수호의 말에 아리 역시 웃고 말았다. 이제까지 머리를 가득 채운 묘한 고민이나 답답함은 온데간데없이 사라지고, 머리가 맑아지는 기분이었다.

"그래서, 어제 내가 한 말은 좀 생각해 봤어요?"

"무슨 말이요?"

"에이, 또 기억 못하는 척 한다."

응? 다시 한 번 묻는 수호가 고개를 좌우로 갸웃거렸다. 아리는 수호를 꽤 오랜 시간 마주했다. 그러다 어제의 말이 떠올라 얼굴이 붉게 달아올랐다.

"앞으로도 아리 씨랑 같이 퇴근하고 싶다는 말을 돌려서 한 거예요. 지금."

몸이 바짝 굳는 기분이었다. 무어라 대답해야 할까 머리를 빠르게 회전시키다 어렵게 입을 열었다.

"그, 그냥 해본 말이라고 했잖아요!"

"그랬지. 그런데 답이 듣고 싶어졌어요."

"마, 막무가내잖아요."

아리가 곤란해하자 수호가 씨익 웃음을 그렸다. 이러려고 말을 건넨 건 아니었다. 하루의 시작부터 점심시간이 가까워진 지금까지, 조금도 표정이 나아지지 않는 게 걱정이 됐다. 무슨 일이 있나 묻고 싶었지만, 아직 그런 걸 물어볼 사이는 아닌 것 같아 그만두기로 했다.

결국 선택한 건 초등학생 남자애들이나 할 법한 유치한 말장난일지라도, 그 안에 진심은 존재했다. 아주 적게라도 말이다.

한편, 세영에게 붙잡힌 현태의 시선은 오롯이 아리와 수호에게로 향해 있었다. 처음부터 쳐다보고 있었던 건 아니었다. 언제부터였을까. 수호가 아리의 매장에 들어갈 때부터? 효영이 수호를 부르며 아리를 데려가라 우스갯소리를 할 때부터? 정확히 언제부터였는지 몰라도, 시선이 그곳에 박혀 빠지지 않았다.

"그러니까, 지 팀장님."

"주세영 씨."

현태는 세영의 말을 딱 잘랐다. 이제 그만하라고 하고 싶은데, 막상 그녀의 눈을 마주하니 도저히 입이 떨어지지 않았다. 꼭 제 모습 같았다. 물론 자신이 아리에게 이렇게 아등바등 매달리는 건 아니었지만. 적어도 그 눈빛 안에 비치는 묘한 떨림이 꼭 저 같았다.

"조금 알 것 같아요. 지 팀장님이랑 저랑 이루어질 수 없는 이유요."

현태 역시 알 것 같았다. 그래서 더욱 입이 떨어지지 않았다.

"왜요?"

주먹을 꽉 움켜쥐었다. 갈림길에 서 있는 기분이었다. 이도저도 하지 못한 채, 멀어지는 한쪽만을 바라보며 다른 한쪽의 등을 떠미는 것. 바보 같았지만 바보 같을 수밖에 없는 상황이었다.

"매장, 오 일 뒤에 철수하죠?"

"네. 오 일 뒤에요. 그런데 왜 갑자기 말 높여요? 어제부터 말 그냥 놓기로 약속했잖아요."

현태는 대답하지 않았다. 조용히 숨만 삼키던 현태가 다시 아리와 수호를 쳐다보았다. 재잘재잘 떠들며 웃고 있는 두 사람을 보다 눈을 질끈 감았다. 다시 세영을 본 그가 천천히 입을 열었다.

"오 일만."

현태의 낮은 목소리에 세영이 깜짝 놀라 몸을 곧게 세웠다.

"오 일만 주세영 씨 원하는 대로 해주겠습니다."

순간 반짝거리는 그녀의 눈동자를 본 현태는 목에 힘을 주었다. 일말의 희망도 남기지 않아야 한다. 조금의 여유조차 주어선 안 된다. 지금 이 순간이 세영에게 잔인한 일이 될 거라는 걸 알고 있으면서, 제일 잘 아는 사람이 저일 텐데도 그는 말을 멈추지 못했다.

"이건 내가 주세영 씨에게 마음을 줄 수 있는 여유가 있다거나, 틈이 있기에 하는 말이 아닙니다. 딱 그만큼이라는 겁니다. 저에 대한 미련 갖지 않도록…… 도와줄 수 있는 시간이."

하지만 어쩌면 세영에게 가장 필요한 순간이기도 했다. 아무것도 못 해보고 끝난다는 건, 생각보다 큰 좌절감을 불러온다. 아리에게 남자친구가 생겼을 때나, 제 친한 친구가 아리에게 고백을 했을 때처럼.

학창시절 수도 없이 반복된 일들을 겪으며 깨달은 부분이었다. 다만 알고 있으면서도 머뭇거리는 건, 그렇게 쌓아온 시간을 깨부술 용기가 나지 않기 때문이었다. 누구보다 더 끈끈한 유대감이 그에게 있어 자부심이라면 자부심일 테니까.

결국 저는 겁쟁이다. 아무리 머리를 굴려보아도, 온갖 미사여구에 변명을 붙여도 겁쟁이라는 사실은 벗어나지 못했다. 아리에게 고백하지 못하는 이유를 생각할 때에도, 지금 세영에게 말을 하는 순간도.

"제가 해줄 수 있는 건 이것뿐입니다."

유독 음악 소리가 크게 들렸다. 귀를 웅웅 울리는 것이 음악의 여음인지, 혹은 사람들의 소음인지는 알 수 없었다.

점심시간이 되었고, 아리는 수호와 함께 현태를 기다렸다. 직원용 출구의 안쪽에서 언제 나오려나 시계만 쳐다보며 기다리고 있던 중, 문이 열리며 익숙한 실루엣이 드러났다.

"와, 엄청 늦었네요. 지 팀장님."

"죄송해요. 저랑 같이 오느라 좀 늦었어요."

현태를 향한 수호의 구박에 따라오는 건 전혀 예상치 못한 목소리였다. 깜짝 놀란 건 수호뿐만이 아니었다. 아리 역시도 놀라 눈이 휘둥그레졌다.

"어? 둘이 어떻게 같이 와요? 아니, 애초에 약속했었나?"

수호의 시선이 아리에게로 향했다. 하지만 아리 역시 모르는 일이었다. 애초에 세영이 점심시간마다 함께하겠다 말을 한 것도 아닐뿐더러 현태 역시도 아무런 말을 해주지 않았으니까.

뭐, 그건 어제 퇴근할 때의 저와 별 다를 게 없으려나.

"그렇게 됐어요. 그죠?"

세영이 수줍게 웃으며 현태를 올려다보았다. 현태는 대답하지 않은 채 아리와 수호의 눈치를 보다 휴, 짧게 한숨을 뱉었다.

"가죠. 배고프니까."

그 말에 아리가 손을 뻗으려다 다시 안으로 굽히고 말았다. 그가 무엇을 결심했건, 생각했건 자신이 신경 쓸 건 아니었다. 하지만 미리 말을 해주지 않은 것에 대해 기분이 나빴다. 그러다 어제 제가 한 짓을 생각하면 별다를 게 없어서 그것마저 불평할 수도 없다.

"아리 씨."

수호가 아리의 어깨를 톡톡 두드렸다. 놀란 아리가 고개를 뒤로 돌렸다.

"네?"

뒤를 돌아봤더니, 그의 검지가 볼에 닿아 있었다. 지금은 초등학생도 칠까 말까 하는 장난이었다.

"바아보."

"하?"

거기다 이젠 바보란다. 당황한 아리가 입을 떡 벌리자, 수호가 입술을 동그랗게 말아 올려 웃어주었다.

"웃어요. 아리 씨는 웃는 게 제일 예뻐요. 그러니까 인상 찡그리지 말고, 웃어요."

쿵. 쿵쿵.

어제와 같은 떨림이 시작되었다. 손가락 끝으로 저릿함이 내려와 아리는 손가락을 꽉 말아 쥐었다.

"또 장난친다."

"이번엔 장난 아닌데."

수호가 다시 한 번 부드럽게 미소를 지어주었다. 끼를 부리는 건가 싶을 정도로 예쁜 미소였다. 곧 그의 손이 아리의 머리를 토닥였다.

"진짜예요. 아리 씨는 웃는 모습이 제일 예뻐요. 그러니까 웃어요."

아리는 문득 그의 캔디가 보이지 않는 게 조금 서운했다. 이런 미소를 지으며 어떤 캔디를 하고 있을까. 또다시 궁금해졌다.

"그리고 나 부탁 하나 있는데, 들어줄래요?"

엘리베이터를 기다리던 현태의 시선이 두 사람을 향했다. 그 시선이 얼마나 날카로운지, 등을 돌리고 있는 수호마저도 느낄 수 있을 정도였다.

"뭔데요?"

아무렇지 않게 답하는 아리의 말에 현태의 얼굴이 더욱더 날카롭게 굳어졌다.

"이제 수호 씨 싫어요."

"네? 갑자기 그게 무슨 말이에요?"

"왜, 우리 약속했잖아요."

약속. 결코 가볍지 않은 무게의 단어에 아리와 현태의 귀가 동시에 쫑긋거렸다.

"우리 친해지면 말 놓기로."

"그건 그렇지만, 여기는……."

"그럼 하나만 바꿔요."

아리가 고개를 갸웃 기울였다. 뭘요? 기어들어가는 목소리로 묻자, 수호가 다시 한 번 미소를 그렸다.

"우리 이제 수호 씨, 아리 씨 하지 말아요. 아리야, 수호 오빠. 그렇게 편하게 부르고 싶은데. 어때요?"

수호의 갑작스러운 말에 아리가 놀라 눈을 동그랗게 떴다.

"뭐 어려운 거 있어요? 씨만 빼면 되는걸."

안 그래요? 되묻는 말에 아리가 입술을 꾹 눌렀다. 이토록 달콤한 눈빛을 언제 받아봤더라. 아리는 손에 힘을 꽉 주었다. 응? 다시 한 번 재촉하는 수호를 향해 천천히 고개를 끄덕였다.

"됐네. 그럼 가자, 아리야."

몇 번이나 들어본 이름인데도 기분이 이상했다. 하지만 다정함의 크기가 이토록 다를 줄은 몰랐다. 아니 애초에 저를 아리야, 하고 다정하게 이름을 불러주는 사람은 몇 없었다. 하지만 왠지 같은 다정함이 아니었다.

아리야, 그 부름이 꽤 좋은 울림이라고 생각했다. 가슴을 쿵쿵 뛰게 만드는 그런 울림.

"엘리베이터 왔어요!"

세영의 부름에 수호가 아리의 손목을 잡아끌었다.

"가자, 빨리."

저를 힐끗 돌아보며 웃는 수호의 얼굴에 아리가 숨을 참았다. 손목이 화끈거렸다. 자신의 손목을 느슨하게 잡은 수호의 손이 뜨거웠다. 조금 전까지 머리를 가득 채웠던 고민들이 열기에 의해 사르르 녹아내렸다. 쿵쿵. 미묘한 떨림만이 가슴에 잔뜩 남았다.

점심시간임에도 불구하고 엘리베이터는 한산했다. 그러나 수호는 아리를 한쪽 구석으로 밀어 넣었다.

"조금 있으면 사람들 많이 탈 거니까."

그 한 마디를 남긴 채 아리에게서 등을 졌다. 구석에 갇혀 있지만, 수호에게서 보호받고 있는 모양새가 되어버린 셈이라 쿵쿵, 쿵쿵, 눈치 없는 심장이 쓸데없이 크게 뛰었다. 아리는 제 심장소리를 누군가 듣는 건 아닐까 괜히 눈치가 보였다.

엘리베이터가 2층, 그리고 3층에 다다랐을 때 수호의 말처럼 직원들이 밀려왔다. 직원들은 너나 할 것 없이 까치발을 세우며 엘리베이터를 가득 채웠다.

"아리야, 미안."

그 와중에 수호는 아리에게 짧게 사과하고는 뒤돌아섰다.

"사람이 너무 밀어서, 너 등으로 누를까 봐."

하하, 어색하게 웃은 수호가 벽에 팔을 붙이곤 아리에게 가까이 다가섰다. 얼굴은 바짝 들고 있었기에, 서로의 숨결이 가까이 맞붙는 경우는 없었다.

"미안. 잠깐만 이러고 있자."

"괜찮아요."

직원 식당은 10층, 맨 꼭대기에 있었다. 그다지 많이 올라가야 하는 것도 아니었건만 왜 이리도 멀리 느껴지는지 알 수 없었다. 바로 앞에서 느껴지는 수호의 향수 냄새가 아리의 신경을 더욱 자극했다. 간간이 위에서 들리는 수호의 앓는 목소리마저도 가슴을 떨리게 만들었다.

제발 도착해라, 도착해라, 비는 와중에 엘리베이터가 10층에 도착했다. 문이 열리자마자 직원들이 우르르 내렸다. 가장 안쪽에 있던 네 사람도 그들의 뒤를 따라 엘리베이터에서 벗어났다.

"언니, 언니."

세영이 잔뜩 신이 난 표정으로 아리에게 다가왔다. 팔짱을 끼며 활짝 웃는 모습이 여간 예쁜 게 아니었다.

"뭐예요. 아무 사이도 아니라면서."

"어? 아니야, 진짜 아니야."

"아무것도 아닌 사이인데 방금 그러고 있단 말이에요? 뭐야아."

왜 세영이 더 신이 나 있는 건지 알 수 없었다. 아리가 난감하게 웃어 보였지만, 세영은 알아채지 못한 것 같았다.

점심을 먹는 내내 분위기는 생각보다 좋지 않았다. 어제까지만 하더라도 현태의 옆에 앉는 건 아리였었다. 그러나 오늘은 현태와 세영이 함께 앉았고, 아리와 수호가 그 앞에 함께 앉았다. 하루아침에 바뀐 상황도 놀랍지만, 현태가 세영의 말을 순순히 따랐다는 사실이 더욱 놀라웠다.

세영이 먼저 현태에게 같이 앉자고 청했고, 현태는 아리를 한 번 힐긋 보고는 고개를 끄덕였다. 아리는 괜히 기분이 이상했지만 전날 수호의 말이 마음에 걸려 아무렇지 않은 척했다. 친구 사이에 이런 걸 신경 쓰는 게 이상한 거라고 몇 번이나 스스로를 다독였다.

묵묵히 밥을 먹는 현태와 아리에 비해, 수호와 세영은 쉴 새 없이 이야기를 나누었다.

"그럼 세영 씨는 다른 브랜드에서 일할 생각 없어요?"

수호의 질문에 현태를 힐끗 쳐다본 세영이 곧 미소를 그리며 고개를 저었다.

"안 될 것 같아요. 다시 하고 싶은 공부가 생겨서, 여기서 번 돈으로 학원 다니려고 했거든요."

"그렇구나. 하긴 하고 싶을 때 해야지, 시기 놓치면 못 해요. 그렇지, 아리야?"

아리를 쳐다보는 수호의 눈에 미소가 잔뜩 그려져 있었다. 그에 아리는 어색하게 웃으면서 고개를 끄덕였다. 어설프게 웃으며 젓가락을 톡 씹었다.

"한아리는 하고 싶은 공부 없었습니다. 돈 벌고 싶어 했지."

"야, 야! 아니거든. 나도 공부 하고 싶었거든?"

묵묵히 밥을 먹던 현태가 툭 던진 말을 깜짝 놀란 아리가 급하게 받아쳤다.

"무슨 공부?"

"네? 아, 그게. 그러니까."

수호의 갑작스러운 질문에 아리가 말을 더듬었다. 하하, 어색하게 웃던 그녀가 현태를 죽일 듯 노려보았다.

"그러는 자기도 공부에 관심도 없었으면서."

"나는 공부보다는 운동이었는데?"

씩씩대는 아리를 향해 현태는 입술을 씨익 말아 올리며 승리의 미소를 지었다.

"와, 지 팀장님 운동했어요? 무슨 운동이요?"

"태권도."

"정말요? 그럼 발차기 같은 것도 잘해요?"

"오, 그럼 지 팀장, 격파도 잘합니까? 주먹 힘 좀 세겠는데?"

순식간에 저에게로 관심이 몰리자, 현태는 당황했다.

"아니 뭐……. 뭐 열심히 하긴 했으니까."

수줍은 건지, 말을 얼버무리며 밥알을 헤치는 현태의 모습에 세영이 히죽 웃었다. 그의 또 다른 모습을 본 것 같아 괜히 기분이 좋았다. 그런 현태를 보던 아리가 흥, 코웃음을 쳤다.

"열심히? 누가 뭘 열심히 했다고?"

"어, 이거 이야기가 달라지는 것 같은데."

흥미진진하다는 듯, 수호가 아리와 현태를 번갈아 보았다.

"그렇지. 너무 열심히 해서 맨날 연습 빼먹고, 몰래 합숙소에서 술 먹다 걸려서 죽어라 혼나고 그랬지."

그렇지? 의미심장한 물음에 현태의 눈이 흔들렸다. 흠흠, 헛기침을 하며 물을 한 모금 넘긴 그가 고개를 저었다. 그만해도 된다 아리에게 보내는 작은 신호였지만, 처참히 무시당하고 말았다.

"시합 전날 긴장 풀고 싶다고 아빠 술 훔쳐다 먹어서, 딱 죽을 만큼만 맞았잖아."

"야. 한아리."

"열심히 하긴 했다. 삘짓을. 그치, 현태야?"

두 사람의 흥미진진한 대화에 수호는 키득키득, 소리 내어 웃음을 터뜨렸다. 아리의 이런 모습이 신선해 더욱 귀가 쫑긋거렸다.

"그럼 지 팀장 대회에서 우승도 하고 그랬었겠네요?"

현태의 눈빛이 아주 조금 딱딱하게 굳어버렸다. 아리를 볼 때와는 전혀 다른 눈빛이었다.

"당연한 거 아닙니까? 저 에이스였습니다."

흠흠, 목을 가다듬은 현태가 고개를 끄덕이며 뻐기듯이 말했다. 하지만 그럼에도 잘난 척하는 것처럼은 보이지 않았다.

"그건 맞아요. 현태 대학 가서도 실력은 인정받았으니까."

아리가 그 말에 동의해 주자 수호가 오, 입을 동그랗게 모아 감탄했다. 현태는 어깨를 으쓱거리며 의기양양한 미소를 지어 보였다.

"그럼 그쪽으로 나갔어도 괜찮았을 텐데. 왜 여기에서 일해요?"

이어지는 세영의 질문에 아리의 눈꺼풀이 파르르 떨렸다. 현태 역시 아리를 힐긋 쳐다보곤 자세를 고쳐 잡았다. 침묵이 흘렀다. 그 침묵의 시작이었던 세영이 안절부절못하며 눈치를 살폈다.

"아…… 어, 제가…… 괜한 이야기를……."

"우리 밥 다 먹으면 아이스크림 먹으러 갑시다. 내가 쏠게요. 아니면 커피를 마시든가."

머뭇거리는 세영 대신, 수호가 자연스럽게 화제를 바꾸었다. 그에게 고마워서 아리는 애써 웃어 보였다. 그러다 현태와 눈이 마주쳤다. 현태의 입가에 보일 듯 말 듯한 미소가 걸렸다.

가슴이 따끔거렸다.

"현태야!"

울부짖는 소리가 들렸다. 누군가의 손에 묻어 있던 붉은 피가 떠올랐다. 물밀 듯 밀려오는 기억에 눈을 질끈 내리감았을 때, 어깨에 따뜻한 손이 닿았다.

"아리야, 괜찮아? 어디 아파?"

수호였다. 그의 다정한 물음에 아리는 눈을 천천히 깜빡였다. 어째서 그의 말 한 마디에, 행동 하나에 이렇게 매번 구원을 받는 걸까. 어제도, 오전에도. 그리고 지금도. 매번 수호의 목소리에 불안감을 떨칠 수 있게 되었다.

"아…… 아니에요. 그냥, 그냥 갑자기."

"진짜 괜찮아?"

"네. 진짜 괜찮아요, 오빠."

수호는 괜찮다 말하는 아리를 걱정스레 보았다. 두 사람을 쳐다보던 현태가 젓가락을 탁, 내려놓았다. 그리고 그런 현태를 바라보는 세영의 눈이 저 아래로 잔뜩 처졌다. 테이블 아래에 꽉 맞잡은 손이 차갑게 식어가고 있었다.

점심시간이 지나고, 네 사람은 다른 날과 다를 것 없이 바쁜 하루를 보냈다. 손님은 몰아쳤고, 시간은 생각보다 더 빠르게 지나갔다. 티타임조차 가질 수 없을 정도로 바쁜 시간이 지나고 어느덧 시곗바늘은 7시를 향해 가고 있었다.

"언니, 시즌 반품하는 거 언제 할 거예요?"

효영이 달력을 보며 물었다. 죽 나열된 날짜를 보던 아리가 볼펜의 끝을 물었다.

"그러게. 본사에서는 다음 주 화요일까지는 달라고 하던데."

"화요일? 언니 오늘 목요일인 거 알죠?"

"알지."

"주말은 안 되잖아요."

어쩌지. 아리가 달력을 뚫어져라 보고 있던 그때였다.

"어? 현태 오빠!"

잔뜩 신이 난 효영의 목소리에 아리가 고개를 돌렸다. 매장 입구에 선 현태가 아리를 빤히 쳐다보고 있었다.

"안 힘들어? 쉬는 시간도 안 나왔잖아."

현태의 물음에 아리가 어깨를 으쓱거렸다.

"한두 번인가, 뭐."

두 사람을 힐끗거리던 효영이 슬금슬금 걸음을 옮겼다. 창고에 다녀오겠다는 말을 조용히 흘린 뒤, 쏜살같이 매장을 빠져나갔다. 그 사이에 끼어 있고 싶지 않을 만큼, 두 사람의 분위기에 숨이 막혔기 때문이었다.

"할 말 없으면 일이나 하시죠, 지 팀장님. 전 너무 바쁘네요."

아리는 다시 노트북을 보았다. 평행이동(매장과 매장의 재고 수량을 균일하게 맞추는 이동)과 시즌 반품 수량을 일일이 맞추느라 정신이 없던 참이었다. 한참 노트북을 훑던 중 현태의 목소리가 들렸다.

"당분간 출퇴근 같이 못 해."

마우스를 움직이던 아리의 손이 멈추었다. 현태가 먼저 안 된다는 말을 한 적은 없었다. 처음 있는 일이었기에 더더욱 당황했는지도 모른다.

"얼마나?"

"오 일."

그 외에 별다른 이야기가 오가지는 않았다. 그러던 중 옆 매장에서 수호가 불쑥 얼굴을 내밀었다.

"그럼 그 오 일간 아리는 내가 출퇴근 도와줄게."

동시에 수호를 바라보는 두 사람의 표정이 극과 극으로 나누어졌다. 깜짝 놀란 아리와 불쾌함을 숨기지 못하는 현태를 번갈아 보며 수호는 씨익 웃었다.

"이참에 아리랑 더 친해지고 좋지, 뭐."

그렇지? 빙긋 웃는 수호에게 아리가 어색하게 미소를 지었다. 아리와 잠깐 눈을 맞춘 후 수호는 이번엔 현태에게로 시선을 돌렸다. 두 사람 사이에 묘한 불꽃이 일렁였다.

"고맙습니다. 지 팀장님 덕분에 아리랑 더 친해질 수 있겠어요."

❂

톡. 톡. 손톱을 물어뜯는 소리가 차 안에 가득했다. 시동이 걸린 차 안, 운전석에 앉은 현태는 벌써 몇 분째 손톱을 물어뜯고 있었다.

"고맙습니다. 지 팀장님 덕분에 아리랑 더 친해질 수 있겠어요."

그와 아리가 친해지고 말고는 사실 현태가 관여할 것이 아니었다. 아리의 인간관계까지 자신이 이래라 저래라 할 수 없는 일이니. 그저 마음에 들지 않을 뿐이다. '덕분에'라는 말과, 굳이 친해질 수 있겠다 단언하는 그 모습이.

"왜 그러냐, 지현태. 어울리지 않게."

여유가 없어진 게 분명했다. 고작 이런 말에 이렇게 발끈하다니. 아리와 관련된 일이라면 늘 이런 식으로 평정심을 잃고, 자제심을 잃고 만다. 어릴 땐 이런 이유로 몇 번이나 사내놈들과 주먹다짐을 한 적도 있었다.

비밀연애를 하던 여자친구가 있었다. 아리는 연애를 하는데, 저라고 못 할 이유는 없다며 충동적으로 시작한 만남이었다. 당시 여자친구는 아리와의 관계를 모두 알고 있었고, 현태의 마음 또한 어렴풋이 눈치채고 있었다. 그래서 더욱 편하게 만났는지도 모른다.

아리에 대한 험담이라도 듣는 날엔, 여자친구를 붙잡고 왜 그런 말이 도는지 이유를 알 수 없다 하소연을 한 적도 있었다. 그래, 어쩌면 그게 큰 문제였는지 모르겠다.

"너는 아리 이야기만 나오면 왜 그렇게 민감하게 반응해?"

그렇게 화를 낸 여자친구는 아리와 멀어졌으면 좋겠다고 이야기했다. 연애는 아리가 아닌 저와 하는 게 아니냐며 그를 회유했다. 하지만 넘어갈 현태가 아니었다. 미안해, 짧은 한마디로 여자친구에게 이별을 고했다. 처음이자 마지막이었던 비밀연애였다. 이후부터 아리와 관련된 일에 신경 쓰지 않는 척하려고 노력했다. 굳이 연애가 아니라 해도, 누가 보든 이상한 관계라 생각할 것 같았다. 그래서 최대한 아무렇지 않은 척하려고 했었는데.

"그럼 그 오 일간 아리는 내가 출퇴근 도와줄게."

또다시 떠올리니 이가 아득 갈렸다. 오래전 아리의 남자친구들보다 수호가 더 눈에 거슬렸다.

"왜 그럴까."

질문을 던졌지만, 돌아오지 않았다. 현태는 핸들을 잡고 있던 손으로 토독, 토독 그 위를 두드렸다. 한참 머릿속을 정리하던 중, 창문을 똑똑 두드리는 소리가 들렸다. 고개를 돌려보니 그곳에는 활짝 웃고 있는 세영이 있었다.

"오빠!"

누구이길 바랐던 걸까. 잠시 창밖의 세영을 바라보던 현태가 문의 잠금을 풀었다. 철컥 소리와 함께 조수석 문이 열렸다.

"많이 기다렸죠. 죄송해요. 매장 정리할 게 너무 많아서."

아, 쌀쌀하다. 손으로 양팔을 비비는 세영을 바라보던 현태가 아랫입술을 지그시 눌렀다. 저긴 아리의 자리였다. 이 시간은 유일하게 둘이 함께할 수 있는 시간이었다. 그런 생각을 하니 짜증이 났다. 단 오일이라 제약을 걸었던 건 지현태 자신이면서. 고작 하루도 지나지 않아 모두 그만두고 싶어졌다.

"안전벨트."

"아, 맞다."

현태의 쌀쌀맞은 말투에도 세영은 목소리 한 번 죽이지 않은 채 대답했다. 현태의 차가 백화점을 벗어나고 도로 위를 달리는 내내 세영의 수다는 끊이지 않았다. 하지만 현태의 귀엔 아무 소리도 들리지 않았다. 머릿속은 온통 아리와 수호의 생각뿐이었다.

무슨 이야기를 나눌까, 어떤 표정으로 웃고 있을까. 아니 것보다 지금 도착은 했을까. 시계를 슬쩍 내려다본 그가 한숨을 푹 내쉬었다. 어쩐지 요즘 한숨이 많이 늘었다.

"오빠."

옆을 바라보자, 세영과 눈이 마주쳤다. 무슨 이야기를 하고 있었더라. 귀담아 듣지 않은 게 이제야 미안해졌다.

"안 듣고 있었죠?"

세영이 슬쩍 웃으며 묻자, 현태는 흠흠 헛기침을 했다.
"뭐, 그럴 것 같았어요."
"미안."
"미안할 필요 없어요. 나 때문에 오빠가 무리하고 있다는 것도 알고 있고."
현태는 답하지 않았다. 무리하고 있는 게 아니라는 거짓말은 하고 싶지 않았으니까. 꽉 막힌 도로 사정에 현태가 눈을 질끈 감았다. 비겁한 놈이다. 이러나저러나 자신이 비겁하다는 건 변하지 않는다.

"야, 지현태. 내 말 듣고 있니?"

어쩐지 옆에서 이야기 좀 제대로 들어달라 안달을 내는 아리가 너무 보고 싶었다.

한편, 수호의 차에 올라 퇴근을 하던 아리는 집이 아닌 방향으로 향하는 것에 놀라서 그를 돌아보았다.
"오빠, 어디로 가요?"
아리가 급박하게 묻자 수호는 어깨를 으쓱거렸다.
"어, 조금 대놓고 말하면 납치?"
"납치?"
납치라는 말에 놀란 모양이었다. 가방을 꽉 끌어안은 아리의 모습에 수호가 키득키득 웃었다.
"응. 나 지금 아리 너 납치하는 거야."
"무슨 말이에요? 똑바로 말해줘요. 납치라니요?"
"일단 가자. 일단 가보고, 그 뒤에 이야기하자. 우리."

알았지? 힐끗 보며 윙크를 하는 수호 탓에 아리는 아무런 말도 하지 못했다. 목을 비집고 새어 나오는 끙, 앓는 소리만이 그녀의 마음을 말해주었다. 차는 꽤 오래 달렸다. 번화가의 한 주차장에 차를 세운 수호가 안전벨트를 풀며 아리를 쳐다보았다.

"자, 내려."

"오빠, 여기 대체."

"일단 내립시다. 한 매니저님."

대체 어딜 온 건지 묻고 싶었지만, 일단 내리라는 수호의 말을 뿌리칠 수 없었다. 아리는 결국 못 이기는 척 발을 내디뎠다. 차에서 내린 아리는 주위를 휘 둘러보았다. 화려하게 펼쳐진 시끌벅적한 번화가에 정신이 하나도 없었다.

"가자."

여기가 어디냐는 질문도, 왜 다른 동네의 번화가까지 왔냐는 질문도 할 수 없었다. 손목을 붙잡고 앞으로 나아가는 수호에게 이끌려 아리는 어안이 벙벙한 채로 걸어갔다.

"자, 그럼 첫 번째로……."

주변을 훑던 그가 무언가를 발견한 듯 망설임 없이 앞으로 나갔다.

"저거다. 가자."

"네? 오빠!"

그를 부르는 아리의 목소리에도 수호는 히죽 웃을 뿐이었다. 그가 도착한 곳은 김이 모락모락 피어나는 포장마차 앞이었다. 이제 막 완성된 빨간 떡볶이가 두 사람을 반겨주었다.

"이모, 떡볶이랑 순대 1인분씩 주세요. 아, 많이 주세요. 이제 막 일을 끝내고 와서 배가 많이 고픕니다."

배를 살살 문지르며 넉살 좋게 하는 말에 포장마차 주인이 웃음을 터뜨렸다.

"그럼! 잘생긴 총각인데, 당연히 많이 줘야지!"

금세 떡볶이와 순대가 그릇에 담겨 앞에 놓였다. 아리는 아직도 이게 무슨 일인가 싶어 수호와 음식들을 번갈아 보았다.

"오빠, 대체."

"일단 먹자. 배고프잖아. 오늘 쉬는 시간도 없어서 간식도 못 먹었을 테고. 나도 혼자 나가서 그런가, 영 입맛이 안 돌아서 아무것도 안 먹었단 말이야. 응?"

종이컵에 어묵 국물을 가득 따라주는 수호 덕에, 아리는 그를 향해 곱게 눈을 흘기며 그것을 받았다.

"알았어요. 그럼 다 먹고 설명해 주는 거예요?"

"그럼. 일단 먹어. 여기 진짜 맛있어."

재촉하는 수호의 모습에 아리가 키득키득 웃음을 터뜨렸다. 빨간 양념이 듬뿍 묻은 떡 하나를 콕 찍어 입에 넣었다. 처음엔 달콤하다 마지막엔 매콤한 맛이 입에 퍼지는 게, 깜짝 놀랄 정도로 맛있었다. 아리는 한 손으로 입을 가리며 수호를 쳐다보았다.

"거봐. 맛있지?"

"네. 엄청요."

"빨리 먹자. 식으면 맛없어."

두 사람은 누가 쫓아오기라도 하는 듯, 허겁지겁 떡볶이와 순대를 먹어치웠다. 가득 채워졌던 두 접시가 곧 바닥을 보였다. 말끔하게 음식을 해치운 두 사람은 약속이라도 한 듯 어묵 국물로 입가심을 했다.

"맛있지?"

아리가 고개를 끄덕이며 환하게 미소를 지었다. 입이 얼얼할 정도로 매운 탓에 아무런 대답을 하지 못했지만, 그 미소만으로도 답은 충분했다. 지갑을 꺼내 계산을 한 수호가 다시 아리를 쳐다보았다.
"자, 그럼 이제 두 번째."
"네?"
또 있다는 소리에 아리가 눈을 크게 떴다. 하지만 수호는 어깨를 으쓱이기만 할 뿐 자세한 설명은 해주지 않았다.
"잘 먹었습니다! 다음에 또 올게요!"
"그래, 잘 가요. 잘생긴 총각!"
포장마차 주인의 인사를 뒤로한 채, 수호는 아리를 끌고 네온으로 번쩍이는 번화가를 걸었다. 어딜 갈까 고민하는 수호의 옆모습이 네온에 반사되어 평소보다 더 밝은 빛을 냈다.
아리는 그의 옆모습을 물끄러미 바라보았다. 여전히 캔디가 보이지 않았지만, 지금은 보지 않아도 알 수 있었다. 그의 캔디는 알록달록할 것이다. 분명 예쁘게 빛을 내며 고운 오색을 자랑하고 있겠지.
"한 매니저님, 노래 좀 하십니까?"
"노래요?"
아리가 음, 고민을 했다. 마지막으로 노래방에 간 적이 언제였을까 생각해 보았다.
"아예 음치는 아닌데, 그렇다고 엄청 잘 부르진 않아요."
"그래?"
"네. 그런데 오빠."
수호가 다시 그녀의 손목을 잡아끌었다. 그가 향한 곳은 코인노래방이었다. 두 사람은 가장 구석진 방으로 들어갔다.
"음, 내가 이날을 위해 모아둔 게 있지."
수호는 안주머니에서 500원짜리 한 움큼을 꺼내었다. 기계 위에 동전들 올려놓은 수호가 아리를 쳐다보았다. 그의 눈이 잔뜩 신나 있었다. 바라보는 것만으로도 흥이 느껴질 정도였다.

"자, 이거 다 쓸 때까지 누가 먼저 100점 나오나 내기하자."

"내기요?"

"응. 진 사람은 이따 맥주 사기."

아리는 눈을 껌벅이다가 곧 체념했다는 듯 피식 웃음을 터뜨렸다. 지금은 무슨 말을 해도 듣지 않을 것이다. 방금 전 포장마차에서처럼 말이다. 결국 그의 뜻대로 따라주기로 한 아리가 메고 있던 가방을 벗어 의자에 올려놓았다.

"좋아요. 해요, 그 내기."

"오, 자신 있나 봐?"

"오빠. 제가 이래봬도 한지고 가수였어요."

목소리가 제법 의기양양했다. 그 말을 증명하려는 듯, 아리가 맨 먼저 노래를 시작했다. 제일 자신 있다는 18번곡은 생각보다 높은, 또 템포가 빠른 곡이었다. 두 번째는 수호, 그리고 다음은 아리. 발라드는 단 한 번도 부르지 않은 채 신나는 곡들만 연달아 부르는 중 아리의 얼굴에는 점점 웃음이 피어갔다.

내기에서 이긴 것은 수호였다. 아리는 100점에서 1점 모자란 99점만을 몇 번이나 받았지만 진 건 진 거였다. 쓰라린 패배를 안고 노래방에서 나온 아리가 주먹을 불끈 쥐었다.

"좋아. 저 진짜 연습 많이 할 테니까, 다음에 또 해요. 나 진짜 이길 수 있을 것 같은데."

"도전이라면 얼마든지 받아주지. 그나저나 가수는 아리 네가 아니라 나 아니야?"

"아니, 아니죠! 아직 제대로 승부 본 거 아니니까. 다음에 한 번 더 해요!"

알았죠? 아리가 약속을 받아내려고 하자 수호가 크게 웃음을 터뜨렸다. 아리 역시도 환하게 웃었다.

"다음은 어디예요?"

이제는 먼저 어디에 갈 거냐 묻는다. 수호는 만족한다는 듯 살짝 미소를 지으며 아리를 바라보았다.

"뭐야. 이제 기대돼?"

"뭐, 좀 재미있기도 하고."

뒷짐을 진 채, 어깨를 으쓱거리는 아리가 왜 이렇게 예뻐 보였는지 모르겠다. 수호는 빠르게 고개를 돌렸다. 만약 그러지 않았다면 그녀의 의사는 묻지도 않은 채 냅다 입술을 훔쳤을지도 모르는 일이었다.

흠흠, 목을 가다듬은 그가 번화가를 휘 둘러보았다. 사실 이 다음은 생각해 보지 않았다. 친구들과 함께였다면 술을 마시러 갔을 테지만 아리와 함께하는 이 순간은 술로 이어가고 싶지 않았다.

"오빠?"

"요즘 인형 뽑기가 유행이래. 가볼까?"

수호의 얼굴이 유난히 달아올라 있었다. 그렇게 재미있게 논 걸까 싶어 그를 유심히 보던 아리가 고개를 끄덕였다. 피식 미소가 흘러나오는 것도 제법 어린아이 같은 수호의 모습 때문이었다.

"가요!"

이번엔 아리가 먼저 그의 손을 잡고 이끌었다. 어서 가자 채근하며 앞장서는 그녀의 모습에 수호의 얼굴이 붉게 달아올랐다. 두근두근. 크게 뛰는 심장소리가 제발 아리에게 닿지 않기를 바랐다.

"아니, 아니 왼쪽. 조금만 더!"

"여기요? 여기 맞아요?"

두 사람은 인형을 뽑는 기계들이 즐비한 가게에 있었다. 수호의 양 팔에는 인형 두 개가 끼워져 있었고, 아리는 한 기계의 앞에서 스틱을 움직였다. 제법 열중하고 있는 건지, 수호에게 여기냐 저기냐 묻고 있는 와중에도 눈은 기계에서 떨어질 줄을 몰랐다.

"여기다!"

아리가 버튼을 누르자, 세발 집게가 천천히 아래로 내려갔다. 인형을 잡아 끌어올리는 데까지 성공하자, 아리와 수호는 몸을 바짝 세웠다. 인형을 잡은 집게는 빠르게 입구를 향해 돌진했다. 그때까지 인형은 떨어질 생각을 하지 않았다.

어느새 두 사람은 손을 맞잡은 채 진지하게 기계의 안을 쳐다보는 중이었다.

"제발. 제발."

잔뜩 안달이 나 기계 안을 바라보는 두 사람의 눈이 불안하게 떨렸다. 그들의 간절함이 통한 걸까. 집게가 잡고 있던 인형은 떨어질 듯 말 듯 애태우며 커다란 입구로 쏙 들어갔다. 동시에 맞잡은 두 사람의 손에도 힘이 들어갔다. 제자리에서 폴짝폴짝 뛰던 두 사람이 서로 마주 보기 위해 고개를 돌렸다.

생각보다 가까운 거리였다. 조금만 더 움직이면 입술이라도 닿을 것처럼 가까운 거리.

물론 그 순간은 오래 가지 않았다. 깜짝 놀란 수호와 아리가 빠르게 고개를 돌렸다. 어느새 잡고 있던 손도 놓은 뒤였다. 괜한 어색함이 흘렀다.

"드, 드디어 뽑았네요!"

"그러게. 엄청 안 뽑힌다."

하하, 어색하게 웃던 수호가 기계의 아래에서 인형을 끄집어냈다.

그리고 자신의 양팔에 낀 인형 하나와 뽑힌 인형을 번갈아 보며 씩 웃었다.

"자. 이거 두 개는 아리 너 가져."

수호가 방금 뽑은 인형과 다른 인형 하나를 내밀자, 아리가 고개를 들어 그를 바라보았다.

"제가 다 가져도 돼요?"

"응. 난 이거면 돼."

수호가 잡고 흔드는 인형은 아리가 막 뽑은 인형과 똑같은 종류였다. 색깔만 다르지, 생긴 것이나 옷을 입고 있는 것이나 똑같았다. 하지만 꼭 커플 아이템 같지 않냐 묻는 장난도 치지 못한 채 어색하게 웃기만 했다.

"자, 그럼 마지막 코스를 즐기러 갈까?"

어색한 흐름을 깨뜨린 건, 넉살 좋은 수호의 목소리였다. 곧 얼굴을 들어 그를 마주한 아리가 기분 좋게 끄덕였다. 이제는 기대가 될 정도였다. 어떤 풍경을 보여줄까, 어떤 곳에서 무얼 할까. 반짝이는 아리의 눈을 마주한 수호가 킥킥 웃었다.

"자. 갑시다, 한 매니저님."

곧 수호가 손을 뻗어 아리의 손목을 붙잡았다. 유난히 뜨겁게 달아오른 수호의 손 때문이었을까. 아리의 얇은 손목도 금세 따끈하게 달아올랐다. 하지만 그 열기가 싫지만은 않았다. 제법 쌀쌀해진 거리를 휘젓고 다니는 두 사람의 얼굴에 미소가 만개해 있었다.

한편, 현태는 여전히 집에 가지 못하고 있었다. 차가 막힌 탓에 세영의 동네까지 한 시간이나 걸리기도 했고, 조수석에 앉은 세영이 곯아떨어지기도 했기 때문이었다. 곤히 자는 그녀를 깨울 수 없어 기다린 게 벌써 몇 분인지. 휴, 작게 한숨을 내쉬던 그가 핸드폰 화면을 들여다보았다.

시간은 어느새 밤 10시. 고개를 뒤로 젖힌 그가 눈을 감았다. 목이 뻐근한 게, 조만간 운동이라도 하러 가야 하는가 싶었다. 아무런 생각도 하고 싶지 않았는데 결국 그의 머리를 찾아오는 건 아주 익숙한 목소리였다.

"현태야."

퇴근하기 전, 아리가 보안실 앞으로 찾아왔다. 평소보다 안색이 좋지 않아 보여 지레 걱정이 되었다. 하지만 현태는 티를 낼 수 없었다. 애초에 티를 내는 건 지현태의 전공이 아니었다. 그래서인지 늘 아리가 던지는 말은 현태가 바라는 것과 정반대에 놓여 있다.

"너무 신경 쓰지 마. 효영이 말대로 이제까지 나 출퇴근 같이 한 거 네 의무 아니었어."

가슴이 따끔거렸다. 하지만 그러면서도 한편으론 좋았다. 그래도 반나절이 안 되는 시간 동안 저만 생각했다는 거니까. 비록 그다지 좋은 답이 아니더라도 아리의 머릿속에 저만이 존재했다는 것만큼 좋은 게 또 어디 있을까.

"걱정도 하지 말고. 수호 오빠면 믿을 수 있잖아."

그 사람이라 못 믿는 거라는 말은 할 수 없었다. 지금의 처지로 그런 말을 하는 건 아리에게 또 다른 근심을 안겨주는 것이나 다름없었다. 물론 그녀의 말이 틀린 것도 아니다. 차라리 수호가 더 믿음직할지도 모른다. 적어도 백화점 내에서는 말이다.

"그러니까 세영이한테 괜히 부담주지 말고. 좀 잘 해줘. 제발 잘 웃고, 말도 많이 하고. 알았지?"

아리의 말에 괜히 마음이 울컥거렸다. 그래서 바보 같은 질문을 던진 건지도 모른다.

"네가 왜 이렇게까지 하는데? 뭘 위해서 네가 이렇게까지 나서는 건데?"

이미 그 사실을 깨달았을 땐 잔뜩 굳은 아리의 표정을 마주한 뒤였다. 흔들리는 눈동자를 더 이상 바라보지 못하고 현태는 고개를 돌려 버렸다. 저 역시 그 질문의 뜻을 이해할 수 없었다.

왜 그런 걸 물어보았을까. 어째서 말도 안 되는 질문을 던진 걸까.

"알아서 할게. 빨리 가. 차 막히겠다."

결국 먼저 아리의 등을 떠밀고 말았다. 눈 한 번 마주하지 않은 채 던진 말 한마디는 생각보다 마음 속 깊은 곳에 자리 잡았다. 자신이 들은 것도 아니고, 제 입이 그녀에게 뱉은 말인데도 불구하고 말이다. 가슴 한 구석에 자리를 잡은 그 말은 생각보다 빠르게 굳어졌다. 아주 단단한 망치로도 깨지지 않을 것 같았다.

아리는 꽤 오래 뜸을 들였다. 어색한 공기가 익숙해지던 찰나, 발소리가 들렸다.

매끈한 바닥을 지르밟는 소리, 뒤를 돌기 위해 신발의 바닥을 꾹 누르는 소리.

"그래. 내일 봐."

마지막 인사를 끝으로 문이 열리고 닫히는 소리까지 들렸다. 그러자마자 현태가 뒤를 돌았다. 하지만 아리는 이미 사라지고 없었다. 현태는 그녀가 서 있던 자리를 보며 긴 한숨을 뱉었다. 잘 가라는 한 마디라도 할걸. 들어가 연락하라는 아빠 같은 말이라도 할걸.

오랜 시간 잘 지켜왔으면서 왜 오늘은 그러지 못했던 걸까. 보안실에 덩그러니 남은 현태는 꽤 오래 후회에 시달렸다. 늘 이런 식이다.

먼저 잡을 생각은 조금도 할 수 없지. '가족', '좋은 친구', '하나뿐인 친구', '마지막 남은 가족'. 아리가 씌워놓은, 또 자신이 만들어준 그 굴레에 갇혀 먼저 손을 뻗는 것도 하지 못한다. 물론 시작은 저였다. 그 시작이 얼마나 잘못됐는지 알고 있기에 꺼내어 추억하고, 곱씹지 못하는 것일 뿐.

괜한 상념에 빠져 눈을 감고 있던 그때였다.

"오빠, 자요?"

언제 깬 건지 세영의 목소리가 들렸다. 자고 있는 걸 알면 알아서 내리겠거니 싶었다. 그래서 현태는 일부러 자는 척을 했다. 끙, 앓는 소리를 내며 고개를 옆으로 돌렸다.

"진짜 자나 보네."

세영은 곧 크게 하품을 하며 기지개를 켰다. 그리고 차 안을 천천히 훑기 시작했다. 처음엔 몰랐는데 현태의 차는 꽤 많은 추억들로 가득 차 있었다. 그리고 그 추억들은 모두 자신이 알고 있는 사람과의 것이었다.

유치원 재롱잔치 사진. 초등학교와 중학교 그리고 고등학교 졸업 사진. 군복을 입은 늠름한 현태의 곁에도 아리가 서 있었다.

"이게 무슨 그냥 친구야……."

세영의 한숨이 뒤엉킨 한마디에 현태의 손가락이 움찔거렸다. 당장에라도 일어나 내리라 말하고 싶었지만, 어쩐지 몸이 맘처럼 움직이지 않았다.

"오빠 자니까 그냥 이야기 할게요."

이젠 정말 일어날 수도 없겠구나 싶었다. 현태는 침을 꿀꺽 삼키며 어서 시간이 지나가길 바랐다.

"오빠 좋아하는 마음, 하나도 안 식었어요. 오히려 더 커졌어요."

그러지 않아도 된다 말하고 싶었다. 지금이라도 눈을 떠서 마음을 접으라 말할까 싶던 찰나, 다시 세영의 목소리가 들렸다.

"그래도 이 말은 전하지 못하겠죠."

쿵. 가슴이 떨어졌다. 꼭 제 마음 같아서, 지금까지 곱씹고 곱씹던 바보 같은 지현태와 똑 닮아서.

"조금 알 것 같아요. 지 팀장님이랑 저랑 이루어질 수 없는 이유요."

세영의 그 말을 다시 한 번 떠올렸다. 저와 세영은 너무나 닮아 있었다. 그렇기에 이루어질 수 없는 것이다. 원하는 것이 너무 뚜렷해서. 얻지 못할 거면서도 바라보고 있는 것이 너무 한결같아서.

"그래도 나 오 일 동안, 아니 남은 사 일 동안 열심히 오빠 쫓아다닐 거예요. 점심시간에도, 쉬는 시간에도 더 귀찮게 굴 거고. 연락도 할 거고. 한 매니저님이랑 붙어 있으면 심통도 부리고 그럴 거예요. 훼방도 놓을 거고."

그게 무슨 심보냐 묻고 싶은 마음이 굴뚝같았다. 심술을 부려도 유분수지. 그런 생각을 했다.

"그래서 사 일이 지나고 오 일이 지나고 한 달이 지났을 때."

정적이 흘렀다. 어쩌면 말을 하는 사람도 마음이 아픈 그 말을 들을 것 같아 현태는 질끈 감은 두 눈에 힘을 주었다.

"내가 없는 게 허전하다고 느끼게 해줄 거예요. 귀찮게 굴던 내가 꼭 보고 싶게 만들 거예요."

코가 꽉 막힌 것 같은 소리가 들렸다. 어쩌면 울고 있을지도 모른다. 아니, 울 준비를 하는 걸까. 그래서 더더욱 현태는 일어나지 못했다. 괜히 지금 일어나 우는 모습을 보고 나면 마음이 약해질 것 같았다. 대쪽 같은 지현태에게도 약점이라는 게 존재했으니까.

"그러니까 앞으로 더 귀찮게 굴어도 나 미워하지 말아요. 내가 할 수 있는 건…… 그것뿐이니까……."

곧 세영이 숨을 고르는 소리가 들렸다. 그리고 잠시 후, 그녀가 안전벨트를 풀었다. 달칵이는 그 소리가 이렇게 반가울 줄이야 누가 알았을까. 이제 문을 열고 나가는 소리만 들리면 되는데, 차 안에는 정적만이 가득했다. 이제 자는 척을 그만 해야 하나 싶던 그때, 예상치 못한 일이 벌어졌다.

쪽. 짧은 소리와 함께 세영의 촉촉한 입술이 볼에 맞닿았다 떨어졌다. 순간 온몸이 뻣뻣하게 굳어지는 느낌이었다. 자는 척을 하고 있는 것조차 부자연스러워질 정도로.

"지금 아니면 못 할 것 같아서."

울먹이는 목소리에 수줍음이 담겨 있었다.

"내가 없는 게 허전하지도 않고, 보고 싶지도 않으면 어떡하죠."

중얼거리는 세영의 목소리가 귓가에 거슬렸다. 지금이라도 일어나 울지 말라 토닥여야 할까 싶었다. 하지만 생각은 그저 생각으로 그칠 뿐이었다. 세영은 한참 후에야 차에서 내렸다.

문이 닫힌 뒤 꽤 오랜 시간이 지나고 나서야 현태는 부스스 눈을 뜰 수 있었다. 이미 집으로 들어간 건지, 세영의 모습은 어디도 보이지 않았다.

〈많이 피곤했나 봐요. 빨리 들어가서 쉬세요. 데려다주셔서 고맙습니다.〉

방금 전 몰래 뽀뽀를 하고 도망간 사람이 맞나 싶을 정도로 그녀의 문자에선 아무것도 느낄 수 없었다. 곧 울 것처럼 중얼거리던 세영을 떠올리던 현태가 길게 한숨을 내뱉었다.

"데려다주셔서 고맙습니다라……."

중얼거리던 그가 두 손으로 마른세수를 했다. 세영의 목소리가 잊히지 않았다. 물론 그건 좋은 뜻은 아니었다. 그저 저와 너무 닮아 있어서, 그런 세영의 모습에 자신이 겹쳐져 마음이 답답할 뿐이었다.

한숨을 쉬던 그가 핸들 위로 머리를 쿵 박았다.

"바보 같다. 너도, 나도……."

핸들의 충격으로 백미러에 달려 있던 작은 플라스틱 액자가 흔들거렸다. 활짝 웃고 있는 고등학생 때의 아리와 현태의 사진이 담겨 있는 액자였다.

하늘에 펼쳐진 시린 밤이 끝나지 않을 것만 같았다. 어서 따뜻한 햇볕을 안겨주길 바라며 현태는 길고 긴 밤을 손끝으로 헤아렸다.

"오빠 정말 이거면 돼요?"

아리의 물음에 수호가 키득키득 웃으며 고개를 끄덕였다.

"진짜 이게 다라고요?"

"왜? 엄청 좋지 않아?"

"그럼요. 좋긴 좋지만……."

말을 얼버무리던 아리가 저 아래로 펼쳐진 야경을 내려다보았다. 그들은 고층 빌딩의 옥상에 올라와 있었다. 들어가지 말라는 팻말도 무시한 채, 마음대로 침입한 것이나 다름없지만.

"가끔 오거든."

"여기를요?"

아리의 물음에 수호가 고개를 끄덕였다. 그리고 맥주 한 캔을 집어 들었다. 바닥에 둔 편의점 봉투에는 커다란 맥주 다섯 캔이 들어 있었다.
“맨 처음에 온 건, 고등학생 때.”
“고등학생? 엄청 오래된 거 아니에요?”
“어? 아냐, 엄청까지는 아닌데?”
놀라는 척 눈을 동그랗게 뜨는 모습에 아리가 풋 웃음을 터뜨렸다. 정말이지 조금도 심심할 틈이 없는 사람이었다. 처음과 너무 이미지가 다르다고 해야 할까.
“그때의 난 굉장히 사색에 자주 젖는 학생이었거든.”
온도의 차이가 확연하게 느껴지는 수호의 목소리에 아리가 맥주를 한 모금 입으로 넘겼다. 씁쓸함이 목을 타고 흘러내려가는 느낌이 썩 싫지만은 않다.
“뭘 해야 할지 모르겠는 거야. 아버지 사업은 물려받기 싫고, 책상 앞에 앉아 이런 저런 지시를 내리는 건 따분할 것 같고. 정해진 인생을 사는 것도 영 마음에 들지 않고. 물론 배부른 소리였지만.”
“맞네요. 배부른 소리.”
키득키득. 두 사람의 웃는 소리가 바람결에 실려 흩날렸다. 까만 밤하늘을 가득 채우는 웃음소리에 별님들까지 반짝이며 화답했다.
“그러다 이 근처를 지나다, 여기를 발견한 거야.”
“여기를요?”
고개를 끄덕인 수호가 곧 뒤를 돌아 벽에 몸을 기대었다. 널찍한 옥상을 쭉 둘러보는 그의 얼굴에 미소가 만개해 있었다.
“여기 원래 폐건물이었거든.”
수호를 따라 뒤를 돌아 본 아리가 옥상을 죽 훑었다.
“처음엔 그냥 지나갔어. 무슨 이런 건물이 다 있냐. 을씨년스럽게. 그리고 두 번째는 쳐다봤지. 아직 멀쩡한데? 세 번째는 호기심이 생졌어."

"호기심?"

수호가 고개를 돌려 아리를 바라보았다. 고개를 끄덕이며 웃는 그의 모습이 밤의 풍경과 제법 잘 어울렸다.

"여기는 왜 버려졌을까. 어떤 모습을 담고 있을까. 그래서 몰래 왔지. 야밤에."

"와, 대담하다. 폐건물을 밤에 와요?"

"밤이 아니면 들어올 수가 없었거든. 번화가라 낮에는 보는 사람도 많고. 또 학생이었잖아. 밤 외엔 시간이 없어요."

치, 아리가 코웃음을 치며 웃자 수호 역시 얼굴에 한가득 미소를 지었다. 맥주를 마시며 그때의 저를 떠올렸다.

"건물을 샅샅이 뒤지고 살피는데, 뭐 별거 없더라고. 그래서 망했구나 싶었지. 근데 왜 그게 나랑 그렇게 비슷해 보였을까."

맥주를 홀짝이는 소리가 이토록 아픈 것이었나 싶었다. 잠자코 듣고 있던 아리 역시 맥주를 홀짝였다. 그런 마음을 가진 적이 없다고 하면 거짓말일 것이다. 물론 수호와는 전혀 다른 것이었지만.

뭘 해야 할지 알 수 없다. 그게 딱 아리의 심정이었다. 부모님이 돌아가신 뒤로 그런 순간이 꽤 자주 찾아왔다. 대학, 취업. 누구나 당연히 부모와 나누는 것을 아리는 홀로 끌어안아야 했다. 괜히 목이 먹먹해져 맥주를 들이부었다. 상념에 잠긴다는 건, 생각보다 힘든 일이었다.

"그런데 나랑 비슷하다는 생각을 하니까 그게 또 되게 싫더라고. 나중에 내가 이 폐건물처럼 아무것도 못 하는 사람이 되는 건가 싶어서."

"그래서 옥상에 올라왔어요?"

"응. 마침 옥상 문이 열려 있어서, 나도 모르게 들어왔어."

수호가 맥주를 벌컥벌컥 마시자 아리도 갈증이 났다. 아리는 수호를 따라 맥주를 벌컥벌컥 들이마시고 입을 떼기 무섭게 눈을 질끈 감았다. 목이 따끔거렸다. 크, 목에서부터 흘러나오는 소리에 입술을 꾹 눌렀다.

"잘 마신다, 한 매니저님."

눈을 마주한 두 사람이 웃어 보였다. 곧 선선한 바람이 불어와 그들의 사이를 휙 스쳐 갔다.

"옥상에 올라오니까 좀 달랐어요?"

"응. 달랐어."

확고한 그의 대답에 아리가 뒤를 돌아 야경을 내려다보았다. 반짝이는 네온사인이 펼쳐진 저 끝에는 옹기종기 모여 있는 집의 불빛들이 있었다. 그에 가슴이 따끔거렸다. 부모님이 돌아가신 그때부터 지금까지 계속 갖고 싶던 불빛. 가장 간절히 원하는 불빛이었다.

"사실 나, 그 고민의 한가운데에는 이유가 있었거든."

"이유요?"

고개를 끄덕인 수호가 새로운 맥주를 집어 들어 벌컥벌컥 마시기 시작했다. 탄산이 목을 내려치는 느낌이 퍽 좋았다.

"방황의 이유라고 해야 하나."

"들어도 되는 이야기예요?"

"그럼. 안 될 건 없지."

아리와 마찬가지로 뒤를 돌아본 수호가 야경을 훑었다. 옹기종기 모여 있는 네온을 훑다 저 끝으로 보이는 커다란 아파트의 불빛에 시선을 고정시켰다. 들이마시고 뱉는 그의 숨결에 씁쓸함이 담겨 있다.

"우리 엄마, 어렸을 적에 돌아가셨거든. 지병이 깊으셨어."

괜한 걸 듣는 건 아닐까 싶었다. 아리는 세상에서 가장 무거운 이야기가 가족 이야기라 생각하고 있었다. 그래서 저 역시 어디에 가도 가족 이야기를 잘 하지 않으려는 편이었다. 괜히 분위기를 무겁게 만들까 봐. 저를 바라보는 눈길이 동정으로 바뀔까 봐.

"그래서 새어머니가 들어오시고, 동생이 하나 생겼어. 아, 새어머니는 나쁜 분은 아니셨어. 되게 좋은 분이야. 지금도 그렇고. 정말 친어머니 같은 분."

잠시 지레 겁을 먹고 있던 아리가 아휴, 안도의 한숨을 내쉬었다. 드라마나 영화에서처럼 구박을 받고 자란 건 아닐까 싶어서. 왜 자신이 안도의 한숨을 내쉬었는지는 알 수 없었지만.

"나도 형이 있었는데, 이상하게 형은 그들에게 잘 섞이더라고. 아버지의 뜻대로 살겠다고 선언한 뒤라 그런가…… 나만 뒤섞이지 못했어. 새어머니께서 그렇게 잘 해주시는데. 나는…… 자꾸 혼자 떨어진 사람 같더라고. 나만 다른 세상에서 사는 사람처럼."

"바보네요. 행복한 것도 모르고."

자기도 모르게 툭 터져 나온 말이었지만, 아리는 정정하지 않았다. 바닥에서 새로운 맥주를 들어 캔을 따는 그 순간까지 침묵을 지켰다.

"맞아. 바보였어. 행복한 걸 그땐 몰랐거든."

"그래서 여기 올라오니까 느껴졌어요?"

씩 웃던 수호가 손을 뻗어 저 멀리에 있는 가정집들의 불빛을 가리켰다.

"저기. 저 빛들을 보니까 돌아가신 엄마가 생각나는 거야."

알 것 같았다. 저 역시도 그 불빛들을 보며 다시 돌이킬 수 없는 그때의 저를 떠올렸으니까. 엄마와 아빠가 기다리는 그 집을 상상하다 왈칵 울음을 터뜨릴 뻔했으니까.

"그런데 다음으로 아버지가 떠오르고, 새어머니가 떠오르더라. 형아, 이제 막 말문이 트인 어린 동생도 떠오르고."

아리가 고개를 돌려 수호를 바라보았다. 네온에 반사된 탓인지, 눈동자가 반짝거리며 빛을 내고 있었다. 하늘에 수놓은 별님을 꼭 닮은 눈이었다. 처음 만났을 때와 변하지 않은 게 있다면, 아마 저 반짝이며 빛나는 눈동자일 것이다.

"빛을 따라가려고만 했지, 내가 빛처럼 살겠다는 생각은 한 적이 없더라고. 단 한 번도."

아리의 눈이 동그래졌다. 다시 저 먼 곳의 빛을 바라보던 아리가 차디찬 캔 맥주를 더욱 세게 쥐었다.

"내가 뭘 해야 할까, 그 생각 대신 내가 무엇을 잘할 수 있을까. 라는 생각을 하게 됐어. 폐건물처럼 버림받고 싶지 않아서가 아니라, 쓸모없는 자신을 곱씹고 싶지 않아서."

잠자코 듣고 있던 아리가 고개를 끄덕였다.

"그 뒤로 신나게 놀고 난 뒤에는 여기를 찾았어. 난 오늘도 행복했다. 즐거웠다. 강수호답게, 아주 열심히 살았다."

행복했다. 즐거웠다. 곰곰이 그의 말을 되씹던 아리가 피식 웃었다. 생각해 보면 행복하고 즐거운 날들에도 집에 들어가 그것을 곱씹은 적은 없었다. 굳이 그러고 싶지 않았다. 아무도 없는 집의 한아리만 생각했지, 행복하고 즐거운 한아리는 떠올리지 않았으니까. 집의 냉기만을 떠올리며 그 냉기에 파묻혀 지내곤 했으니까.

"술을 마셔서 좀 횡설수설하긴 했지만, 아리 너도 생각이 많을 땐 굳이 그것에 파묻히지 말라는 말을 하고 싶었어."

아리는 아무런 대답도 하지 않았다. 정곡을 찔린 탓에 입이 꾹 다물어졌다. 묵묵히 맥주를 삼키던 그녀가 입술을 살짝 말아 올렸다. 대답 대신이었다.

"아무리 머리를 쥐어짜고 고민해 봐도 답은 안 나오더라고. 내가 여기에 올라오기 전까지는 항상 생각이 많았는데, 올라오고 나면 참 별거 아니더라."

"왜 그렇게 생각해요?"

"오늘 나랑 놀면서 그 고민 때문에 재미없던 적 있었어?"

그의 물음에 아리가 흠칫 놀랐다. 잠시 옥상에 올라오기 전을 떠올리다 고개를 저었다.

"거봐. 즐거움에 묻힐 고민이잖아. 굳이 그거에 연연해서 마음고생할 필요 없다는 말이야."

맥주를 한 모금 넘긴 수호가 아리에게서 시선을 떼어 저 아래의 네온을 바라보았다. 눈앞에 펼쳐진 야경은 생각보다 더 황홀했다. 그와 함께 아래를 내려다보던 아리 역시 맥주를 홀짝이느라 여념이 없었다.

"고마워요, 오빠."

툭 던진 아리의 말에 수호가 피식 웃었다. 제대로 위로가 된 걸까 고민하던 찰나였는데.

"오늘 정말 고마워요."

아리의 웃는 얼굴에 수호가 한 쪽 눈을 찡긋거렸다. 조금이라도 도움이 되었다면 다행이었다. 그런 수호를 힐끗 바라보던 아리 역시 입꼬리를 살짝 말아 올렸다. 그래. 자신이 암만 머리 붙잡고 현태에 관련된 고민을 하면 무얼 할까.

어차피 해답은 나오지 않을 테고, 답답함만 계속 이어질 텐데. 그럴 바에야 즐겁고 재미있는 일만 떠올리자 다짐했다. 지금 이 잠깐의 시간에도 현태와 관련된 고민은 하지 않았으니까.

눈앞에 펼쳐진 야경이 반짝이면 반짝일수록 머릿속에 케케묵은 고민들이 하나둘 먼지처럼 사라지고 있었다. 난 오늘도 행복했다. 즐거웠다. 한아리답게 잘 살았다. 수호가 말해준 것들을 곱씹으며 마음에 쌓인 답답함을 한숨으로 툭 털어버리는 순간이었다.

맥주를 마신 탓에 아리를 데려다주는 건, 수호의 차를 대신 운전하는 대리기사였다. 아리의 곁에는 수호가 타고 있었다. 차가 덜컹거릴 때마다 맞닿는 손끝으로 열기가 전해졌다. 저의 열기인지 수호의 열기인지 알 수 없어 오묘했다.

"여기 맞습니까, 손님?"

"아. 네. 저기 골목으로 들어가 주시면 돼요."

괜히 마찰을 피하고 싶어 몸을 앞으로 세웠다. 그리고 집으로 들어가는 골목의 끝을 가리키며 목소리에 힘을 주었다. 그리고 집 앞에 차가 멈추었을 때, 아리가 수호를 바라보며 빙긋 웃었다. 최대한 평소처럼 웃은 것 같은데, 왜 이렇게 떨리는지 알 수 없었다.

"오늘 고마워요. 내일 봐요, 오빠."

수호가 무어라 대답을 하기도 전에 아리가 문을 열고 차에서 내렸다. 그리고 종종걸음으로 건물 앞까지 다다랐을 때. 수호 역시 차에서 내려 아리에게 다가갔다. 저를 따라오는 인기척에 아리는 뒤를 돌아보았다. 그곳에는 저를 바라보고 있는 수호가 있었다.

"아리야."

낮은 목소리에 자기도 모르게 침을 꿀꺽 삼켰다. 제법 진지한 눈동자에 심장이 두방망이질을 시작했다.

"네?"

짧은 대답에 수호가 피식 웃었다. 떨리는 아리의 목소리 때문이었지만, 티는 내지 않기로 했다. 저가 할 수 있는 것이라곤 그녀의 머리를 부드럽게 쓰다듬어 주는 일밖에 없겠지. 알고 있지만, 어쩐지 씁쓸했다.

"좋은 꿈꾸고, 잘 자고. 내일 보자. 나도 오늘 고마워."

"아……."

말을 채 잇지 못하고 있을 때, 수호가 아리에게서 멀어져 차로 돌아갔다. 그의 차가 골목을 벗어날 때까지, 아리는 집에 들어가지 못했다. 한 자리에 멈추어 서서 사라지는 차를 빤히 바라보고 있을 뿐.

그의 손이 닿은 머리가 화끈거렸다. 오늘 하루 종일 자신을 괴롭히던 고민은 온데간데없이 사라졌다. 아리는 수호와 나누어 가진 똑같은 인형을 살살 어루만졌다.

"캔디가 보였으면…… 좋았을 텐데……."

다음 날 아침. 아리는 평소보다 일찍 잠에서 깼다. 출근 준비를 하는 내내 넋을 빼놓은 것처럼 정신을 차리지 못했다. 어제 마신 맥주 때문이기도 했고, 갑작스럽게 달리 보인 수호 때문이기도 했고, 여러 가지 이유로 머리가 복잡했다. 머리를 틀어 올렸다 풀기를 몇 번이었는지. 오늘 입은 옷은 또 왜 이리 마음에 들지 않는 건지.

"아…… 출근하기 싫다."

처음으로 집에 있고 싶다는 생각을 했다. 그리고 그걸 입 밖으로 뱉었다. 이제까지 한 번도 집에 홀로 있고 싶다는 생각을 한 적이 없었다. 때로 어둠에 갇힌 날이면 악몽을 꾸곤 한다. 심지어 그 악몽은 살아오며 가장 힘들었던 순간이었다.

울면서 깨고, 소리 지르면서 깨고, 그렇게 반복하다 보면 며칠은 불면증에서 벗어나질 못한다. 그래서 홀로 집에 있는 것을 극도로 싫어했다. 하루 종일 바쁘게 일을 하고 몸이 피곤해지면 죽은 듯이 잘 수 있으니, 한 번도 일하러 가기 싫은 적이 없었다.

그런 자신이 출근하기 싫단다.

"와, 성장했네. 한아리."

이걸 성장이라 해야 할지는 모르겠지만.

거울을 보며 립스틱을 바르던 중, 핸드폰이 몸을 부르르 떨었다.

〈나 지금 도착했어. 천천히 나와.〉

수호였다. 평소보다 이른 시간인 것 같아 시계를 봤을 때, 아리는 깜짝 놀라 자리에서 몸을 벌떡 일으켰다.

"미쳤어. 한아리 미쳤어!"

출근하기 싫다 말을 한 것을 또 까맣게 잊어버린 건지. 평소보다 오 분이나 늦게 준비를 한 자신을 탓하며 급하게 외투를 걸쳤다. 가방을 챙기고 잊은 게 없나 집 안을 휘 둘러보았다. 변함없이 썰렁한 집의 공기에 아리가 애써 웃어 보였다.

"다녀오겠습니다."

툭 던진 말은 텅 빈 방 안에 홀로 덩그러니 남아버린다. 따라오지도, 함께하지도 않은 채 묵묵히 밤에 돌아올 아리를 기다린다.

아리는 우당탕탕 계단을 빠르게 내려갔다. 건물을 벗어나자마자 수호의 하얀색 승용차에 대고 냅다 큰 소리부터 냈다.

"죄송해요, 늦어서 죄송해요!"

활짝 열린 조수석 창문 너머로 웃고 있는 수호가 보였다. 핸들에 몸을 기댄 채, 씨익 웃는 그의 얼굴이 평소보다 더 근사했다.

"괜찮아. 뭘 죄송할 것까지야."

"그래도. 나 때문에 오빠까지 지각하면 어떡해요."

급하게 조수석에 올라탄 아리가 안전벨트를 했다.

"빨리. 빨리 출발해요, 오빠."

"그렇게 안 늦었어. 괜찮아. 길 안 막히는 골목으로 돌아서 가면 돼."

"네? 그런 길이 있어요? 현태랑 다닐 때는 한 번도 안 다녀봐서."

툭 던진 현태의 이름에 자기가 먼저 놀라고 말았다. 현태와 함께 시작하는 하루가 너무 당연해서 입 밖으로 튀어나오는 것도 자연스러웠다. 아주 잠깐 정적이 이어졌지만, 수호는 아무렇지 않게 웃었다. 오히려 밝은 그의 목소리가 어색한 정적을 쓱쓱 지워주고 있었다.

"그래? 그럼 나랑 처음 가는 길이네? 좋다."

"네? 뭐가 좋아요?"

아리의 물음에 수호가 고개를 돌렸다. 두 사람은 아주 짧은 시간 동안 눈을 마주했다. 곧 수호의 긴 손가락이 아리의 뺨을 어루만졌다. 깜짝 놀란 아리가 눈을 동그랗게 떴다.

"아, 미안."

수호 역시 놀라 손가락을 뗐다. 차라리 뭐가 묻었다거나, 붙었다거나. 그 흔한 변명이라도 해주면 좋으련만. 수호는 아무런 말도 하지 않았다.

"가자. 아리 네 말대로 늦겠다."

아리를 쳐다보지 않은 채 뱉는 목소리가 조금 떨리고 있었다.

아리는 어떤 정신으로 일을 했는지 알 수 없었다. 하루 종일 수호의 얼굴이 눈앞에 어른거렸다. 제 뺨을 어루만지던 손길이, 잠시간 마주하고 있던 눈빛이.

"아, 미안."

깜짝 놀라며 손을 떼던 모습이 떠오를 때마다 가슴이 두근거렸다. 아주 빠르고, 아주 세차게 뛰어 숨을 쉴 수 없을 지경이었다. 눈앞에 나열된 문자들이 산산이 흩어지려던 찰나, 누군가 아리의 눈앞으로 손을 불쑥 내밀었다.

아차 싶어 고개를 들었을 때, 앞에는 현태가 있었다.

"아, 현태야."

"무슨 생각을 그렇게 골똘히 해?"

"어? 아냐, 그런 거 아닌데."

아마 현태가 아니었어도 '누군가의 생각'을 하는 거라 들키고 싶지 않았을 것이다. 놀라 고개를 빠르게 흔들던 아리가 입술을 꾹 눌렀다.

"뭐야. 아니라니까 더 수상한데."

"아니라니깐……."

일부러 고개를 휙 돌렸다. 그런데 하필이면 시선이 향한 곳이 수호의 매장이었다. 그 역시 이쪽을 쳐다보고 있었는지 시선이 마주했다. 동시에 두 사람은 눈을 뗐다. 깜짝 놀라는 것도, 얼굴이 빨개지는 것도 똑같았다. 그에 현태가 눈을 가늘게 떴다.

"한아리."

"응?"

평소보다 격양된 반응을 보이는 아리가 수상했다. 세영 때문에 점심시간이고 쉬는 시간이고 아리와 함께할 수 없었다. 그도 그럴 것이 아리는 매니저고, 세영은 막내였으니까. 자유로이 쉬는 시간을 정할 수 있는 그녀와는 다르겠지.

그게 조금 후회되었다. 그 시간에 아리와 함께 있었다면, 지금 두 사람이 보이는 이상한 반응의 이유를 알고 있었을 텐데. 물어봐야 할까. 어제 수호와 무슨 일이 있었는지. 혹 그와 묘한 전선이라도 구축

이 된 것인지.

"아니다. 그냥 다행이구나 싶어서."

하지만 결국 용기가 나지 않아 고개를 휘이 저어대고 말았다.

"뭐가 다행이야?"

괜한 이야기로 사이가 멀어지는 건, 정말 피하고 싶은 일이었으니까.

"그냥……."

"그냥이 어디 있어."

지금만큼은 저를 향해 눈을 반짝이고 있다. 그래, 이것으로 만족하기로 했다. 이 반짝임을 볼 수 있다는 사실만으로도.

"어제 이후로 우리 어색해진 건 아닐까 해서. 네가 서운해하는 건 아닐까 싶기도 하고."

자기도 모르게 진심이 툭 터져 나오고 말았다. 저가 뱉고도 놀란 건지 현태의 눈이 거칠게 흔들렸다. 괜히 이상하게 생각하면 어쩌지. 그의 예상대로 아리의 얼굴이 오묘하게 구겨졌다. 잠시 현태를 빤히 쳐다보며 무언가 생각하던 아리가 손을 뻗었다.

그리고 현태의 볼을 콱 꼬집었다. 보는 것만으로도 아픔이 느껴질 정도의 세기였다.

"아악!"

"그래, 서운했다!"

아리의 쩌렁쩌렁한 목소리에 효영과 수미가 놀라 두 사람을 바라보았다. 수호 역시도 놀란 모양인지, 허겁지겁 매장 밖으로 나왔다. 백화점을 지나다니던 사람들도 아리와 현태를 힐끗거렸다. 하지만 아리는 굴하지 않았다. 되레 목소리에 힘을 준 채 말을 이어갔다.

"그런데 서운한 건 서운한 거야. 왜 그게 너와 내 사이를 망가뜨릴 거라 생각해? 그저 서운한 것뿐이야. 늘 변함없던 소꿉친구가 갑자기 변해 버려서 놀랐을 뿐이고."

아리가 손을 탁 놔버리자, 현태는 뜨뜻하게 달아오른 볼을 어루만지며 아리를 쳐다보았다. 당장에라도 울 것처럼 눈이 그렁그렁해져 있었다.

"그뿐이야. 그 이상도, 이하도 아니야. 단순히 서운하다는 감정으로 너랑 멀어질 생각도 없고, 너랑 불편해질 생각도 없어. 난 평소처럼 쉬는 날엔 너희 집에 가서 엄마 밥 먹을 거고, 늘어져라 낮잠도 잘 거야. 아빠랑 야구 경기도 보러 갈 거고, 크림이 산책도 시킬 거야. 뭐, 문제 있어?"

현태는 고개를 저었다. 아니, 짧게 답하는 그의 목소리가 바짝 얼어 있었다.

"할 말 없음 빨리 가서 일이나 하세요, 지 팀장님. 저 반품 일정 잡아야 해서 엄청 정신없거든요?"

거짓말이지만. 어쩌면 구원받은 쪽은 저일지도 모른다. 수호의 생각으로 일다운 일은 하지도 못한 하루였으니까. 참 이상한 일이다. 현태 때문에 일이 손에 잡히지 않을 땐 수호가, 수호 때문에 잡히지 않을 땐 현태가 자신을 구원해 준다.

현태는 그런 아리의 마음도 알지 못한 채, 어안이 벙벙한 표정으로 그녀를 쳐다보았다. 더불어 정말 자신이 바보 같은 생각을 했구나 싶어 아리에게 미안한 마음을 곱씹었다. 고개를 끄덕인 그가 뜨끈한 한쪽 볼을 어루만졌다.

"알았어."

"이번 주 쉬는 날에 엄마랑 영화 보러 갈 거야. 알고 있어."

"엄마랑? 그럼 엄마 약속이 너였어?"

"왜, 안 돼?"

"아니 안 되는 건 아니지만……."

왜 나한테 말도 안 했냐는 투정조차 부릴 수 없었다. 적어도 지금 이 순간엔 말이다.

"빨리 가. 나 팀장님 오면 나 진짜 혼난단 말이야."

결국 아리의 손에 의해 현태는 매장에서 쫓겨나고 말았다. 무슨 힘이 이렇게 좋은지, 반항 한 번 하지도 못하고 등을 떠밀리고 말았다. 이래서야 운동 한다는 사람 체면이 서겠나.

"잘 가! 내일 보자, 현태야."

조금 어색한 인사를 받은 현태가 고개를 끄덕였다. 나름대로 웃고 있다 생각은 했지만, 입은 씁쓸했다. 손을 흔들던 현태가 매장을 벗어나자, 아리에게로 수호가 다가왔다.

"아리야."

"아, 깜짝이야!"

갑작스러운 부름에 놀란 아리가 두 손을 가슴에 얹고 어깨를 움찔거렸다. 뒤를 돌아 수호를 마주한 그녀의 두 눈이 평소보다 더 동그래져 있었다.

"놀랐어요, 오빠."

현태 덕인지, 하루 온종일 저를 괴롭힌 묘한 감정은 가슴 아래쪽까지 훅 내려앉아 있었다. 그래서인지 수호를 마주하는 이 순간의 긴장감은 반 토막이 되어버렸다. 정말 신기하게도 말이다.

"미안. 많이 놀랐어?"

"네. 엄청 놀라서 간이 밑으로 뚝 떨어질 뻔했어요."

아리가 손짓까지 해가며 놀라워하자, 수호가 웃음을 던졌다. 머리를 마구 헝클이고 싶었지만 참기로 했다. 그래도 아리는 매니저니까. 누군가에게는 적정선을 지켜 보여야 하는 사람이니까.

"그런데 갑자기 왜요?"

아리는 아무렇지 않게 물었는데, 수호는 되레 어떤 말을 해야 할지 몰라 갑자기 눈앞이 캄캄해졌다. 그냥 현태와 무슨 이야기를 했는지 궁금했을 뿐이었다. 그래서 아리를 찾아왔다. 그냥 조금이라도 더 이야기를 섞고 싶은 것도 있었고.

그걸 굳이 말을 하자니 도저히 입이 떨어지지 않았다. 아니, 말을 할 수가 없다. 얼굴이 화끈거리는 이 이야기를 어떻게 말로 할까.

"그러니까."

"그러니까?"

"어……."

재빠르게 머리를 굴렸다. 왜 그러냐 고개를 갸웃거리는 아리를 마주하며 이것저것 생각하느라 여념이 없었다.

"오빠?"

다시 한 번 이어지는 아리의 재촉에 수호는 머릿속을 뒤적였다. 어느 말이 좋을까 한참 고민하다 겨우 생각난 이야기를 툭 내던졌다.

"그러니까 그 반품 말이야. 반품 언제부터 시작하냐고. 그거 물어보고 싶었어."

아리와 이야기를 할 때마다 여유가 사라진다. 평소에는 넉살 좋게 잘 넘기면서, 아리가 얽히는 상황에서는 조바심이 나버린다. 할 말을 잊게 되고, 준비했던 말도 하얗게 새버리고 만다. 꼭 지금처럼.

"아, 그거 월요일에 하려고요."

"아리 네가 남아?"

"네. 오빠네 브랜드도 하래요?"

"아, 어. 그거 하라는데 내가 뭘 할 줄 알아야지. 아리 너 할 때 같이할까 했지."

사실 아직 반품의 반은 나오지도 않았지만.

"아, 그러면 월요일에 같이 해요. 알려드릴 수 있는 건 알려드릴게요."

"고마워. 그럼 월요일에 같이 반품 싸는 거다?"

수호가 재차 월요일을 강조하자 아리는 고개를 끄덕였다. 환하게 웃는 아리의 모습에 수호도 입술을 길게 말아 올렸다.

"마감 얼마 안 남았다. 힘내."

아리의 머리로 가려던 수호의 손이 멈칫거렸다. 최대한 자연스러운 척 그녀의 어깨에 멈추어 토닥여 주었다. 수호를 빤히 쳐다보던 아리의 머릿속으로 다시 한 번 아침의 일이 재생되었다. 펑, 터질 것 같은 가슴을 꽉 움켜쥔 채 입을 열었다. 지금이라면, 이 분위기라면 물어볼 수 있을 것 같았다. 굳이 그 대답을 듣고 싶은 제 마음은 알 수 없지만.

"저기 오빠."

어렵게 입을 열었을 때, 수호가 눈을 깜빡이며 시선을 마주했다.

"응?"

"그게……."

긴 정적이 이어졌다. 하지만 아리는 아무런 말도 할 수 없었다. 왜 뺨을 쓰다듬었느냐 묻는 것만큼 바보 같은 질문이 또 어디 있을까. 친구 사이에도 스스럼없이 만지는 게 뺨이고, 얼굴인데. 결국 물어보기를 포기한 아리가 고개를 빠르게 저었다.

그리고 해사하게 웃으며 어깨를 으쓱거렸다. 아무 일도 아니라는 것처럼.

"아니에요. 무슨 말 하려는지 까먹었어요."

"뭐야, 그게?"

"정말이에요. 미안해요. 오빠. 내가 가끔 이래요."

아리의 대답이 영 탐탁지 않았지만, 수호는 그 말을 믿기로 했다. 아니, 그냥 어물쩍 넘기려는 아리에게 끈질기게 대답을 요하고 싶지 않았다. 고개를 끄덕인 그가 다시 한 번 아리의 어깨를 톡톡 두드렸다.

"알았어. 그럼 이따 퇴근할 때 봐. 고생하고."

"네. 오빠도요."

수호는 만족스러운 웃음을 짓고 멀어졌다. 그 뒷모습을 빤히 지켜보던 아리가 휴우 한숨을 길게 내뱉었다.

유독 길었던 하루였다.

캔디 셋.
양자택일

평소처럼 바쁜 나날이 흘러갔다. 바로 다가온 주말은 연말이 가까워진 이유 때문인지 점심도 제대로 챙겨먹지 못할 정도로 바빴다. 많은 사람들이 매장을 오고갈 때마다 아리의 얼굴은 창백해졌다. 이틀 내내 사람에 치여 그런지, 캔디를 보는 것을 조절하는 것도 영 쉬운 일이 아니었다.

어떻게 했더라. 바로 며칠 전까지만 하더라도 자유자재로 캔디를 보고, 보지 않았던 것 같은데. 아무리 생각해도 방법을 알 수가 없었다.

"언니, 힘들면 가서 좀 쉬다 와요. 점심도 제대로 못 먹었잖아."

걱정이 잔뜩 담긴 효영의 목소리가 아리에게로 다가왔다. 그 뒤로 전해진 건, 어깨를 부드럽게 감싸 안는 효영의 따뜻한 손길이었다. 하지만 아리가 하는 것이라고는 그녀의 손을 툭툭 두드리며 괜찮다고 말을 하는 것뿐이었다.

"아니야. 괜찮아."

"뭐가 괜찮아요. 언닌 맨날 이런 식이야. 이렇게 몸이 닳아빠질 때까지 일하면, 뭐 여기서 상 주나? 그래. 인센티브는 주겠지. 근데 언니 작년 이맘때 즈음에도 그 인센티브 다 병원비로 쓴 거 알죠? 엄청 깨진 것도 기억나죠?"

누가 언니고 누가 동생인지 모르겠다는 말은 하지 않기로 했다. 자신이 바보 같고, 미련한 건 사실이니까.

"그러니까 빨리 가서 쉬어요. 매장에 아픈 사람 있으면 괜히 더 의욕 떨어져요."

"야, 너 말 너무 심하다?"

"심해도 어쩔 수가 없네요!"

퉁명스럽게 한 마디를 툭 던진 효영이 아리를 향해 혀를 샐쭉 내밀었다. 그리고 아리의 등을 떠밀었다. 어서 가라 채근하는 목소리에 힘이 담겨 있었다.

"정말 괜찮겠어?"

"괜찮대도! 빨리 안 가요?"

이대로 매장에 머무르다간 효영에게 혼쭐이 날 것 같았다. 결국 우물쭈물하던 아리가 잰걸음을 옮겼다.

"바쁘면 전화해."

"알았으니까 빨리 가요. 빨리."

효영은 재차 손짓을 이어갔다. 효영은 어서 가라는 말을 내뱉고는 아리가 직원용 복도로 사라지는 모습을 빤히 쳐다보았다. 드디어 아리의 모습이 시야에서 사라졌을 때, 효영이 크게 한숨을 쉬었다.

"효영아, 효영아."

저를 부르는 소리에 놀란 효영이 뒤를 돌았다. 그곳에는 사라진 아리의 뒷모습을 힐끗거리는 수호가 있었다.

"아리 어디 간 거야?"

"아리 언니요?"

"응."

요 며칠 들어 아리와 수호가 부쩍 붙어 다니더니, 폴폴 풍기는 분위기도 영 수상해졌다. 물론 그건 수호만이 풍기는 분위기는 아니었다. 수호는 현태가 온몸으로 내뿜는 것과 같은 것을 가지고 있었다.

"쉬러 갔어요."

부러운 건 사실이었지만, 효영은 굳이 그렇게 되고 싶지는 않았다. 잘생긴 사람은 보는 걸로 족하다. 것도 둘이라면 더더욱. 남자는 얼굴이 다가 아니다. 귀에 못이 박히도록 들어온 엄마의 말 때문이기도 했지만.

"왜? 어디 아파?"

"말도 마요. 이맘때 즈음이면 늘 저런다니까. 죽어라 일에 매달리고, 미친 듯이 일만 하고. 그러다 저렇게 몸이 동나서 병원 신세 지고. 인센티브를 바닥에 깔아도 될 정도로 받으면 뭐 해요. 병원에 다 퍼주는데."

그동안 쌓인 게 많은 건지, 효영이 툴툴거리며 불만을 토해냈다.

"이맘때 즈음?"

"뭐…… 대충은 알겠지만. 아무튼 그래서 쉬러 갔어요."

수호는 무슨 일인지 묻고 싶었지만, 굳어지는 효영의 얼굴에 아무런 것도 물을 수 없었다.

"엄청 궁금해하실 것 같지만 저 아무런 말도 할 수 없어요. 이거 엄청 개인적인 일이니까……."

효영의 말에 수호가 고개를 끄덕였다. 환하게 웃는 그의 모습은 그 어느 때보다도 더 근사해 보였다.

"그래, 굳이 묻지 않을게. 때가 되면 들을 수 있겠지. 그럼 아리 직원 휴게실로 간 거야?"

"그러겠죠? 쉴 곳은 거기뿐이니까."

"고마워."

수호는 고맙다는 말 한 마디를 남긴 채, 효영에게서 멀어졌다. 그리고 매장에 있는 직원들에게 다녀오겠다는 말을 남긴 채 유유히 사라졌다.

"언니, 언니. 강 매니저님 진짜 다정하지 않아요?"

효영에게로 달려온 수미가 황홀하다는 듯, 수호가 사라진 자리를 쳐다보았다. 반짝반짝 빛나는 눈동자가 그녀의 마음을 말해주었다. 하지만 효영의 표정은 수미의 말을 전혀 받아들이지 않았다. 차갑게 식어버린 눈이 수호의 뒤를 쫓았다.

"저게 다정하게 보이디?"

"네! 엄청요!"

"그게 아리 언니 한정이라는 느낌은 안 들고?"

"그건 지 팀장님 이야기 아니에요?"

수미의 대답에 효영은 한참이나 그녀를 바라보았다. 그리고 수호가 사라진 쪽을 바라보며 입술을 안으로 오므렸다.

"그렇게 보인다면 어쩔 수 없지만……."

효영의 말에 수미가 무슨 말이냐 물었지만, 돌아오는 건 등을 떠미는 단단한 손길이었다.

"일하자, 일! 매니저님 없다고 농땡이 치면 나 팀장님한테 혼나!"

한편, 휴게실에 도착한 아리는 구석진 자리에 누워 차가운 손수건을 머리에 얹고 있었다. 사실 오후부터 머리가 뜨끈한 게, 조금만 더

무리를 했다면 금세 몸살이 왔을지도 모른다.

"우리 아리, 괜찮아?"

그리고 이럴 때면 늘 엄마의 목소리가 들려왔다. 매년 반복되는 일인지라, 이젠 그 목소리조차 반갑다. 아니, 반가울 수밖에 없다. 매일매일 듣고 있어도 질리지 않을 목소리이니까.

"엄마……."

중얼거리며 입술을 떼자, 괜히 콧잔등이 시큰해졌다. 눈두덩이 뜨끈해지는 게 눈물이 날 것 같아 숨을 참았다. 그때, 누군가 다가와 손을 잡아주는 게 느껴졌다.

"어?"

"어는 무슨 어."

또 다른 익숙함. 현태였다.

"뭐야, 너 왜 땡땡이 쳐?"

"이맘때 즈음이면 늘 땡땡이를 치게 돼서."

"치, 뭐야. 누가 들으면 나 엄청 잘 아는 줄 알겠네."

"엄청 잘 알지. 아니까 여기에 있지."

현태의 다정한 목소리에 아리가 애써 웃어 보였다. 그 때문에 엄마의 목소리가 희미해진 건 싫었지만, 덕분에 울음을 참을 수 있는 건 다행이라 생각했다. 이것도 저것도 아닌 제 마음이 참 우습다.

"여기 있는 거 어떻게 알았어?"

"항상 이즈음, 이 시간에 매장에서 벗어나니까."

"그게 뭐야."

말은 못 했지만 고마웠다. 만약 현태가 없었다면 홀로 그 아픔을 곱씹고 곱씹다 결국 몸으로 번지고 말았겠지. 물론 현태가 있었어도 몸살은 막지 못하는 병치레였지만.

"언제까지 이럴래?"

툭 던진 현태의 말에 가슴이 아릿했다.

"뭐가?"

"언제까지 내 탓이오, 하면서 끌어안고 살 거냐고."

현태는 늘 이런 식이다. 예상치 못한 이야기로 자신의 마음을 파고들어 온다. 내내 끌어안고 있던 그 어둠을 알아채는 것 역시 현태의 몫이었다.

"그런 거 아니야."

"아니기는. 아니라고 하면 다 아닌 게 돼?"

현태의 긴 손가락이 볼을 살짝 꼬집자 아리는 인상을 찌푸렸다.

"아파."

"그만해. 이제 그만해도 돼. 오래 지났어."

"아프다고 했잖아."

"알아. 너 아픈 거 아는데, 그만해. 너 이런다고 그분들이 좋아하는 것도 아니야."

숨을 쉴 수가 없었다. 가장 명확한 부분을 콱 찌르고 들어오니, 무어라 받아칠 말도 생각나지 않았다. 머리에 얹은 손수건의 냉기가 사라진 것 같은 기분이 들었다. 결국 참지 못한 아리가 몸을 일으켰다.

"나 갈래."

"어딜 가. 그냥 누워 있어."

"그럼 그 이야기 그만해."

아리의 단호한 말과, 굳어진 눈빛에 현태는 아무런 말도 할 수 없었다. 이럴 때면 자신이 조금 더 단호한 사람이었으면 싶다. 그랬다면 지금처럼 아리의 말에 입을 딱 다물어 버리는 일은 없었을 텐데.

"알아. 네 말대로 그만해야 하는 거 알고 있어. 내 탓이오, 그러면서 끌어안고 살아야 하는 것도 아니라는 거 알고."

눈을 피하는 걸 보니, 금방이라도 울 것 같은 모양이었다. 결국 현태는 입을 꾹 다물고 말았다. 요 며칠 출퇴근 때 다른 사람을 챙기느라 상태를 살피지 못한 자신 탓이라 생각했다. 물론 그것도 며칠 남지 않았지만.

"그래도 내가 이러지 않으면……."

아리가 고개를 푹 숙이자 가슴이 꽉 막혔다. 절대 건드려선 안 되는 부분을 건드려 버렸다는 것을 단박에 알 수 있었다.

"그 누구도 기억하지 않잖아……."

평소처럼 울지는 않았다. 일을 하는 중이라는 걸 알고 있기에 그렇겠지. 분명 집으로 돌아가면 펑펑 울 것이다. 그래서 매년 이 즈음이 되면 무슨 핑계를 대서라도 제 집으로 데려오곤 했다. 엄마도 그러라고 했고. 오늘도 그래야 할 텐데. 이런 저런 생각으로 머리가 복잡할 때 즈음, 아리가 고개를 들어 현태를 바라보았다. 예쁜 두 눈이 충혈되어 빨갛게 변해 있었다.

"너 가."

"왜?"

"혼자 있을래."

현태는 입을 꾹 다물었다. 싫다는 말도, 그러겠다는 말도 할 수 없었다.

"혼자 있고 싶어."

하지만 결국 아리에게 이길 수 없었다. 고개를 끄덕인 그가 몸을 일으켜 아리를 내려다보았다.

"진짜 간다?"

"그래. 가버려."

무릎을 곧게 세운 아리가 그 사이로 얼굴을 묻어버렸다. 심지어 두 팔로 그 얼굴을 감싸고 있어, 우는 건지 울지 않는 건지도 알 수 없었다. 못내 무거운 걸음을 옮기던 현태가 다시 뒤를 돌아 아리를 바라보았다. 휴게실에 아무도 없다는 사실에 감사할 따름이었다.

"울지 마."

아리는 아무런 대답이 없었다. 현태 역시 더 이상 어떤 말을 해주어야 할지 알 수 없어 답답한 마음을 한숨으로 풀어낼 뿐이었다.

현태가 휴게실을 빠져나가는 소리가 들렸다. 발소리가 점점 멀어지고, 겨우 정적이 찾아왔을 때, 아리는 가슴에 힘을 꽉 주어야 했다. 울 것 같았다. 당장에라도 눈물이 터질 것 같아 가슴이 쿵쾅거렸다. 집에 가고 싶다. 그 생각만이 이어질 때 즈음, 휴게실로 들어오는 인기척이 느껴졌다. 또 현태인가 싶어 고개를 바짝 들었다.

"그냥 혼자 있겠다니까!"

꽥 소리를 질렀는데, 앞에 선 건 현태가 아닌 수호였다. 그런 아리의 모습에 놀란 건지, 수호는 어색하게 웃으며 뒤를 가리켰다.

"아…… 그럼 내가 나갈까?"

당황한 건 아리도 마찬가지였다. 당연히 현태가 돌아와 잔소리를 할 것이라 생각했는데 수호라니. 하지만 그런 생각은 지금 해야 할 것이 아니었다. 수호의 오해를 푸는 게 먼저였다. 괜한 사람에게 화를 낸 것이나 마찬가지니까.

"아. 아니에요. 아니에요, 오빠. 현태인 줄 알았어요. 그래서 그런 거예요."

"아니, 혼자 있고 싶으면 나갈게. 괜찮아."

"아니! 아니라니까요. 괜찮아요. 진짜 괜찮아요."

아리가 들어오라며 손까지 뻗자 수호는 못 이기는 척 걸음을 옮겼다. 그가 근처에 앉자 아리가 겸연쩍게 웃었다.

"놀랐죠."

"어. 아리 목소리 엄청 크다. 나중에 식품 매장 지원 가도 되겠어."

놀리는 수호의 말에도 전처럼 웃음이 터지지 않았다. 미소만 슬쩍 짓던 아리가 손에 힘을 주었다. 어떻게 이 분위기를 버티지.

"아차, 지금은 농담 던질 분위기가 아니지."

아니에요, 아리가 대답을 하려던 찰나 수호가 고개를 도리도리 저었다.

"됐어. 지금은 아니에요, 가 아니야. 내가 괜한 농담 한 게 맞아."

그의 말에 아리가 피식 웃었다.

"자, 그럼 이제 다시 누워. 내가 아리 너 주려고 이것도 가져왔어."

수호가 한 손에 들고 있던 폭신한 담요를 흔들었다.

"웬 담요예요?"

"우리 매장 사은품인데, 끝이 조금 뜯어져서 고객용으로는 못 내놔. 직원들 쓰라고 따로 빼 놓은 거야."

"그거 제가 덮어도 돼요?"

"누가 덮든 무슨 상관이야. 됐어. 어차피 내 건데, 뭘."

"언젠 직원들 거라고 했으면서……."

"자, 이제 누워서 쉬세요, 한 매니저님."

수호가 말을 홱 돌리자 아리가 헛웃음을 터뜨렸다. 정말 잔꾀가 많은 남자라 해야 하나. 키득키득 웃던 아리가 바닥에 눕자, 수호가 아리의 머리 밑으로 제 손을 쏙 넣었다. 깜짝 놀란 아리가 몸을 일으켜 그를 바라보았다.

"오빠, 손 괜찮아요?"

"아. 손은 괜찮은데 바닥은 별로 안 괜찮다."

"네?"

"바닥이 너무 차가워. 여기에 머리 두고 자면, 일어나서 머리 무거워. 안 돼."

아리가 놀라 눈을 깜빡였다.

"아닌데, 그렇게 많이 차갑지는……."

"잠깐만."

수호는 한쪽 손을 들어 아리의 말을 끊어버렸다. 그리고 자신이 걸치고 있던 카디건을 벗어 돌돌 말았다. 적당한 크기로 말린 카디건을 바닥에 내려놓은 수호가 씨익 웃어 보였다.

"자, 여기에 누워."

"네? 안 돼요. 옷 망가져요."

"빨리."

"괜찮아요, 저 그냥 누워도 진짜 괜찮은데."

"아니면 내 무릎에 누워."

진담 반, 농담 반이었다. 무릎을 툭툭 두드리며 이야기를 하는 그 순간에는 가슴이 쿵쿵 뛰었다. 정말 알겠다 말하며 무릎으로 누워버릴까 봐. 하지만 아리는 그 기대를 싹 무시한 채, 수호가 준비한 카디건 베개에 머리를 올렸다.

"알았어요. 여기 누우면 되잖아요."

수호는 고개를 끄덕였지만, 한편으로 실망감을 감추지 못했다. 은연중에 아리가 제 무릎에 눕기를 기대했던 마음이 컸다. 하지만 그걸 티내지 않으려 최대한 노력하고, 또 노력했다. 괜한 감정과 생각을 들킬 필요는 없으니까.

"편해?"

수호의 물음에 아리가 고개를 끄덕였다. 수줍게 웃는 동시에 눈이 길게 휘었다. 그에 수호가 고개를 돌렸다. 평소에도 자주 보던 웃음인데, 오늘따라 이상하게 그 웃음에 크게 동해 버렸다. 심박수가 유독 빨랐다.

"오빠?"

"아, 미안. 갑자기 재채기가 나올 것 같아서."

아리와 있으면 이상한 말을 많이 하게 된다. 평소에는 절대 하지 않을 변명이라든가 농담들이 무심코 튀어나온다.

"안 나와요?"

그 말을 진짜로 믿어버린 아리가 걱정스레 묻자, 수호가 괜히 코를 킁킁거렸다. 정말 우습다. 그냥 안 나오네, 그렇게 말을 하면 될 것을.

"응. 안 나와. 괜히 코만 간질거리네."

코를 슥슥 비비는 내내 귀가 뜨끈해지는 것이 느껴졌다. 보기에도 빨갛게 달아올라 있진 않을까. 여기에서 귀를 만지면 이상해 보일 텐데, 어쩌지. 괜한 생각들이 머리를 괴롭혔다. 평소였다면 아무렇지 않게 했을 행동들이 자꾸 이상하게 보일까 걱정이 되었다.

"편하다."

하지만 그 모든 걱정들은 아리의 한 마디 말에 모두 씻겨 내려갔다. 포근한 아리의 목소리에 수호의 입술이 살짝 말려 올라갔다.

"엄마랑 낮잠 자던 거 생각나요."

수호는 아무런 말도 하지 않았다. 나긋나긋한 아리의 목소리에 귀를 기울였다.

"엄마랑 낮잠 잘 때면, 푹신하고 큰 베개 같이 베고, 이렇게 포근한 담요 같이 덮었거든요. 그때 생각나서 기분 좋아요."

아리가 키득키득 웃자 수호는 자기도 모르게 손을 뻗었다. 그리고 부드럽게 흩어지는 머리칼을 쓸어내렸다. 무의식적으로 한 행동이었지만, 멈출 생각은 없었다. 손끝으로 감기는 머리카락의 느낌이 너무 좋아서, 손이 멈추어지지 않았다.

"오늘 왜 이런지 안 물어봐요?"

"응. 안 물어보려고."

"왜요?"

아리의 머리칼을 쓰다듬던 손길이 우뚝 멈추었다. 잠시 고민을 하는가 싶던 수호가 피식 웃으며 다시 아리의 머리칼을 쓰다듬었다.

"나중에 아리 네가 말해주고 싶을 때, 그때 들으려고."

제법 다정한 목소리였다. 꼭 자장가처럼 나긋나긋한 수호의 목소리에 아리는 눈꺼풀이 무거워지는 걸 느꼈다.

"그러니까 오늘은 뭘 말해야겠다, 말해줘야겠다 생각하지 말고 쉬어. 어차피 끝날 시간도 얼마 안 남았으니까."

대답할 기력도 남지 않았다. 무언가를 말하고 있었지만, 그건 그냥 입술을 벙끗거리는 정도밖에 되지 않았다. 어느새 아리의 색색거리는 숨소리가 들렸다. 벽에 몸을 기댄 수호가 답답한 마음을 몇 번이나 삼켜냈다. 말하지 못 한 이야기가 목 언저리에 남아 간질거렸다. 사실 아리를 따라 휴게실로 내려오며 창고에 들렀었다. 담요를 챙겨 내려오니, 그곳엔 현태가 있었다. 차마 끼어들 수 없는 분위기에 걸음도 옮기지 못한 채 앞에 멈추어 서고 말았다.

"항상 이즈음, 이 시간에 매장에서 벗어나니까."

한두 번 있는 일이 아니라는 건 효영을 통해 알고 있었지만, 현태까지 알고 있는 것이리라 생각하지 못했다. 물론 그런 생각을 한 자신이 바보일 테지. 긴 시간을 함께해 온 두 사람에게 '모른다'는 건 없을 텐데. 결국 오도가도 못 한 채 그 자리에 멈추어 서고 말았다. 발소리를 내기도 싫었거니와 자신이 알지 못하는 이야기를 듣고 싶었기에.

몰래 엿듣는 걸 좋아하는 성격은 아니었지만, 어쩔 수 없다. 지금으로선 아리에게 물어도, 대답해 주지 않을 게 뻔하니까.

"언제까지 내 탓이오, 하면서 끌어안고 살 거냐고."

현태의 말이 머리를 맴돌았다. 도대체 무슨 일을 갖고 내 탓이라 여기며 오랫동안 품고 있는 건지 궁금했지만, 그렇기에 더욱 캐물을 수 없었다. 그토록 오래 품고 있던 이야기라면 더더욱 저에게 꺼내지 못할 테니까.

"기다려야지. 어쩔 수 있나."

중얼거리던 수호가 두 눈을 감았다. 묵직해지는 마음 속 돌덩이를 녹이기 위해 아리의 머리칼 깊숙이 손가락을 묻었다. 왜 이러는지 모르겠다. 왜 이렇게 아리에 대해 알고 싶고, 가까워지고 싶은 건지. 도통 알 수 없었다.

하, 깊게 내쉬는 한숨만이 텅 비어버린 휴게실을 맴돌았다.

바쁜 하루가 끝이 났다. 아리가 없는 매장은 수호의 도움으로 별다른 문제없이 잘 굴러갈 수 있었다. 나 팀장이 아리의 부재를 지적했지만, 그 역시 수호가 적당히 얼버무려 주었기에 넘어갈 수 있었다.

"오빠, 오늘 진짜 고마워요."

퇴근을 하던 효영이 수호에게 울먹이는 척 말했다.

"괜찮아. 그만큼 월요일에 아리 부려먹을 거니까."

"반품이요? 그래요, 오빠. 아리 언니가 반품 진짜 기가 막히게 잘 싸거든요. 본사에서도 매일 칭찬해요."

"그래? 그 정도야?"

"네. 뭐 물론 일벌레가 되는 시기이기도 해요. 지금 이맘때 즈음이면 일이라도 해야 살 것 같다고 하던데."

툭 던져 놓고도 자기가 놀란 건지, 효영이 두 손으로 입을 가렸다. 하늘에 떠 있는 달만큼이나 동그래진 효영의 눈이 그를 바라보았다. 하지만 수호는 개의치 않다는 듯 혹은 그 이야기를 듣지 못했다는 듯 미소를 지었다.

"빨리 들어가. 오늘 고생했어."

수호의 인사에 효영 역시 인사를 전했다. 돌아서는 그녀의 뒷모습을 지켜보던 수호는 자연스럽게 휴게실로 걸음을 옮겼다. 아직 자고 있을까. 아니면 잠에서 깨어났을까. 아리를 생각하는 것만으로도 기분이 좋았다. 들뜬 마음이 꼭 소풍을 앞둔 초등학생 같다.

지하에 있는 휴게실로 걸음을 옮기는 내내 가슴이 쿵쾅거려 도통 진정이 되지 않았다. 하지만 수호의 즐거움은 금세 끝나고 말았다.

"강 매니저님?"

반대쪽에서 휴게실로 걸어오던 현태 때문이었다.

"지 팀장님?"

현태가 올 것이라는 생각은 하고 있었다. 애초에 휴게실에 아리를 먼저 보러 온 것은 현태였으니까. 다만 끝나는 시간만큼은 자신이 먼저 와 있고 싶었다. 처음을 놓쳤으니, 두 번째는 놓치고 싶지 않았다. 이런 일에까지 욕심을 낼 필요는 없지만, 이번만큼은 현태에게 밀릴 생각이 없었다.

"일도 다 끝나는데 휴게실에는 어쩐 일이십니까?"
"일이 다 끝나서 온 건데요."
"그러니까 왜……."
수호와 신경전을 벌일 듯하던 현태가 눈을 가늘게 떴다. 수호의 의도를 눈치챈 건지, 한참 말을 잇지 않았다.
"설마 아리 때문입니까?"
"그러면 안 됩니까?"
날카롭게 받아치는 수호의 말에 현태의 표정이 단단하게 굳어졌다. 사실 조금 으쓱해져 있던 건 사실이었다. 저만큼 오늘 아리를 위로해줄 사람은 없을 테니까. 이맘때 즈음이면 그 누구와도 깊이 이야기를 나누려 하지 않는 아리가 저만큼은 유독 가까이 해주니까.
"아리가 싫어할 겁니다. 그 녀석 이맘때 즈음이면 예민해져서요."
그래서 더욱 어깨가 하늘까지 치솟았었다. 당연히 아리의 곁에서 자연스럽게 있을 수 있는 사람은 저뿐이라 생각했다. 하지만 현태는 그게 오만한 생각이었다는 걸 금세 깨닫고 말았다.
"괜찮을 겁니다. 아까 잠드는 거 보고 올라갔거든요. 별로 싫어하는 것 같지는 않던데?"
어깨를 으쓱거리는 수호의 모습에 현태가 이를 아드득 갈았다. 짜증이 머리끝까지 차올랐다. 당장에라도 터질 것 같았다.
두 남자의 신경전은 생각보다 더 거칠었다. 마주하고 있는 시선 사이로 불꽃이 번쩍였다. 그렇게 한창 눈싸움을 하던 그때. 휴게실 쪽에서 인기척이 들렸다. 익숙한 목소리마저 이어지니, 두 사람의 불꽃이 금세 사그라졌다.
"두 사람 여기서 뭐 해?"
아리였다. 잠에서 깬 지 얼마 되지 않은 건지, 몽롱한 눈빛이 둘을 향하고 있었다.

"너 깨우러 왔어."

"효영이가 하도 걱정을 해서. 내가 대신 왔지."

현태와 수호의 대답에 아리가 풋, 웃음을 터뜨렸다. 두 사람 모두 저 때문에 여기까지 왔다고 생각하니 가슴이 간질거렸다. 꿈에서는 온통 차디찬 얼음들뿐이었는데, 깨고 나니 꽃밭이 펼쳐져 있다. 이보다 더 행복한 일이 또 있을까.

"아리, 네 짐도 챙겨왔으니까, 빨리 집에 가자."

"아니, 잠깐만."

수호의 재촉을 막은 건, 현태의 단단한 손과 다급한 목소리였다. 아리에게 향하려던 수호의 손목을 붙잡은 채 눈에 힘을 주었다.

"오늘 아리는 저희 집에 갈 겁니다."

"앞뒤 사정없이 그렇게만 말하면 어떡해."

두 사람의 사이로 불쑥 끼어든 아리가 현태의 팔을 찰싹 내려쳤다. 어안이 벙벙해진 수호를 바라보던 그녀가 어색하게 웃으며 현태의 손을 잡아뗐다. 아리의 손길이 다가오니 현태는 언제 그랬냐는 듯 힘을 풀었다. 수호를 바라보던 아리가 어색하게 웃었다. 하하, 뒷머리를 긁적거리며 머리를 굴렸다.

하지만 수호는 생각보다 무덤덤했다. 소꼽친구이니 당연히 집에 오갈 수도 있지. 그저 오가는 것으로만 생각한다면 그리 이상한 건 아니다.

"오빠, 오해하지 마세요. 현태 부모님께서 워낙 딸처럼 대해주세요. 부모님 기일 다가올 때면 가끔 하루 자고 오고 그러거든요. 근데 오늘은 몸이 안 좋아 보여서 그랬나 봐요."

"그걸 왜 네가 해명하는 건데. 그냥 우리 집에 가면 가는구나 하는 거지."

괜히 이상했다. 다른 사람에게 해명할 땐 아무렇지 않았는데, 괜히 수호에게 그런 말을 주절주절하는 모습을 보니 가슴이 부글부글 끓었다. 처음으로 불만을 터뜨려 보았지만, 아리의 대답은 현태가 원하는 말이 아니었다.

"이상하잖아. 아무리 친구여도 우리 이제 다 큰 성인인데, 다른 사람이 들으면 이상하지 않겠어?"

그렇다 해서 아리의 말에 반박할 말도 떠오르지 않았다. 틀린 말은 아니었다. 백화점 사람들도 처음에는 두 사람의 관계를 전혀 이해하지 못했으니까. 이십 년이 넘은 소꿉친구더라도 남자는 남자고 여자는 여자라는 말을 귀에 못이 박히도록 듣지 않았던가.

두 사람의 이야기를 잠자코 듣던 수호가 다시 아리의 손목을 덥석 붙잡았다. 여기서 계속 듣고만 있다가는, 제가 말을 할 타이밍을 잡지 못할 것 같았다. 바보처럼 현태와 떠나는 아리의 뒷모습을 바라봐야 할지도 모르는데, 어쩐지 그런 상황은 싫었다.

"몸이 좋지 않으면 내일 아침 일찍 병원에 다녀와. 나 팀장님께는 내가 말할 테니까. 오늘은 일찍 집에 가자."

그에 가만히 있을 현태가 아니었다. 아리의 손목을 붙잡은 수호의 손을 탁! 내려치며 눈에 힘을 주었다. 그에게서 아리를 떼어내는 손길이 제법 다급했다.

"아니, 강 매니저님. 오늘 아리는 혼자 있으면 안 됩니다. 그냥 제가 데리고 갈 테니까, 강 매니저님은 이만 퇴근하세요."

"어째서 지 팀장님이 이래라저래라 합니까? 나는 내 맘대로 할 겁니다. 그리고 한아리 씨가 왜 혼자 있으면 안 되는지 알지도 못하면서 무작정 지 팀장님 집에 보낼 수는 없을 것 같네요."

"그럼 강 매니저님은 대체 무슨 권리로 한아리를 우리 집에 못 보내는 겁니까?"

수호는 아무런 대답을 하지 못했다. 그저 이상하다는 이유로 그들을 막기엔 제가 모르는 일이 너무 많았다. 이전에도, 지금도 저는 그들의 유대감을 뚫을 수 없다. 그들 나름대로 존재하는 사정을 알게 되기 전까지는. 현태의 말을 곰곰이 곱씹던 수호가 아리를 바라보았다.

"그럼 아리 네가 선택해."

갑자기 저에게 돌아온 화살에 아리는 놀라고 말았다. 몸을 움찔거리던 그녀가 하하, 어색하게 웃었다.

"네? 오빠 무슨 말이에요?"

"그래, 한아리 네가 선택하는 게 좋겠다. 네가 선택해."

현태마저도 수호의 말에 맞장구를 쳤다. 제법 진지해진 눈빛이 저를 향해 있다는 사실이 왜 이리 부담스러운 건지. 아하하, 어색한 웃음만이 연달아 터지고 있었다. 하지만 두 사람이 아리의 당혹감을 알 리 없었다. 현태는 수호를, 수호는 현태를 가리키며 눈을 부릅떴다.

"나랑 갈 건지, 여기 강 매니저님이랑 돌아갈 건지."

"그냥 집으로 갈 건지, 여기 지 팀장님 집으로 갈 건지."

왜 이런 일에 진지해지는 걸까. 그러지 않아도 이 세상에는 진지해져야 할 일이 너무 많은데. 속이 답답했다. 끙, 앓는 소리를 터뜨려 보아도 나아지지 않았다. 사실 이대로 집에 돌아가고 싶지 않았다. 돌아간다 하더라도 잠에 젖어 들지 못한 채, 밤새 울음을 터뜨리겠지. 뜬눈으로 새벽을 맞이하고 또 다음 날을 맞이할 것이다.

반복되는 딜레마였다. 벗어나려고 하면 할수록 자신을 더욱 옥죄는, 벅찬 딜레마.

"나."

드디어 아리가 입을 열었다. 수호와 현태가 제법 진지한 눈빛으로 아리를 바라보았다.

"그냥 집에 갈래."

수호는 웃었고 현태는 실망했다. 맥이 탁 풀린 표정으로 아리를 쳐다보던 현태가 미간을 좁혔다. 그녀의 선택이 어떤 결과를 초래하는지 너무 잘 알고 있기 때문이었다. 걱정되었다. 지난번에도 이런 비슷한 일이 있었다. 바득바득 우겨서 혼자 집에 돌아갔다가, 결국 다음날 출근도 하지 못하고 끙끙 앓아눕고 말았다. 몇날 며칠 병원 신세를 졌으면서, 또 혼자 돌아간단다.

이번에도 그럴 거면서. 혼자 그 슬픔을 감당하려 무리하고, 몸을 갉아 먹을 게 분명한데.

"현태 너희 집에 가는 건 좋은데, 오늘 너무 늦었잖아. 갑자기 찾아가시면 엄마 아빠에게 너무 폐가 되는 것 같아. 다음에. 휴일 전날에 갈게. 그리고 오빠, 저 오늘은 혼자 갈래요. 혼자 가고 싶어요."

단호한 아리의 말에 수호도, 현태도 뭐라 더 말을 하지 못했다. 기뻐하고 실망하던 감정의 교차가 사라지고, 그들에게 남은 건 낮은 정적뿐이었다.

"미안해요. 두 사람 다 걱정돼서 그런 거 다 아는데……."

오늘은 혼자 있고 싶어요. 마지막 흘리는 한마디에 수호와 현태는 입을 꾹 닫았다. 안 된다 말을 할 수도 없었고, 홀로 가고 싶다 말하는 그녀를 막을 수 없었다.

"둘 다, 내일 봐요."

현태와 수호를 차례대로 스쳐 지나간 아리가 코너를 돌아 사라졌다. 그녀가 걸어가며 남긴 옅은 향기에 현태가 주먹을 꽉 말아 쥐었다.

백화점을 나온 아리는 점퍼를 챙겨 입으며 하늘을 올려다보았다.

"겉옷 챙겨 입었어?"

엄마의 빠지지 않던 잔소리 중 하나였다. 그땐 왜 그랬을까. 너무 어렸던 탓이겠지. 걱정이라는 걸 알면서도 잔소리라 치부했다.

"내가 애야? 잘 챙겨 입었어. 걱정하지 마."

퉁명스럽게 대답하면 엄마는 웃어주었다. 감기에 걸리면 잘 챙겨주지 못하는 상황이 미안하니 단단히 챙겨 입고 다니란 말을 덧대면서. 사실 아리는 그런 상황을 한 번도 서운하게 생각한 적이 없었다. 아니, 그럴 새가 없었다는 게 더 정확했다.

말은 그렇게 해도, 엄마는 자신이 아프다고 하면 열일을 제쳐두고 저에게 달려왔다. 몸살로 몸이 아팠을 때도, 갑자기 맹장이 터져 병원에 입원했을 때도, 심지어 장염에 걸려 집에서 골골대던 때까지 모두. 언제나 곁에는 엄마가 있었다. 아프지 마 우리 딸, 울먹이는 목소리가 아직도 귓가에 아른거렸다.

왜 그땐 몰랐을까. 지금에 와서 가장 크게 후회하는 일 중 하나였다.

"엄마."

나지막이 내뱉는 아리의 부름에 살랑살랑 바람이 불어왔다. 꼭 대답을 해주는 것 같아, 씩 웃음이 새어 나왔다. 옷을 추슬러 입은 아리가 백화점을 지나 저 앞의 공원으로 걸어갔다. 밝은 지하도로를 지나 보이는 공원 입구에 가슴이 시큰거렸다. 아리는 한참이나 자리에서 움직일 수 없었다. 눈앞에 보이는 텅 비어 있는 공간이 아직도 어색하게 느껴졌다. 오래전, 돌아가신 부모님이 포장마차를 하던 자리였다.

굳이 느떼 백화점에 취직한 이유 역시 이 때문이었다. 자신에게 유일하게 선명한 추억과 가장 가까이 맞닿아 있는 곳이었기에. 포장마차가 있던 곳으로 향하던 아리가 주머니 속 손을 꽉 말아 쥐었다.

"너 진짜 거기 가겠다고? 정말 괜찮아?"

맨 처음, 이쪽으로 취직을 결정했던 날 현태가 제일 많이 걱정했다. 그의 부모님 역시 마찬가지였다. 다른 곳을 알아보는 게 좋지 않겠냐 물었지만 아리는 조금도 뜻을 굽히지 않았다. 물론 이유는 말할 수 없었다. 공원을 지나면, 부모님의 따뜻한 응원을 받는 것 같아 행복해진다는 말을 어떻게 할 수 있을까. 여전히 그들의 그림자에 갇혀 산다는 걸 알면 저보다 더 마음 아파할 사람들이었다. 그래서 더욱 말할 수 없었지만, 아마 현태는 알고 있으리라고 아리는 생각했다.

"아빠, 엄마. 나 다녀왔어요."

아리는 늘 포장마차가 서 있던 길목 즈음에 멈추어 섰다. 바깥으로 꺼내지도 않았는데 손이 차갑게 식어버렸다. 매서운 바람을 맞은 것도 아닌데 그녀의 손은 좀처럼 따뜻해질 생각을 하지 않았다.

"잘 버틸 수 있을 것 같았는데, 올해에도 넘기지 못했어."

목이 따끔거렸다. 왈칵 눈물이 쏟아질 것만 같아 코끝에 힘을 주었다. 눈을 깜빡거릴 때마다 미간이 확 당기는 것 같았다.

"매년 비슷한 시기에 이렇게 찾아와서 밉지? 되게 한심하지?"

점퍼를 목까지 올려 그 속에 코와 입을 묻었다. 뜨거운 숨이 점퍼의 안을 가득 채우다 금세 사라졌다. 들숨과 날숨을 반복하던 아리가 자리에 쪼그려 앉았다. 그리고 꽤 오랜 시간 그 자리를 지켰다. 입은 꾹 닫혀 있었지만, 마음은 소란스러웠다. 하고 싶은 이야기가 아주 많이 쌓인 탓이었다.

아리는 한참이나 그 자리에 머물렀다. 저 건너에 있는 신호등이 다섯 번 바뀔 때까지 그곳을 떠나지 못했다.

"나 이제 갈게. 아빠랑 엄마랑 싸우지 말고. 알았지?"

아리는 가겠다는 말을 던지고도 꽤 오래 자리를 떠나지 못했다. 그 자리에 오도카니 서서 텅 비어 있는 길을 빤히 쳐다보았다.

울먹이는 목소리를 감추기 위해 목에 힘을 주었지만, 나아지는 것은 없었다. 울음에 콱 막힌 목은 몇 번 헛기침하고 나서야 겨우 괜찮아졌다. 돌아서는 걸음이 무거웠다. 머리 위로 스치는 바람 한 줄기에 눈꺼풀이 바르르 떨렸다. 길을 걷는 내내 채 버리지 못한 옛 추억에 휩싸였다. 접지 못했던 오래전 기억을 되새기던 아리가 숨을 크게 들이마시며 하늘을 올려다보았다.

반짝반짝 별님이 떠 있는 하늘을 마주하기 무섭게 눈시울이 시큰해졌다.

"평소에는 하나도 안 보이더니, 이럴 때만 보이고 난리야."

아리가 입술을 삐죽거렸다. 조금 지나면 왈칵 울음을 터뜨릴 것 같아 눈을 질끈 감았다가 떴다. 그리고 잽싸게 걸음을 재촉했다. 저 앞으로 어두운 골목이 보였다. 익숙한 만큼 가고 싶지 않은, 집으로 향하는 골목이었다.

골목의 입구에 멈추어 선 아리가 주머니 속 핸드폰을 꺼냈다. 그리고 음악 어플을 재생시켰다. 행복을 이야기하는 가수의 목소리가 퍽 따뜻했다. 꼭 엄마의 말 같은 가사에 걸음이 드문드문 멈추었다.

노래의 후렴구가 겨우 끝나갈 때 즈음, 아리는 겨우겨우 집 앞에 다

다를 수 있었다. 계단을 오르고, 비밀번호를 눌러 현관문을 열었을 때. 앞에 펼쳐진 어둠이 깊은 고독을 불러왔다. 결국 꾹꾹 잘 눌러 참아왔던 감정들이 폭발하고 말았다. 자리에 털썩 주저앉은 아리가 엉엉 울음을 쏟아냈다.

아리야, 우리 아리.

그리운 부름이 들렸다. 행복해라, 미안하다. 꿈속에서 속삭이던 그들의 목소리가 귓가를 떠나지 않았다. 왜 저를 혼자 두고 가버렸냐는 원망의 말도 눈물이 되어 죽죽 쏟아졌다. 아아, 앓는 소리가 새어 나왔다. 얼마나 오래 목 놓아 울었을까. 겨우 진정이 된 아리가 고개를 들어 올렸다. 캄캄한 방 안에 불을 밝히기 무섭게 지이잉- 주머니 속 핸드폰이 진동을 일으켰다.

"누구야. 전화 받을 기분 아닌데."

투덜거리던 아리가 핸드폰을 꺼냈다.

〈나 지금 너희 집 앞인데, 들어가도 돼? 아, 혼자는 아냐.〉

현태였다. 혼자가 아니라니, 아리는 코를 훌쩍이며 화면을 두드렸다.

〈누구랑 왔는데?〉

〈보면 알아. 가도 돼?〉

아리는 잠시 고민했다. 그리고 텅 비어버린 집을 둘러보다 핸드폰을 다시 내려다보았다. 혼자 있는 것보단 낫지 않을까 싶었다.

〈그래, 그럼 와.〉

답장을 보내놓고 몸을 일으켰다. 얼굴에 잔뜩 고인 눈물을 슥슥 닦아내고 집 안으로 들어갔다. 보일러부터 틀고 차라도 내야 하나 고민을 이어갈 때, 영롱한 초인종 소리가 들렸다.

얼마나 오랜만에 울리는 소리인지 아리의 어깨가 눈에 띄게 움찔거렸다.

"깜짝이야!"

꽥 내지른 것이 민망한 모양인지, 아리는 주변을 둘러보았다. 흠흠, 헛기침을 두어 번 뱉던 그녀가 현관으로 향했다.

"현태 너야?"

"어, 문 열어."

이렇게 누군가 찾아온 게 퍽 오랜만이라. 또 이런 상황을 맞닥뜨리는 게 너무 갑작스러워서. 수많은 이유로 가슴이 간질거렸다. 잠그지도 못한 문을 열자, 그 앞에는 예상치 못한 사람이 셋이나 서 있었다.

"언니, 너무 갑자기 와서 죄송해요."

빨개진 손을 호호 불어가며 어색하게 웃는 세영과,

"같이 있어주면 안 된다는 말은 없었지?"

다정하게 웃으며 손에 쥔 검은 봉지를 들썩이는 수호.

"내가 너 문단속 잘 하라고 몇 번 말하냐."

현관에 들어서며 잔소리를 늘어놓는 현태였다. 갑작스러운 방문이 놀랍기도 하고, 고맙기도 하고. 온갖 감정이 교차했다.

"혼자 아니라고 말했지? 들어간다."

현태는 마치 제집인 양 신발을 벗고 집 안으로 성큼성큼 들어갔다. 그리고 손에 쥔 봉지를 식탁 위에 올려놓았다. 달그락, 봉지 안에서 유리병이 부딪쳤다.

자초지종은 이러했다. 아리가 떠나 버리고, 어떻게 해야 할지 모르던 두 사람 앞에 세영이 나타났다. 아리의 상태를 보니 홀로 놔두면 안 될 것 같았고, 남자 둘이 오는 건 혼자 사는 여자에게 예의가 아닐 것 같아, 세영을 함께 데려왔다고 했다.

"역시 우울할 땐 맥주지!"

"너 좋아하는 육포도 사왔다."

"언니, 마셔요! 시끌벅적하게 마시면 기분도 좋아질 거예요!"

아리는 그럴 기분이 아니라 거절하려 했지만, 수호와 세영 그리고 현태의 웃는 얼굴을 보니 차마 그럴 수 없었다.

"그럼 조금만 마실게."

아리가 하는 수 없이 맥주를 받아 들었다. 캔을 따는 시원한 소리와 함께 왁자지껄한 수다가 시작되었다. 요즘 나 팀장의 순회가 부쩍 잦아졌는데 이유를 아냐는 둥, 진상 손님의 유형이 어떻다는 둥. 시시콜콜한 이야기가 이어지고 이어져 차갑게 식어버렸던 집을 따뜻하게 데워주었다. 덩그러니 홀로 남겨진 것 같았던 기분도 어느새 사라진지 오래였다.

하지만 술판은 오래가지 못했다. 금세 취한 세영은 아리의 부축을 받아 침대가 있는 방으로 옮겨졌고, 수호는 소파에 누워 잠이 들었다. 제정신 아닌 제정신으로 남은 건 현태와 아리뿐이었다.

"고마워."

맥주를 홀짝이던 아리가 중얼거렸다.

"네가 안 온다고 하니까 내가 와야지. 별수 있나."

"매번 너희 집에 신세 질 순 없잖아. 이제 어린애도 아닌데."

육포를 입으로 가져가려던 현태가 아리를 빤히 쳐다보았다. 그리고 그녀의 작은 이마로 손을 가져갔다.

"왜?"

"가까이 와봐."

"그러니까 왜?"

"빨리."

현태의 말에 아리가 고개를 가까이 가져다 댔다. 작은 이마와 현태의 손끝이 만났을 때. 딱! 커다란 소리와 함께 이마에 지독한 통증이 느껴졌다.
"아야!"
하마터면 잡고 있던 캔을 놓칠 뻔했다.
"아파!"
아리가 울상을 지으며 현태를 바라보았다. 하지만 현태는 표정의 변화조차 없었다. 무덤덤하게 그녀를 바라보며 맥주를 홀짝거리던 그가 흥, 콧방귀를 꼈다.
"나도 아직 우리 엄마한테는 애야."
"그게 뭐!"
"그러니까 너도 애라고 아직. 내가 애면, 너도 애야."
현태가 다시 맥주를 홀짝거리며 아리를 주시했다. 날카롭게 번뜩이던 눈빛이 아주 오랜만에 다정하게 변했다. 이런 시기의 저에게만 보이는 아주 특별한 눈빛이라고, 아리는 생각 하고 있었다.
"그러니까 걱정하지 말고 어리광 부려. 우리 엄마가 말하길, 너 시집가도 엄마 딸이래."
왈칵 눈물이 차오를 뻔했다. 아리는 다른 한쪽 손으로 이마를 부여잡으며 입술을 꾹 눌렀다. 그리고 현태에게 보이지 않기 위해 얼굴을 최대한 숙였다. 괜히 눈물이라도 나면 창피하니까.
"너, 혼자 아니야. 한아리."
묵직한 한 마디에 가슴이 징징 울리기 시작했다. 고맙다는 말을 해야 하는데, 목이 꽉 막혀 아무런 말이 나오지 않았다. 그저 얼굴 위로 흐르는 눈물을 들키지 않으려 애를 쓰고, 또 애를 쓸 뿐.
달빛이 유난히 밝은 밤이었다. 혼자가 아니라는 현태의 말에 보태기라도 하는 듯, 별님 역시도 하나둘 떠올라 그의 곁을 지켰다.

아리까지 잠을 청하려 방에 들어갔지만, 현태는 쉽게 잠을 이룰 수 없었다. 벌써 혼자 비운 맥주만 여섯 캔이었다. 일곱 번째 맥주마저 바닥을 드러냈을 때, 누군가 방문을 열고 나왔다. 창밖을 바라보며 사색을 즐기던 현태가 깜짝 놀라 고개를 돌렸다.

"어? 오빠 아직 안 자요?"

세영이 눈을 비비며 나오고 있었다. 그녀가 나왔다는 사실에 왜 이리 안심하는지 모르겠지만. 철렁거렸던 가슴이 조금 잠잠해졌다.

"아직 잠이 안 와서."

"뭐야, 또 술 마셔요?"

세영은 자연스럽게 그의 곁으로 다가가 잠든 수호를 힐끗거렸다. 그녀의 시선은 당연하다는 듯 현태에게로 향했다. 한참 두 남자를 번갈아 보던 세영이 키득키득 웃음을 터뜨렸다.

현태는 그런 세영을 가만히 지켜보았다. 엉망이 된 머리를 정돈하는 모습도, 잠에서 막 깨어 부스스한 모습도 싱그럽다. 세영은 그녀만의 밝은 빛을 갖고 있었지만, 어떻게 해도 그녀를 바라보는 현태의 눈에는 애정이 담길 수 없었다. 동생 그 이상으로는 절대 보이지 않을 것이다. 그래, 그 어떤 일이 있어도 애정 어린 시선은 전할 수 없다.

"왜 웃어?"

"그냥요. 평소에는 별로 사이 안 좋아 보이는데, 이럴 때 보면 또 의기투합이 되는구나 싶어서."

세영의 답에 현태가 수호를 힐끗 쳐다보았다. 사실 아리에 관련된 일이 아니었다면 그와 의기투합을 할 필요도 없었다. 굳이 그렇게까지 친해지고 싶지도 않았고.

"별 싱거운 소리 다 듣네."

그렇게 넘기며 맥주를 홀짝일 때였다.

"아리 언니 때문이겠죠?"

세영의 갑작스러운 말에 현태가 크게 뜬 눈으로 그녀를 힐끗거렸다. 혹 제 마음을 읽을 수 있는 걸까 싶었다. 그렇게 물어볼까 싶기도 했지만 지금 이 상황을 장난으로 얼버무리고 싶지 않았다.

"응. 아리 때문이야."

확실하게 짚고 넘어가야겠다 생각해 툭 던졌는데, 세영은 생각보다 담담하게 받아들였다. 상처를 주고 싶다거나, 상처를 받았으면 좋겠다는 생각을 한 건 아니었다. 다만 단호한 자신의 대답에 상처를 받는 건 피하지 못할 것이라 생각했을 뿐. 세영이 의외로 담담하게 받아들이며 고개를 끄덕이자 현태는 조금 놀라고 말았다.

"만약에 아리 언니가 없었으면…… 오빠가 나를 조금이라도 봐줬을까요?"

현태는 자기도 모르게 한숨이 탁 터져 나오고 말았다. 고등학생 때부터인가, 누군가에게 고백받을 때마다 듣던 이야기였다. 아리가 아니었다면, 아리가 없었다면. 그럴 때마다 속이 답답해졌다. 어릴 때는 운동 외에는 관심이 없어 대화법을 잘 몰랐었다. 그 때문에 아무런 답도 해주지 못했다.

딱 한 마디.

"그거랑 상관없어."

그 한 마디만 툭 던져 주었을 뿐.

그대로 끝이라 생각했지만, 여자아이들의 상상은 생각보다 지나쳤다. 하루는 아리와 된통 싸웠다는 소문을 듣기도 했고, 하루는 아리와 머리를 잡았다는 소문도 들었다.

하지만 아리는 현태를 탓하지 않았다.

"웃겨, 진짜! 지들은 소꿉친구도 없대? 너랑 나랑 형제라고 말 안 했어?"

저를 원망하기보다 그들을 탓하는 아리에게 우스갯소리로 먼저 말을 꺼냈었다. 너와 나는 형제라고. 부모님을 잃고 절망하는 그녀에게 조금이라도 힘이 되어주고 싶어 꺼낸 말이었다. 가족이 남았으니까, 자신이 가족이 되어주면 아직 혼자가 아니니까. 그러니 제발 힘내어 일어나라는 뜻으로.

그리고 다음부터는 아리와 상관없다는 말 대신, 너는 내 스타일이 아니라는 말로 바꾸어 고백을 거절했다.

지난날을 떠올리다 보니 거북해졌다. 저와 세영은 아리를 걸고넘어질 필요가 없는 사이였다. 더는 기다리지 않고 말하기로 했다. 그때 못 한 말을 지금 한다는 건 조금 비겁하지만, 아무런 말도 하지 않고 상상만 부풀리게 하는 것이 더 비겁하다.

"애초에 한아리가 없었어도 너랑 나는 안 됐을 거야."

"왜 안 되는데요?"

"듣고 싶어?"

"세 가지만 말해줘요."

세영은 생각보다 끈질겼다. 이게 이 나이 또래 여자아이들의 특징인가 싶었지만, 현태는 금세 생각을 고쳤다. 이건 나이를 불문하고 누군가를 좋아하는 마음이기에 가능한 질문일 것이다. 저 역시 몇 번이고 하고 싶었던 질문이었으니까.

너와 난 왜 안 될까, 너와 난 왜 이 이상으로 진전이 없을까. 나는 왜 너에게 오랜 친구밖에 되지 못할까. 묻지 못했기에 답은 돌아오지 않았다. 하지만 머릿속 아리는 저에게 말했다. 이미 알고 있는 이유를 설명해 뭐 해, 퉁명스럽게 답했다.

"하나. 난 연하 싫어해."

세영이 주먹을 꼭 말아 쥐었다. 어쩔 수 없는 이유에 눈이 길어졌다.

"그리고 둘. 나는 운동만 하던 놈이라, 연애니 뭐니 달짝지근한 거 못해. 자신도 없고."

"그런 건 연애하면서 배우는 거랬어요."

세영의 목소리에 힘이 실려 있지 않았다. 잔뜩 풀이 죽은 듯한 그녀의 목소리에 현태가 힘없이 웃어 보였다.

"그리고 셋. 나 생각보다 일편단심이야."

마지막 한 마디에 세영의 눈은 길게 늘어져 울적해 보이다, 무언가 통감했다는 듯 눈동자에 물결이 일렁거렸다. 아래를 향하는 그녀의 커다란 동공이 희미하게 흔들리고 있었다.

"일찍 말해주지 못해서 미안해."

세영은 아무런 말도 하지 않았다. 그저 그 곁에 앉아 숨을 꽉 삼키고 있을 뿐.

"내가 너에게 오 일이라는 시간을 준 건, 정말 그 시간 안에 모두 정리했으면 하는 마음이었어."

"저도 알아요."

그녀의 목소리에 묻은 물기에 잠시 마음이 약해졌지만, 동하지는 않았다. 어쭙잖은 동정처럼 잔인한 게 없다. 또다시 기대를 심어 마음을 저버리지 못하게 하면 안 된다. 그땐 정말 돌이킬 수 없는 나쁜 놈이 될 것 같았다.

"다 알아요."

중얼거리는 세영의 목소리에 현태가 답답한 마음을 숨으로 토해냈다. 누군가를 좋아하는 것만큼 힘들고, 아픈 일이 또 어디 있을까. 묘한 공기에 숨이 턱 막혔다. 맥주를 모두 홀짝인 그가 바닥에 캔을 놓자마자 세영의 시선이 느껴졌다.

고개를 돌리니, 전과는 다른 미소를 짓고 있는 그녀가 있었다. 현태는 그 순간 깨달았다. 아마도 세영은 오늘이 지나면 이 아픈 짝사랑에 마침표를 찍을 것이다. 만족할 만한 결과는 아니더라도, 또 다른 사랑을 시작할 수 있는 여유가 주어졌을 테고.

"그래도 고마워요. 오빠. 이렇게라도 말해줘서."

이게 뭐 그리 대단한 일이냐 덧붙이려 했지만, 현태는 아무 말도 하지 않았다.

"오늘 딱 오 일째인 거, 알죠?"

현태가 고개를 끄덕였다. 날이 바뀐 오늘까지 그녀와 함께 출근하고, 퇴근까지 해야만 약속한 오 일이 모두 채워지는 것이었다. 세영은 현태를 빤히 쳐다보며 무언가 말을 하려다 말고, 또 하려다 말기를 반복했다. 그렇게 망설이기를 몇 번. 세영이 목소리에 잔뜩 힘을 준 채 현태에게 말했다.

"저 한 번만 꽉 안아주세요."

"어?"

현태가 놀라 물었다. 당황한 그의 눈꺼풀이 파르르 떨리고 있었다. 하지만 세영은 아랑곳 않은 채 다시 말을 이어갔다.

"그걸로 오 일째는 끝이에요. 딱 그거 한 번으로 끝낼게요."

안아야 할까, 말아야 할까. 몇 번이나 고민하던 현태가 결국 두 팔을 벌렸다. 마지막이라니 이 정도는 해줘야겠지.

세영은 기다렸다는 듯 그에게 안겼다. 찰랑거리던 긴 머리에서 샴

푸 냄새가 진하게 퍼졌지만, 그의 숨에 온데간데없이 사라지고 말았다. 얇은 두 팔이 자신의 목을 있는 힘껏 끌어안는 게 느껴졌다. 작은 몸이 제 품으로 쏙 들어왔지만 아무런 감흥도 없었다.

그저 조금이라도 빨리 저에 대한 마음을 접었으면 하는 것뿐.

일 초, 삼 초. 그리고 오 초 남짓 지났을 때 세영은 현태에게서 몸을 떼고 헤죽 웃어주었다.

"됐어요. 이제 정말 끝."

세영은 그 말을 남긴 채 벌떡 일어났다. 아무렇지 않다는 듯 두 팔을 휘휘 내저으며 부러 목에 힘을 주었다.

"아, 이제 들어가서 자야지. 내일, 아니, 오늘 마지막 반품 싸야 하는데. 오빠도 잘 자요."

환하게 웃으며 손을 흔들던 세영이 방 안으로 쏙 숨었다. 공중을 나부끼는 긴 머리칼마저 시야에서 사라졌을 때, 현태가 탁한 숨을 터뜨렸다. 그리고 아리가 깔아준 소파 밑 이불에 벌러덩 누웠다.

"끝."

중얼거리던 현태가 나지막이 한숨을 내쉬었다. 그건 아마 끝이 될 수 없는 끝일 것이다. 꽤 오랜 시간 반복되어 온 학습의 결과였다. 현태는 창밖의 시린 밤하늘을 바라보며 조용히 속삭였다. 부디 세영의 밤이 깊지 않기를, 전하지 못할 이야기를 중얼거리던 그가 천천히 눈을 감았다.

❁

새벽이 밝기 무섭게 아리는 빠르게 씻고 준비를 끝마쳤다. 제일 먼저 세영이 일어났고, 다음으로는 현태가, 제일 마지막으로는 수호가 일어났다. 한 명씩 씻고 준비를 하던 그때, 아리는 콩나물국을 끓이고 있었다. 비록 맥주였지만 속은 풀어야 한다는 그녀만의 철칙 때문이었다.

"이게 뭐야?"

마지막으로 씻고 나온 수호가 수건으로 얼굴의 남은 물기를 닦으며 물었다. 바짝 다가온 그에게서 풍기는 바디샤워 냄새가 어쩐지 낯설게 느껴졌다.

"콩나물국 좀 끓였어요. 다들 어제 맥주 마셔서 속 안 좋을 것 같아서."

"와, 집밥. 진짜 오랜만이다."

"맛은 없을 거예요."

수호가 식탁 의자를 당겨 앉았다. 턱을 괸 채 아리를 쳐다보는 눈이 반짝반짝 빛났다.

"맛있을 거야. 아침 일찍부터 정성스레 준비해 줬는걸."

흔들림 하나 없는 눈빛이, 부드러운 목소리와 진심이 담긴 말 한마디가 아리의 마음을 소란스럽게 만들었다. 수줍게 미소를 걸고 있던 그녀가 수호를 빤히 쳐다보다 잽싸게 고개를 돌렸다.

"그, 금방 차릴게요. 이러다 지각하겠다."

흠흠, 헛기침하는 아리의 뒷모습을 보던 수호가 씩 웃었다. 귀까지 빨갛게 달아오른 모습에 왜 이리 가슴이 간질거리는지.

"입 찢어지겠습니다, 강 매니저님."

현태가 다가와 수호의 곁에 앉았다. 수호에게 아리의 향기가 풍기는 것 같아 썩 좋지 않았다.

"웃는 것도 내 맘대로 못 합니까?"

수호와 현태의 사이에 찬바람이 휭휭 불었다. 두 사람 모두 아리를 대할 때와 너무나 다른 모습이었다. 마주한 두 사람의 눈에서 뾰족한 화살촉이 오갔다. 얼굴을 단단히 굳히고 있던 현태가 수호에게서 고개를 돌려 아리를 바라보았다.

아리는 평소와 다를 것 없는 모습이었다. 상을 차리느라 분주한 것을 제외하면, 적어도 현태에게는 그렇게 보였다.

"아, 한아리. 오늘은 나랑……."

"아니, 나 수호 오빠랑 갈래."

하지만 그건 현태의 생각일 뿐이었다. 아리는 평소와 달랐다. 뒤도 돌아보지 않고 말하는 모습에 현태가 놀라 손가락을 움찔거렸다.

"어?"

당황해하는 현태를 힐끗거리던 수호가 슬금슬금 자리에서 일어나 아리에게 도울 일이 없냐 물었다. 수저를 놓아달라 대답하는 와중에도 아리는 현태를 보지 않았다.

"야, 한아리."

다시 한 번 현태의 부름이 이어졌지만, 아리는 여전히 뒷모습만 보여주었다. 현태는 아리의 말을 받아들일 수 없었다. 몇 번인가 입을 달싹이던 그가 재차 아리를 부르려 했을 때, 기다렸다는 듯 그녀의 답이 나왔다. 얼마나 목소리가 냉정했는지, 듣는 수호가 민망해 쿨럭쿨럭 헛기침을 뱉었다.

"나, 수호 오빠 차 탈 거야."

"뭐야, 왜 그래?"

"뭐가 왜 그래. 그냥 수호 오빠 차 타 버릇하니까 편해서 그러지."

평소 같았다면 그 말이 진심이더라도 이렇게 남에게 이야기하듯 하지는 않았을 것이다. 현태는 얼굴 한 번 쳐다보지 않는 아리가 당황스러웠다.

"아무튼 나 수호 오빠 차 탈게. 그러니까 넌 세영이 데리고 가."

갑자기 서늘해지는 공기에 수호가 흠흠, 헛기침을 했다. 분위기를 풀기 위해 뭐라도 말해야 했다. 적어도 행동의 이유라도 알고 싶어, 자리에서 벌떡 일어난 현태가 아리에게 성큼성큼 다가갔다.

"나 보고 이야기해."

"빨리 앉아. 밥 먹게."

"나 보고 이야기하라고."

화가 난 것 같은 현태의 목소리에 아리는 말을 잇지 않았다. 묵묵히 침묵을 지키던 그녀가 천천히 뒤를 돌았다. 평소와 다를 것 없는 모습에서 왜 이리 이질감이 느껴지는 걸까. 아리와 눈을 마주한 현태는 아무런 말도 할 수 없었다. 서늘한 그녀의 눈동자를 가만히 바라보고 있는 것밖엔.

"수호 오빠 차 타고 갈 거야."

부드럽게 달리는 차 안에서, 아리는 창밖을 바라보며 눈을 깜빡거리고 있었다. 어젯밤의 일이 자꾸 잊히지 않았다.

말소리가 들려서 눈을 떴다. 옆에 세영이 없어서 밖에 나갔나 싶어 문을 살짝 열어보니 현태와 세영이 끌어안고 있는 모습이 보였다. 뭐 하는 거냐 물어보려 했지만 아무런 말도 하지 못했다. 그런 걸 묻기엔 저와 현태의 사이는 그저 친구, 소꿉친구가 아니던가.

벌써 그런 사이가 된 걸까, 저에게 말을 해주지 않은 사실이 서운했다. 더불어 저를 위로하기 위해 찾아와놓고, 보란 듯 끌어안고 있었다는 사실이 아리를 더 복잡하게 만들었다. 물론 그녀를 복잡하게 한 건 끌어안고 있던 두 사람만이 아니었다.

"그래, 그렇게 해."

절대 보지 않기로 약속했지만 엉겁결에 그의 캔디를 보고 말았다. 미안하다 사과를 하는 게 맞는데, 눈에 보이는 캔디의 모습에 놀라 그만 할 말을 잊고 말았다. 현태의 캔디는 검붉게 물들어 있었다. 군데군데 금이 가는 바람에 조각조각 떨어져 나가기도 했다. 왜 그런 캔디를 갖고 있냐 묻고 싶었는데, 수호와 세영의 앞에서 차마 물어볼 수 없었다.

"아리야."

수호의 부름에 놀란 아리가 고개를 돌렸다.

"몇 번이나 불렀는데, 못 들었어?"

운전하던 수호의 말에 아리가 아차 싶어 헤헤, 웃어 보였다.

"죄송해요. 뭐 좀 생각하느라."

"몸이 안 좋은 건 아니지?"

"아니에요. 어제 오빠 덕분에 푹 자서 괜찮아졌어요."

"그럼 다행이고."

수호의 짧은 답에 아리가 싱긋 웃어 보였다. 수호와의 시간이 어색하지 않은 건 아마 이 때문일 것이다. 그는 집요하게 무언가 물어보지 않았고, 그녀가 대답하지 않는 문제에 대해 끝까지 캐내지 않았다. 대답을 하지 않는 건 그만한 이유가 있을 것이라 생각하고 더 묻지 않는 사람이라 대하는 데에 어려움이 없다. 항상 적당한 선을 긋고 이상을 넘어오지 않으려 노력한다. 제가 아는 수호는 그런 사람이었다.

"그런데 왜 불렀어요, 오빠?"

아리의 물음에 수호가 난감한 듯 웃었다.

"그, 반품 싸는 거 있잖아."

"아, 네."

고개를 끄덕이는 아리의 눈이 동그래졌다. 그 모습이 얼마나 예쁘던지, 수호는 그녀를 바로 마주할 수 없었다. 내심 운전하고 있음을 감사히 여겼다. 앞을 똑바로 봐야 한다는 핑계로라도 눈을 마주하지 않아도 되니까. 운전대를 잡고 있던 손에 괜히 땀이 나기 시작했다. 언제부터 이렇게 아리를 의식하게 된 건지.

"아침 일찍 본사에서 연락이 왔는데, 내일 아침에 차를 보낸다네. 오늘 급하게 해야 할 것 같은데. 괜찮아?"

생각보다 별거 아닌 이야기였다. 아리는 흔쾌히 고개를 끄덕였다.

"그럼요. 괜찮아요. 제가 도와드리겠다고 했잖아요. 당연히 해야죠."

"고마워. 사실 앞이 캄캄했거든. 너무 갑작스러워서. 우리 본사가 좀 그래."

"유정 씨한테 들어서 알아요. 조금 유난스럽다고."

맞아, 유난스러워. 수호의 맞장구에 아리가 소리 내어 웃음을 터뜨렸다. 현태의 미묘한 캔디가 자꾸 머리를 떠나지 않았지만, 굳이 신경 쓰지 않기로 했다. 괜찮겠지. 괜찮을 거야. 스스로에게 몇 번이나 같은 말을 던지며 수호와 웃음꽃을 만개했다.

같은 시간. 현태는 세영을 태우고 백화점으로 향하고 있었다. 어젯밤 모두 끝내기로 해놓고 이렇게 한 차에 타고 있자니 어색하기 짝이 없었다.

하지만 그 와중에도 현태의 머릿속은 아리의 생각으로 가득했다. 아리의 표정이 잊히지 않았다. 차라리 화가 잔뜩 난 표정이라든가, 심통이 나 있었다면 금세 알아차릴 수 있었을 것이다. 그리고 이유를 생각했겠지. 아리가 왜 저렇게 화가 나고, 심통이 나 있을까.

그러나 아리는 화가 난 게 아니었다. 퉁퉁 부어 있는 입이라든가,

붉게 달아오른 눈가와 그 아래쪽이 영 이상했다. 곧 눈물을 터뜨릴 것처럼 불그스름해진 눈꼬리에 숨이 턱 막혔다. 아리를 울릴 정도로 제가 뭘 잘못했나 짚어 보았지만, 딱히 생각나는 게 없었다.

생각하면 할수록 아리의 표정이 영 마음에 걸렸다. 언제였던가, 한번 크게 싸운 날 말실수를 한 저 때문에 아리가 울었던 적이 있었다. 그때 짓던 그 표정이었다. 잔뜩 상처를 받았지만, 차마 말을 하지 못하던 그때의 표정.

곱씹으면 곱씹을수록 마음에 걸렸다.

말을 잇지 못하며 제 가슴팍을 쳐다보던 시선도 자꾸 떠올랐다. 무얼 봤을까. 제 캔디를 본 것이 분명한데, 어떤 모양, 어떤 색이었을까. 연달아 고민을 잇느라, 차안의 공기가 답답해지는 것도 알지 못했다. 백화점에 도착할 때까지 현태의 머릿속은 아리로 가득했다. 주차장에 차를 세우고 현태와 세영이 내렸을 때, 휘익! 휘파람 소리가 들렸다.

"그림 좋다!"

평소 현태와 절친하게 지내는 신사복 매장의 직원들이었다.

"하지 마."

현태의 말에도 불구하고 그들은 휘익! 또다시 휘파람을 불었다.

"잘 어울리네!"

"선남선녀가 따로 없네!"

몇은 크게 소리를 질렀고, 또 몇은 두 사람에게 하트를 날렸다. 그만하라 소리라도 지르려던 찰나, 쾅! 문을 닫는 소리가 들렸다. 왜 불안한 느낌은 피해가지 않는 걸까. 뒤를 돌아보니, 아리와 수호가 서 있었다. 아리의 시선은 멀어지는 신사복 매장 직원들과 현태를 번갈아 보고 있었다.

"저 갈게요, 오빠."

세영이 허리를 곧게 펴고 현태에게 인사를 건넸다. 퉁퉁 부어 붉어진 눈이 이제야 보였다. 아침부터 지금까지 보이지 않던 것이 이제야 눈에 들어왔다.

"그래도, 혹시나 하는 기대는 있었어요."

현태는 할 말이 없어 입을 꾹 다물었다. 그리고 저에게 내민 세영의 손을 내려다보았다.

"그런데 그건 정말 헛된 기대였어요. 제가 너무 제 감정만 앞세웠나 봐요."

현태는 대답 대신 세영의 손을 잡아주었다. 단단한 손바닥에 닿는 세영의 손이 제법 부드럽다. 마지막은 웃는 얼굴로 남고 싶어 애써 미소를 지었다.

"잘 지내."

결국 전할 수 있는 말은 잘 지내란 세 글자뿐. 좋은 사람을 만나라는 말도, 행복해지라는 말도 하고 싶지 않았다. 끝까지 좋은 사람일 필요는 없다. 그녀에게 좋은 추억만 남겨봤자 곱씹을수록 후회나 아픔만 남을 것이라면.

"진짜 오빠답네요."

세영 역시도 그의 의도를 알아챈 건지, 힘없이 웃었다. 바닥을 향하던 눈이 파르르 떨렸다. 길게 뻗은 속눈썹이 몇 번 닫혔다 열렸다를 반복했다. 다시 고개를 들어 현태와 눈을 마주한 세영이 그 어느 때보다도 더 활짝 웃었다.

이제껏 현태가 보아온 것보다 몇 배는 더 예쁜 미소였다.

"진짜 오빠가 후회할 만큼 멋진 사람이 될 거니까, 나중에 땅 치고 후회하지 말아요."

그 말을 남긴 채, 세영은 현태의 손을 놓았다. 그리고 씩씩하게 직원용 복도를 향해 걸음을 옮겼다.

아리와 수호는 놀란 마음에 두 사람을 빠르게 번갈아 보았다. 멀어지는 세영을 보다, 꼿꼿이 서 있는 현태를 보았다. 무슨 말인지 묻고 싶었지만, 수호도, 아리도 묻고 싶은 마음은 굴뚝같았지만 어쩐지 물어보아선 안 될 것 같았다.

쉽게 말을 해도 되는 문제였다면 지금쯤 설명하느라 바빴겠지.

아리와 수호의 시선을 느낀 현태가 뒤를 힐끗 돌았다. 굳이 세영을 보내고, 세영이 저를 찼다는 진부한 이야기를 줄줄 늘어놓을 필요는 없었다. 세영이 가야 하는 길에 괜한 이야기를 깔아 제 존재를 부각시키고 싶지도 않았다.

"빨리 들어가."

결국 구구절절 이야기하는 것보다, 평소처럼 대하는 것을 선택했다. 그리고 문득 스쳐 가던 전날 아리의 모습에 걸음을 우뚝 멈추었다. 현태가 뒤를 돌아 아리를 바라보았다. 그리고 망설였다. 무슨 말이라도 전하고 싶은데, 아침나절의 표정이 머리를 떠나지 않았다.

"몸 안 좋으면, 효영이한테 말하고 휴게실에서 쉬어. 미련하게 버티지 말고."

왜 그런 표정을 지었어? 목 끝까지 차오르는 질문을 집어삼키는 것이 여간 힘든 게 아니었다. 아리는 대답하지 않았지만 그것으로 대답은 되었다. 현태는 여전히 놀란 눈을 감추지 못하는 아리를 바라보다, 묵묵히 보안실로 걸음을 옮겼다.

하루가 어떻게 흘렀는지 알 수 없었다. 미친 듯이 들이닥치는 손님 때문에 제대로 쉴 수도 없었고, 본사에서 지시한 세일 덕분에 정신이 하나도 없는 하루를 보내야만 했다. 저녁 시간이 가까워지고 나서야 한숨 돌릴 수 있었다.

"언니, 가서 좀 쉬다 와요. 오늘 반품도 싸기로 했다면서요. 저녁도 제대로 못 먹었으니까 쉬고 와요."

효영의 말에 아리가 고개를 끄덕였다. 평소 같았다면 괜찮다며 효영의 제안을 거절했겠지만 오늘은 쉬어야 할 것 같았다.

"그래. 언니 좀 쉬고 올게. 너무 힘들다."

"걱정하지 말고, 다녀오세요."

막내 수미도 제법 적응이 된 건지, 효영을 따라 밝게 웃으며 아리의 등을 떠밀었다. 어서 가라 재촉하는 목소리에 아리 역시 미소를 흘렸다. 아이고, 앓는 소리를 하며 아리는 어깨를 콩콩 두드렸다. 피로가 가시지 않는 것이 생각보다 컨디션이 좋지 않았다.

아침 일찍 일어난 것까진 좋았는데. 아니, 애초에 새벽에 그 광경을 보았던 것부터 잘못되었는지도 모른다. 또 머리가 복잡해졌다. 몸이 아픈 것도 아닌데, 끙끙 앓는 소리가 새어 나왔다.

"아니, 신상품까지 같이 보내면 어쩌란 거예요. 오늘 반품 싸고 내일 신상품 보낸다고 했잖아요."

익숙한 목소리가 들렸다. 휴게실로 향하려던 아리가 옆쪽 창고를 슬쩍 바라보았다.

"어? 여기 우리 매장 창고인데."

수호네 매장 창고이기도 하지만. 아리가 살짝 열린 틈으로 안을 바라보았다. 혹시라도 전혀 관계없는 사람이 창고에 있으면 큰일이니까.

"아, 알았어. 알았어요. 알았으니까 우는소리 그만 해요."

목소리의 주인공은 수호였다. 관계없는 사람이 아니라 다행이었지만, 짜증을 삼키는 목소리가 영 심상치 않았다. 신경질적으로 전화를 끊는 수호의 아래를 살짝 내려다보니, 그가 말한 '신상품'이라는 박스가 여럿 놓여 있었다. 이대로 지나칠 수는 없었다. 애초에 융통성이 없는 본사 때문에 골 썩는 건 현장 사람들이니까. 그걸 배우러 왔다 하니, 돌파하는 법도 알려줘야지.

흠흠, 목을 가다듬은 아리가 문을 똑똑 두드렸다. 수호가 문 쪽을 바라보았고, 작은 틈새로 두 사람의 눈이 마주쳤다.

"들어가도 돼요?"

아리의 물음에 수호가 고개를 끄덕였다.

"신상품이에요?"

기다리기라도 했다는 듯, 수호의 짙은 한숨이 터져 나왔다. 아리는 금세 그의 마음을 이해할 수 있었다. 저도 몇 번이나 겪었던 혼란이었으니까.

"오늘 반품하라면서 신상품도 보내자면 어쩌자는 건지 모르겠다."

"괜찮아요. 신상품 정리는 쉬우니까 금방 할 거예요. 자, 어디 보자."

수북이 쌓인 박스를 훑던 아리가 걸음을 옮겼다. 어떤 걸 먼저 정리하면 좋을까 고민하다 [outer]라고 적힌 박스 앞에 쪼그려 앉았다.

"이것부터 해요. 제일 구분하기 쉽고, 제일 수량이 적거든요."

수호 역시 박스 앞에 쪼그려 앉았고, 아리는 커터 칼로 테이핑을 뜯었다. 평소처럼 했다고 생각했는데, 어지간히 몸이 좋지 않은 모양이었다. 커터 칼이 지나간 건 박스의 테이프와 그 위를 잡고 있던 제 손가락 끝이었다.

"아야!"

아리의 외침에 놀란 수호가 그녀의 손을 잡아끌었다.

"베였어?"

"네. 아, 괜찮아요. 깊게 베인 건 아니라서."

"이거 진짜 오래된 칼이란 말이야. 녹슬었어. 그리고 흙도 묻었고."

"물로 닦으면 돼요. 괜찮아요."

"미안. 조금만 참아."

네? 놀란 아리가 되물었지만, 수호는 아무런 말이 없었다. 아리가 손을 빼려던 순간이었다.

"오, 오빠!"

수호가 잽싸게 그녀의 손가락을 제 입에 가져갔다. 그리고 상처 부위를 입으로 물고 피를 쭉쭉 빨았다. 수호 입안의 체온 때문인지, 상처가 더욱 따끔거렸다. 하지만 민망함이 더욱 커서 그런지 아픔은 금세 잊을 수 있었다. 아리는 얼굴을 붉힌 채, 누군가 보면 어쩌나 싶어 괜히 주위를 둘러보았다.

몇 번인가 더 피를 쭉쭉 빨던 수호가 손에서 입을 뗐다. 입에 고인 피를 옆으로 퉤, 뱉고 다시 손가락을 입에 물었다. 그렇게 피를 빨아들이고 뱉기를 몇 번. 피가 멎는 게 보일 때가 되어서야 수호가 입을 뗐다. 하하, 어색하게 웃는 그의 얼굴이 붉게 달아올라 있었다. 자신이 해놓고 민망한 건 어쩔 수 없는 모양이었다.

"말했잖아. 녹슬고 흙이 묻어 있었다고. 혹시라도 그러니까 크게 덧날까 봐 걱정돼서. 미안해. 내가 너무 무례했다."

연신 사과를 하던 수호는 주머니에서 손수건을 꺼내 아리의 손가락을 감아주었다. 여전히 두 볼은 붉게 물든 상태였다.

"빨리 화장실 가서 손 씻어. 이건 내가 하고 있을게."

수호는 어떻게 하는지도 모르면서 자신이 하겠다고 말을 해버렸다. 빨리 가라 아리를 떠미는 그의 얼굴이 사과처럼 빨갛게 익어 있었다.

"으응. 고, 고마워요, 오빠."

답을 하는 아리 역시도 얼굴이 붉게 달아올랐다. 황급히 자리에서 일어나는 순간까지 아리는 수호를 쳐다보지도 못했다. 누가 볼세라 창고를 빠져나온 아리가 손수건이 칭칭 감긴 손가락을 내려다보았다. 다른 사람이었다면 더럽게 왜 그러냐 했겠지만, 그런 생각이 들지 않았다. 오히려 잔뜩 걱정이 앞선 그 표정만이 눈앞에 아른거렸다.

"미쳤나 봐."

아리가 손가락을 꼭 잡았다. 이도 저도 아닌 제 마음 때문에 하루도 소란스럽지 않은 날이 없다. 아휴, 한숨을 쉬던 아리가 잽싸게 화장실로 달려갔다. 빨리 손을 씻고, 휴게실로 직행할 생각이었다.

창고에 홀로 남은 수호는 커터 칼을 빤히 내려다보았다. 그리고 아리가 뜯어놓은 박스를 바라보다 방금 전 상황을 떠올렸다. 정말 자기도 모르게 한 행동이었다. 손수건으로 감싸고 의무실로 가라 할 수도 있는데, 대체 왜 그랬을까.

스스로에게 몇 번이고 물어보았지만, 답은 나오지 않았다. 두 손으로 감싸 쥔 얼굴에서 맥박이 뛰고 있었다. 쿵쿵. 쿵쿵. 심장이 터질 것처럼 얼굴도 함께 터질 것 같았다. 꽤 오래 그러고 있다가 추스르고 일어나 신상품 정리를 했지만, 뛰는 가슴은 멈출 생각을 하지 않았다.

〈매니저님, 헬프!〉

송주에게 온 문자가 아니었다면 몇 시간이고 창고에 머물러 있었을지도 모른다. 수호는 대충 정리를 끝낸 후 화장실로 가 손을 씻었다. 헝클어진 머리를 정리하고, 옷매무새까지 다듬고 나서야 매장으로 향했다. 직원용 문을 열고 밖으로 나갔을 때, 수호는 멍하니 그 자리에 멈춰 섰다.

"응, 자기야. 지금 선물 사서 들어가는 길이야. 이따 봐."

지나가는 남자의 가슴에 빨간 돌덩이가 보였다. 얼마나 그 색이 진한지 순간 그가 목걸이를 하고 있나 싶을 정도였다.

"아, 왜! 사준다고 했잖아! 엄마가 먼저 약속했잖아!"

새로 옷을 사달라 조르는 한 남학생의 가슴에는 쩍쩍 금이 간 파란 돌덩이가 빛나고 있었다. 그것은 학생의 앞에 있는 엄마 역시도 마찬가지였다.

"이게 뭐야."

수호가 눈을 마구 비벼댔다. 몇 번이나 눈을 감았다가 떠보아도 제 앞에 펼쳐진 기이한 세계는 변하지 않았다. 지나다니는 사람들의 가슴에 색색의 돌덩이가 있었다. 반짝반짝 빛나는 사람도 있었고, 잘게 부서져 가루가 된 사람도 있었다.

아, 짧은 탄식이 새어 나왔다. 대체 왜 이런 게 보이는 걸까. 이젠 무섭게 느껴지기까지 했다.

"매니저님! 빨리요!"

송주의 급한 부름이 있어 겨우 걸음을 옮길 수 있었지만, 여전히 수호의 시선은 사람들에게서 떠나지 않았다. 모양도, 색깔도 가지각색으로 빛나는 돌덩이에 넋이 빠져 고객 응대를 어떻게 했는지도 모를 정도로 시간이 빠르게 지났다.

한꺼번에 몰려온 고객이 우르르 빠져나가고, 겨우 휴식을 할 수 있을 때였다.

"송주야."

"네?"

기진맥진한 송주의 대답에 수호가 침을 꿀꺽 삼켰다. 그리고 주변을 휘 둘러보았다. 이걸 뭐라고 말해야 할까. 저 돌덩이가 보이냐 물어봐야 할까? 그게 아니라면, 사람의 마음을 들여다본 적이 있냐 물어야 할까.

"왜요?"

이름을 불러놓고 아무 말이 없자 답답해진 송주가 다시 물었다. 하지만 수호는 여전히 말을 하지 못했다. 어떻게 하면 좋을까 고민하던 찰나, 직원용 통로의 문이 열리고 닫히는 소리가 들렸다.

"언니, 잘 쉬었어요?"

아리가 돌아왔다. 순간 아리라면 무언가 알 수 있을 것 같다는 생각이 들었다. 조금 전. 그러니까 창고에 있다 나오면서 이런 일이 벌어진 거니까. 그녀에게 물어봐야겠다 싶어 고개를 돌렸을 때, 수호는 또 자리에 꽁꽁 얼어붙고 말았다.

"응. 덕분에 잘 쉬었어. 안 바빴어? 한참 고객 많을 시간인데."

효영과 이야기를 나누는 아리의 캔디는 보이지 않았다.

"괜찮아요. 뭐 한두 번인가. 저도 이제 내공 좀 쌓였거든요?"

어깨를 으쓱거리며 대답하는 효영에겐 분명 반짝반짝 빛나는 무지개색 돌덩이가 보이는데 말이다. 몇 번인가 눈을 씻고 쳐다보아도 아리에게는 그 돌덩이가 보이지 않았다.

"매니저님, 왜 그러세요?"

이상 행동을 보이는 그가 걱정이 된 건지, 송주가 다가와 물었다. 하지만 수호는 아무런 말도 할 수 없었다. 아리에게는 돌덩이가 보이지 않고, 다른 사람의 돌덩이는 보인다 말을 할 수 없으니까. 아니, 애초에 지금 저의 증세를 말할 수 있는 대상은 적어도 송주는 아니었다. 이런 증세가 나타나기 전 자신과 함께 있었던 아리, 한 사람뿐이었다.

"송주야, 나 잠깐만."

결국 그가 선택한 건, 아리에게 직접 물어보는 방향이었다. 종종걸음으로 그녀에게 다가간 수호가 아리의 어깨를 톡톡 두드렸다.

"저기, 한 매니저님."

갑작스러운 존대에 놀란 아리가 깜짝 놀라 뒤를 돌았다. 방금 전 그 일 때문인지 수호를 바라보는 얼굴에 긴장이 역력했다.
"아, 네?"
"저기, 잠깐 이야기 좀."
수호의 얼굴이 하얗게 질려 있던 탓에, 아리는 영문도 모른 채 고개를 끄덕여야 했다. 창고에서 있던 일을 까맣게 잊을 정도로 수호의 얼굴은 창백했다. 아리와 수호는 매장에서 멀리 떨어진, 직원용 통로로 가는 구석진 곳으로 향했다. 아리를 구석으로 밀어 넣은 수호는 한숨을 내쉬고 마른세수를 몇 번이나 반복했다. 하얗게 질린 얼굴, 파들파들 떨리는 입술. 평소 차분하던 수호와는 전혀 다른 모습이었다.
"오빠, 왜 그래요? 갑자기 존댓말을 쓰고……."
수호는 혼란스러웠다. 이걸 어떻게 이야기하고 설명해야 할까. 아니, 것보다 아리가 믿어주기나 할까? 이 말도 안 되고 어이없는 상황에 웃지나 않으면 다행인데. 고민에 고민을 이어가던 수호가 괴로운 듯 미간을 좁혔다. 그런 수호를 빤히 쳐다보던 아리가 제 손가락을 맞잡으며 웃었다.
"저, 오빠. 창고에서 있었던 일이요. 괜찮아요. 오히려 고마운걸요. 그러니까 너무 신경 쓰지 마세요. 네?"
하지만 아리의 말에도 수호는 꼼짝하지 않았다. 그래서 더욱 이상했다. 정말 자신이 생각한 것처럼 베인 손가락의 피를 빨아 뱉어준 것 때문에 이러는 거라면 조금 과하다는 생각이 들었다.
수호가 눈을 꽉 감았다가 뜨기를 몇 번. 아리가 괜찮다며 어깨를 토닥이자, 그가 천천히 입을 열었다.
"아리야. 지금 내 말이 되게 이상하게 들릴지도 몰라."
아까는 존댓말을 쓰더니 이제 다시 되돌아왔다. 하지만 하얗게 질린 얼굴이나, 눈에 띄게 떨리는 눈꺼풀은 변하지 않았다. 잔뜩 긴장한 수호의 모습에 덩달아 긴장을 한 아리가 빠르게 고개를 끄덕였다.

"괜찮아요. 말씀하세요."

"있지."

아리는 여전히 그를 토닥여 주고 있었다. 괜찮아요, 말해봐요. 그를 어루만져주는 목소리가 퍽 다정했다.

"나…… 나 이상한 게 보여."

순간, 아리의 눈동자가 크게 흔들렸다. 머리를 한 대 얻어맞은 것처럼 어지러웠다. 아직 이야기는 다 듣지도 않았는데 가슴이 쿵쾅거리며 뛰고 있었다.

"그러니까 이게 되게…… 하, 모르겠다. 내가 무슨 말을 하고 있는지도 모르겠는데."

횡설수설하는 수호처럼 아리 역시 혼란스러운 머리를 정리하고 있었다. 이상한 게 보인다는 말에 왜 캔디를 생각했을까. 수호가 갑자기 그걸 볼 수 있을 리 없는데 말이다. 하지만 아예 근거가 없는 것도 아니고, 듣지 않았으니 모르는 상황이기에 배제하지 않기로 했다.

"뭐가 보이는데요?"

"돌덩이. 사람들 가슴 위로 돌덩이가 보여. 누구는 빨갛고, 누구는 파랗고. 또 누구는 까맣고. 금이 간 것도 있고, 조각이 난 것도 있어."

가슴이 쿵, 떨어지는 기분이었다. 수호가 던진 이야기는 생각보다 더 충격적인 말이었다. 캔디가 보인다니. 그것도 저처럼 아주 갑자기 시작된 증상이었다. 어릴 적, 혼란스러워하던 자신이 떠올랐다.

"그런데 아리 네 것은 안 보여."

그리고 또 한 번, 수호의 말에 아리의 눈동자가 크게 흔들렸다.

"언제부터 그러는데요?"

"창고에서 나온 뒤로. 그전에는 안 보였어."

혼란스러워하는 수호만큼이나 아리 역시도 머리가 복잡해졌다. 대체 왜 수호에게 캔디가 보이는 걸까. 그리고 왜 그는 자신의 캔디는 볼 수 있는 걸까. 제게 수호의 캔디가 보이지 않는 것과 연관이 있는 걸까. 하나의 고민은 여러 고민을 줄줄이 잡아 끌어왔다. 그러나 시간은 한정되어 있다. 이 자리에서 고민을 파헤치는 것도 무리였고, 구구절절 이야기를 듣는 것 또한 불가했다. 어찌 되었든 직장이었으니까. 한참 고민하던 그녀가 선택한 시간은 결국 일이 모두 끝난 뒤였다.

"오빠, 일단 퇴근하고 다시 이야기해요. 가서 이야기해요. 처음부터 차근차근 이야기해 드릴게요."

"뭘 이야기해?"

"그러니까, 지금 오빠가 보인다는 그거요. 그 능력, 아니 그 상황에 관해서 이야기할게요."

"아리 너는 이유를 알고 있다는 거야?"

수호의 물음에 아리가 입을 꾹 다물었다. 그리고 고개를 도리도리 저었다.

"이유는 몰라요. 다만 설명 정도는 할 수 있을 것 같아요. 그러니까 일단 퇴근까지 기다려요. 알았죠?"

아리의 말에 수호가 고개를 끄덕였다. 어쩐지 아리의 말이라면 따라야 할 것 같았다. 신빙성이 있는 말이란 생각이 들었다. 어쨌든 상황의 전후에는 제 곁에 아리만 존재했으니까.

알겠다는 그의 대답을 뒤로한 채, 두 사람은 통로를 벗어났다. 자신의 매장으로 돌아온 수호가 멍하니 지나는 사람들을 쳐다보았다. 형형색색으로 빛나는 돌들 덕에 눈이 돌아갈 것 같았다. 참다못한 수호가 핸드폰을 꺼냈다.

〈몸이 안 좋아서 반품이고 뭐고 못 합니다. 이번 주 안으로 보낼게요.〉

핸드폰을 카운터 위에 올려놓은 그가 다시 한 번 사람들을 쳐다보았다. 아이고, 앓는 소리가 났다. 어쩐지 눈이 두 배로 피곤해지는 기분이었다.

아리는 그런 수호를 빤히 쳐다보고 있었다. 혹 자신의 능력이 사라진 걸까 싶었지만, 캔디가 보이는 건 여전했다. 그렇담 제 능력이 옮은 것일 텐데. 왜 갑자기 옮아버린 걸까. 머리가 복잡했다. 왜, 라는 질문이 머리를 가득 에워싸서 이유는 도저히 떠오르지 않았다.

어쩌지, 고민에 고민을 이어가던 중 아리가 핸드폰을 꺼내 들었다. 몇 번이나 고민하다 결국 화면을 두드렸다.

〈현태야, 어떡해. 큰일 났어.〉

메시지를 보내고 얼마 지나지 않아 저쪽에서 쿵쿵! 뛰는 소리가 들렸다. 얼마나 큰 소린지, 지나는 고객들마저도 몇 번이나 뒤를 돌아볼 정도였다.

"한아리! 뭔데, 무슨 일인데!"

갑작스럽게 닥친 현태의 부름이 얼마나 컸는지, 효영과 수미도 깜짝 놀라 아리를 바라보았다. 무슨 일이 있었어요? 넌지시 묻는 효영에게 아리는 그저 웃어주는 것밖에 할 수 없었다. 지나가는 손님들도 깜짝 놀라 아리의 매장을 힐끗거렸다. 만약 아리가 뛰쳐나오지 않았더라면 현태는 여전히 큰 목소리로 그녀를 불렀을 게 분명했다. 아리는 현태의 한쪽 팔을 찰싹 내려쳤다.

"조, 조용히 해!"

현태는 당황했다. 무슨 일이 있다기에 허겁지겁 달려왔는데 아리는 멀쩡해 보였다. 딱히 큰 사고가 있던 것 같지도 않고, 난감한 일에 휘말려—문득 세영의 일이 떠올랐다.— 곤란한 상황에 부닥친 것도 아니고. 겉보기에 아주 멀쩡해 보이는 아리의 모습이 당황스럽기 짝이 없었다.

"뭐야. 큰일이라며. 무슨 일 난 거 아니었어?"

아리는 웃을 수도, 울 수도 없었다. 오늘은 그와 점심도 같이 먹지 않았고, 쉬는 시간도 같이 보내지 않았다. 심지어 아침에는 그렇게 냉정하게 그를 밀어내지 않았던가. 어색해질 것이 분명하다고 생각했는데 또 이렇게 가까워지다니. 지현태와 한아리, 좀처럼 종잡을 수 없는 사이라는 것에 웃음밖에 나오지 않았다.

"뭐야. 왜 웃어. 무슨 일인데."

하지만 그를 알 리 없는 현태는 아리의 손목을 꽉 잡고 걱정스레 물었다.

"목소리 좀 줄여."

"무슨 일이냐니까."

집요하게 묻는 현태의 모습에 아리가 미간을 좁혔다. 그리고 주변을 살피다 현태를 데리고 매장의 구석으로 향했다. 옷을 정리하는 척, 옷걸이를 매만지던 아리가 그를 힐끗거리며 말했다.

"큰일 났어."

"그러니까 왜 큰일이 났냐고."

답답했다. 이유는 말도 하지 않으면서 자꾸 큰일이 났단다. 차라리 속 시원하게 이유라도 말을 해주면 좋으련만.

"수호 오빠가……."

수호의 이름을 꺼내는 게 영 탐탁지 않았다. 고작 그와 관련된 일 때문에 저를 부른 건가 싶어 눈살이 찌푸려졌다. 툭 불거진 심술로 그녀를 죽 훑어 내렸을 때, 밴드가 붙은 손가락을 발견했다.

"야, 너 여기 손 왜 그래."

"이건 됐고. 괜찮아. 중요한 건 그게 아니라니까."

"다쳤으면서 뭐가 중요한 게 아니야. 이거보다 중요한 게 뭔데."

"수호 오빠가 캔디가 보인대."

왜 다쳤냐, 어쩌다 이랬냐. 이것저것 잔소리를 하려던 현태가 아리의 손을 꽉 잡은 채 그대로 꽁꽁 굳어버렸다. 그의 눈이 크게 요동쳤다.

"왜?"

던질 수 있는 질문은 그것뿐이었다. 오만 감정으로 마음이 복잡했다. 어릴 적, 아리가 자신에게 캔디를 보는 능력에 대해 고백했을 때 몇 번이고 하늘에 바랐던 적이 있었다. 제발 자신도 아리의 능력을 가질 수 있도록 해달라고 말이다. 그녀와 같은 능력을 갖춘 유일한 사람이 저라면, 조금 더 가까워질 것 같았다. 아니, 그렇게 확신했다. 그녀를 이해하는 사람이 오롯이 저 한 사람이길 바랐다.

하지만 하늘은 그의 기도를 이루어주지 않았다. 능력은커녕 캔디의 '캔'자도 느낄 수 없었다.

"저 사람, 캔디가 까맣게 물들어 있어. 어디 아픈 걸까?"

괜한 오지랖을 부리다 위험에 빠질 뻔한 적이 한두 번이 아니었다. 그럴 때마다 현태는 기도했다. 부디 저에게도 그 능력이 생기길. 아리가 홀로 위험한 것보다, 위험한 상황에서 자신이 지켜줄 수 있는 게 나을 것 같았다. 운동을 시작한 수많은 이유 중 하나도 그 때문이었다. 아리의 능력이 사라지지 않는다면, 제게 허락된 시간까지는 아리를 지키고 싶었다. 스스로 위험한 상황에 빠지는 걸 막을 수 없다면, 적어도 다치지 않도록 지켜주어야 한다고 생각했다.

그토록 간절하게 바라던 능력이 저에게는 찾아오지 않고, 수호에게 찾아왔단다. 이젠 하늘에 대한 배신감마저 밀려왔다.

"나도 모르지. 갑자기 보이기 시작했대."

아리만큼이나 현태 역시도 눈앞이 캄캄해졌다. 이걸 어떻게 받아들여야 할까. 아리와 마찬가지로 현태 역시 아침의 어색함은 잊어버린 지 오래였다.

"그럼 아리 너는 이제 캔디가 안 보이는 거야?"

그래서 또 다른 희망을 품어보았다. 아리에게서 능력이 사라졌다면, 차라리 그게 더 좋을 것 같았다. 수호야 어디서 오지랖을 부리든, 능력을 써먹든 제 알 바가 아니었다. 아리에게 능력이 없어져 그녀가 오지랖을 부리지 않는다면야 그만큼 좋은 일이 또 어디 있겠는가. 하지만 하늘은 언제나 간절히 바라는 걸 들어주지 않는다고 했다.

"보여. 나는 아직도 보여."

온 세상이 와르르 무너지고 암흑으로 뒤덮이는 기분이었다. 저와 아리의 유대 관계보다, 똑같이 캔디가 보이는 수호와의 유대 관계가 더 진하게 느껴졌다. 이런 일로 질투를 하면 안 된다는 건 잘 알고 있었다. 더더군다나 아리에게 있어선 중요한 일이나 다름없었으니까. 하지만 속이 부글부글 끓는 건 멈출 수 없었다. 하늘에라도 올라가 하나님의 멱살을 잡고 묻고 싶었다. 왜 수호에게는 능력을 주고, 저에게는 능력을 주지 않냐고 말이다. 어째서 수호에게 허락된 일이 저에게는 허락되지 않았는지, 왜 이런 차별을 두냐고 따지고 싶었다.

"그래서 회사 끝나고 우리 집으로 가자고 했어."

"왜 너희 집으로 가?"

"그럼 어떡해. 어딜 가서 이런 이야기를 해야 하는지 떠오르지 않는걸."

부글부글 끓는 속도, 유치하기 짝이 없는 제 질투도, 잔뜩 울상이 된 아리의 얼굴을 보니 단번에 씻겨 내려갔다. 하, 큰 한숨이 새어 나왔다. 현태는 바꿔 생각하기로 했다. 이런 중대한 일이 터졌을 때, 아리에게 저는 기댈 수 있는 사람이라고. 아직은 아리가 가장 신뢰할 수 있는 사람이라고. 그런 생각을 하니 끓는 속이 제법 많이 가라앉았다.

"그럼 나도 가."

"당연하지. 그래서 너 부른 거야. 같이 가자고."

현태는 씰룩거리는 입꼬리를 감추기 위해 무던히도 노력해야 했다. 얼굴에 잔뜩 힘을 준 채 흠흠, 헛기침을 뱉었다. 묘한 성취감에 승리감, 더불어 쾌감까지 밀려왔다.

"다 끝나고 강 매니저 데리고 보안실 앞으로 와. 나 내일 월례조회 준비해야 해서, 한 십 분쯤 늦게 나올 거야."

"응. 알았어."

조금 전보다 진정된 아리의 모습에 현태가 만족하다는 듯 미소를 지었다. 다행이다. 아무렇지 않게 다시 이야기할 수 있어서. 차마 던지지 못하는 이야기가 입안에 맴돌았다.

"자, 이제 아무렇지 않은 척 일해. 효영이랑 수미도 놀랐잖아."

현태의 말에 뒤를 슬쩍 돌아본 아리가 아차 싶어 어색하게 웃었다.

"미안해. 너희 매니저가 좀 덜렁거리잖아. 그래서 내가 좀 놀랐다. 미안."

적당히 둘러대는 현태 덕에 상황은 자연스럽게 넘어갔다. 하지만 효영의 잔소리는 넘지 못했다. 그럴 줄 알았다며 타박을 하던 효영은 제발 푹 쉬어 달라는 말을 끝으로 굵고 짧은 잔소리를 끝냈다.

현태는 아리에게 힘내란 말을 전하며 뒤를 돌았다. 그리고 저와 아리를 빤히 쳐다보는 수호에게로 걸음을 옮겼다. 현태를 보던 수호는 미간을 찌푸리다 점점 눈을 크게 뜨더니, 이번엔 의아하다는 표정을 지었다.

"뭡니까?"

저를 보면서 짓는 이상한 표정에 현태는 괜히 기분이 나빠졌다.

"지현태 씨, 다시 한 매니저 쪽에 가봐요."

"무슨 소리를 하는 건지."

얼이 빠지는 소리를 한다며 고개를 젓는 현태의 반응에 수호가 고개를 갸웃거렸다. 그리고 송주의 눈치를 보며 그에게 가까이 다가왔다.

"이상해서 그러는 겁니다."

"뭐가요."

퉁명스럽게 답하는 현태의 물음에 수호가 몇 번이나 입을 달싹였다. 말을 하려다 꾹 닫기를 반복하다 이내 손사래를 쳤다.

"됐습니다. 말해도 모를 것 같고."

순간 현태는 그의 말에 울컥했다. 집에 갈 때까지 참으려 했던 무언가 펑 터지고 말았다.

"뭐 보이고 그런 것 때문입니까?"

현태의 물음에 놀란 수호의 눈이 휘둥그레졌다. 그리고 다시 한 번 주위를 휘 둘러보다 현태에게 더욱 가까이 붙었다.

"왜 갑자기 이렇게 붙습니까."

저리 가세요. 현태는 수호를 밀어내려 해보았지만, 그는 쉽게 밀리지 않았다. 현태만큼이나 큰 신장을 가진 탓이었다. 수호와 저를 힐끗거리며 웃는 사람들의 시선이 영 불편했다.

"이보세요, 강 매니저님."

"어떻게 알았습니까? 뭐가 보이고 그러는 거, 한 매니저가 말해줬어요?"

놀란 듯, 혹은 당황한 듯 묻는 수호의 모습에 오래전 아리의 모습이 떠올랐다. 너는 보이지 않는 게 왜 나는 보이느냐고 엉엉 울었었다.

제법 힘들어했던 아리를 떠올린 현태가 입술에 꾹 힘을 주었다. 그 역시 아직 적응을 못 해 불안할지도 모르지.

"여기서 설명하기엔 좀 그렇고. 어쨌든 나도 알고 있는 능력입니다. 보이지는 않지만."

현태의 대답에 수호가 아, 작게 대답을 뱉었다. 그리고 다시 현태를 바라보다 아리를 쳐다보았다.

"근데 왜 아리한테 다시 가보라 했습니까?"

"지 팀장 돌덩어리가 참 묘하게 변해서요."

그때 현태는 심장이 덜컹거리는 것을 느꼈다. 아직 캔디의 색깔 변화가 무얼 뜻하는지 모르겠지? 그러길 바랐다. 아리가 제 캔디를 봐주길 바라면서도 보지 않았으면 하는 이유는 딱 하나였다. 제 마음이 그런 식으로 들키는 걸 원하지 않았다.

당당히 입으로 전하면 전했지, 그 능력으로 제 마음을 알아차리는 건 정말 싫었다. 그래서 아리에 대한 마음이 확실해졌을 때부터는, 제 캔디를 보지 말라 몇 번이나 말했다. 아리 역시 제 캔디를 보지 않으려 노력했다. 조절이 안 될 때는 어쩔 수 없었지만, 보지 않으려 노력한 날이 더 많았다.

그렇게 지켜온 제 마음을 수호에게 들키고 싶지 않았다. 다른 사람도 아니고 강 매니저, 강수호에게.

"묘하게 변해요?"

"한 매니저랑 있을 땐, 잘 익은 사과처럼 빨갛게 물들어 있었단 말이죠."

흠흠, 괜히 목이 칼칼해졌다. 아무렇지 않은 척 그를 쳐다보고 있었지만 혹 그에게 제 감정을 들키기라도 할까 두려웠다.

"그런데 나한테 걸어올수록 그 빨간색이 사라졌어요. 조금씩, 조금

씩 푸르게 빛을 내더니 이젠 꽁꽁 얼어 있는 얼음처럼 새파랗게 질려 있어요."

그 능력이라는 게 제법 정확하구나 싶었다. 수호에게 다가갈수록 아리에게 느꼈던 오만 감정이 서늘하게 얼어버렸으니 당연하겠지. 만약 수호를 보지 않았더라면 붉은 캔디 그대로였겠고. 하지만 그것을 굳이 말해줄 필요가 없다 느꼈기에, 현태는 어깨를 으쓱거렸다.

아니, 필요가 없는 게 아니다. 말을 해선 안 된다.

"이거 혹시……."

현태는 자기도 모르게 마른침을 꿀꺽 삼켰다. 아리가 다년간 학습해 알아낸 캔디의 종류와 그 이유를 단 몇 분 만에 알아낸 걸까 싶어 심장이 두근거렸다. 만약 수호가 제 캔디에 대해 알게 된다면 어떻게 입을 막아야 할까 걱정됐다. 입안으로 잔뜩 고이는 침을 몇 번이나 삼켰을 때, 제법 진지한 표정의 수호가 현태에게 말했다.

"지 팀장 감정 상태, 뭐 이런 겁니까? 한 매니저 앞에서는 친구라 편하니까 빨간색이고, 나는 불편하니까 파란색이고 뭐 그런 거요."

현태는 입술만 달싹였다. 어떻게 말을 해야 할까. 그렇다 해야 할까, 아니면 헛소리를 한다며 받아쳐야 할까. 고민하던 그가 최대한 표정을 가다듬었다. 당황하지도 말고, 휩쓸리지도 않아야 한다.

"괜한 추측으로 이러니저러니 판단하지 마십쇼. 안 보이는 사람은 그게 무슨 말인지 도통 모르니까 말입니다."

살짝 좁아진 미간이라던가, 딱딱해진 말투에서 현태의 기분이 온전히 드러났다. 그 때문일까. 수호는 금세 수긍하며 한 발자국 물러났다.

"알겠습니다. 미안해요. 괜한 걸 물어봤네요."

잘 잘라냈다고 생각은 했는데 막상 되짚어보니 불안했다. 수호가 괜히 아리에게 물어, 수습이 안 되는 일이 벌어지는 게 아닐까 두려웠다. 흠흠, 목을 두어 번 가다듬던 현태가 다시 수호를 바라보았다. 당황하지 않으려 애쓰는 것이 눈에 훤히 보이는 것도 모르고.

“어떻게 사람 마음이 계속 평안하고 좋을 수 있습니까. 뭐, 그게 정말 사람 마음이 보이는 능력이라면 그 변화까지도 보이겠죠.”

수호는 이해가 되는 듯, 혹은 이해가 되지 않는 듯 아리송한 표정을 지었다. 고개를 갸웃 기울이던 그가 팔짱을 낀 채 현태를 바라보았다.

“그러니까, 지 팀장 마음이 저 바로 옆 매장에서 여기에 오는데 그렇게 순식간에 뒤집혔단 말입니까?”

정말 끈질긴 남자다. 아, 그렇구나 하고 넘기면 될 것을 자신이 원하는 답을 얻을 때까지 물고 늘어질 예정인가 보다. 현태는 답답함을 꾹꾹 눌러 삼키며 마음을 가다듬었다. 차라리 화난 척하는 게 더 나을 것 같았다. 아무렇지 않은 척을 하는 것이 이렇게 힘들 줄이야.

“저기에 갔을 땐 한 매니저가 큰일 났다고 연락을 해서 많이 놀랐던 상태였습니다. 뭐, 들어보니 별것 아니었던지라 금세 가라앉았지만.”

알겠습니까? 현태의 대답에도 수호는 말이 없었다. 현태의 돌이 변화하던 과정을 골똘히 생각하다 흠, 짧게 고개를 끄덕였다. 그의 말대로 아리 때문에 깜짝 놀랐다가, 금세 마음이 진정된 것이라면 이야기가 충분히 성립됐다.

“네. 됐습니다. 처음부터 그렇게 말하면 좋았잖아요.”

수호의 말에 현태가 하, 코웃음을 쳤다. 그때 주머니 속 무전기가 지지직 울렸다.

[보안실. 보안실 메인입니다. 지 팀장님 응답 바랍니다.]

수호와 무전기를 번갈아 보던 현태가 쯧, 혀를 찼다. 빨리 답을 하라 가르친 건 자신이니 늦출 수 없다. 업무도 거의 다 끝나가는 시점에 저를 찾는 건, 문제 아닌 문제가 생겼기 때문이겠고.

"가보세요. 저도 이제 매장 정리 좀 해야 해서."

수호를 보러 온 것도 아닌데 저에게 오라 가라 하는 것이 영 마음에 들지 않았다. 눈을 길게 찢은 현태가 수호를 흘겨보며 걸음을 돌렸다.

"지하 1층. 지하 1층 지현태 팀장입니다. 보안실 메인 상황 보고하세요."

현태와 아리는 약속이라도 한 듯 눈인사를 주고받았다. 수호가 부럽다. 속으로 지나는 말이 생각보다 더 씁쓸한 퇴근 시간 무렵의 일이었다.

아리는 일이 끝나자마자 수호를 찾아왔다. 그리고 있는 힘껏 그의 손목을 붙잡았다.

"오빠, 사람들 나가기 전까지 절대 움직이면 안 돼요."

"왜? 그냥 지금 가면 안 돼?"

"안 돼요. 오늘은 운전도 하지 마요. 현태 차 타고 움직일 거예요."

수호는 아리가 시키는 건 무엇이든 그녀의 말을 따를 준비가 되어 있었다. 애초에 이 상황에 관해 가장 잘 알고 있는 유일한 사람이라 생각하고 있으니까. 하지만 지 팀장의 차를 타고 그와 함께 움직인다니, 그건 싫었다. 현태가 싫은 건 아니었지만 항상 아리와 연관되는 건 그다지 마음에 들지 않았다.

"지 팀장?"

고개를 끄덕인 아리가 퇴근을 하는 효영과 수미에게 인사를 하며 입을 열었다. 방금 전보다 더 작아진 목소리였다.

"처음엔 이 사람 저 사람 전부 보여서 힘들어요. 지금도 조금 어지럽지 않아요?"

아니라는 말은 할 수 없었다. 사실 돌이 눈에 보인 뒤부터 자꾸 머리가 어질어질하고 눈이 핑글핑글 도는 것이 영 느낌이 좋지 않았다. 형형색색의 돌이 여기저기서 사라지고 나타나는 걸 보는 건 생각보다 더 피곤한 일이었다.

"아리 너는 이걸 어떻게 잘 알고 있어?"

수호의 물음에 아리는 어색하게 웃었다. 그를 가만히 바라보는 아리의 눈동자가 옅게 떨리고 있었다. 어려우면 답을 하지 말라 말을 하려고 했는데, 그녀는 어느새 입을 달싹거리고 있었다.

"저도 보이거든요. 그거."

"이거? 그러니까 이 돌덩이?"

놀라 묻는 수호를 보며 아리는 고개를 끄덕였다. 네, 작은 목소리가 바닥으로 힘없이 툭 떨어졌다. 어색하게 미소를 짓던 아리가 수호의 손목을 놓았다. 허공에서 외로이 흔들리는 수호의 손을 지그시 쳐다보다, 고개를 들어 수호와 마주했다.

"매일 보는 건 아니에요. 이제는 눈에 조금 익숙해지기도 하고, 마음만 먹으면 보지 않을 수도 있거든요."

"보지 않는다고? 그럼 지금도 볼 수 없어?"

"아니요, 그렇다고 아예 안 보고 사는 건 아니에요. 아예 보이지 않는 건 안 되나 봐요."

수호는 언제까지 이 능력을 달고 살아야 하는 것이냐 물으려다, 차마 묻지 못한 채 그녀의 말에 고개를 끄덕였다. 힘없는 아리의 목소리가 그의 곁을 빙빙 맴돌고 있었다. 우뚝 멈추어 흐르지 않는 것 같은 시간을 보냈을 때, 그들의 앞으로 현태의 차가 멈추어 섰다.

"가요, 오빠."

아리는 수호의 등을 떠밀었다. 혹 누군가 보이기라도 할까 조바심을 내며 주변을 둘러보았다. 수호를 뒷좌석에 밀어 넣고, 저 역시 그 옆에 올라탔다.

"왜 뒤에 타?"

당연히 아리가 조수석에 앉을 거라고 생각한 현태는 뒷좌석으로 오르는 그녀를 보고 심통을 냈다. 어린아이 같다는 걸 알면서도 어쩔 수 없다.

"너도 알잖아. 이거 처음엔 엄청 힘들다는 거."

아니, 나는 몰라. 현태는 터져 나오려는 말을 꾹꾹 눌러 삼켜야 했다. 괜히 그런 말을 했다가 외톨이가 될 상황이라는 걸 잘 알고 있기 때문이었다. 줄줄이 이어지는 불만을 눌러 삼키는 게 여간 힘든 일이 아니다.

"그래."

짧게 대답을 던진 그가 안전벨트를 맸다.

"고맙습니다, 지 팀장님."

수호의 말에 현태가 힐끗 백미러로 뒤를 보았다. 그리고 나란히 앉은 수호와 아리의 모습에 쓴 침을 삼켜야 했다. 다정해 보이는 건 아니었지만, 나름대로의 연결고리는 분명 존재해 보였다. 어쩌면 십여 년 이상의 시간, 함께 지내고 자란 추억을 훨씬 뛰어넘는.

그와 그녀에게만 존재하는 능력이라는 연결고리가.

"뭘요."

그토록 원하던 자신에게는 오지 않고 결국 애먼 사람에게 향한 그 능력에 질투가 차올랐다. 현태는 숨을 삼키고, 또 삼키며 핸들 위에 손을 얹었다. 부드럽게 출발하는 자동차의 엔진 소리에 복잡 미묘한 마음을 살짝 얹어놓았다.

수호와 아리는 앞좌석의 현태를 빤히 쳐다보았다. 현태는 그게 불편했다. 저는 보이지 않는 제 마음을 그들이 샅샅이 뒤져 보고 있는 것 같은 기분이 썩 좋지만은 않았다. 숨을 들이마시고 내뱉는 소리가 적나라하게 차 안으로 번졌다.

"지금 내 마음에 뭐 보여?"

아리를 향해 묻자 아리는 고개를 도리도리 저었다. 보이면서 보이지 않는다 말하는 걸까. 정말 보지 않으려 노력하는 걸까. 이젠 당연했던 그 믿음마저 희미해지는 것이 우습다.

"아니, 안 보여."

"강 매니저님은 보이십니까?"

현태의 물음에 수호가 깜짝 놀라 어깨를 움찔거렸다. 그는 아리와 현태의 눈치를 보는가 싶더니 머리를 긁적거리며 어색하게 웃었다.

"네. 보입니다."

"검은색인가요?"

수호는 고개를 갸웃했다. 아까는 색깔에 의미가 없다더니, 이젠 그 색에 의미가 있는 듯 말한다. 묻고 싶은 게 많았지만 어련히 아리가 다 말을 해주지 않을까 싶어 입을 다물었다. 수호는 고개를 도리도리 저었다.

"아니요, 검은색은 아닙니다."

"그래요. 다행이네요."

낮게 읊조리는 목소리는 쓸쓸했다. 가을밤의 낙엽처럼, 겨울밤의 실바람처럼. 하지만 그것을 알아챈 건 수호뿐이었다.

반대편에서 달려오는 차가 내뿜는 라이트에 드러난 현태의 얼굴이 백미러를 통해 비쳤다. 비록 눈동자뿐이더라도 수호는 현태의 눈빛을 단번에 읽을 수 있었다. 그러다 가만히 숨을 내쉬며 창밖을 바라보았다. 옆에서 아리가 너무 피곤해지니 눈을 감고 있으라 했지만, 듣지 않았다.

이상했다. 어제까지 수호의 밤은 아무 색이 없는, 캄캄한 어둠뿐이었다. 손을 뻗어 헤집는다 해서 무언가 잡히리라는 생각이 들지 않는. 그런 어둠뿐인 세상. 간혹 가로등 불빛이 비치기도 했지만 그것은 무색이었다. 하지만 지금 수호의 세상은 오색으로 빛나고 있었다. 빨간색, 노란색, 초록색, 파란색과 보라색. 갖가지 색이 넘치는 세상에 살아 있다.

"오빠, 괜찮아요?"

멍하니 창문 밖을 보는 수호가 걱정이 되어 아리가 다시 한 번 물었다. 하지만 수호는 괜찮다는 듯 고개를 도리도리 저었다. 수호의 기다란 손가락이 창문에 닿았다. 손끝의 열기와 바깥의 냉기가 맞닿아 창문에 하얀 김이 서렸다.

"괜찮아."

그의 목소리는 차분했다. 창밖으로 보이는 수많은 색들에 그의 눈이 신기함으로 반짝반짝 빛나고 있었다.

현태의 차는 어느덧 아리의 집 앞에 도착했다. 차에서 내린 아리가 풋, 웃음을 터뜨렸다.

"진짜 알 수가 없네."

"뭐가?"

"왜?"

두 남자는 아리의 말에 즉답하며 눈을 크게 떴다. 그에 어깨를 으쓱인 그녀가 가방을 꼭 쥐었다.

"그냥. 이것저것."

작년 이맘때 즈음에는 끙끙 앓아누웠었다. 얼마나 심했냐 하면 현태의 부모님까지 출동해 응급실까지 갔었더란다. 그리고 그때 아리는 펑펑 울었었다. 몇 년 치 눈물을 작년에 다 쏟았다고 해도 과언이 아니었다. 엄마, 엄마. 돌아오지 않는 이름을 부르며 아파했다.

가깝게는 이틀 전까지 고독을 한껏 삼켜내야 했다. 홀로 어둠에 앉아 밤의 별님들을 세어가며 시간이 어서 지나가길, 제발 다음 달이 빨리 찾아오길 바랐었는데.

"가자, 빨리."

지금은 달랐다. 소란스럽지만 혼자가 아닌 지금이 행복하고 즐거웠다. 비록 내일은 또다시 이 소소한 행복이 허전함으로 바뀌겠지만.

아리의 채근에 두 남자는 고개를 갸웃거리며 계단을 올랐다. 뭐가 저렇게 신이 나는 건지, 저들끼리 쳐다보다 어깨를 으쓱거리기도 했다. 두 남자는 아리의 집에 들어와 쭈뼛거리며 상황을 살폈다. 수호는 여전히 현태의 눈치를 보았고, 현태는 여전히 수호를 경계했다.

"자, 그럼 이제 정리 좀 해보자."

곧 음료와 함께 노트 한 권을 가져온 아리가 두 남자의 앞에 앉았다. 현태가 바로 옆에 있는 탁자를 끌고 와 음료를 올려놓았다. 아리는 현태에게 고맙다는 말 대신 웃음을 보였고, 현태 역시 마찬가지였다. 오랜 기간 쌓아온 둘만의 신호 아닌 신호였다.

"무슨 공책까지 가져와?"

"에이, 그래도. 정확히 알려면 설명할 게 좀 많아."

안 그래? 하고 웃는 얼굴에 현태가 피식 미소를 지었다. 그렇게 공부를 했으면, 중얼거리는 목소리에 아리가 입술을 삐죽 내밀었다.

"오빠, 그럼 언제부터 갑자기 보이기 시작한 거예요?"

아리의 질문에 수호는 음료수를 마시다가 입에 머금은 음료수만 빠르게 목으로 넘겼다.

“그거, 그러니까. 아리 네가 창고 나간 뒤에, 나도 한 시간 뒤엔가 송주 헬프 받고 나갔거든. 그때부터 보이기 시작했어.”

“그전엔 안 보였고요?”

“응. 창고 들어가기 전까지는 괜찮았어.”

아아, 고개를 끄덕인 아리가 볼펜의 끝으로 제 턱을 톡톡 두드렸다.

“그 사이에 무슨 일 있었던 거 아냐?”

순간, 동시에 아리와 수호가 그를 쳐다보았다. 두 사람의 시선을 받은 현태는 어쩐지 불안해졌다. 그냥 뱉은 말이었다. 혹시나 하는 마음은 있었지만 그럼에도 별일이야 있을까 싶어서 그냥 한 말이었는데.

저 반응은 무얼까.

“두 사람, 뭐야?”

아리는 눈을 크게 떴고, 수호는 음료수를 벌컥벌컥 들이마셨다. 흠흠, 흠흠. 연달아 터지는 헛기침에 두 사람 모두 얼굴이 발갛게 달아올랐다.

“그 반응 되게 이상하네.”

하, 헛웃음을 친 현태의 미간에 작은 실핏줄이 불거졌다. 창고, 단둘. 이것만으로도 사실 굉장히 미묘한 느낌인데. 그 사이에 무언가 벌어졌다, 라는 가설이 붙다니. 듣기만 해도 불쾌했다. 다른 사람도 아닌 강수호와 한아리가.

하지만 아리와 수호가 현태의 마음을 알 리 없는 법. 그들은 나름대로 현태의 답을 회피하기 위해 노력했다. 아리는 공책에 마구 낙서를 했고, 수호는 방이 덥네, 답답하네, 하며 옷을 펄럭였다.

“그냥 말하지?”

그러니 더 기분이 나빴다. 말을 할 수 없을 정도로 부끄러운 무언가라니. 속이 부글부글 끓었다.

"그냥 말하라고, 한아리."

화살은 아리에게 향했다. 사실 아리를 추궁하고 싶지 않았다. 될 수 있다면 수호에게 무슨 짓을 한 것이냐 득득 볶을 수 있다면 좋을 텐데.

"한아리."

현태의 부름에 천천히 고개를 들어 올린 아리가 히죽 웃었다. 대답을 않겠다는 뜻이었다.

"그럼, 강 매니저님?"

목소리에 힘이 들어갔다. 수호를 바라보는 현태의 눈빛은 아리를 바라보던 눈빛과 전혀 달랐다. 옷을 펄럭이던 수호가 흠흠, 목을 가다듬었다. 현태의 눈빛을 어떻게든 피하려 눈을 굴렸지만 여간 쉽지 않았다.

"아무 일도 없었어. 그냥 조금……."

"조금?"

현태의 목소리가 날카로워졌다. 아리와 수호를 번갈아 쳐다보는 눈빛에도 날이 섰다.

"강 매니저님이 조금 도와주셨어."

"뭘 도와줬는데?"

"너는 왜 그렇게 예민하게 굴어? 아무 일도 없었다니까!"

아리의 말에 현태는 이마가 바짝 당기는 기분이 들었다. 무슨 일이 있었는지, 어째서 저에게 말을 못하는지 설명이라도 해준다면 이렇게 조급하고 예민하게 굴지 않을 텐데. 싫었다. 아리가 저 모르는 비밀을 만들었다는 것도, 자신이 갖지 못한 능력을 수호가 가졌다는 것도. 그래서 홀로 동떨어진 기분을 느껴야 하는 이 자체로도 견딜 수 없이 싫었다.

"아무 일도 없었다면서 왜 말을 못 하는데."

끈질기고 못나 보이는 사람이 되더라도 듣고 싶었다. 둘 사이에 무슨 일이 있어서 이렇게 말도 제대로 하지 못하는 건지. 집착이 강한 또 다른 제 모습을 찾은 것 같았다. 원래의 지현태는 이러지 않았는데. 언젠가부터 변해가고 있었다.

"아리야, 그냥 이야기하자. 지 팀장님 말대로 부끄러운 이야기는 아니잖아."

이어지는 수호의 말이 현태의 속을 벅벅 긁었다. 말을 하지 않는다고 할 때는 그 이유로 속이 답답하더니, 이젠 말을 한다니 속이 뒤집힌다. 현태는 숨을 고르게 내쉬며 마음을 다잡았다.

자세를 고쳐 앉은 그가 아리와 수호를 번갈아 보았다. 자, 어서 말해. 눈빛에 제 마음을 담아서.

"그러니까."

뜸을 들이는 아리가 답답했지만 채근하지 않기로 했다. 괜히 말문을 튼 그녀를 재촉했다 화라도 돋우는 날엔, '그러니까'의 뒷말은 듣지도 못할 것이다.

하지만 날이 선 현태의 눈빛 때문인지, 아리 또한 얼굴을 굳힌 채 말을 이어가지 못했다. 한참 뜸을 들이며 곤란해하는 아리를 보며 수호가 현태에게 말했다.

"지 팀장님, 너무 그러지 마세요. 진짜 아무 일 아니었어요."

"그런데 왜 말을 못 하냐 이 말입니다."

"저희 매장에 신상품이 새로 들어왔거든요. 반품도 보내야 하고 신상품 정리도 해야 해서 복잡하던 참에, 아리가 도와주겠다고 창고로 왔어요."

"휴게실에 가던 중이었어. 너무 바빠서 점심시간에 제대로 쉬지도 못하고. 진짜 힘들었거든?"

손님이 너무 많아 힘들었다고 투덜거리던 아리가 현태를 흘겨보았다. 너는 밥 잘 먹었잖아! 원망하는 마음이 잔뜩 묻어 있는 것을 현태 또한 알고 있기에 눈을 휙 돌렸다.

"오빠 도와주려고 박스 뜯는데 칼에 손을 베였어."

순간, 아까 오후에 본 밴드 붙인 손가락이 떠올랐다. 아무것도 아니라면서 아까는 왜 제대로 말을 하지 않았을까. 차라리 그때 이야기해 줬더라면 이런 꼴사나운 모습은 보이지 않았을 텐데.

꼴사납다는 걸 알면서도 여전히 심통 부리는 것을 멈추지 못하는 제가 한심하다.

"피가 좀 났는데 녹슨 칼이라 오빠가 상처에서 피를 빨아줬어."

"뭐, 뭘 어쨌다고?"

현태의 얼굴이 파리하게 질렸다. 아무리 생각해도 제 상식으로는 이해가 가지 않았다. 그냥 의무실로 보내면 되지, 왜 굳이 그 피를 빨아줬을까. 뱀에 물린 것도 아닌데 말이다.

"과한 행동이었습니다. 저도 알아요."

이어지는 수호의 말에 현태가 고개를 돌렸다. 가관이다. 얼굴이 시뻘겋게 달아올라선, 아리를 쳐다보지도 못하고 있었다. 저건 고의였다. 실수가 아닌 명백한 고의. 화가 났다. 속에서 오만 욕이 다 튀어나왔지만 차마 던질 수 없었다. 네가 왜 그런 것까지 신경을 쓰는 거냐 묻는다면, 할 말이 없었다.

"아무튼, 그게 전부야. 오빠가 돌이 보이지 않을 때와 돌이 보이기 전의 일은."

"아, 그러네. 그것뿐이었네."

고개를 끄덕이며 말을 주고받는 두 사람의 모습에 현태는 속이 답답해 한숨이 터져 나왔다. 차라리 과한 행동이라는 걸 몰랐다면 나았을 것이다. 다 큰 어른들이, 그것도 의무실이라는 해답이 있는데 왜 그랬냐 따지기라도 하겠지. 왜 그리 생각들이 짧냐 말이다. 하지만 이미 알고 있단다. 과한 행동이라는 것도, 누군가에게는 이상해 보인다는 것도.

그래서 입을 다물었다. 답답하고 짜증이 났지만, 괜히 싫은 소리를 하고 싶지 않아 입에 힘을 주었다.

"그럼, 창고에서…… 그래, 창고 사건."

창고에서의 일을 일련의 사건이라 정리하는 아리의 말에 현태가 흥, 코웃음을 쳤다. 뭐 얼마나 대단한 일이라고 사건이라고까지 하나 싶었다. 반대로 수호는 저와 아리의 일에 의미가 붙는 것 같아 조금 기분이 좋았다. 수호는 히죽 떠오르는 미소를 삼키려 애를 썼다.

"음. 궁금한 거 물어보세요, 오빠. 얼마나 보이는지 모르겠지만 그래도 보이는 동안에 놀라는 일은 없어야죠. 적어도 일에 지장을 주면 안 되니까."

아리의 친절한 목소리에 현태는 또 미간을 좁혔다. 오지랖. 현태는 아리가 보이는 친절을 오지랖이라 불렀다. 아리는 길을 가다 누군가의 캔디가 심상치 않은 걸 보면 그게 어떤 상황이든 막론하고 달려들었다. 누군가에게 있어 구원의 손길이 자신에게는 날카로운 칼날이 될지도 모른다는 건 생각지도 못하고.

불의를 참지 못하는 모습은 멋있지만, 또 한편으론 마음에 들지 않았다. 아리가 다치는 게 싫고, 아리가 상처 입는 게 싫었다. 그녀의 호의를 이상하게 생각하는 경우가 대부분이었으니.

"아니야, 놀랄 건 없는 것 같아. 그냥……."

"그냥?"

수호는 현태의 눈치를 보며 말을 이었다.

"사람의 마음이 돌덩이의 색이나 모양에 영향을 주는가 싶어서."

"돌덩이요?"

"어, 그러니까 내가 보이고 네가 보이는 것."

기분이 미묘했다. 수호도, 현태도 마찬가지였다. 아리에게 당연하게 따라오는 건 현태의 존재였는데, 이젠 수호가 당연하게 따라간다. 엇갈리는 감정이 공기를 우중충하게 만들었다. 하지만 그 사실을 알 리 없던 아리는 수호의 말에 킥킥, 웃음을 터뜨렸다.

"아아, 그거. 저는 캔디라고 불러요. 예전엔 돌이라고 했는데 그럼 너무 딱딱하잖아요."

"그래? 그럼 나도 캔디라 불러야겠다."

수호는 아리의 말에 맞장구를 치며 제 가슴을 살살 쓰다듬었다. 캔디. 입안에 담는 것조차 달콤함이 퍼지는 단어였다. 꼭 아리를 떠올릴 때처럼, 입안이 달큼해진다. 피식거리며 미소를 짓고 있던 수호가 고개를 돌려 현태와 눈을 마주했다.

현태 역시 수호를 바라보고 있었다. 소리 없는 칼바람이 그들의 사이에서 휘몰아쳤다.

"이제까지 본 바로는 그래요. 종구 씨도 그랬거든요. 까만 캔디가 바삭바삭 부서지고 있었어요."

아아, 그렇구나. 수호는 고개를 끄덕이면서도 현태에게서 시선을 떼지 않았다. 제법 진지한 표정을 짓고 있던 수호가 아리에게 넌지시 물었다.

"빨간 캔디는 보통 어떤 뜻이야?"

현태 역시 수호만큼이나 진지하게 귀를 쫑긋거렸다. 끝까지 숨길 수 있을 거라는 생각은 하지 않았다. 그저 제 입으로 말하고 싶지 않았을 뿐.

"빨간 캔디요?"

"응. 빨간 캔디."

"뭐, 누군가를 좋아하거나…… 호감 느끼고 있거나 하는 거……. 보통 오빠네 매장에 들어가는 여자 손님들이 거의 그렇게 물들어 있던데요?"

수호는 까르르 웃음을 터뜨리는 아리를 슬쩍 보며 눈을 휘었다. 하지만 그의 시선은 금세 현태에게로 돌아왔다. 어쩐지 이상하다고 생각했다. 아리에게서 멀어져 저와 눈을 마주하는 순간, 캔디의 색이 파랗게 변했었다. 냉랭한 그의 마음을 대변이라도 하는 듯.

"그럼 내 캔디는 어때?"

현태를 바라보던 수호의 시선이 아리에게로 향했다. 봄날처럼 따스한 온기가 두 눈에 가득 넘쳤다.

"네?"

"지금, 지금 내 캔디 어떠냐고. 나는 내 캔디가 안 보이잖아."

아리는 당황하고 말았다. 어떤 말도 하지 못한 채 망설이다가, 슬쩍 현태를 바라보았다. 그 순간, 현태의 입가에 미소가 걸렸다. 아리에게 결정적으로 도움이 되는 사람은 저 하나밖에 없다. 조금 전까지 느꼈던 찝찝함이 온데간데없이 사라졌다.

유치하기 짝이 없다.

"아리는 강 매니저님 캔디 안 보입니다."

현태의 말에 수호의 미간이 좁아졌다. 그를 향하는 눈빛에 불신이 가득 실려 있었다.

"어떻게 알고 계십니까?"

"맨 처음, 강 매니저님 공원에서 봤을 때부터 다시 백화점에서 만났을 때까지. 한아리가 갖고 있던 의문은 딱 하나였거든요."

그게 아리가 가진 관심의 전부라고 말하고 싶었다. 캔디가 보였다면, 아리가 수호에게 관심을 줄 이유가 없다고. 가까워지고 싶을 이유조차 없을 거라고.

"왜 저 사람의 캔디는 보이지 않을까."

수호의 한쪽 눈썹이 움찔거렸다. 현태의 대답을 듣자마자 아리를 쳐다보니, 아무 말도 못 하고 입술을 꾹 누르고 있었다. 그의 말이 사실이라는 것을 깨닫기 무섭게 탁한 숨이 터져 나왔다.

"지 팀장님은 참 많은 걸 알고 있네요."

"소꿉친구의 특권이죠."

공기가 미묘해졌다. 팽팽해지는 두 사람의 신경전에 아리만 좌불안석, 어쩔 줄 몰라 눈을 굴렸다.

현태는 수호가 의기소침해지는 게 당연하다 생각했는데, 그는 예상외로 덤덤했다. 팔짱을 낀 채 현태를 보며 웃는 여유까지 갖고 있었다.

그때, 수호가 아리를 돌아보며 말했다.

"아리야, 나 음료수 좀 더 가져다줄 수 있을까?"

"음료수요? 아…… 네! 그럴게요!"

드디어 이 묘한 상황에서 벗어날 수 있단 기쁨일까. 아리가 후다닥 자리에서 일어나 컵을 챙겼다. 수호는 부엌을 향해 잰걸음을 옮기는 아리를 보다, 현태에게로 시선을 돌렸다. 그리고 아주 작은 목소리로 말을 이어갔다. 콧노래를 부르며 뒤쪽의 상황을 애써 무시하는 아리에게 들리지 않을 정도로 작은 목소리였다.

"그게 지 팀장님과 아리의 연결고리라면 저 역시 특별한 연결고리가 있죠."

"특별한 연결고리요?"

"저도 아리의 캔디가 보이지 않거든요. 서로 캔디가 보이지 않는 사이. 이거 되게 묘하지 않나요?"

수호의 말이 망치가 되어 현태의 머리를 내려쳤다. 소꿉친구. 그 하나로 모든 걸 이길 수 있다고 생각했던 저 자신이 바보처럼 느껴졌다. 친구는 친구일 뿐이다. 아무리 그 유대감으로 으스대 보아도, '특별한 계기'로 맺어진 연결고리와는 차원이 다르다.

"그래서요?"

하지만 현태는 티를 내지 않으려 노력했다. 이미 눈동자가 흔들렸다는 건 알지도 못한 채.

"이 능력, 아주 고맙게 써먹을 거라 선전포고하는 겁니다, 지금. 저번에 내가 말한 적 있죠?"

현태는 수호의 존재가 조금 더 성가시게 느껴졌다. 첫 만남부터 지금까지 마음에 들지 않는 남자다.

"허락이 필요 없는 사이가 되고 싶다고."

수호 역시도 현태의 눈을 피하지 않았다. 그리고 입술 한쪽을 씩 말아 올렸다.

"그 말, 본격적으로 이루어보려고 합니다. 지 팀장님."

현태의 눈썹 사이가 움찔거렸다. 뭐라 말을 하려다가 아리가 음료수를 가져오는 통에 아무런 말을 할 수 없었다. 그저 수호를 죽일 듯 노려보기만 했다.

"여기요, 오빠."

"아, 고마워."

아리를 의식해서라도 아무 일이 없던 것처럼 굴어야 하는데, 수호의 말이 거슬려 쉽지 않았다.

"맞다. 나 물어볼 거 있어."

수호를 노려보고 있던 현태가 슬쩍 고개를 돌렸다.
"나?"
"그럼 누구?"
이럴 때 보면 저는 참 단순한 사람인 것 같다. 조금 전까지만 해도 잔뜩 신경이 곤두섰었는데, 아리의 말 한 마디에 와장창 무너지고 만다. 이제까지 날이 서 있던 이유는 모조리 잊어버렸다. 바보처럼.
"뭔데?"
"세영 씨랑 왜 같이 안 왔어?"
잊어버렸다는 건 기대감이 크다는 말이고, 기대감과 허탈함은 언제나 비례한다. 동시에 힘이 쭉 풀린 현태가 하, 깊게 한숨을 쉬었다. 묻고 싶었던 것이 그거였구나.
"여기서 주세영 씨 이야기가 왜 나와?"
"오늘이 오 일째잖아."
"그걸 세고 있었어?"
단순히 이유를 묻고자 한 말이었는데, 아리는 크게 당황하는 모습을 보였다. 오갈 곳 없는 시선을 여기저기에 꽂던 그녀가 현태를 향해 목청을 높였다.
"세고 있었다니! 그냥, 그냥 물어본 거야. 매일 같이 다니다 오늘은 안 다니니까."
"오 일째라는 걸 세고 있을 정도로 신경 쓰였어?"
"아니, 신경 쓴 게 아니라니까?"
"신경 쓴 게 아닌데, 오 일째라는 거 어떻게 알았을까."
허탈함을 느낀 것도 잠시, 아리의 반응을 살피던 현태의 입술에 미소가 드리우기 시작했다. 아니라 말하는 그녀의 반응에 기분이 좋았다. 한참 입가에 미소가 만개하던 찰나, 반갑지 않은 목소리가 그들의 사이로 끼어들었다. 수호였다.

"제가 말해줬습니다."

"뭘요?"

"제가 세고 있었거든요. 그 날짜."

"아, 네."

현태는 신경 쓰지 않았다. 설령 그가 말을 해주었다고 해도 아리가 관심이 있기에 저에게 다시 물어본 것일 테지. 대충 고개를 끄덕이며 아리를 돌아보았다.

"거절했어."

말해주고 싶었다. 생각 같아선 모든 걸 다 쏟아내고 싶었지만, 지금은 자신이 꿈꾸던 상황이 아니었다.

"왜?"

"안 좋아하니까."

"좋아질 수도 있잖아."

"좋아질 수 없는 이유가 명확해서 안 돼."

본인이 그렇다는데 차마 겪어보지 않고 어떻게 아냐고 물어볼 수도 없어 아리는 입을 다물었다. 그 이유를 듣고 싶었지만, 수호가 신경 쓰였다. 저에게도 속마음을 다 털어놓지 않는데 수호가 있다고 털어놓지는 않겠지.

정적이 흘렀다. 수호에게 캔디가 너무 많이 보여 힘이 들면 휴게실로 가라는 아리의 충고 외엔 입을 여는 사람은 없었다. 결국 그 분위기를 이기지 못한 아리가 현태와 수호를 채근했다. 홀로 남는 건 싫지만, 어색하게 앉아 있는 게 더 피곤했다.

"자, 빨리 두 사람도 들어가요."

"혼자 있어도 괜찮아?"

현태의 물음에 아리가 어깨를 으쓱거렸다.

"매일 혼자 있었는데, 새삼스럽게 뭘."

"매일 혼자 있었는데 요 며칠은 혼자 아니었잖아. 이럴 때 유독 힘들어하는 걸 내가 몰라?"

현태의 물음은 날카롭다. 평소에는 제대로 알려고 하지 않으면서, 이럴 때는 꼭 누구보다 날카로워진다. 아리는 괜찮다는 말을 덧붙이며 현태를 일으켜 세웠다.

"빨리 가. 내가 쉴 수 있는 환경을 만들어주는 게 도와주는 거거든?"

"진짜 괜찮아?"

대답이 없는 게 어쩐지 불안했지만, 괜찮으니 어서 가라 채근하는 그녀의 말에 현태는 어쩔 수 없이 몸을 일으켰다. 아니, 그것보다 가장 문제는 수호였다. 저 혼자라면야 아리를 집으로 데려가든, 자신이 거실에서 자든 하면 될 문제였다—물론 아리의 생각은 묻지도 않았지만—. 하지만 수호가 있으면 그조차도 여의치 않았다.

분명 저도 함께하겠다며, 어떤 이유를 들어서라도 남으려 하겠지. 그건 절대 안 될 일이었다. 현태가 일어나자 수호도 일어났다. 아리가 손을 뻗어주길 기대했지만, 현태의 눈빛이 워낙 무서워 차마 더 앉아 있을 수 없었다.

문을 열고 밖으로 나간 현태가 뒤를 돌아 아리를 바라보았다.

"내일 일찍 올게."

익숙하지만 너무 오랜만에 하는 말이었다. 이게 그토록 소중할 줄은 처음엔 몰랐지. 그의 말에 아리가 고개를 끄덕였다.

"으응, 알았어. 내일 봐. 잘 가요, 오빠."

아리는 현태와 수호에게 차례대로 인사를 하며 손을 흔들었다. 빨리 쉬고 싶었는데, 또 한편으로는 저 문이 빨리 닫히지 않았으면, 하고 바랐다. 홀로 남게 되면 누군가 있던 온기는 생각보다 빠르게 사라지고 냉기가 급격히 찾아와 홀로 남아버렸다는 외로움에 사무쳤다.

그날 밤은 달님의 자장가도, 별님의 토닥임도 느껴지지 않았다. 사람의 온기를 그리워하며 밤을 꼬박 새워야 했다.

"내일 진짜 일찍 올게."

점점 더 작아지는 틈새 사이로 현태의 목소리가 들렸다. 아리는 아무런 소리도 내지 않았다. 짧은 답도 하지 않은 채 눈웃음을 그렸다. 탁, 문이 닫히는 소리와 함께 흔들리던 손이 멈췄다. 수호와 현태가 잠시 머물다 간 자리가 이토록 허전할 줄이야. 들숨과 날숨에도 냉기가 배어 몸이 꽁꽁 얼어붙는 기분이 들었다.

"괜히 집으로 오라 했어."

투덜대던 아리가 두 사람이 앉아 있던 자리를 빤히 내려다보았다.

"진짜 연애가 필요한 때인가."

중얼거리는 그녀의 한 마디에 하늘의 별님들이 키득키득, 웃음을 터뜨렸다.

아리의 집에서 나온 수호와 현태는 말없이 계단을 내려와 차가 있는 곳으로 향했다.

"지 팀장님, 술 잘 마시죠?"

수호의 말에 현태는 대꾸하지 않았다. 분명 함께 술잔을 기울이자는 이야기일 테다. 잠시 고민을 하던 그가 어깨를 으쓱거렸다.

"뭐, 그런 편인데. 왜 그러십니까?"

"오늘 하루만 술친구 해줄 수 있습니까?"

"엄연히 말하면 우리는 친구가 아닐 텐데요."

"그럼 저한테 형님이라고 불러주시려고요?"

수호의 말에 현태의 얼굴이 잔뜩 굳어졌다. 그걸 말이라고 하는지. 눈빛에 담긴 그의 진심이 보여 수호가 키득키득 웃음을 터뜨렸다.

"그렇게 노골적으로 싫다고 말하면 무안해집니다, 지 팀장님."

"노골적으로 싫어하게 말을 하니까 그러죠."

"아, 이거 참 섭섭한데."

어깨를 으쓱거리던 수호가 어느 한곳을 바라보았다. 그의 시선을 따라 현태가 뒤를 돌아 골목을 주시했다. 그곳에는 한 남자가 있었다. 가로등 아래에서 휘청대던 그는 술병을 들고 크게 노래를 불렀다.

"야! 서방님 오셨다! 이불 깔아놔라!"

골목을 쩌렁쩌렁 울리는 목소리에 이어 아리가 사는 건물 3층에 불이 들어왔다. 그곳에 사는 사람이구나 가늠할 수 있었다. 그 남자가 건물 안으로 들어갈 때까지 수호는 그에게서 눈을 떼지 못했다.

현태는 문득 처음 캔디를 보기 시작했을 때의 아리가 떠올랐다. 조각난 캔디를 가진 친구를 보며 괴로워하던 아리는 몇날 며칠 학교에 다녀오면 펑펑 울기만 했다. 존경하는 선생님의 캔디를 보게 되었을 때도, 우울감을 떨치지 못한 채 학교생활을 했다. 지금처럼 불의를 참지 못하고 앞으로 나서는 모습이 신기할 정도로 그때는 힘들어했다.

현태는 그때의 아리와 지금의 수호를 겹쳐보았다. 차라리 떠올리지 않았으면 좋았을걸, 겹치는 모습에 또 마음이 약해진다. 대쪽 같은 성격이었다면 조금 더 편했을까. 한참 고민하던 현태가 어쩔 수 없이 수호의 제안을 받아들였다.

"좋습니다."

고개를 끄덕인 그가 수호를 바라보았다.

"깔끔하게 마시고 집에 가는 겁니다."

"그러지 않아도 그렇게 하려고 했습니다."

수호의 답이 평소와 다르게 시원한 게 어쩐지 불안했다. 또 다른 꿍꿍이가 있는 건지, 아니면 말 그대로 순순히 집에 가겠다는 건지. 종잡을 수 없는 남자였기에 그 말 또한 완벽하게 신뢰할 수 없었다.

"지 팀장!"

생각에 빠져 있던 사이, 수호가 다가와 현태의 어깨에 자신의 팔을 둘렀다. 씩 웃는 모습이 어찌나 불안한지 현태의 눈이 길게 찢어졌다.

"오늘 신세 좀 집시다."

"신세요?"

수호는 고개를 크게 끄덕였고, 현태는 콧방귀를 뀌었다. 술을 마시러 가자더니 마시기도 전에 취한 건 아닐까.

"오늘 하루만 지 팀장네서 신세 좀 지자는 이야깁니다."

"왜 이야기가 그렇게 되는지 전 모르겠는데요."

현태가 질색하며 수호를 밀어냈다. 아리가 이런 말을 한다면야 쌍수 들고 환영했을 텐데. 차라리 술이고 뭐고 집으로 돌아가는 게 나을지도 모른다. 이런 말도 안 되는 상황에 맞장구를 쳐주며 있는 것보단 그게 훨씬 생산적이겠지. 다음을 기약하자는 말로 마무리를 지으려던 현태의 마음을 알아챈 걸까. 수호는 끈질기게 현태에게 붙었다.

"왜 모릅니까? 내가 지 팀장이랑 친해지고 싶다는 이야기인데."

"그러니까 친해지고 싶은데 왜 우리 집에서 신세를 져야 하냐 이 말입니다."

현태의 물음에 곰곰이 생각하던 수호가 입꼬리를 씩 말아 올렸다. 그 끝에 매달린 씁쓸함을 현태는 알아챌 수 있었다. 왜 그런 표정을 짓냐 물으려다 목 너머로 꿀꺽 넘겨냈다. 이어지는 수호의 답 때문에 물을 수 없었다.

"친구네서 자고, 떠들고 이런 거 해보고 싶었거든요."

끝에 달린 씁쓸함의 정체가 단박에 드러났다. 현태는 그의 말을 들으며 답답함을 토해냈다. 마음이 한 번 약해지기 시작하니 끝도 없이 약해진다. 차라리 이야기를 듣지 않았으면 좋았을걸.

"학생 때 못 해봤습니다. 그럴 사정도 있었고, 그럴 친구도 없었고."

"그런데 그걸 왜 저랑 합니까?"

"지 팀장이랑 호형호제하고 싶거든요."

하, 헛웃음이 터져 나왔다. 정말 거리낌 없는 사람이다. 사실 집에서 자는 일이야 어려운 건 아니었다. 부모님께는 지금이라도 말을 해놓으면 큰 문제는 없을 테고, 수호에게 내어 줄 자리가 없는 것도 아니었고.

남는 것이라곤 수호와 제가 그럴 만한 사이인가에 대한 고찰이었다. 더불어 이렇게 가까워져도 괜찮을까 하는 고민. 입을 꾹 다문 채 고민을 이어가는 현태의 모습에 수호가 흠- 고민하는 듯 숨을 뱉었다. 그리고 그의 어깨에 다시금 제 팔을 올려놓았다.

"자꾸 안 된다고 하면, 저 백화점에 소문낼 겁니다."

"무슨 소문인지는 모르겠지만, 맘대로 하십쇼."

짜증 섞인 목소리였다. 수호를 힐끗거리던 현태가 이를 바득바득 갈며 그의 손을 쳐냈다. 신경질 섞인 걸음으로 앞서 나가는데, 수호가 다시 현태를 쫓아와 자연스럽게 어깨에 팔을 걸었다.

"지 팀장이 한 매니저를 좋아하고 있다, 뭐 그런 소문도 괜찮다는 거죠?"

현태의 걸음이 우뚝 멈추었다. 의연하게 넘겨야 했는데 생각처럼 쉬운 일이 아니었다. 가슴이 두방망이질하는 것도 멈추지 못했다. 수호를 돌아보는 그의 얼굴이 하얗게 질려 있었다.

수호는 속으로 현태에게 미안한 기색을 내비쳤다. 사실 누군가를 좋아하는 마음을 약점으로 잡는 것만큼 치졸하고 비겁한 게 없겠지만. 지금으로서는 이 방법밖에 없었다. 그 나름대로 현태와 정말 친해지고 싶었으니까.

"농담입니다! 농담!"

하하! 웃음을 터뜨리던 수호가 그의 등을 세게 내려쳤다. 짝! 우렁찬 소리와 함께 현태의 얼굴이 잔뜩 일그러졌다. 질리지도 않는 건지, 수호가 다시 현태에게 딱 달라붙었다. 이젠 진저리 치는 현태의 모습조차 즐기고 있었다.

"농담이긴 농담인데, 지 팀장이랑 친해지고 싶다는 건 농담 아니에요. 나, 지 팀장이랑 친해지고 싶어요."

현태는 약해진 마음을 다잡을 수 없었다. 그럴 친구가 없었다는 말이 자꾸만 그의 마음을 후벼 팠다. 쉬는 시간마다 쪼르르 현태의 반으로 달려오던 아리가 생각나기도 했고. 씁쓸한 마음을 몇 번이나 삼키던 그가 결국 커다란 한숨을 토해냈다.

"오늘만입니다."

수호의 얼굴이 환하게 피어올랐다. 꼭 어린아이처럼 웃던 그의 모습에 현태는 짧은 핀잔조차 던지지 못했다. 목 바깥으로 터져 나오는 탄식을 꾸역꾸역 속 안으로 밀어 넣었다.

"무르기 없습니다?"

뭐가 저렇게 신이 난 걸까. 현태는 들뜬 수호의 목소리에 대충 고개를 끄덕였다. 드넓게 펼쳐진 밤하늘만이 저를 이해해 주고 있는 것 같았다.

"갑자기 궁금한 게 생겼는데."

차 앞에 우뚝 멈추어 선 현태가 매서운 눈으로 수호를 바라보았다.

이제까지 실컷 떠들어 놓고 또 궁금한 게 있단다. 하지만 조금 전 약해졌던 마음은 아직 단단하게 굳지 않았다. 뭐가 그리 궁금한지 일단 들어나 보자 싶었다.

"뭐가 또 그렇게 궁금합니까?"

"왜 재워달라고 한 말에 바로 승낙한 건지 궁금해서요. 지 팀장 성격에 절대 허락하지 않을 것 같았거든요. 헛소리 말고 집에 가라, 뭐 그렇게 말할 것 같기도 했고."

저런 말을 아무렇지도 않게 하는 수호가 참 신기했다. 따지고 보면 대놓고 누군가의 단점을 말하는 건데. 어쩜 표정 하나 변하지 않고 줄줄 말을 할 수 있을까. 뭐, 강수호니까 가능한 일일 테지만.

수호를 한참 쳐다보던 현태가 길게 숨을 쉬었다.

"그래서 싫은 겁니까?"

"아니, 싫다는 게 아니라 이유가 궁금하니까요."

차마 오래전 아리의 모습과 겹쳐 보였다는 말은 하지 못했다. 적어도 제 과거가 아닌 아리의 과거인데, 아무렇지 않게 뱉고 싶지 않았다.

"딱히 그런 거 없습니다."

툭 던지며 운전석으로 향하는 현태의 모습에 수호가 입을 일자로 꾹 다물었다. 한참 말이 없던 그가 놀라는 척 한 손으로 입을 가렸다.

"설마 지 팀장님 나를 노리고……."

현태의 눈이 휘둥그레지고, 수호는 여전히 반짝반짝한 눈으로 그를 쳐다보았다. 하지만 그런 장난을 받아칠 지현태가 아니었다.

"술 마시기 싫습니까?"

수호는 쳇, 혀를 찼다. 운전석에 올라타는 현태를 따라 조수석에 올라탄 수호가 그를 흘겨보았다.

"지 팀장님은 너무 딱딱해서 문제입니다."

"강 매니저님은 시도 때도 없이 가벼워서 문제죠."

"한 마디를 지지 않네."

투덜거리는 수호의 말을 무시한 채, 현태가 시동을 걸었다. 아리의 집 앞을 지나며 피식 웃음을 터뜨렸다. 참 우습다. 조금 전까지만 해도 그렇게 신경전을 벌여놓고, 이제 와 술친구라니. 물론 현태 나름대로 이유는 존재했다. 괴로워하던 그녀를 보았었기에, 지금 수호를 그냥 보아 넘기는 게 힘들었을 뿐이다. 거창한 이유는 아니었지만 스스로를 납득시키기엔 그것으로 충분했다.

"오늘이 찾아오기 전에는."

수호가 툭 던진 말에 현태가 그를 힐끗 쳐다보았다. 평소와 다르게 가벼운 웃음이 없었다. 제법 진지한 눈빛이 주홍빛으로 반사되는 가로등 불빛에 반짝였다.

"누군가의 마음을 보면 좋을 것 같았거든요."

들리지 않았지만 이어질 말을 알고 있기에, 현태는 씁쓸한 마음을 삼켰다.

"그런 생각은 누구나 하겠죠."

저 역시도 그랬으니까. 아리의 마음을 보고 싶었다. 저를 바라보는 아리의 캔디가 어떤지, 어떤 모양과 색을 하고 있는지 궁금했다. 다른 사람의 마음은 궁금하지 않다. 그들의 캔디가 무슨 색이든, 어떤 모양이든 뭐가 그렇게 중요할까.

수호는 가만히 생각에 빠진 현태를 바라보며 답답한 폐부에 공기를 밀어 넣었다. 길게 뻗은 도로의 양옆으로 세워진 가로등 불빛은 오늘따라 왜 이리 눈부신 건지, 자기도 모르게 고개를 휙 돌려 버렸다.

라디오라도 흘러나왔으면 좋았을 텐데. 아리가 없는 두 남자의 사이는 척박하기 그지없었다. 머무는 어색함을 뚫고 수호가 현태에게 물었다.

"아리가 언제부터 캔디를 봤는지, 지 팀장님은 알고 있죠?"

"왜 그렇게 생각하십니까?"

"매번 느끼고 있었으니까요. 나에게는 없는 아리와의 유대감."

저가 그리 자랑하고 싶었던 걸 수호는 이미 느끼고 있었다는 말에 어쩐지 머쓱해졌다. 그렇게 티를 냈던가, 과거의 저를 훑다 조금 더 오래전의 아리를 떠올렸다. 수호의 말이 맞다. 저만큼이나 아리를 잘 알고 있는 사람이 어디 있을까. 아리가 드러내기 싫어하는 가장 슬픈 시간들을 잘 알고 있는 사람도 자신이었다. 기쁜 순간들도, 행복한 순간들도 속속들이 꿰고 있다. 그녀가 자신을 가족이라 부르는 이유도 그 때문이었다. 아리가 행복, 슬픔, 기쁨, 불행. 모든 것을 털어놓는 사람은 저와 제 가족들이 전부였으니까.

마음이 먹먹해졌다. 캔디를 보던 것을 원망하고 저주하던 그때의 아리가 떠올라 가슴이 시큰거렸다.

"아주 어릴 때부터 보였는데, 캔디에 대해 깨닫게 된 건 중학생 때였습니다. 힘들어했죠. 많이 힘들어했어요."

"그렇게 어릴 때면 힘들어할 만하네요."

수호의 답에 현태는 입을 꾹 다물었다. 침묵만큼이나 긍정적인 대답은 없었기에, 수호 역시 더는 아리에 대해 말하지 못했다.

현태는 수호와 함께 집 근처 포장마차를 찾았다. 한 부부가 운영하고 있는 작지도, 크지도 않은 포장마차였다.

"오늘은 어째 그 아가씨가 안 보이네?"

간단한 안주를 챙겨주던 여사장이 주변을 휘휘 둘러보며 현태에게 물었다. 아리를 찾고 있는 것이리라, 수호는 짐작할 수 있었다.

"네. 오늘은 같이 안 왔어요. 이모, 아리만 찾으면 저 서운합니다."

"어유, 서운할 것도 많다! 요즘 통 안 보인 게 누구였는데, 누구한테 서운해?"

여사장은 곧 현태의 어깨를 찰싹 내려치며 호호, 큰 목소리로 웃음을 터뜨렸다. 수호는 현태와 여사장의 살가운 대화에 놀라 흥미진진한 표정을 지었다. 여사장이야 그렇다 치고, 현태의 모습이 제법 신선했다. 아니, 저걸 신선하다 해야 할까. 어색한 농담 하며, 서운한 표정을 짓는 얼굴까지, 느떼 백화점에서 제일 엄하다 소문이 난 보안팀 팀장 지현태가 아닌 기분이었다.

"왜 그렇게 쳐다봅니까?"

먼저 가져다준 소주를 잔에 따르던 현태가 수호를 힐끗 쳐다보았다.

"지 팀장님 이런 모습 처음 봐서요."

"이런 모습이요?"

"답잖은 농담하고 웃고 떠들고. 그런 모습이요."

수호의 말이 기가 찬지 하, 커다랗게 헛웃음을 친 현태가 잔에 있는 술을 냅다 입안으로 털어 넣었다. 쓰디쓴 알코올이 목을 뜨끈하게 만들었다. 코까지 올라오는 싸한 냄새에 미간이 절로 찌푸려졌다.

"그럼 저는 웃지도 않는 기계인 줄 아셨습니까?"

"거참, 매정하네. 혼자 마시면 연애 못 한답디다."

수호 역시 현태를 따라 입안으로 술을 털어 넣었다. 똑같이 미간을 찌푸린 그가 테이블 위에 술잔을 올려놓자, 현태가 다시 술을 채워주었다.

"강 매니저님이랑 술잔을 마주할 사이까진 아닌 것 같아서 혼자 마셨습니다. 그리고 연애는 제가 알아서 하니, 걱정 안 하셔도 됩니다."

두 남자의 신경전은 대단했다. 아무 말도 없이 소주잔을 네 번이나 꺾었다. 새로 소주를 한 병 시킬 때까지, 그들은 마주한 눈을 피하지도 않았다. 하지만 신경전도 오래가지는 못했다. 포장마차 안에 울려 퍼지는 촌스러운 뽕짝 때문이었다. 가수의 간지러운 목소리와 함께 수호가 먼저 풋, 웃음을 터뜨렸다.

"아 정말. 분위기가 안 도와주네요."

"그러네요."

처음으로 현태가 수호의 말을 거들었다. 수호는 슬며시 미소를 그렸다. 역시 친해지는 데에는 술만 한 게 없는 건가.

"참고로 저는 술 마시고 친해지는 사람은 아닙니다."

제 생각을 읽은 듯한 대꾸에 수호는 혀를 내둘렀다.

"지 팀장님 너무 날카로운 거 아니에요? 어떻게 딱 알아맞히지."

"감입니다. 사람 상대하는 백화점에서 오래 일하다 보니 생긴 감."

아, 감. 고개를 끄덕인 수호가 현태를 따라 오이를 아그작 씹어 먹었다. 그리고 주변을 휘 둘러보았다. 오래된 포장마차인지 여기저기 허름하게 낡아 있었다. 테이블이라고 해봐야 고작 여섯 개. 두 명씩 앉는다 치면 열두 명이 앉을 수 있는 작은 곳이었다.

"아리랑 자주 오나 봐요?"

현태의 손이 우뚝 멈추었다. 또다시 혼자만의 상념에 빠지던 현태가 소주잔을 쥐고 숨을 깊이 내쉬었다. 그 순간, 수호는 입안으로 쓴 침이 고이는 것을 느꼈다.

"아리가 어릴 적부터, 제일 많이 보고 자란 곳이 어딘지 아십니까?"

"치사하네요. 나는 모를 수밖에 없는 이야기잖습니까."

"여기입니다. 포장마차."

현태의 대답에 수호가 쥐고 있던 손을 멈칫했다. 입안으로 털어 넣으려 했던 소주가 잔에서 찰랑거렸다. 이윽고 특별히 준비했다며 주인이 가져온 메뉴가 테이블 위에 놓였다. 모락모락 김이 올라오는 닭발과 꼼장어였다.

맛있는 냄새에도 수호와 현태는 꿈쩍 않은 채 서로를 쳐다보고만 있었다. 포장마차라는 단어 때문이 아니었다. 유독 슬퍼 보이는 현태의 표정 때문이었다. 눈물 한 방울이 또르륵, 떨어질 것만 같다.

"저 역시, 아리를 따라 가장 많이 보았던 곳이 포장마차였고요."

맞벌이하는 부모님 덕에, 학교가 끝나면 종종 아리 부모님의 포장마차에 맡겨지곤 했다. 어쩌면 제 추억에서 가장 편안하고, 고요한 행복으로 가득했던 시간이었다. 다시 되돌리고 싶어도, 되돌릴 수 없는 꿈같은 시간들.

"그래서 자주 옵니다. 아리는 술집보다 포장마차를 더 좋아하니까요."

그리움이 잔뜩 묻어 있는 목소리였다. 눈에 젖은 옛 기억을 지켜보던 수호가 그의 캔디를 바라보았다. 푸른색과 회색으로 울긋불긋해진 캔디는 곧 비라도 내릴 것처럼 우중충했다.

그러다 문득 아리도 저런 캔디를 갖고 있을까 생각했다. 곧 비가 내릴 것 같은 캔디를 가진 채, 항상 웃는 걸까.

"그렇다 해서 둘이 포장마차에 오란 말은 아닙니다."

탁. 술잔을 놓는 소리와 함께 잔에 술이 차오르는 소리가 들렸다. 또 한 번, 정적이 흘렀다. 술기운 탓인지, 조금 전처럼 긴장이 된다거나 괜히 눈치가 보이지 않았다. 그저 잔뜩 경계를 하는 현태가 귀엽다.

문득 친해지고 싶은 사이에 여자 문제가 얽히면 안 된다던, 대학 선배의 말이 떠올랐다. 맞다. 그게 맞구나. 수호는 작게 읊조렸다.

"왜 안 됩니까?"

하지만 아무리 친해지고 싶은 사이라 해도, 포기하고 싶지 않은 건 한둘쯤 있는 법. 그게 마음에 드는 여자라면 더더욱 포기할 수 없다.

"제가 아리와 이런 곳에 오는 게 왜 안 되냐고 물었습니다."

수호의 질문에 현태의 눈이 번쩍였다. 그러지 않아도 매서운 눈매가 더욱 날카로워졌다.

"소꿉친구라기엔 애매한 독점욕이고, 짝사랑의 상대라기엔 너무 도를 넘은 독점욕인데. 안 그래요, 지 팀장님?"

웃으며 말하고 있었지만, 목소리에는 웃음기가 없었다. 항상 서글서글한 미소로 가득 차 있던 눈동자에는 시린 눈발이 내리치고 있었다. 현태는 술잔을 다시 한 번 비워냈다. 안주가 식어가고 있었지만, 그는 젓가락질 한 번 하지 않았다.

"그런 말이나 하려고 술 마시자 제안하셨습니까?"

현태는 아직 누구에게도 제대로 뱉지 못한 자신의 마음을 이런 식으로 내뱉는 것을 원치 않았다. 만약 제 마음을 꼭 내보여야 한다면 그건 당사자 앞에서라 생각했다.

현태의 캔디가 검푸른색으로 변했다. 돌처럼 단단하게 굳어진 그것은 조금의 흔들림도 없이 제자리를 굳건히 지키고 있었다. 사람의 마음이 보이는 건 재미있는 일 같지만, 한편으로는 참 허무한 일이다. 수호는 그렇게 생각했다.

"그런 말 하려고 술 마시자고 한 거면, 그냥 집에 가시죠. 택시 타면 강 매니저님 집 앞까지 무사히 데려다주는데 말입니다."

현태는 수호에게 시선을 떼지 않은 채 술잔을 꺾었다. 안에서 찰랑이는 술을 목으로 넘기며 그를 빤히 쳐다보았다.

"냉정하시네."

킥킥, 웃음을 터뜨렸지만 수호의 눈은 여전히 웃고 있지 않았다. 눈발이 그쳤지만 찬 기운이 가득한 것 역시 마찬가지였다. 수호는 술잔을 비웠다. 쓰디쓴 액체가 목으로 넘어가며 그의 마음을 억눌렀다. 뜨뜻미지근하게 굴 거라면 당장 그만두라 하고 싶은 속을 꾹꾹 눌러 삼켰다.

"캔디가 보이는 건, 어떤 기분입니까?"

결국 분위기를 바꾼 건 현태였다. 두 사람을 감싸고 있던 찬바람이 한 번에 걷히는 느낌이었다.

"글쎄요."

수호는 식어가는 닭발을 집었다. 입안으로 넣고 우물우물 씹으면서도 이런저런 생각을 해봤다.

"그다지 유쾌하진 않네요."

하, 탁한 숨을 터뜨린 수호가 현태에게 술잔을 내밀었다.

"한 잔 따라줄래요?"

현태는 거부하지 않았다. 수호의 잔을 가득 채우고 난 후 현태도 잔을 내밀었다. 기분 좋은 변화였다. 수호는 현태가 자신을 조금 받아들여 준 것 같아 미소를 그렸다.

"왜, 그런 말 있지 않습니까. 저 사람 마음이 보이면 참 좋겠다. 저 사람 마음이 어떤지 알면 얼마나 좋을까. 이런 말이요."

현태는 고개를 끄덕였다. 몇 번이나 그런 생각을 한 적이 있었다. 아리가 짝사랑에 실패해 울고 있을 때, 아리에게 제법 멋있는 말을 했다고 생각했을 때, 아리가 자신을 빤히 쳐다보고 있을 때. 모두가 아리와 관련될 때였다. 마음을 알고 싶은 유일한 사람이 아리였으니까.

"제대로 캔디를 본 사람이라고 해 봐야, 지 팀장님과……."

수호가 뒤쪽을 슬쩍 바라보았다. 그곳에는 콧노래를 흥얼거리며 재료를 손질하는 부부가 있었다. 제법 다정해 보였다.

"저기 두 분뿐이니까요."

"아까 그 남자 캔디는 이상했습니까?"

"말도 마세요. 그걸 캔디라 불러도 되나 싶을 정도로 까맣더라고요. 처음엔 캔디가 보이지 않나 싶었는데, 까맣게 물들어 있는 걸 보고…… 온몸에 소름이 돋았습니다. 머릿속에서 스쳐 갔어요. 저 캔디는 위험하다고."

술잔을 들어 올리던 현태의 손이 멈추었다. 무언가 생각하는 것 같더니 피식 웃음을 터뜨렸다.

"진짜 한아리도 한아리네요."

"왜요?"

"몸 아끼지 않고 내던지는 일은 거의 그렇게 까만 캔디 때문이거든요. 불의를 못 참는 정의의 용사라도 된 것처럼. 위험하다고 생각되면 멈춰야 할 텐데."

멍청이. 중얼거린 현태가 술을 입안으로 털어 넣었다. 수호는 금세 고개를 끄덕였다. 현태가 뭘 말하고자 하는지 알 것 같았다. 자신과 처음 만났을 때에도 아마 그런 상황이었을 것이다. 불의를 참지 못하는 정의의 용사가 빙의된 아리. 먼발치에서 보고만 있던 자신이 부끄러워지는 용기였다.

그래서 더 핀잔을 줬던 것 같다. 겁도 없이 그렇게 마구잡이로 나서지 말라고.

"알 것 같네요. 그 말."

"강 매니저님, 아리 처음 만났을 때 무슨 일 있었습니까?"

"저요?"

"아리에게 듣기는 했지만, 혹시 저한테 말하지 않은 게 또 있나 해서요. 괜히 더 욕먹을까 봐 말 안 하고 지나가는 경우도 있거든요."

술잔을 채워주는 현태가, 조금은 편해진 그의 말투가 좋았다.

"흠, 비싼 이야기인데."

괜히 심통이 났다. 이런 제 마음은 몰라주고 여전히 저와 거리를 두는 그가 얄밉다. 호형호제하며 지내면 얼마나 좋아.

"오늘 지 팀장님이 쏘면 말해드리죠."

하지만 그 심통이 통할 사람은 아니라고 생각되어, 고개를 끄덕였다. 심통을 부려 가까워질 사이였다면 진작 가까워지고 남았겠지.

"예. 그러죠."

현태는 의외로 흔쾌히 수락했다. 수호가 씨익 웃어 보였다. 즐거워 보이는 표정으로 눈을 빛내던 수호가 술잔에 담긴 술을 홀짝였다. 어디서부터 이야기해야 할까, 머리를 굴리며 안주를 집어먹었다.

"백화점 매니저 인수인계 건으로 다녀오는 중이었는데……."

제법 진지해진 수호의 말에 현태는 귀를 기울여 경청했다. 밤이 깊어갔다. 포장마차 안에는 여전히 촌스러운 뽕짝이 흐르고 있었고, 부부가 정답게 재료를 손질하는 소리가 그에 더해졌다.

조금만 더 가까워질 수 있기를 바라던 수호의 입가에 미소가 드리워졌다. 그들의 위로 자리 잡은 커다란 전봇대가 유독 밝은 밤이었다.

얼큰하게 취할 정도로 술을 마셨지만, 현태와 수호는 조금도 흐트러지는 모습을 보이지 않았다. 포장마차를 나오던 수호가 슬쩍 뒤를 돌아보다 휴우, 길게 한숨을 내쉬었다. 눈매를 길게 늘어뜨린 그가 아래를 내려다보았다.

"정말 아리는 대단하네요."

"뭐가요?"

"이 괴리감이요, 정말 대단하거든요."

현태는 키득키득 웃는 수호를 이해할 수 없었다. 주변을 휘 둘러보고 다시 수호를 바라보았다.

"저기 부부 있죠?"

수호가 턱짓으로 포장마차를 가리키자, 현태가 고개를 끄덕였다. 방금 전, 자신들이 술잔을 기울이며 이런 저런 이야기를 나누었던 곳이었다.

"후…… 여자 사장님이 우리한테 올 때마다 남자 사장님 눈빛이 이상하다 싶긴 했어요. 우리를 쳐다보고 또 쳐다보더라고."

수호의 말에 현태는 저 안에서의 기억을 되짚어보았다. 남자 사장은 아리와 단둘이 왔을 때에도 움직이지 않았었다. 한 발자국도 움직이지 않은 채, 묵묵히 안주를 만들었었다.

"우리 남편이 소싯적에 유명한 식당 주방장이었다니까?"

여사장은 그렇게 자랑했었다. 사람 좋아 보이는 미소를 그리며 제 남편에 대해 자랑하느라 여념이 없었다. 하지만 그것은 '과거'에 관한 것뿐. 이상하다 싶었지만, 아리는 단 한 번도 그에 대해 걸고넘어지지 않았다. 언제나 밝은 목소리로 여주인의 말을 받아쳐 주었었다. 오늘은 어떤 일이 있었고, 어제는 어떤 일이 있었고. 꼭 친구가 된 것처럼 조잘조잘 떠드는 탓에 혼자 술잔을 넘긴 것도 몇 번이었다.

"아리는 봤을 거예요."

"그러니까 뭘 봤냐는 겁니다."

숨을 들이마시던 수호가 휴우, 다시금 한숨을 깊게 내쉬었다. 주머니를 더듬거리며 담배 한 갑을 꺼내어 현태를 쳐다보았다.

"한 대만 태워도 됩니까?"

"담배 태우셨습니까?"

지난번, 제 차에서는 태우지 않는다고 하더니, 거짓말이었나 보다.

"스트레스 받을 때에는 어쩔 수 없이 생각나더라고요. 쉽게 못 끊어요."

수호가 슬쩍 웃었지만 현태는 함께 웃어줄 수 없었다. 그러냐며 웃기엔 가벼운 문제가 아니었다. 담배에 불이 붙었다. 치지직, 고요한 밤이라 그런지 담배가 타들어가는 소리가 생각보다 크게 들렸다. 수호는 연기를 깊게 빨아들이고 길게 내뱉었다.

"여사장님 캔디가 울긋불긋했어요. 처음엔 너무 행복한 건가 싶었는데. 이래서 겉만 보고 생각하지 말란 건가……."

"사장님 마음은 더 이상 캔디가 아니야."

현태는 오래전, 아리가 했던 말이 떠올랐다. 캔디가 아니면 뭐냐고 물었었는데 더 이상 대답해 주지 않았다. 보이지 않는 네가 이해하지 못 하는 말이라고 했다. 그래서 현태도 더 이상 묻지 않았었다. 아리가 말하지 않는 데에는 이유가 있을 테니까.

"피멍이 든 것처럼 울긋불긋했어요. 더는 그 마음엔 색이 없는데, 피멍이 꽃처럼 울긋불긋 피어서……."

수호는 말을 잇지 못했다. 매캐한 연기만 빨아들였다 내뱉었다. 현태는 더 이상 묻지 않았다. 색이 없는 캔디, 꽃처럼 핀 피멍. 괜히 마음이 쓰렸다. 부부를 볼 때마다 부모님을 생각했을 아리가 더욱 안쓰럽다.

그 캔디를 보며 어떤 생각을 했을까.

"그런데 남자 사장님 캔디는 더 가관이더라고요."

"어떤데요?"

수호가 피식 웃음을 던졌다. 재미있어서, 즐거워서 짓는 웃음이 아니었다.

"까만 캔디가 부서지고 있었어요. 벌써 반이나 깎인 그건…… 캔디가 아니었어요."

수호의 말에 현태의 눈빛이 번쩍였다. 다시 포장마차로 향하는 그의 눈에 다급함이 서렸다. 아리가 말했던 더 이상 캔디가 아니라는 건 여사장이 아닌 남사장의 것이었다. 그래서 그렇게 열심히 여사장과 이야기를 나누려 애썼던 것이다.

"그럼 지금이라도!"

"지금이라도 가서 뭘 할 겁니까?"

후우, 뿌연 담배 연기가 공중으로 흩어졌다. 매캐한 냄새가 현태의 콧잔등까지 훅 다가왔다가 점차 사라졌다.

"저 부부를 갈라놓을 겁니까? 여자 사장님을 구할 거예요? 정의의 사도처럼?"

현태는 아무런 말도 할 수 없었다. 주먹을 꽉 말아 쥐었던 그가 다시 포장마차 쪽으로 고개를 돌렸다.

"아리도 봤겠죠. 답을 찾으려 애썼을 겁니다. 어떻게든 여자 사장님을 구해주고 싶어서, 구하려고 뭐든 했을 거예요. 난 아리를 잘 모르지만, 캔디를 보는 아리는 그럴 것 같단 생각이 들어요."

너무 확답하는 거 아닙니까? 그렇게 말을 하려다 현태는 입을 꾹 다물었다. 그래, 자기가 아는 아리는 그럴 것이다. 또 아리는 그런 노력을 했었다.

"사장님, 며칠 뒤에 제 생일인데. 같이 영화 보러 안 가실래요? 남자친구도 없고, 엄마랑 꼭 같이 보고 싶은 영화인데 사장님이 꼭 우리 엄마 같아서요."

"사장님! 이번에 저희 신상품 들어왔는데. 구경 오세요. 정말 예쁘게 나왔어요."

어쩐지 유독 여사장과 바깥에서 만나려 무던히도 노력한다 했다. 엄마와 닮아서 그런다는 말을 믿었다—물론 제가 보기에 닮은 구석은 없었지만—. 엄마가 떠올라서 그런다는 말도 철석같이 믿었다. 하지만 여사장은 번번이 핑계를 대며 거절했다.

너무 부담스럽게 하지 말라고 아리에게 면박을 준 적도 있었다. 그럴 때마다 아리는 어색하게 웃었다. 현태는 더 물어보지 않았다. 대체 무슨 일이기에 그러냐고 묻지 않고 모르는 척 넘어갔다. 아무것도 보이지 않는 자신이 그녀를 이해할 리 없다 치부하며.

"나보다 더 오래 캔디를 봐온 아리가 아무것도 할 수 없었는데, 우리가 할 수 있을 거라 생각해요? 아니요, 난 그렇게 생각 안 합니다."

후우, 담배 연기를 뱉는 소리가 유독 크게 들렸다.

"참…… 행복해 보인다는 생각을 했는데, 막상 마음을 들여다보니 그게 아니었네요. 이 괴리감이……."

끝끝내 말을 잇지 못한 수호가 아아, 앓는 소리를 냈다. 반 이상 다 타버린 담배를 휴대용 재떨이에 비벼 끈 그가 포장마차를 빤히 바라보았다. 바깥까지 새어 나오는 노래가, 조금 전처럼 흥겹게 들리지 않았다. 여사장의 슬픔을 가려주는, 흥겨운 척을 위한 가리개라는 생각밖에 들지 않는다.

"아무 일도 없었으면 좋겠네요."

수호의 말에 현태가 고개를 끄덕였다. 이후로도 두 남자의 시선은 꽤 오랫동안 포장마차에 머물렀다. 차라리 무슨 일이 일어나 저들을 도울 수 있었으면, 그렇게 바라고 있었다.

현태는 수호를 데리고 귀가했다. 현태의 부모님은 현태가 오랜만에 데려온 동성 친구를 반겨주다, 이내 아리를 찾았다.

"집에 좀 데려와. 얼굴 까먹겠다. 그리고 곧 기일이잖아. 걔 그러다 저번처럼 또 크게 아플라."

"알았어요. 알아서 할 테니까, 가서 쉬세요."

"거실에 이부자리 펴줄까?"

"제가 할게요. 엄마, 가서 쉬어요."

집에서의 현태는 바깥과 다르게 다정한 아들이었다. 애교를 부린다거나 하진 않았지만 한 마디 한 마디에서 애정이 느껴졌다.

"알았어. 그럼 편히 쉬어요."

"아닙니다. 너무 늦게 죄송합니다. 안녕히 주무세요."

깍듯한 수호의 인사에 현태의 모친이 호호 웃음을 터뜨렸다. 잘생긴 사람들은 인사도 기분 좋게 한다는 우스갯소리를 늘어놓으며 방으로 향했다.

현태는 갈아입을 옷을 쥐어주곤 그를 욕실로 밀어 넣었다. 거실에 이부자리를 펴면서 포장마차를 떠올렸다. 처음 그 포장마차에 갔을 때, 아리는 안으로 들어가자마자 훌쩍였었다. 엄마와 아빠가 생각난다는 말을 했지만, 그건 그때 한 번뿐이었다.

그때부터 이상한 낌새를 눈치챘어야 했다.

홀로 끌어안으며 얼마나 마음이 아팠을까. 아무것도 모르는 저에게 티를 내지 않으려 또 얼마나 노력했을까. 서운하단 생각은 하지 않았다. 아리가 왜 저에게 그런 말을 하지 않는지 모르는 게 아니기 때문이었다.

"내가 아픈 걸 본다 해서, 현태 너까지 아픈 걸 같이 볼 필요가 없잖아."

술에 취해 한 말이었다. 툭 던진 그녀의 말이 유독 아프게 꽂혔다. 왜 그때 같은 아픔을 공유하고 싶다 말하지 못했을까. 바보처럼.

이윽고 욕실 문이 열리며 수호가 나왔다.

"아, 잘 씻었습니다. 옷도 딱 맞네요."

사실 현태는 갈아입을 옷을 주면서도 제 옷이 그에게 좀 클 거라고 생각했었다. 그러나 수호는 보란 듯 현태의 티셔츠를 소화했다. 크기도, 길이도 딱 적당했다. 숨겨진 체격이 제법 다부지구나 싶어 울컥했다. 같은 남자가 보아도 그는 흠 하나 없는 완벽한 사람이었다.

"다행이네요."

"이야, 역시 지 팀장님 몸이 좋네요. 배도 단단해 보이는 게."

현태는 성큼 다가와 제 배를 꾹꾹 누르는 그가 영 마음에 들지 않았다. 친화력이 좋은 것도 싫었다. 왜 친한 척이냐 뿌리치고 싶었지만, 오늘 하루 가까워진 건 맞으니 또 그럴 수도 없다.

"먼저 쉬세요."

적당히 수호를 뿌리친 현태가 욕실로 쏙 들어갔다. 욕실 거울을 쳐다보며 피식 웃음을 터뜨렸다. 정말 지현태는 허접한 남자다. 열등감이야 뭐야, 중얼거리던 그가 한숨을 크게 내쉬었다.

샤워를 마치고 수호의 곁에 누웠을 때에는 벌써 새벽 2시가 다 되어가고 있었다. 자고 있겠구나 싶어 조용히 눈을 감았을 때, 수호의 목소리가 들렸다.

"아, 오늘도 얼마 못 자고 가겠네요."

자기가 술 먹자고 해놓고 하는 소리에 괜한 심통이 났다.

“강 매니저님 덕에 저도 얼마 못 자겠고요.”

“저 잠꼬대 없어요.”

“알고 있습니다.”

더 이상 말을 섞고 싶지 않은데, 자꾸 대화를 하게 된다. 참 이상한 사람이었다. 그리고 저 역시 이상한 사람이다.

“오늘 하루, 캔디가 보이는 사람으로 살아보니 어떻습니까?”

현태의 질문에 수호의 입이 꾹 닫혔다. 낮게 울리는 냉장고 소리가 허공에 녹아들 때 즈음, 수호가 입을 열었다.

“별로 좋지 않네요. 누군가의 마음을 본다는 게, 되게 미안해져요. 누군가는 들키고 싶지 않아 겉으로 포장하느라 더 힘이 들지도 모르는데.”

포장마차 사장의 이야기인가 싶었다. 현태는 아무런 말도 하지 않고 묵묵히 수호의 말을 들었다. 다음 이야기를 기다리고 있었는데 수호가 현태를 향해 몸을 돌렸다.

“그런데 지 팀장님. 궁금한 게 있는데.”

갑자기 가까워지는 수호가 부담스러워, 현태는 슬쩍 뒤로 물러났다. 일그러진 얼굴이 그의 기분을 말해주었다.

“예. 말씀하세요.”

“아, 뭘 또 그렇게 싫은 티를 냅니까.”

치사하게. 주먹으로 그의 가슴팍을 툭 두드린 수호가 몸을 슬쩍 뒤로 뺐다. 현태는 참 가늠할 수 없는 남자였다. 가까워졌다 생각하면 멀어지고, 또 멀어졌다 생각하면 어느새 가까워져 있다. 연애를 할 때보다 더 밀당을 당하는 기분이었다.

“안 물어보실 거면, 전 잡니다.”

“아니, 잠깐. 잠깐! 사람이 왜 이렇게 극단적이에요?”

어쩌라는 건지. 그를 쳐다보는 현태의 눈빛에 짜증이 묻어 있었다. 휴, 짤막하게 한숨을 쉬는 현태의 모습에 수호가 슬쩍 그에게 다가갔다.

"물어봐도 됩니까?"

"빨리 물어봐 주세요. 피곤합니다."

"혹시 제가 캔디 보이는 거, 부러워하는 중이에요?"

현태는 눈을 동그랗게 떴다. 째깍거리는 시계 초침 소리도 들리지 않았다. 온 세상이 멈춘 것 같다. 캄캄하게 물들어 버린 거실에서 유독 수호의 두 눈동자만이 또렷이 보였다.

"뭐라고요?"

"제가 캔디를 볼 수 있는 게 부럽냐고요."

또박또박 묻는 그의 말에 현태는 눈을 느릿하게 껌뻑였다. 부러운 건 사실이었다. 어쩜 이렇게 제 맘을 꼭 집어 묻는지 궁금할 정도였다. 하지만 그렇다고 대답하고 싶지 않았다. 아무런 반응을 보이지 않는 것이 오히려 긍정의 뜻처럼 보일 수도 있지만.

"제가 왜 강 매니저님을 부러워해야 하죠?"

"뭐, 부러워해야 한다는 건 아니고. 지 팀장님이 하는 말이나, 저를 보는 눈빛이 그런 것 같아서요."

현태는 사람을 상대로 일하는 사람에게 심리전은 통하지 않는다는 것을 다시 한 번 깨달았다. 흠흠, 헛기침으로 목을 가다듬은 현태가 자세를 바로잡았다. 등을 돌릴까, 그냥 엎드려 버릴까. 머리가 복잡했다. 어떻게 하든 어색해 보일 것 같아 똑바로 누웠다.

"영양가 없는 이야기 할 거라면, 빨리 자는 게 좋을 겁니다. 늦었어요."

현태는 눈을 감았다. 혹여 눈꺼풀이 떨리기라도 할까, 최대한 힘을 빼고 숨을 고르게 들이마시고 뱉기를 반복했다. 그렇게 몇 분이 흘렀다. 아무런 말이 없는 수호 덕에 현태는 조금 마음이 편해졌다. 이제 저도 잠을 자볼까, 싶던 찰나 옆에서 짧은 숨소리가 났다.

깜빡 잠에 들려던 찰나, 수호의 목소리가 현태를 흔들어 깨웠다.

"나는 항상 지 팀장님이 부러운데."

현태는 잠시 멈칫거렸다. 하지만 입을 꾹 다문 채 아무런 말도 하지 않았다. 가느다란 숨소리만이 둘 사이에 머무르고 있을 때, 다시 그의 목소리가 들렸다. 쓸쓸하게까지 느껴지는 음색이었다.

"남들은 내가 모든 걸 가져서 누군가를 부러워하는 게 말이 되지 않는다 생각해요. 하지만 나는…… 나는 지 팀장님이 제일 부러워요."

그 말을 끝으로 찾아온 건 정적이었다. 밤의 달빛이 이끌어주는 시간에 녹아드는 당연한 정적. 현태는 정적에 제 숨결을 맡긴 채 아무런 말도 하지 않았다. 저 역시 그를 부러워한 적이 있다는 말을, 오늘 반나절 내내 그가 부러워 어쩔 줄 몰랐다는 말을 가슴 안으로 꾹꾹 눌러 삼켰다.

그들의 마음을 들어주는 건, 하늘 위로 휘영청 뜬 달님 하나뿐이었다.

캔디 넷.
다가가지 못하는 남자

“잘 잤어?”

아리가 화장대에 앉아 거울 너머에 있는 자신에게 물었다.

“아니, 못 잤어.”

그리고 다시 자신에게 대답했다. 수척해진 얼굴에 다크 서클이 턱 아래까지 내려와 있었다.

“또 그 꿈을 꿨어.”

저 자신에게 대답을 하자마자 두 눈을 꾹 감았다. 미세한 숨결마저 떨리는 게 느껴졌다. 몇 년, 아니 십 년 이상이 지남에도 떨치지 못한다. 그런 자신이 한심했던 적도 있었지만, 이젠 어쩔 수 없다고 생각하며 지낸다. 이 시기도 금세 지나갈 거라 믿으면서.

“괜찮아. 아리야, 괜찮아.”

저에게 위로를 던졌으나 그 또한 먹히지 않았다. 떨리는 숨결도 잦아들 생각이 없어 보였다. 그러다 곧 아아, 우는 소리가 새어 나왔다.

두 손으로 얼굴을 가리자마자 화장대 위 핸드폰이 부르르 몸을 떨었다.

〈일어났어? 오늘은 악몽 안 꿨고?〉

현태였다. 참 신기한 일이다. 매년 이즈음이 되면 저를 향한 레이더가 바짝 서는 모양이었다. 악몽을 꾸고 힘든 날엔 항상 현태의 연락이 아침을 깨웠다. 꿈이 뒤숭숭해서, 왠지 울 것 같아서, 날이 좋지 않아서. 이유는 여러 가지였다. 그리고 아리는 그 여러 가지 이유로 찾아온 현태의 연락에 늘 구원받는 처지였다.

오늘도 역시 눈앞으로 어둠이 잔뜩 드리웠지만 금세 걷어낼 수 있었다. 오롯이 현태의 연락 하나만으로.

〈말도 마. 밤새 잠 못 잤어. 너무 힘들다.〉

우는 이모티콘까지 보내고 나니, 진정할 수 있는 여유가 생겼다. 그래도 힘든 건 힘들다. 묵직한 돌덩이가 가슴을 짓누르고 있었다.

"준비해야지."

중얼거리면서도 영 힘이 나질 않았다. 두 손으로 마른세수를 하고, 몇 번이나 가슴을 탁탁 내려쳐도 나아지지 않았다. 아이고, 앓는 소리가 절로 흘러나왔다.

"준비해야지, 아리야."

게으른 저를 몇 번인가 채근하고 나니 그제야 머리가 조금 뜨이는 것 같았다. 그래, 살아야지. 살아야 한단 생각이 가장 먼저 들었다.

"너 바보야? 너까지 죽은 것처럼 살면 어떡해! 너라도 살아야지, 네가 살아야 그분들도 마음이 편하지!"

비가 쏟아지던 날 밤이었다. 밤새 울며 잠을 못 자는 저에게, 죽고 싶다던 저에게 외치는 현태의 목소리가 떠올랐다. 눈을 감으면 펼쳐지는 그 광경을 곱씹던 아리가 옅게 미소를 걸었다.

"고마워."

현태가 데리러 오면 꼭 앞에 대고 말해줘야지 싶었다. 고맙다는 말을 하고 나면, 지금 느끼는 이 아픔도 조금은 가라앉을 수 있겠지. 아리는 서둘러 출근 준비를 했다. 내일이면 쉴 수 있다. 오늘만 고생하면 내일은 휴무라는 생각에 금세 숨통이 트였다.

모든 준비를 끝마치고, 귀에 귀걸이까지 단 아리가 화장대 거울에 비치는 저를 빤히 바라보았다. 간신히 가라앉힌 마음이 또다시 두방망이질을 시작했다. 심호흡을 이어가며 어렵게 가라앉혔다.

"괜찮아. 내일 쉬잖아. 내일 맘껏 쉴 테니까, 오늘만 버티자. 응?"

하지만 좀 전처럼 대답은 돌아오지 않았다. 알았어, 잘 해볼게. 그런 대답을 바랐지만 거울 속 자신은 쉽게 답을 내리지 못했다. 제발 힘내자, 중얼거리던 아리가 고개를 푹 숙였을 때 핸드폰에 진동이 일었다. 그 소리가 얼마나 큰지, 어깨가 들썩일 정도로 놀라고 말았다.

"아, 깜짝이야."

〈나와. 집 앞이야.〉

현태의 메시지였다. 그래, 결국 이렇게 기계 같은 하루의 시작이 찾아왔구나. 연거푸 한숨이 터졌다. 이런 날엔 그냥 하루 나가지 않아도 될 정도로 심적인 여유가 필요했다.

그러려면 제 가게를 가져야 하는데, 마음을 먹는 게 쉽지 않았다. 지금 제 실적이라면 본사에서는 냉큼 내어줄 것이 분명했지만, 북적거리는 백화점을 떠나고 싶지 않았다. 북적이는 사람들에게서 얻는 위로를 포기할 수 없다.

"그러니까 힘내."

거울 속 아리는 웃고 있었다. 어깨에 멘 가방끈을 꽉 쥔 채, 힘내라는 말을 반복했다.

"알았지? 힘내."

거울 속 아리는 대답을 하지 않았지만, 단단해진 눈빛에서 알 수 있었다. 속을 꽉 채운 시름을 차마 터뜨릴 수 없어 흠흠, 괜히 목을 가다듬었지만.

현관문을 닫고 나니, 어깨를 억누르던 묵직한 돌덩이가 조금은 덜어진 기분이 들었다. 집터가 안 좋은가, 그런 농담을 하면서도 표정은 좋지 않았다. 집터가 아니라 제 마음가짐이 문제겠지. 집에 모든 것을 너무 쏟아버려서, 이 시기가 찾아오면 집이 휴식처가 될 수 없다는 점이 가장 클 것이다.

걸음을 재촉해 계단을 내려가고, 1층에 다다랐을 때 현태의 차가 보였다. 후다닥 뛰어 내려가 조수석 쪽으로 향하자, 뒷좌석의 창문이 빠르게 내려갔다.

"여기에 타."

불쑥 튀어나온 현태의 모습에 아리가 깜짝 놀라 걸음을 멈추었다.

"현태야? 왜 뒷좌석에 타 있어? 그럼 운전은 누가 해? 엄마가?"

아리의 물음에 답이라도 하듯, 조수석 쪽 창문이 스르르 내려갔다. 곧 드러나는 운전석의 정체에 아리는 깜짝 놀랐다.

"아리, 안녕."

"수호 오빠? 아니, 둘이 어떻게 같이 있어요?"

"빨리 타. 가면서 이야기해."

현태는 퉁명스럽게 대답하며 당연히 조수석으로 향하는 아리를 붙잡았다.

"아니, 뒷좌석에 타."
"왜?"
"빨리."
"그래, 아리야. 빨리 뒷좌석에 타."
수호의 다정한 대답이 들리기 무섭게 현태가 뒷좌석의 문을 열었다. 빨리 차에 타라는 눈빛이 얼마나 매서운지, 아리는 자기도 모르게 걸음을 재촉했다. 차에 올라타기 무섭게 현태가 저 끝으로 몸을 피해 제 무릎을 툭툭 두드렸다.
"누워."
갑작스러운 그의 말에 아리가 눈을 껌뻑였다. 몇 번인가 현태의 무릎을 베고 자고 싶다는 말을 한 적이 있었다. 물론 어릴 때였지만. 그럴 때마다 현태는 안 된다며 한사코 거절했다. 네 머리가 무거워 안 된다는 말이 대부분이었다.
"빨리."
현태는 옛날의 일을 떠올리던 아리를 채근했다. 그리고 제 옆에 숨겨놓았던 담요까지 꺼내 들었다. 갑자기 변하면 사람이 죽는다던데, 중얼거리자 현태의 눈이 금세 날카로워졌다. 빨리 안 눕냐는 무언의 협박이 담겨 있었다. 아리 역시 그 눈빛을 알기에 몸을 움츠렸다.
"알았어. 알았어. 그렇게 째려보지 마. 너 그렇게 쳐다보면 무섭다니까 몇 번 말해?"
투덜거리며 현태의 무릎에 누웠다. 그의 무릎은 생각보다 더 딴딴했다. 운동을 했던 다리라 더 그런 것 같았다.
"생각보다 편하지 않네."
"그래도 누워 있어."
"그런데 이렇게 가면 멀미 날 텐데."

현태는 아리가 장난을 치고 있다는 걸 알고 있었다. 그래서 아리를 슬쩍 내려 보다가 제 손으로 두 눈을 가려주었다.

"잠이나 자."

현태의 손길이 따뜻해서, 저를 생각하는 그의 마음이 고마워서. 아리는 자기도 모르게 입 위로 미소를 걸었다.

"조금이라도 쉬어야 가서도 일이 잘 되지."

너는 왜, 그 질문을 던지려다 목이 콱 막혔다. 온몸이 나른해져 질문을 던질 힘도 나지 않았다. 현태의 손에서 느껴지는 온기에 기분이 좋았다. 매일 악몽을 꾸면 이렇게 따뜻한 하루로 시작할 수 있을까, 바보 같은 생각을 했다.

잠시 후, 아리가 잠들었다고 생각한 건지, 운전석에 앉은 수호의 목소리가 들렸다.

"왜 나한테 운전을 시키나 했더니만. 이러려고 그랬어요? 무릎베개라면 내가 해도 되는데."

두 사람이 같이 오는 것도, 현태가 목숨처럼 아끼는 제 차의 운전석을 다른 사람에게 내어 준 것도 모두 신기했다. 눈은 무거운데, 어떤 대답을 할지 궁금해 좀처럼 잠들 수 없었다.

"제가 해주고 싶어서요."

현태의 즉답에 아리도, 수호도 놀랐다. 평소의 현태였다면 대답을 하지 않거나, 됐다고 딱 잘라 말할 텐데. 오늘만큼은 현태가 다르게 느껴졌다. 괜한 기분일까. 현태의 손이 점점 더 뜨거워지는 것처럼 느껴졌다. 그의 체온이 올라갈수록 제 온도 역시 높아져만 간다.

"어릴 땐 종일 운동을 한 탓에 무릎이 너무 아파서 무릎베개를 못 해줬는데, 지금은 아픈 날이 없으니까요. 그때 못 해준다고 거절한 거, 지금은 해줄 수 있는 상황이니까 해주고 싶었습니다."

가슴이 뭉클해졌다. 생각해 보면 무릎베개를 해달라 조를 때의 현태는 빠지지 않고 운동을 했었다. 매번 훈련에 지쳐 있던 어린 현태를 생각하며, 아리는 지난날의 자신을 꾸짖었다.

"그리고 지금은…… 이 정도 위로도 부족할 겁니다."

아니, 이 정도면 됐어. 말을 하고 싶었지만 어쩐지 목이 꽉 막혀 대답할 수 없었다. 그의 다정함이 아침나절 저를 짓누르던 돌덩이를 서서히 녹여주고 있었다.

"지 팀장님 같은 친구가 있어서 아리는 좋겠어요."

괜히 어깨를 으쓱거릴 뻔했다. 어서 자라는 현태의 말이 떠올라 함부로 미소를 그리지도 못했다. 잠에서 깨면 고맙다고 말해줘야지. 그렇게 생각하면서 결심했다. 누군가 현태와의 관계를 묻는다면, 이번엔 가족 같은 사이라 대답하지 않겠다고. 따뜻한 관계라고, 따뜻한 마음을 전해 받는 아주 소중한 관계라 말해야지. 다짐에 다짐을 이어가며 조금씩 잠에 빠져들었다.

따뜻한 꿈에서 헤엄쳐 다닌 기분이었다. 폭신한 양털 구름에 누워, 따뜻한 햇볕을 받으며 고양이처럼 고르릉거렸다. 퍽 오랜만에 만끽하는 단잠이었기에, 쉽게 떨쳐 낼 수 없었다.

"아리야."

꿈을 헤매던 그때, 익숙한 목소리가 귓가에 들렸다.

"일어나."

싫어. 작은 목소리로 중얼거렸지만, 목소리는 그녀를 붙잡고 놓아주지 않았다.

"다 왔어. 빨리 일어나."

다시 한 번 저를 부르는 목소리가 들렸을 때, 아리는 신경질적으로 눈을 떴다. 한참 무지개를 건너 반짝거리는 도시로 가던 참이었는데. 미간을 잔뜩 찌푸리며 눈을 뜨자, 현태가 아닌 수호의 얼굴이 보였다. 얼마나 놀랐는지 귓가로 심장이 떨어지는 소리가 들렸다.

"오, 오빠가 왜."

"지 팀장님은 일이 생겨서 급하게 사무실 들어가셨어. 덕분에 내가 무릎베개도 해주고, 좋네."

어쩐지 현태의 무릎에 누웠을 때와 다르다고 생각했었다. 수호도 무릎이 딱딱한 편이었지만, 현태만큼 딴딴하지는 않았다. 그래서 푹신한 양털 구름에 누워 있다는 생각을 한 걸까.

"이, 일어날게요."

수호는 천천히 일어나는 아리의 모습을 보며 못내 아쉬움을 감추지 못했다.

머리를 정돈하던 아리가 창밖을 쳐다보았다. 분명 백화점 안 주차장일 텐데 어딘가 이상했다. 평소와 보던 모습과 어딘가 다르게 느껴졌다. 한참 고민하던 아리가 생각났다는 주머니를 뒤적거렸다. 분명 출근 시간이 맞을 텐데, 오가는 직원의 모습이 보이지 않았다.

그런 아리의 모습에 수호가 넌지시 답을 내어주었다.

"참고로 지금 열 시야."

"네? 열 시라고요?"

"괜찮아. 효영이한테 미리 말해놨어. 나 팀장님한테는 아리 너 몸이 안 좋아서 늦게 간다고 말도 해놨고."

"오빠는요!"

"나는 뭐, 지각이지."

그게 그렇게 쉬운 문제였던가? 아리는 앓는 소리를 내며 머리를 뒤로 쓸어 넘겼다. 지각이라는 단순한 문제가 아니었다. 매니저의 부재는 휴무와 교육이 아닌 이상 인정되지 않았다. 피치 못할 사정으로 부재가 있다면, 필시 층을 담당하는 팀장에게 말을 해야 했다. 한데, 같은 층, 그것도 나란히 있는 매장의 매니저가 똑같이 늦는단다. 모란에게 된통 혼이 나도 혼이 날 문제였다.

더불어 혼이 나는 것으로 끝날 일이 아니었다. 남 이야기하기 좋아하는 사람들에게는 딱 좋은 먹이와 다름없었다.

"오해하기 딱 좋네요."

"아……."

그걸 생각하지 못했다는 듯, 수호가 말을 잇지 못했다. 사실 저는 어찌 되든 상관없었다. 그저 아리가 지각하는 이유만 충분하면 된다고만 생각했지. 아리의 말대로 누군가의 오해를 사기 좋을 것이라는 건 단 한 번도 생각해 보지 않았다.

"일단, 일단 빨리 들어가요."

어떻게든 들어가면 되겠지. 아리는 수호를 채근하며 차에서 내렸다. 일단 가면서 생각해 보자는 심산이었는데, 차에서 내린 수호가 가만히 서서 다리를 두드리는 모습이 보였다. 문득 저에게 무릎을 내어주었던 좀 전의 일이 떠올랐다.

"오빠 괜찮아요?"

"아, 괜찮아. 오랜만에 오래 앉아 있어서 그래. 서 있는 게 너무 익숙해졌나 보다."

하하, 그가 어색한 웃음을 터뜨리자 아리가 입술을 꾹 눌렀다. 어쩜 이렇게 제 주위에는 바보같이 착한 사람만 있는 걸까. 아리는 수호에게 다가가 그에게 팔짱을 꼈다.

"가요. 부축해 드릴게요."

"괜찮아."
"제가 안 괜찮아요."
가끔 느끼는 거지만, 아리의 말에는 거절하지 못하게 만드는 힘이 있었다. 고개를 끄덕이고, 그렇게 하라 답을 내릴 만한 힘이. 결국, 수호는 아리의 부축을 받으며 백화점의 안으로 들어서야 했다. 엘리베이터를 타고 지하에 내려왔을 때, 그제야 조금 괜찮아져 손을 뿌리칠 수 있었다.
"정말 괜찮아요?"
"그럼. 괜찮아."
"제 머리가 너무 무겁나 봐요."
죄송해요. 중얼거리는 아리의 얼굴이 어두워지자, 수호가 손을 뻗어 그녀의 머리를 마구 헝클어뜨렸다.
"똑똑해서 그래, 똑똑해서."
고맙다고 말을 해야 할 것이 한둘이 아녔는데 어째서 입이 떨어지지 않는 걸까. 아리가 고개를 끄덕이자 수호가 자리에서 콩콩 뛰었다. 이제 혼자 걸을 수 있다는 걸 보여주기 위함이었다.
"봐, 이제 괜찮아."
"다행이에요."
"들어가자. 아, 나부터 들어갈 테니까 조금 있다가 들어와. 알았지?"
아리는 고개를 끄덕였다. 그래야 조금이라도 의심을 피하리라는 것을 저 역시 잘 알고 있었다. 수호가 먼저 매장으로 들어가고, 십여 분이 지나 아리가 들어갔다. 오늘 처음 만난 것처럼 수호와 인사를 나누었고, 효영에게 미안하다 두 손을 모았다.
"됐어요. 빨리 나 팀장님한테나 가보세요. 언니랑 수호 오빠랑 둘 다 호출했어요."

올 것이 왔다는 듯 딱딱하게 경직되는 아리의 모습을 보며 효영이 걱정 어린 표정을 지었다. 요 며칠 힘들어하는 아리의 모습보다 지금 나 팀장에게 불려가는 상황이 더 걱정됐다. 이유도 모르고 매번 반복되는 상황이라는 걸 알고 있기에 더더욱 그랬는지도 모르지만, 적어도 나 팀장에게 불려가 맨정신으로 돌아온 사람은 드물었다.

흡연자들은 곧장 흡연실로 향했고, 흡연자가 아닌 사람들은 휴게실에서 잠시 숨을 돌리고 오곤 했다. 그래서 더욱 아리가 걱정됐는지도 모른다.

"다녀올게."

"살아 돌아오세요."

효영의 걱정 어린 말에 아리가 걱정하지 말라며 매장을 나섰다. 이윽고 다녀오겠다는 말을 남긴 수호가 아리의 옆으로 붙어 섰다.

"혼나겠죠?"

"학교도 아니고, 혼나기는."

"그럼 욕먹겠죠?"

"뭐 어때, 나눠서 욕먹는 것보다 한 번에 먹는 게 낫지 않아?"

수호는 웃었다. 별일이야 있겠냐며 키득키득 웃었지만 어쩐지 아리는 함께 웃을 수 없었다.

기다란 복도를 지나 사무실에 다다랐을 때, 아리가 심호흡을 하며 마음을 가다듬었다. 무슨 말을 먼저 해야 할까. 죄송하다는 말? 늦었다는 말? 머리가 복잡해져 어떤 말을 꺼내야 할지 정할 수 없었다. 차마 입을 떼지 못하고 있었는데, 수호가 먼저 문을 두드렸다.

"강수호입니다."

"하, 한아리입니다."

잠시 정적이 이어지고, 문 건너편으로 익숙한 나 팀장의 목소리가 들렸다.

"네. 들어와요."

수호가 아리를 보며 한쪽 눈을 찡긋거렸다. 괜찮아, 중얼거리는 목소리에 괜히 마음이 가라앉았다. 두 사람이 문을 열고 들어가자, 모란의 앞에 익숙한 사람이 멀뚱히 서 있었다.

"죄송합니다."

M브랜드의 강준호 매니저였다. 수호와 같은 성씨에다가 한참 잘 붙어 다녀 강브라더스라 불렸던 남자. 훤칠한 신장에 제법 말끔한 얼굴을 가졌지만 너무 숫기가 없어 인기인의 반열에 오르지 못했다. 여직원의 인사도 제대로 받아주지 못해, 직원마저 남자로 쓰는 매니저였으니 당연한 일이었다.

"본사에서 행사 매대 기획서를 사무실로 몇 번이나 보냈는지 아세요? 제가 강 매니저님께 몇 번이나 그걸 드렸어요? 그런데 지금 며칠이 지났는데 아직도 강 매니저님의 기획서가 안 왔어요. 말이 된다고 생각하십니까?"

모란은 여느 때와 마찬가지로 까랑까랑한 목소리를 뽐내고 있었다. 보는 것만으로도 살이 베일 것 같은 날카로운 눈빛이 준호를 향했다. 아리는 자기도 모르게 허리를 바짝 세웠다. 이 살벌한 분위기에 자칫 잘못하다간 저 역시 베일 수 있다.

"오늘 퇴근 전에 꼭 제출하겠습니다."

준호가 고개를 꾸벅 숙이자 모란이 화를 내려다 고개를 돌렸다. 그리고 수호와 아리의 모습을 보곤 끙, 앓는 소리를 냈다.

"됐으니까 나가봐요."

"꼭 오늘 안으로 드리겠습니다."

"됐으니까 가보시라고요!"

날카로운 모란의 목소리에 아리가 화들짝 놀라 어깨를 움찔거렸다. 곧 사무실을 나가는 준호의 뒤로 모란의 시선이 꽂혔다. 그리고 그 순간, 아리와 수호의 눈이 휘둥그레졌다. 너도 봤어? 그런 말을 하며 서로를 마주하던 두 사람이 동시에 고개를 끄덕였다.

"강 매니저님, 한 매니저님."

그사이에 두 사람의 앞에 멈추어 선 모란이 날카로운 눈빛으로 그들을 번갈아 보았다. 추켜올리는 안경조차 서슬 퍼런빛을 내는 것 같았다.

"캐주얼 매장 중에서 가장 실적이 좋은 두 브랜드의 매니저님께서 같이 지각을 하시면 되겠어요?"

약을 먼저 주고 병을 주려는 모양이었다. 짤막한 칭찬으로 시작된 나 팀장의 말은 생각보다 오래 이어졌다. 물론 지각에 대한 문제가 주된 이야기는 아니었다. 마침 두 브랜드가 함께 세일에 들어가야 하니, 크게 브랜드전을 걸어 함께하면 좋을 것 같다는 상부의 지시가 내려왔단 이야기였다.

그에 아리는 가슴을 쓸어내렸다. 자신이 생각한 심각한 상황은 아니구나, 절로 안도의 한숨이 새어 나왔다. 그렇게 모든 이야기를 마치고 사무실을 빠져나오기 아리와 수호가 서로를 쳐다보았다.

"오빠도 봤어요?"

"어. 너도?"

두 사람이 동시에 고개를 끄덕였다.

"M매장 강 매니저님 캔디도요?"

"응. 준호 형 캔디도 봤어."

맙소사. 중얼거리던 아리가 두 손으로 입을 가렸다. 빨리 준호에게 가보자 이야기를 하려던 찰나, 누군가 아리의 손을 잡아끌었다. 얼마나 놀랐는지 하마터면 비명을 지를 뻔했다.

"많이 욕먹었어?"

그녀의 손목을 낚아챈 건, 숨을 가쁘게 내쉬고 있는 현태였다. 걱정 어린 표정으로 아리를 쳐다보던 그의 손에 힘이 잔뜩 들어가 있었다.

"현태야."

"나 팀장한테 많이 욕먹었냐고."

"아니, 욕먹고 말고 할 것도 없었어. 수호 오빠랑 우리 매장 이벤트 같이할 것 같다는 말 들은 게 전부야."

아리의 말에 현태가 안도의 한숨을 푹 내쉬었다.

"나 여기에 있는 거 어떻게 알았어?"

"매장에 갔다가 효영이한테 들었어."

왜 매장에 갔냐 묻고 싶었지만, 그러지 않기로 했다. 입을 꾹 다물고 고개를 끄덕였다. 그래, 작게 속삭이는 마음속 목소리가 제법 떨리고 있었다. 그런 두 사람을 지켜보던 수호가 흠흠, 헛기침을 뱉었다.

"여기에 이러고 있으면, 또 한 소리 들을 것 같은데. 걸어가며 이야기할까?"

수호가 먼저 발을 뗐고, 아리와 현태가 그 뒤를 따랐다. 걸음을 옮기는 내내 현태는 가슴을 쓸어내렸다.

"맞다. 현태야, 나랑 오빠랑 이상한 거 봤어."

"이상한 거?"

이제는 아리가 무언가 보았다고 하면, 캔디일 것이라 확신하게 됐다. 만일 수호가 캔디를 보지 않았다면야 다른 걸 생각했겠지만, 지금은 수호마저도 캔디를 보지 않던가. 그러니 또 괜한 심술이 올라왔다. 저만 보이지 않는 걸 두 사람이 공유한다는 게 이렇게 질투가 나는 일이었구나, 새삼 깨닫게 되었다.

"준호 매니저님이랑, 모란 팀장님 말이야."

전혀 어울리지 않는 두 사람의 이름이 나오자, 현태가 아리송한 표정을 지었다.

"혹시 준호 형이 나 팀장을 엄청 싫어해서 캔디가 까맣게 변했어?"

"아니, 그게 아니야."

"그럼 나 팀장이 준호 형 때문에 속이 까맣게 탔나?"

"아니, 그것도 아니야."

이것도 아니고 저것도 아니란 말에 답답해졌다. 준호를 못 잡아먹어 안달인 모란이 또 어떤 캔디를 할 수 있을까. 상상이 되지 않았다.

"그럼 뭔데?"

"듣고 놀라지 마."

제법 진지해지는 아리의 모습에 현태가 고개를 끄덕였다. 아리의 낮은 목소리가 묘한 긴장감을 불러일으켰다.

"나 팀장님을 보는 강 매니저님 캔디가 빨갛게 물들어 있었거든?"

"빨갛게?"

의외였다. 매번 욕을 먹던 강 매니저가 빨간 캔디를 갖고 있단다. 그것도 못 잡아먹어 안달이 난 나 팀장을 향한 캔디가. 좀처럼 이해되지 않는 상황이었다.

놀란 현태의 모습을 보던 아리가 조금 더 신이 나서 다음 이야기를 꺼냈다.

"놀라운 건 이게 다가 아니야."

"또 있어?"

주위를 살피던 아리가 현태에게 가까이 다가갔다. 가까이 오라 손짓을 하며 목소리를 낮추었다.

"모란 팀장님 캔디도 빨갛게 물들어 있었어. 그것도 준호 매니저님

하고 이야기할 때만."

"말도 안 돼."

현태는 아리의 말에 고개를 저었다. 정말 말이 되지 않는 이야기였다. 두 사람의 마음이 빨간 캔디라니. 지나가던 지하 1층 직원이 웃어도 이상하지 않다.

"정말이라니까?"

"천하의 나 팀장이랑, 소심한 강 매니저님이?"

현태의 말에 곁에 서 있던 수호가 괜히 어깨를 움찔거렸다.

"그냥 준호 형이라 부릅시다. 강 매니저라니까 꼭 저 말하는 거 같아서 기분이 영."

현태는 그런 수호를 가자미눈으로 쳐다보다가 준호의 매장을 힐끗거렸다.

"이거 준호 매니저님한테 말씀드려도 되는 부분입니까?"

"아니, 그걸 꼭 말을 하란 게 아니잖아요. 지 팀장님 진짜 이럴 때 보면 심술 맞네요."

"원래 제가 좀 못됐습니다. 이제 아셨어요?"

수호와 현태가 동시에 헛웃음을 터뜨리자, 아리가 두 사람을 신기하게 쳐다보았다. 어제까지만 하더라도 못 잡아먹어 안달이 나 있더니―물론 현태에 한정된 이야기지만― 오늘은 농담까지 주고받는다. 놀라운 변화가 아닐 수 없었다.

아리는 슬쩍 걸음을 늦추어 현태와 수호의 뒷모습을 바라보았다. 캔디를 볼까 싶었지만, 제 캔디는 보지 말라는 현태의 말이 떠올라 그만두기로 했다. 그저 농담을 주고받으며 티격태격하는 두 사람의 모습이 참 보기 좋았다. 어쩌다 그렇게 친해졌냐 묻고 싶었지만, 추후로 미루기로 했다.

묻는다 해서 대답해 줄 현태도 아니었고. 지금 이 좋은 분위기를 망치고 싶지도 않고.

"나는 챙기지도 않고, 둘만 가네! 치사하게!"

아리가 두 사람의 사이로 끼어들자, 두 사람의 시선이 그녀에게로 향했다. 아주 비슷한 온도를 가진 시선이었다.

"그래서 어떻게 하고 싶은데?"

현태의 물음에 아리가 고개를 돌렸다.

"뭐가?"

"너 또 무슨 일 꾸미려고 이렇게 들뜬 거 아니야?"

뜨끔거렸다. 아리는 현태를 돌아보며 어색하게 미소를 그렸다. 어깨를 으쓱거리며 별거 아니라고 말을 하지만, 그 말을 온전히 믿을 현태가 아니었다.

"너, 불안해. 하지 마."

"알면서 그런다."

"하지 말라 했다."

힘을 잔뜩 준 현태의 말에도 아리는 굽히지 않았다. 되레 어깨를 으쓱거리며 이 상황을 즐기고 있었다. 그에 수호가 슬쩍 끼어들었다.

"뭘 꾸미는 건데?"

"아깝지 않아요?"

"아까운 것도 많다."

투덜거리는 현태에 비해, 수호는 어서 말해보라는 듯 반짝이는 시선을 보냈다.

"두 사람 마음이 통한 거라고요. 똑같이 빨간 캔디. 서로 마음이 있는 건데, 준호 매니저님도 나 팀장님도 서로 엇갈리기만 하잖아요. 얼마나 아까워. 그죠, 오빠?"

"하지 마. 제발 일터에서는 일만 해."

현태는 아리의 말을 뚝 잘라버렸다. 하지만 아리는 그에 제 의견을 앞세울 수 없었다. 매장에 다다른 이유도 있었지만, 현태의 표정이 꼭 도깨비처럼 무서웠기 때문이었다. 당장 매장으로 조용히 들어가지 않는다면 아마 혼쭐이 나도 크게 날 것이다.

"하지 마. 하지 말라 부탁하는 건 하지 마. 제발. 일터에선 조용히 일만 하자. 알았지?"

현태는 매장 앞을 떠나는 그 순간까지도 아리에게 애원했다. 부탁이라면 부탁이고, 협박이라면 협박 같은 말이었다. 생각해 볼게, 그렇게 대답하는 아리에게 현태는 깊은 한숨을 되돌려주었다. 사무실에서의 호출이 없었다면 아마 하지 않겠단 대답을 할 때까지 들볶였을지도 모른다.

"언니, 뭘 하지 말라는 거예요?"

"어? 아니, 뭐. 그냥."

아무것도 아니라는 말로 넘기려 할 때, 수미가 다가와 효영의 옆구리를 툭 쳤다.

"에이 언니, 눈치도. 연애하지 말라는 말이잖아요."

"아, 그런가? 그래서 조용히 일만 하자고 한 건가?"

두 사람의 대화에 놀란 아리가 토끼 눈을 했다.

"무슨 소리야? 거기서 연애가 왜 나와?"

아니야, 그런 거 아니야! 두 손을 휘휘 저어가면서까지 대답하는 아리에게 수미는 묘한 시선을 던졌다. 길게 찢어지는 눈빛이 제법 날카롭다.

"그렇잖아요. 매니저님한테 굳이 일터에서는 일만 하라고 말을 하는 거나, 하지 말라 부탁까지 하는 거 보면……."

"언니, 강 매니저님이에요?"

거기에 효영까지 한술을 더 뜬다. 아리가 답답한 마음을 터뜨리려 했을 때, 수호가 아리의 매장으로 불쑥 들어왔다.

"무슨 이야기를 그렇게 재밌게 해?"

아무것도 모르고 활짝 웃는 그의 얼굴을 보니 괜히 한숨이 새어 나왔다. 처음으로 수호가 빨리 매장으로 돌아갔으면, 하고 바랐다.

"흠흠, 아. 창고. 창고에 가야겠다. 수미야, 언니 따라와."

효영이 헛기침하며 수호와 아리를 번갈아 쳐다보았다. 수미를 데리고 창고로 갈 때까지 두 사람을 바라보는 효영의 눈은 의미심장했다. 미소가 머무르는 눈꼬리가 어쩐지 두 사람을 놀리고 있는 것 같았다.

덩그러니 남은 아리만이 어쩔 줄 몰라 눈을 요리조리 굴렸다. 그러다 아무 일도 없는 척, 수호를 향해 물었다.

"그나저나 무슨 일이에요, 오빠?"

"아, 아까 네가 말한 거 있잖아. 뭘 꾸민다고."

조금 전 사무실을 떠나 걸어오던 길을 떠올리던 아리가 고개를 끄덕였다. 또 현태처럼 하지 말라는 말을 하는 거라면, 그냥 확 무시해 버릴까 싶었는데.

"그거 자세히 듣고 싶어서."

수호는 아리의 예상을 벗어난 대답을 했다. 저의 계획에 동참하겠다는 말 같았기에, 아리는 벅차오르는 마음을 감출 수 없었다.

"자세히요?"

"응. 이게 신기하기도 하고, 즐겁기도 한데 어떻게 써야 할지 도통 알 수가 있어야지. 아리 네가 계획하는 일이 뭔지 들어보고, 나도 같이 하고 싶어. 그래도 둘이 볼 수 있으면 조금 더 일이 수월하지 않을까?"

아리와 가까워지고 싶은 마음에 한 말이기도 했지만, 한편으로는 진심이기도 했다. 이 능력을 어떻게 써야 좋을지 아무리 머리를 굴려 봐도 답이 나오지 않았다. 언제 사라질지 모르는데-되도록 오래 머물렀으면 좋겠지만- 이대로 묵히기엔 아까웠으니까.

그런 수호의 말에 아리는 더욱 신이 났다. 누군가 제 계획을 함께 해 준다 말하는 것이 이토록 기쁘다니! 잔뜩 들뜬 마음으로 계획했던 일을 말하려 하는데, 도끼눈을 한 현태가 떠올랐다.

"조용히 일만 하자. 제발."

신신당부인 척했지만, 협박이 분명했다.

"지 팀장님 때문이면 걱정하지 마. 내가 잔머리 하나는 끝내주거든."

아리의 고충을 눈치챈 수호가 그녀의 어깨를 툭툭 두드렸다. 한쪽 눈을 찡긋거리며 여유를 부리는 것 또한 잊지 않았다.

수호의 말에 용기가 생기지 않았다면 거짓말일 테다. 아리는 더더욱 말을 하지 않을 이유가 없다며 저를 다독였다. 애초에 캔디가 서로 달랐다면 시도도 하지 않았을 테지만, 두 사람의 캔디는 똑같았다. 빨갛게 물들어 꼭 제 마음을 표현하는 것 같았다.

그러니 더욱 가만히 있을 수 없었다. 어떤 방법을 써서라도 두 사람을 이어주고 싶었다.

"그러니까, 그게……."

아리가 수호에게 가까이 다가갔다. 최대한 주변을 살피며 생각했던 계획을 그에게 털어놓았다. 두 사람의 대화가 길어지면 길어질수록, 어쩐지 입가에 걸린 의미심장한 웃음이 떠나지 않았다.

점심시간이 찾아왔다. 아리와 함께 점심시간을 보내는 게 오랜만이라 그런 건지, 현태의 걸음이 가벼웠다. 콧노래까지 흥얼거리며 걷던 그가 이내 발을 우뚝 멈추었다.

"현태야!"

앞서 나와 손을 흔들고 있는 아리 때문이기도 했고.

"지 팀장님!"

손을 흔들고 있는 수호와 그 곁에 서 있는 강준호 매니저 때문이기도 했다. 그래. 수호와 먹는 것까지는 아리가 워낙 살뜰하게 잘 챙기는 성격이라 대충 넘기기로 했다. 둘이 먼저 만났던 인연도 있었고. 한데 어째서 강준호 매니저가 저기에 있는 거지? 순간 머릿속으로 꿍꿍이를 잔뜩 숨기고 있던 아리의 얼굴이 떠올랐다.

제발 하지 말라 그리 부탁했는데 그새를 못 참고! 부글부글 끓는 속을 애써 삼키며 걸음을 옮겼다. 하지만 그 걸음에 제 속이 비치지 않을 리가 없다. 더불어 표정에도 확연히 드러나 버린 탓에 아리의 얼굴이 바짝 굳어버렸다.

"잠시만요."

제 나름대로 준호와 수호에게 양해를 구한 현태가 아리를 데리고 저만치 떨어졌다.

"설명해."

"응?"

큰일 났다. 속으로 중얼거리던 아리가 슬쩍 현태의 가슴팍을 내려다보았다. 약속을 했지만, 지금은 보지 않을 수 없었다. 그만큼 현태의 표정이 무서웠다. 하지만 제 눈을 가려 버리는 현태의 큰 손 때문에 캔디는커녕 넥타이가 무슨 색인지도 볼 수 없었다.

"이 상황, 뭔지 설명해."

"아니 그게, 수호 오빠가 준호 매니저님이랑 같이 먹자고 해서."

"내가 하지 말라 부탁했잖아."

제 행동에 화가 난 게 분명하다고 생각했다. 하지만 힘을 실어 말할 것 같았던 현태의 목소리는 의외로 차분했다. 끝이 조금 떨리는 게, 괜히 미안한 마음마저 들었다.

"싫다고. 너 괜히 이런 거에 휘말려서 이도 저도 아닌 상황 되는 거, 정말 싫다고."

속상한 것 같았다. 고등학생 때 정말 친한 친구를 도와주려다 되레 제가 더 힘들어졌던 상황이 있었다. 그때의 상황도 지금과 비슷했고, 현태는 저를 걱정하느라 여념이 없었다. 정말 똑같은 상황이었다.

"현태야."

걱정하지 말라고 말을 하려고 했는데, 현태가 아리의 말을 딱 잘라 버렸다.

"하지 마."

"이야기 좀 들어줘."

"하지 마. 제발. 그러지 마, 아리야."

아리는 제 눈을 가리고 있던 현태의 손을 떼어냈다. 그리고 힘을 주어 잡았다. 어릴 때도 지금도 현태의 손은 따뜻하다.

"걱정하지 마. 나, 그때 난 어렸잖아."

상처를 꾹 눌러 삼킬 수 있다는 말은 하지 않기로 했다. 그마저도 속상해할 것이 분명했으니까.

"그리고 지금은 너도, 나도 어른이야. 그렇지?"

아리의 말에 현태는 침묵을 유지했다. 어른이 되어서도 상처는 받는다는 말을 하고 싶었지만, 웃는 얼굴이 눈에 밟혀 아무 말도 할 수 없었다. 아리가 말하는 과거부터 현재에 이르기까지 저는 아리에게 약하다. 어떤 상황에 있든 결국 아리의 뜻을 따르게 된다. 운동을 시작하게 된 이유도 아리 때문이니, 어련하겠냐만.

"적당히 할게. 적당히 둘이 이어주고 적당히 가까워질 수 있도록. 응?"

한 번 더 말을 얹는 아리의 모습에 현태는 고개를 돌렸다. 그리고 아리가 잡고 있던 제 손마저 떼어 주머니 속으로 쏙 집어넣었다.

"알아서 해."

아리에게 서운했다. 적어도 한 번쯤은 제 마음을 이해해 주고 모른 척 넘어가 주었으면 했는데. 아리가 상처를 받을 때마다 저 역시 상처를 받는다는 사실을 말하지 않아서일까. 서운함은 사라지지 않고 계속 불어난다. 그리고 현태의 마음을, 머리를 서운함으로 가득 채워 눈앞을 가려 버린다.

잠자코 현태를 바라보던 아리가 제 손을 꾹 붙잡았다. 화가 난 건지, 현태의 입술이 일자로 길게 늘어진 모습에 가슴이 욱신거렸다. 미안하다는 말을 건네야 했는데 못난 입술은 움직이지 않았다.

현태는 아리를 지나쳐 수호와 준호에게로 향했다. 시답잖은 이야기를 주고받다가, 이내 아리를 향해 어서 오라 손짓했다. 그에 아리는 목이 묵직하게 잠겨오는 걸 참아내야 했다. 이유는 모르지만 자꾸만 울 것 같은 기분이 되어버린다.

어렵게 옮긴 걸음은 식당으로 가는 내내 묵직하게 그녀를 잡아끌었다. 괜한 일을 한 걸까, 머리가 복잡했다. 음식을 받아 테이블에 앉을 때까지 그 고민은 끝나지 않았다. 현태와 아리가 함께 앉았고 그 건너편으로 수호와 준호가 앉았다.

"그건 그렇고, 준호 매니저님."

먼저 입을 뗀 건 현태였다. 깜짝 놀란 아리가 현태를 바라보았다.

"소개팅 생각 없어요?"

전혀 예상하지 못한 현태의 질문에 아리와 수호가 깜짝 놀랐다. 그에 비해 당사자인 준호는 묵묵히 식판과 현태를 번갈아 보다 하하, 사람 좋은 웃음을 터뜨렸다.

"지 팀장, 너무 갑작스러운 거 아니야?"

다부진 얼굴에 짙은 눈썹이 눈에 띄는 남자였다. 한참 검은 뿔테를 쓰고 다니더니, 언젠가부터 안경을 벗고 렌즈를 끼고 다녔다. 와이셔츠보다는 티셔츠가 더 잘 어울리는, 삼십대에 접어들었는데도 이십대로 보이는 동안인 사람이었다. 조금만 더 숫기가 있었다면 충분히 인기인의 반열에 올랐을 텐데, 친한 사람이 아니고서야 말도 못 꺼내는 덕분에 동안인 매니저로 그쳤다.

"갑자기가 아니지. 이야기는 자주 나왔는데, 준호 매니저님이 그런 이야기에서는 자꾸 피하니까 그러죠."

현태의 자연스러운 물음에 아리가 아랫입술을 꾹 눌렀다. 고맙기도 하고, 미안하기도 하고. 감정이 한데 엉켜 소란스러웠다.

"아……."

눈가를 긁적거리던 준호가 현태를 향해 어색하게 웃었다.

"마음만 받을게. 소개팅은 힘들 것 같아."

"왜요?"

준호는 직설적인 현태의 물음에 조금 놀란 모양이었다. 그럴 만도 했다. 현태가 이런 모습을 보이는 건 흔한 일이 아니었으니까. 흠흠, 목을 가다듬던 준호가 주변을 둘러보며 목소리를 낮췄다.

"나 좋아하는 사람 있어. 좀…… 오래됐어."

준호의 말에 수호와 아리의 표정이 한껏 밝아졌다. 그렇게 신이 나는 건지, 길게 말려 올라간 입술이 당최 내려올 생각을 하지 않았다. 반짝반짝 빛나는 두 사람의 눈동자를 보던 현태가 흠흠, 헛기침을 뱉어 모두의 시선을 제게 돌렸다.

“나는 알 것 같은데.”

현태를 제외한 세 사람의 눈동자에 당황하는 기색이 역력했다. 가장 놀란 건 준호였다. 주변을 빠르게 둘러보는 눈이 크게 흔들리고 있었다.

“캐주얼 매장 총 관리하시는 그분, 아니에요?”

“지, 지 팀장! 쉿! 쉿!”

정곡을 찔린 탓에 준호가 검지를 입술에 댄 채 속삭였다. 정확히 말하면 작은 목소리로 힘껏 외치고 있는 거나 다름없었지만. 누가 들었을까 걱정이 되는 건지, 그의 얼굴은 새빨개져 있었다. 아리와 수호를 힐끗거리며 쳐다보며 연거푸 앓는 소리를 냈다.

“아니면 말고.”

마치 지금은 그 정도만 물어볼게, 라는 듯 현태가 말을 끊었다. 묵묵히 밥을 먹는 현태의 모습에 아리가 분위기를 바꾸려 말을 던졌다.

“아, 아하하. 준호 오빠, 우리 되게 오랜만에 밥 같이 먹네요. 그죠?”

“어? 아…… 응. 그러네.”

아리의 말에 대답을 해주었지만, 현태 때문에 깜짝 놀란 것은 가시지 않은 모양이었다. 여전히 주변의 눈치를 보던 그가 아리를 향해 어색하게 웃었다.

“아, 둘이 밥도 같이 먹었어?”

수호의 물음에 아리가 고개를 끄덕였다.

“일한 지 얼마 안 됐을 때, 아는 사람도 없고 그렇잖아요. 그때 오빠가 자주 데리고 다녔어요. 밥시간도 그렇고, 쉬는 시간에도 그렇고.”

맞죠? 해맑게 묻는 아리에게 준호는 옅은 미소로 답해줄 뿐이었다. 밥이 입으로 들어가는지, 코로 들어가는지도 모를 점심시간이 지나갔다. 식사를 마친 네 사람이 향한 곳은, 세영과 함께 갔던 옥상의 정원이었다.

현태는 옥상에 도착하자마자 주변을 휘 둘러보았다. 앉을 곳이 없나 한참 찾다, 저 구석에 정자가 비어 있는 게 보였다. 늘 사람으로 북적대던 통에 가까이 가지도 못했는데, 오늘은 웬일로 텅 비어 있었다.

"저기, 비었다. 가자."

현태는 자연스럽게 아리의 손을 잡고 이끌었다. 만약 아리가 수호와 준호에게 따라오라는 말이 없었다면 아무도 그 뒤를 쫓지 못했을 게 분명했다. 꼭 두 사람의 시간을 방해하러 가는 방해꾼 느낌이 물씬 풍겼으니까.

"아, 좋다."

"이제 바람이 조금 차네. 더 지나면 옥상은 올라오지 못하겠어요."

두 팔을 비비는 수호의 모습에 현태가 흥, 코웃음을 쳤다.

"다 운동량이 적어서 그런 겁니다. 안 그래요, 준호 매니저님?"

현태의 물음에 깜짝 놀란 준호가 눈에 띄게 몸을 움찔거렸다.

"뭐야, 왜 그렇게 놀라요? 나는 그냥 우리 같이 운동 다니는 거 자랑하는 거였는데."

"두 분 같은 곳에서 운동해요?"

"아니 뭐, 그런 건 아니고. 쉬는 날 어쩌다 마주친다고 해야 하나."

하하, 준호가 어색하게 웃었다. 여전히 불그스름한 얼굴로 이쪽저쪽을 두리번거리다 이내 옷을 펄럭이기 시작했다.

"이제 그냥 솔직하게 말해요."

"뭘?"

"아까는 사람이 너무 많아서 내가 그냥 넘겼는데, 여긴 우리밖에 없잖아요."

수호가 고개를 돌려 주변을 돌아봤다. 현태의 말마따나 정자 근처로 오는 직원들은 없었다. 워낙 구석에 있기도 했고, 누군가 앉아 있으면 다가오기 힘든 분위기를 내기도 했고. 덕분에 네 사람은 철저하게 고립될 수 있었다.

"혹시 알아요? 뭐, 우리가 잘되게 도와줄지도."

준호의 귀가 쫑긋거렸다. 사실 아무에게도 말할 생각이 없었다. 이대로 마음을 품고 지내다, 안 되면 안 되는 대로 흐지부지 넘길 생각이었다. 더더군다나 매일 같이 불려가 혼나는데, 모란이 저를 좋게 생각할 리가 없다. 그래서 더 부끄러운 마음에 말하지 못한 것도 있었다. 더 멋진 모습, 더 든든한 모습을 보이고 싶은데 마음처럼 되지 않으니까. 그런데 누군가의 도움을 받는다 해서 달라질까. 조금이라도 모란에게 좋은 모습을 보여줄 수 있는 걸까. 한참 고민하던 준호가 세 사람을 힐끗거렸다.

"정말 도와줄 거야?"

수호는 준호의 곁에 앉았고, 아리는 힘차게 고개를 끄덕였다. 현태만이 그런 세 사람을 보며 못마땅한 듯 옅은 한숨을 쉬고 있었지만.

"그럼요. 오빠, 당연한 거 아니에요?"

아리는 괜히 목소리를 높였고, 수호는 준호의 손을 툭툭 두드려 주었다.

"걱정하지 마세요. 준호 매니저님 비밀 발설되면 우리 셋 중에 하나니까."

"나 소문나면 여기 그만둬야 해."

울적하게 말하는 준호의 목소리에 현태가 아리와 수호를 번갈아 보았다.

"이거 소문나면, 알아서 자진 퇴사해."

"알았어."
"형, 저 입 무거워요. 걱정하지 마세요."
세 사람을 번갈아 쳐다보던 준호가 어휴, 앓는 소리를 내며 고개를 푹 숙였다. 정적은 생각보다 오래 이어졌다. 생각할 시간이 필요할 건 알고 있었기에 세 사람 역시 아무런 말을 하지 않았다. 몇 분이나 지났을까. 비로소 마음을 먹은 건지, 준호가 고개를 끄덕이며 입을 열었다.
"현태가 말한 그 사람이 맞아."
아리는 속으로 환호성을 내질렀다. 표정으로 티를 내지 않으려 몇 번이나 입가에 힘을 주었는지 알 수 없다. 흠흠, 목을 가다듬던 아리가 준호를 향해 몸을 앞당겼다.
"언제부터예요?"
수호도 준호에게 더욱 바짝 붙으며 물었다.
"어디가 그렇게 좋았어요?"
이제 알아서 잘 하겠구나 싶었던 걸까, 현태는 그런 두 사람의 모습에 입을 딱 닫았다. 제가 할 일은 다 했다고 생각하는 것 같았다.
"일 년 좀 됐나. 조금 넘었나 그럴 거야."
"엄청 오래됐네? 오빠, 근데 티도 안 낸 거예요?"
아리의 말에 놀란 준호가 깜짝 놀라 고개를 들어 올렸다.
"그런 말 마. 안 그래도 캐주얼 매장에 문제 있는 거 싫어하는 사람인데, 내가 자기 좋아한다는 소문이 나봐."
"형이 왜요. 뭐 어때서."
"그럴 이유가 있어."
그럴 이유가 있다는 건, 좋아하게 된 계기와 숨기게 된 계기가 정확히 존재한단 이야기였다. 하지만 개인적인 이야기를 캐물을 수 없어 입을 꾹 다물었다. 그리고 그 정적을 깬 건, 준호의 낮은 한숨이었다.

"그게……."

❁

여느 때와 다름없는 하루였다. 북적거리는 손님을 응대하랴, 행사장까지 뛰어가랴. 직원을 셋이나 두고 있는데도 정신이 없는 건 똑같았다. 심지어 계절 세일에 브랜드 세일까지 겹치니, 그야말로 엎친 데 덮친 격이었다. 주말 아르바이트라도 써야 하나 머리를 맞대던 즈음이었던지라 식사를 하러 가는 건 매니저에게 사치였다.

그런 와중에도 준호는 직원들의 식사 시간은 무조건 지켜주었다. 그게 매니저로서 자신이 해줄 수 있는 가장 큰 일이라 생각했다. 직원들을 식당으로 보내고 홀로 매장을 지키고 있을 때, 누군가 그의 매장으로 걸어 들어왔다.

"안녕하세요."

갸름한 얼굴에 새침한 눈매. 얇은 입술이 돋보이는 여자였다. 까만 정장을 갖춰 입은 그녀는 무언가를 체크 하고 다니는 듯, 투명한 파일을 들고 다녔다. 수줍게 웃던 그녀는 준호와 눈도 마주치지 않은 채 매장을 훑었다.

"지하 1층을 새로 맡게 된 나모란이라고 합니다. 앞으로 잘 부탁드려요."

눈도 마주하지 않고 하는 인사가 어디 있냐 말하고 싶었지만, 그녀가 풍기는 냉랭함에 입이 꾹 다물어졌다.

"아, 네. 잘 부탁드립니다."

준호의 대답에 모란이 고개를 돌렸다. 그리고 다시금 매장을 죽 훑어보다 조심스레 물었다.

"혼자 일하시나요?"

"아니요, 직원들은 다 밥을 먹으러 가서."

"매니저님은 안 가시고요? 이제 식당 닫을 건데."

"아, 전 괜찮습니다. 워낙 바빠서 밥을 먹을 시간도 없어요. 잠깐 이렇게 손님이 없어서 쉬는 것만으로도 족해요."

그때, 저를 쳐다보던 모란의 표정을 어떻게 설명해야 할까. 이해할 수 없는 표정이었다. 직접 듣지도 않았는데 그녀의 말이 들리는 것 같았다. 어떻게 밥을 안 먹고 일을 하지, 왜 밥을 거르면서까지 일을 하지. 저렇게까지 해야 할 필요가 있나?

"아, 어서 오세요. 고객님."

준호는 손님이 들어와 다행이라고 생각했다. 그게 아니었다면, 아마도 왜 밥을 먹으러 가지 않냐는 모란의 질문에 맞는 답을 찾기 위해 고군분투했을 것이다. 모란은 손님을 응대하고 있는 준호의 모습을 꽤 오래 지켜보았다. 그리고 그가 상품을 찾는 사이 홀연히 매장을 떠났다.

며칠 뒤, 항상 그랬던 것처럼 바글바글하게 몰리던 고객 덕에 밥도 제대로 챙겨 먹지 못하던 때였다. 직원들이 합심해 쉬고 오라며 준호의 등을 떠밀지 않았더라면, 아마 퇴근할 때까지 매장에서 벗어나지 못했을 것이다.

휴우, 숨을 몰아쉬던 그가 어깨를 툭툭 두드렸다. 직원 통로로 들어서 문을 열자 익숙한 얼굴이 보였다.

"아, 나 팀장님. 안녕하세요."

준호의 인사에 모란은 조금 놀란 듯했다. 하지만 금세 웃으며 고개를 숙였다. 손목에 채워진 시계와 준호를 번갈아 보던 모란이 의아하게 물었다.

"식사하러 가세요? 지금 식당 닫았을 텐데."

"아, 네. 그래서 그냥 휴게실에서 쉬려고요."

"또 식사 거르신 거예요?"

"아…… 네. 뭐."

이상했다. 다른 사람이 밥을 먹었냐 물으면 아직 먹지 않았다고 웃으며 답을 할 수 있었는데, 모란이 묻는 건 어쩐지 민망해졌다. 아직 먹지 않았다고 말을 하는 것이 괜히 자기 관리를 제대로 하지 못 하는 사람으로 비추어질 것 같았다.

조금이라도 빨리 자리를 피하고 싶었다. 수고하시라는 말을 남긴 채, 준호는 잽싸게 모란을 지나쳤다. 문을 열고 지하 3층에 있는 휴게실에 내려갈 때까지 뒤도 한 번 돌아보지 않았다. 모란의 모습이 뇌리에 선명하게 남아 떠나지 않았다. 문을 열었을 때 풍기던 향수 냄새가 콧잔등에 잔뜩 남아버린 기분이었다.

"내가 무섭게 생겼나."

곧 저를 보며 놀라던 모란의 모습을 떠올리다 제 얼굴을 더듬거렸다. 두꺼운 뿔테 안경 때문일까. 종종 직원들이 어두워 보인다고 말하곤 했는데. 진작 렌즈로 바꿀걸. 중얼거리던 준호의 입가에 옅은 한숨이 걸렸다.

휴게실에 도착한 준호는 벽에 몸을 기댄 채 다리를 쭉 뻗었다. 온몸이 꽁꽁 굳어버린 기분이었다. 언제쯤 이 바쁜 시기가 지나갈까, 생각하다 휴무에 무얼 할지 떠올렸다. 일주일에 딱 한 번 있는 휴무라 선택지는 그리 많지 않았다. 혼자 어디에 놀러 가기도 뭐하니, 선택지는 더욱 좁아졌다. 친구들이라도 만나 술을 할까, 오랜만에 부모님을 찾아뵈러 갈까. 이런저런 생각을 하다 보니 배에서 꼬르륵 소리가 났다.

"음료수라도 마셔야 하나."

말은 그렇게 하고 있었지만 무거운 눈은 떠질 생각을 하지 않았다. 언제 눈이 감겼는지도 모를 정도로 피곤했다. 공복이 길어지니 피곤은 배가 되고, 불어난 피곤은 그를 무력하게 만들었다. 일어나야 하는데 알면서도 몸은 움직이지 않았다.

잠시 후, 누군가 휴게실로 들어오는 소리가 들렸다. 차분한 발걸음 소리는 점점 저에게로 가까이 다가왔다. 혹 직원인가 싶어 눈을 떴다.

"거봐, 밥을 안 먹으니까 힘이 없죠. 먹으면서 일해야지 왜 자꾸 굶어요."

그의 앞에 서 있는 건 모란이었다. 왜? 어째서? 질문들이 머리를 맴돌았지만 입이 떨어지지 않았다.

"아, 그게……. 아니 그런데 여기 어떻게……."

왜 일을 할 때처럼 말이 술술 나오지 않는 걸까. 고객을 응대한다 생각하며 말을 하면 될 텐데, 생각처럼 쉽지 않다. 멍청하게 눈을 깜빡거리는 준호를 보던 모란이 흠흠, 목을 가다듬었다. 한참 쭈뼛거리며 눈치를 보다, 손에 쥔 검은 봉지를 그에게 내밀었다.

"준호 씨 주려고 사 왔어요."

준호는 저에게 내밀어진 봉지를 빤히 바라보았다. 어떤 말을 하며 받아야 할지, 어떤 표정을 지으며 받아야 할지 알 수 없었다.

"아, 이게……."

"빨리 받으세요. 나 팔 떨어지겠어요."

평소보다 더 나긋한 모란의 목소리에 준호는 손을 뻗어 봉지를 받아들었다. 묵직한 봉지 안에서 맛있는 냄새가 솔솔 올라와 침샘을 자극했다.

"고맙습니다. 하하, 오늘 무슨 날인가 봅니다. 나 팀장님에게 이렇게 받을 만큼 제가 뭘 잘 했나."

저는 대체 무슨 이야기를 하는 걸까. 어쩐지 횡설수설하는 것 같아 멋쩍었다. 봉지를 열어보니, 안에는 먹음직스러운 빵과 우유가 있었다.

"그걸로 배 채우시고, 저녁엔 꼭 식사하세요. 거르지 마시고요."

모란은 웃고 있었다. 처음 봉지를 건넬 때의 모습과 똑같이 활짝 미소를 지으며 준호를 바라보았다. 쿵. 쿵쿵. 미묘한 떨림이 느껴졌다. 박자에 맞추어 뛰는 심장 소리에 귀를 기울이던 그가 고개를 끄덕였다.

"감사합니다."

왜 저에게 이런 걸 주느냐 묻고 싶었지만, 괜히 분위기를 깨고 싶지 않았다. 저에게 빵을 건네준 그녀의 친절에 의문을 품는 것도 예의가 아닌 것 같았고.

"옆에 앉아도 될까요?"

모란의 미소가 예뻤다. 고개를 끄덕이며 그러라 말을 해야 하는데, 머리엔 엉뚱한 생각만이 가득했다.

"마침 저도 쉬러 나온 참이거든요."

모란은 생긋 웃으며 준호에게 다가왔다. 신발을 벗고 휴게실 안으로 들어왔을 때, 익숙한 향수 냄새가 확 퍼졌다. 휴게실에 올 때, 모란의 옆을 스치며 맡았던 향이었다. 그 때문인지 가슴이 벌렁거렸다. 조금 더 가까워지고 싶은 마음 탓일까.

쿵쿵. 쿵쿵. 쉴 새 없이 뛰는 탓에 정신이 하나도 없다.

두 사람은 아무런 말도 나누지 않았다. 하지만 그 정적은 생각보다 달콤했다. 얼마나 심장이 떨리는지, 속눈썹마저 그에 맞춰 함께 떨리고 있었다.

"맛있네요. 빵이 엄청 부드러워요."

"그죠? 제가 좋아하는 빵집이에요. 우유 냄새가 고소하게 잘 배어서, 퇴근하기 전에 꼭 들러서 사가요."

"아, 그거 좋네요. 저도 오늘 좀 사서 돌아갈까 봐요. 내일 아침에 우유랑 먹기 좋을 것 같은데요."

하하, 넉살 좋게 웃었지만 사실 한 마디 한 마디를 하는데 얼마나 용기를 냈는지 모른다. 연애라고 해봤자 대학생 때 두어 번 정도밖에 없었고. 그마저도 숫기가 없는 탓에 금세 헤어지고 말았다. 꾸미는 건 누구보다 자신 있었지만 수수한 얼굴을 생각하면 선뜻 손이 가지 않았다. 제아무리 꾸며봤자 수수한 남자는 수수할 뿐이라는 생각밖에 들지 않았으니까.

그래서인지 여자와 이야기를 하는 것도, 이런 상황과 마주하는 것도 영 어색했다. 서툴기 짝이 없는 저와 이야기를 하는 모란은 또 얼마나 곤욕일까 싶었다.

"강 매니저님."

그때, 모란의 목소리가 들려 고개를 돌렸다. 한 입 베어 물었던 빵이 입안에서 사르르 녹아내렸다.

"오빠라고…… 불러도 될까요?"

갑작스러운 모란의 말에 놀라 자기도 모르게 빵을 꿀꺽 삼켜 버렸다. 처음에야 그냥 넘어가는 느낌이라 괜찮다 느꼈는데, 금세 사레에 걸려 기침이 터져 나왔다. 켈록켈록, 쉼 없이 터지는 기침에 머리가 핑그르르 돌았다. 그에 더욱 놀란 사람은 모란이었다. 봉지에 들어 있던 우유를 꺼내 빨대를 꽂아 그에게 내밀었다.

"빨리, 우유. 우유 드세요!"

저보다 더 급한 모란의 목소리에 준호가 정신없이 우유를 목으로 넘겼다. 목에 콱 박힌 빵이 넘어간 건 우유 한 팩을 모두 비운 뒤였다. 이제야 제대로 숨이 쉬어졌다. 그러고 나니 조금 전 모란이 했던 말이 꿈처럼 느껴졌다.

"괜찮으세요?"

"예. 괜, 괜찮습니다. 그보다 뭐라고 하셨어요?"

놀라 묻는 준호의 모습에 모란이 눈을 깜빡거렸다. 느릿하게 한 번, 그리고 두 번. 천천히 입을 열어 다시 대답했다.

"오빠라고 불러도 되겠냐고 물었어요. 제가 강 매니저님보다 두 살이 어리니까요."

펑! 폭발하는 소리만 들리지 않았을 뿐이지, 얼굴이 터져 버린 것 같은 느낌을 받았다. 눈을 빠르게 깜빡이던 그가 한 손으로 하관을 몇 번 쓸어내렸다. 어쩔 줄 몰라 눈을 빠르게 깜빡거리던 그가 다시 입을 열었다.

"오, 오빠요?"

"싫으면 그냥 강 매니저님이라 부르고요."

모란이 아쉬워하는 것처럼 보이자 준호가 입술을 꾹 눌렀다. 그리고 빠르게 고개를 흔들었다. 안경이 콧대를 타고 스르륵 흘러내릴 정도로 세찬 움직임이었다.

"아, 아닙니다! 아니에요! 싫은 게 아니에요!"

살면서 이렇게 격정적으로 대답해 본 적이 있었던가. 몇 번을 세어봐도 아니, 없을 것이란 생각이 강하게 들었다.

"오빠, 오빠라 부르셔도 됩니다. 괜찮아요."

다시 한 번 강조했다. 그러지 않았다간 싫어한다고 생각할 것 같았다. 그런 준호를 빤히 쳐다보던 모란이 풋 웃음을 터뜨렸다.

"그래요. 그럼 오빠라 부를게요. 아, 대신."

대신? 모란의 말에 준호가 놀라 눈을 크게 떴다. 무언가 전제 조건이 붙는 것이 불안했다. 꿀꺽, 입에 남은 빵의 잔여물을 목으로 넘긴 그가 모란을 빤히 쳐다보았다.

"일할 때는 강 매니저님이라 부를게요. 보는 눈도 있으니까."

수줍게 웃으며 답하는 모란의 모습에 가슴이 한시도 가만있지 않았다. 고개를 끄덕이면서도 지금 이 상황이 무슨 상황인지 당최 알 수가 없었다. 아무 의미 없는 말일 텐데, 그저 매니저와 친하게 지내고자 한 말이 분명할 텐데도 숨이 막힐 정도로 떨렸다.

하지만 그렇게 놀랐던 와중에도 이야기는 시시콜콜 잘 이어갈 수 있었다. 아니, 그랬던 것 같다. 어떤 정신으로 이야기를 나눈 건지 또 어떤 이야기를 중점적으로 했는지 기억이 나지 않았다. 그건 시간이 조금 지난 후에도 마찬가지였다. 그저 이야기하는 내내 가슴이 터질 것 같았다는 것 외엔, 아무것도 기억나질 않았다.

그날 이후, 두 사람은 종종 휴게실에 내려와 이야기를 나누었다. 대부분 사람들이 많이 몰리는 휴식 시간과 식사 시간은 피하고는 했다. 괜히 둘이 친해졌단 이유로 이런저런 이야기가 나돌지 않게 하기 위함이었다.

여느 때와 마찬가지로 휴게실에서 만난 두 사람은 시시콜콜한 이야기를 나누며 과일을 먹었다. 딸기가 맛있다고 준호를 위해 싸온 모란 덕이었다.

"저기, 모란 씨."

어느새 이름까지 부르는 사이가 됐다. 하지만 그뿐이었다. 앞으로 나아가야 하는데 생각처럼 쉽지 않았다. 준호의 부름에 모란이 그를 쳐다보았다. 눈이 예쁘다는 서로의 칭찬에 두 사람은 어느새 안경 대신 렌즈를 착용했다. 거짓말처럼 같은 날 렌즈를 착용했다. 통했나 봐요, 그렇게 말하며 수줍게 웃던 모란을 떠올렸다.

"내일 쉬는 날이죠?"

"네. 쉬는 날이에요."

모란은 준호에게 말을 놓으라 했지만, 그는 절대 안 된다 말했다. 자신이 말을 놓게 되면 지켜야 할 정도를 넘어서는 순간이 오게 될 거라고 말이다. 제아무리 소문이 난 공자라 한들, 그건 어쩔 수 없을 거라 답했다. 편하게 대하는 건 아직 아니라는 말을 덧붙여서.

내심 서운하기도 했지만, 그 나름대로 깊이 고심해 답을 했다는 걸 알기에 모란은 그의 뜻을 따르기로 했다. 듣다 보니 틀린 말도 아닌 것 같고.

"그럼 우리."

이런 진중함에 자꾸만 끌리고 있는 건지도 모른다. 저마저도 침착하게 만드는 준호의 낮은 목소리에 모란이 고개를 끄덕였다.

"내일 영화 볼까요?"

얼굴이 새빨개진 준호의 모습에 모란 역시 두 볼을 붉혔다. 저를 쳐다보지도 못하는 남자인데도 가슴이 쿵쿵 뛰었다. 아니, 어쩌면 그 모습에 더욱 설레는 건지도 몰랐다. 드라마에서 나오는 남자 주인공과 전혀 다른 모습인데도 가슴이 뛰었다. 진심이 어린 목소리 때문일까, 그의 마음이 엿보이는 표정 때문일까. 둘 다일지도 모른다는 생각은 할 수조차 없었다.

"아, 안 되면 어쩔 수 없는데."

"아니에요."

그래서 단박에 수락했는지도 모른다. 어쩌면 가슴 한구석에서는 이런 이야기를 기다리고 있었을지 또 누가 알까.

"오빠랑 영화 보고 싶어요."

준호는 모란의 대답을 듣고 웃음을 참아내려 애써야 했다. 그녀를 마주하는 눈동자에서 반짝반짝 빛나는 별이 보였다. 평정심을 유지하기 위해 흠흠, 목을 가다듬으며 입 부근을 손으로 비볐다.

"그, 그럼 내일 집 근처로 데리러 갈게요."
"좋아요. 기다리고 있을게요."
아, 준호의 잇새에서 짧은 탄식이 새어 나왔다. 얼마나 좋은지 온몸으로 저릿한 전율이 흐르는 것 같았다. 당장에라도 소리를 지르며 풀쩍 뛰고 싶은데 모란이 옆에 있어 간신히 힘을 주어 참았다. 모란은 알쏭달쏭한 표정을 지은 채 미소를 짓고 있어, 무슨 생각을 하느냐고 묻지 못했다.
이윽고 모란을 찾는 방송이 휴게실 스피커로 흘러나왔다. 두 사람의 두근거림이 거짓말처럼 뚝 끊어졌다.
[7층 사무실에서 알립니다. 지하 1층 담당자 나모란 팀장은 지금 바로 7층 사무실로 올라와 주시길 바랍니다. 다시 한 번 알립니다. 지하 1층 담당자 나모란 팀장은 지금 바로 7층 사무실로 올라와 주시길 바랍니다.]
방송 내용을 듣던 준호가 걱정스럽게 모란을 쳐다보았다. 그 시선을 느낀 건지, 모란은 걱정하지 말라는 듯 생긋 웃어 보였다.
"또 매출 잔소리겠죠, 뭐."
"괜찮아요? 저번에도 지하 1층 매출 많이 떨어져서 혼났다면서요."
"날 혼내도 어쩔 수 있나요. 전체적으로 매출이 감소했는걸."
모란이 어깨를 으쓱거렸는데도 준호는 걱정이 잔뜩 담긴 표정으로 그녀를 쳐다보았다. 그리고 손가락을 세워 어깨를 톡톡 두드려 주었다. 혹 기분이 나쁠까 최대한 손바닥이 닿지 않게 조심하면서.
"그래요, 심한 이야기는 아닐 거예요."
"응. 맞아요."
괜찮을 거예요. 이어지는 모란의 작은 목소리에 준호가 생긋 웃어 보였다. 잔잔한 미소를 그리던 남녀의 시선이 한데로 맞닿았다. 그리고 아주 잠시 후, 모란이 먼저 자리에서 일어났다. 퇴근 후에 보자는 짧은 인사를 남긴 채 휴게실을 떠났다.

준호는 모란의 모습이 보이지 않을 때까지 손을 흔들었다. 잘 다녀와요, 전하지 못한 인사를 속삭이다 한숨을 푹 내쉬었다. 어쩐지 느낌이 좋지 않았다. 왜인지 모르지만, 불안감이 가슴 속에서 스멀스멀 싹텄다. 부디 아무 일도 아니기를 빌어 보지만 묘하게 떨리는 가슴을 억누르기란 쉬운 일이 아니었다.

시간은 빠르게 지나갔다. 어느덧 마지막 쉬는 시간이 지나고, 퇴근까지 한 시간 앞두고 있었다. 준호는 요 며칠 퇴근이 즐거웠다. 직원이 모두 다 나갈 때까지 기다렸다 퇴근을 함께하는 모란 덕분이었다. 들켜도 상관없긴 하지만, 당장 모란이 팀장으로 온 지 얼마 되지 않은 상황에서 괜한 구설수는 피하고 싶었다.

더불어 모란이 제 매장만 살살 봐준단 소리가 나오는 것도 싫었고. 퇴근을 생각하며 콧노래를 부르던 준호의 앞에 누군가 불쑥 나타났다.

"형, 요즘 기분 좋은 일 있어요?"

제영이었다. 지하 1층에서 제일 인기가 좋은 만큼 제일 원망의 소리도 많이 듣는 보안팀 팀장—곧 후임에게 인수인계하고 본사로 넘어간다고 들었다—. 제법 친하게 지내고 있는 사이이기도 했다.

"어. 기분 좋아."

"왜요? 연애라도 하나 봐?"

제영의 물음에 준호의 눈이 커다래졌다. 어? 되묻는 목소리가 어긋났다. 거짓말을 못 하는 성격이라 그런 건지 얼굴이 당장 터질 것처럼 벌겋게 달아올랐다.

"무, 무슨 소리야?"

"에이, 반응 보니까 진짠데?"

"아, 아니야. 괜한 소리를 해. 연애는 무슨."

아직 그 정도까지는 아니지. 중얼거리던 준호가 혹 그 말이 제영에게까지 들린 건 아닐까 눈치를 봤다. 연애, 연애라. 제영의 말을 되새기며 매장 정리를 하던 찰나 제영이 저쪽의 복도를 보며 쯧쯧 혀를 찼다.

"그나저나, 나 팀장님 엄청 깨졌다던데."

귀가 번뜩 뜨였다. 고개를 획 돌려 현태를 바라보았다. 무슨 소리냐 묻고 싶었지만, 너무 격한 반응은 의심을 살 수가 있다.

"왜?"

"사무실 사람들은 쉬는 시간, 점심시간 칼 같잖아요. 근데 모란 팀장이 너무 자리를 자주, 오래 비운다고 누가 찔렀나 봐요. 엄청 깨진 모양이던데? 울면서 사무실 들어가더라고요."

"울어? 울었다고?"

가슴이 쿵, 쿵. 두 번이나 떨어졌다. 그다지 자주 있는 상황도 아니었다. 점심시간, 쉬는 시간. 주어진 시간에만 오간 것뿐인데 울 정도로 혼나다니. 좀처럼 이해할 수 없었다.

"네. 막 마주쳤거든요."

"많이 울었어?"

"뭐, 조금…… 형, 나 팀장님이랑 친해요?"

제영의 물음에 준호가 눈을 끔뻑였다. 그리고 아주 조금 고민했다. 어떻게 대답을 해야 할까, 머리를 굴리다 곧 희미한 미소를 그렸다. 제영이라면 괜찮을 것 같았다.

"조금."

짧은 대답, 두 마디 정도의 말이었지만 제영은 금세 알아챈 듯했다. 아아, 고개를 끄덕거리던 그가 무언가 생각이 난 건지, 주머니에서 봉투 하나를 꺼내 들었다.

"이거 사무실에 좀 전해주세요."

"어? 이게 뭔데?"

"가져다주면 알아요. 빨리요."

채근하는 제영의 모습에 준호가 눈을 깜빡거렸다. 그의 손에 들려 있던 봉투와 그의 얼굴을 번갈아 보다 고개를 끄덕거렸다.

"알았어."

"나중에 저한테 고맙다는 말, 잊지 마시고요."

제영은 알 수 없는 말을 남기며 준호의 어깨를 톡톡 두드렸다. 무슨 말이냐 물어보려던 참이었지만, 결국 그 물음은 입안에 바람으로 남고 말았다. 그를 찾는 보안팀의 호출 때문이었다. 파이팅! 크게 주먹을 쥐며 응원하는 제영의 모습을 보던 준호가 희미한 미소를 그렸다. 파이팅. 작게 속삭이며 직원에게 매장을 맡긴 뒤, 사무실로 향했다.

복도는 길었다. 평소보다 더욱 길게 느껴졌다. 어째서인지 제영의 부탁으로 받아온 봉투가 무겁게 느껴졌다. 만약 모란이 혼난 게 저 때문이라면 무슨 말로 위로를 해야 할까. 앞으로 쉬는 시간에 나오지 않아도 된다고 말을 해야 할까. 그게 아니라면 퇴근 후에만 만나자 이야기를 할까.

아니 사실 그런 말도 우습다. 이렇다 할 사이도 아닌데 이러자 저러자 말을 하는 것부터 영 이상하다. 복잡한 머리를 부여잡고 사무실 앞에 멈추어 선 준호가 연신 심호흡했다.

'괜찮아. 그래, 일단 괜찮냐 물어보자.'

봉투를 꼭 쥔 준호가 주먹을 쥐고 문을 두드렸다. 똑똑. 낮게 울리는 소리가 괜히 크게 느껴졌다. 후다닥, 무언가 정리하는 소리가 났다. 잠시간의 정적이 흐르고 모란의 목소리가 들렸다.

"들어오세요."

평소 듣던 목소리가 아니었다. 물론 모란과 친해지기 전 그녀의 목소리가 어떠했는지 기억도 나지 않지만. 알아챌 수 있는 변화라 해도, 목소리가 얇게 떨리고 있다는 것 하나뿐이었다. 흠흠, 목을 가다듬던 준호가 문을 열었다. 그가 사무실에 들어가자 모란이 놀란 표정을 지었지만, 금세 그의 눈을 피했다. 그리고 모니터를 보며 얼굴을 굳혔다.

"무슨 일이시죠?"

그래, 맞다. 저 목소리였다. 저와 친해지기 전 모란은 사무적이고, 냉소했다. 뼈까지 시리게 만들 것 같은 목소리가 어쩐지 낯설게 느껴졌다. 준호는 목에 힘을 꽉 준 채 모란에게 다가갔다. 그리고 들고 있던 봉투를 내밀었다.

"이게 뭐예요?"

봉투를 힐끗 쳐다보는 눈언저리가 빨갛게 부어 있었다. 울었구나. 단번에 알 수 있었지만, 열심히 연습했던 괜찮냐는 물음은 쉽게 나오지 않았다.

"보안팀 권제영 씨가 전해주라 해서요."

"이게 뭔데요?"

"저도 잘 모르겠네요. 그냥 전해주면 된다고 들어서……."

머뭇머뭇 답을 하면서도 눈을 열심히 모란을 좇았다. 붉게 부은 눈가를 지나 충혈된 눈동자를 발견했다. 어떤 이야기를 들은 걸까, 걱정에 걱정이 꼬리를 물었다.

"놓고 가보세요. 퇴근 얼마 안 남았는데, 매장 정리하셔야죠."

여전히 모란은 준호를 바라보지 않았지만, 그는 꼼짝도 하지 않았다. 통통 부은 모란의 눈을 쳐다보다 텅 비어버린 사무실을 휘 둘러보았다. 어째서 아무도 없는 걸까. 매장 순찰을 나간 걸까.

"왜 아무도 없습니까?"

준호의 물음에 모란이 흠칫 놀라 어깨를 떨었다. 흠흠, 목을 가다듬던 그녀가 다시 입을 열었다.

"빨리 돌아가세요. CCTV…… 다 찍히고 있어요."

그녀의 말에 아차 싶던 준호가 고개를 들어 올렸다. 구석에 있던 CCTV가 빨간 불빛을 내보이며 저를 쳐다보고 있었다.

"그럼 퇴근하고 이야기해요."

모란은 아무런 대답도 하지 않았다. 그저 얇은 모니터를 빤히 쳐다보고 있을 뿐. 그런 모란을 잠자코 쳐다보던 준호는 어떤 말도 건네지 못한 채 뒤를 돌았다. 묵직한 걸음을 옮겨 문을 여는 그 순간까지도 발이 잘 떨어지지 않았다. 어렵게 사무실을 나가 문을 닫은 뒤, 그 너머에 있는 모란을 돌아볼 수 있었다. 하지만 빨간 눈의 CCTV는 사무실 문 앞에도 존재했다.

"하……."

머리를 마구 헝클이던 준호가 천천히 걸음을 옮겼다. 누군가 바닥으로 손을 뻗어 그의 발목을 잡아 끌어내리는 것 같았다. 마음이 묵직한 길이었다. 매장으로 올라오기 전, 쉬는 시간으로 다시 돌아가고 싶었다.

그토록 기다리던 퇴근 시간이 다가왔다. 준호는 주차장의 입구를 서성이며 좀처럼 걸음을 떼지 못했다. 아직 모란이 나오지 않았다.

"오빠, 안 들어가세요?"

같은 층에서 근무하는 아리가 이제 퇴근하는지 나오면서 아는 체했다.

"아, 응. 이제 가야지. 고생했다."

"오빠도요. 내일 봬요."

싹싹하게 인사를 하는 아리의 모습에 준호가 웃으며 고개를 끄덕였다. 내일 보자, 작게 속삭이는 목소리가 불어오는 바람에 휙 날아가 버렸다. 아리의 뒷모습을 지켜보던 준호가 다시 직원들이 오가는 통로를 빤히 쳐다보았다. 왜 나오지 않냐 전화를 몇 통이나 하고 문자를 몇 통이나 보내 보았지만, 답은 없었다.

그래서 더욱 답답했고, 자리를 떠날 수 없었다.

〈집 근처까지만 데려다주게 해줘요. 걱정돼서 그래요.〉

싫어할지도 모르지만, 걱정이 앞서 어쩔 수 없었다. 워낙 흉흉한 세상이기도 했고, 제 눈으로 모란이 들어가는 걸 보지 않으면 안심이 되지 않을 것 같았다. 자꾸 축 처진 어깨와 빨갛게 부어오른 눈이 생각났다. 휴, 한숨을 뱉자 하얀 연기가 입술에서 새어 나왔다.

〈지금 나가요.〉

모란의 답장이 도착하는 것과 동시에 가슴이 철렁거렸다. 그리고 모란이 찬 몸을 녹일 수 있도록 부랴부랴 차에 시동을 걸어 시트를 데웠다.

탁. 탁탁. 평소에 떨지 않는 다리까지 떨어가며 모란을 기다렸다. 지하 1층에서 5층까지 그리 높은 것도 아닌데 왜 이리 늦는 걸까. 핸드폰을 보며 시간을 확인하던 그때, 눈앞으로 모란의 모습이 보였다. 직원 통로에서 막 나온 그녀는 가방을 꼭 쥐고 준호를 쳐다보고 있었다.

모란은 느릿한 걸음으로 준호에게 다가왔다. 가까워지면 가까워질수록 그녀의 붉은 눈가가 눈에 들어왔다. 퉁퉁 부은 것이 전보다 더 많이 울어버린 모양이었다. 왜 그러냐 묻고 싶었지만 괜한 물음일까 걱정돼 결국 입을 떼지 못했다.

"타요. 내가 시트 데워놨어요."

모란 역시 그의 모습에 고개를 끄덕일 뿐이었다. 조금의 미소도 보이지 않던 그녀는 준호의 에스코트를 받으며 차에 올라탔다. 준호의 차가 백화점을 빠져나갈 때까지 두 사람은 아무런 말도 나누지 않았다. 일방적인 모란의 침묵 때문인지 준호 역시 우스갯소리 한 번 할 수 없었다.

그렇게 세 번의 신호를 지나쳤을 때, 모란이 먼저 입을 열었다.

"미안해요. 괜히 오빠한테까지 화를 낸 것 같아서……."

"아니에요. 기분은 좀 괜찮아요?"

모란이 고개를 끄덕였다. 아주 오랜만에 대화를 나눈 기분이었다. 연거푸 앓는 소리를 내던 그녀가 창문에 머리를 콕 박았다. 답답함이 서려 있는 숨소리에 귀가 쫑긋거렸다. 묻고 싶은 건 산더미였지만, 어련히 말을 해줄까 싶어 입을 닫기로 했다. 아니나 다를까, 모란의 힘없는 목소리가 들렸다,

"엄청 혼났어요."

"왜요?"

제영에게 이유는 들어 알고 있지만, 굳이 아는 척은 하지 않았다. 저에게 말을 하지 않는 건, 그럴 만한 이유가 있는 것일 텐데 굳이 티를 낼 필요가 없다. 준호의 따스한 물음에 모란이 잠시 침묵을 지키다가 운을 뗐다.

"나도 점심시간에 제대로 나가본 적 없어요."

알고 있었다. 매번 점심시간에 늦는 저와 똑같이 나왔으니까. 사람이 없는 휴게실에서 혹은 옥상에서 빵을 먹고 김밥을 먹었다. 저와 함께 점심을 먹고 쉬는 시간을 보낸다는 건, 제대로 그 시간을 보장받지 못하는 것과 똑같았다. 그래서 그녀가 된통 혼이 났다는 말을 이해할 수 없었다.

"쉬는 시간도…… 제대로 나간 적 없고요."

타이밍에 맞춰 신호등이 바뀌었다. 천천히 차를 세운 준호가 모란을 슬쩍 쳐다보았다. 곧 울 것처럼 눈이 붉어져 있었지만, 모른 척 고개를 돌렸다. 들키고 싶지 않을지도 모르겠다 싶어서.

"그게 맞는 거라고 했어요. 사무실 선배들이…… 신참이니까…… 점심시간, 쉬는 시간 반납하면서 일하는 거라고……."

울먹거리는 그녀의 목소리에 가슴이 답답해졌다. 누가 그런 말을 하냐 화를 내고 싶었지만 그럴 상황이 아니라는 걸 자신이 더욱 잘 알고 있다. 입을 꾹 다문 채 운전을 하던 준호가 하, 거친 한숨을 터뜨렸다.

"오빠랑 잠깐 쉬는 시간 게 내가 일하는 시간 중 유일한 휴식이었어요. 선배들이 넘긴 자료 전부 데이터 처리하고, 매장 돌고…… 그사이에 자기들은 쉬러 나가면서, 자기들이 그 시간 전부 쓰는 거면서."

준호가 짙은 탄식을 내뱉었을 때, 설마 했던 말이 모란에게서 터지고야 말았다.

"나…… 사무실에서 왕따 당하나 봐요, 오빠."

모란의 말에 준호가 급히 차를 돌렸다. 생각 같아선 백화점에 들어가 너희가 무얼 아냐 말을 하고 싶었지만, 참기로 했다. 그런다 해서 고쳐질 사람들이 아니었다. 더더군다나 제가 모란에게 뭐라고 그들에게 쫓아가 화를 낼 수 있단 말인가. 그 사람들이 보았을 때도 아마 우습게 보일 것이 분명했다.

모란은 결국 울음을 터뜨렸고, 그에게 어디를 가고 있는 것이냐 묻지 못했다. 준호가 향한 곳은 백화점 근처에 있는 한강 둔치였다. 차를 세운 그가 평소 즐겨 듣던 재즈를 잔잔하게 틀었다.

"언제부터 그랬어요?"

"……사무실에 입사하고 다음 날부터요."

어휴, 자기도 모르게 큰 한숨이 새어 나왔다. 얼핏 들은 적이 있는 것 같았다. 어리고 학력 좋은 데다가 경력도 빵빵한 애가 왜 이런 곳에 왔느냐, 저들끼리 불만을 터뜨리던 사무실 사람들의 이야기를. 그게 모란의 이야기일 것이라고 한 번도 생각한 적이 없었다. 기껏해야 위 사무실 신입이겠거니 했지.

"사회생활이 처음도 아닌데, 진짜 왜 이렇게 힘든지 모르겠어요. 차라리 이유라도 속 시원하게 말해주면 좋을 텐데, 아예 없는 사람 취급을 해버리니까…… 정말 죽을 것 같아요."

재즈의 템포가 빨라졌다. 화가 나 두근거리는 준호의 마음을 대변하고 있는 듯했다. 잔잔한 피아노가 깔려 있음에도 불구하고 노래는 격정적이었다. 평소에 들었다면 흥겨운 노래라 생각했을 텐데, 오늘따라 그 선율마저 제 화를 북돋는 기분이었다.

"하……."

"미안해요. 그렇다고 오빠한테 화를 낼 필욘 없었는데."

훌쩍이던 모란이 손으로 제 눈에 고인 눈물을 훔쳤다. 하지만 이미 터진 눈물은 쉽게 멈출 수 없다는 듯, 손등을 타고 계속 흘러내렸다. 그녀의 무릎 위에 떨어지던 눈물방울이 차 안의 공기를 습하게 만들었다.

"뭐가 미안해요."

툭 터져 나온 준호의 말에 모란이 입술에 힘을 줬다.

"모란 씨가 대체 미안할 게 뭐예요."

화가 났다. 이런 상황을 만들어놓은 사무실 사람들이나, 잔뜩 상처받아 놓고 되레 저에게 사과하는 모란이나. 물론 자신이 화를 낸다 해서 상황이 나아지지는 않을 것이다. 만약 나아질 수 있다면 백번도 더 화를 냈겠지.

“내가 더 미안해요……. 아무것도 몰라서……. 모란 씨가 미안할 거 하나도 없어요. 나이 먹고 애들이나 하는 짓 하는 그 사람들이 사과해야지, 왜 모란 씨가 사과해요.”

준호는 답답했다. 울지 마라 안아주기에는 저와 모란의 사이가 명확하지 않았고 토닥여 주기엔 제 마음이 차지 않는다. 어떻게 달래어 줄 수 있을까 고민하던 준호가 옆자리에 앉은 모란을 슬쩍 쳐다보았다. 그녀는 울음을 참느라 애쓰고 있었다. 훌쩍이는 소리가 크게 들릴 때마다 모란은 손으로 입을 틀어막았다.

그런 모란을 쳐다보던 준호가 음악이 나오는 자동차 오디오 볼륨으로 손을 옮겼다. 최대한 소리를 크게 키운 뒤 눈을 감았다.

“난 지금부터 아무것도 안 들리는 거예요.”

촉촉이 젖은 모란의 눈동자가 준호를 향했다.

“그리고 아무것도 안 보일 거고요.”

준호는 그 말대로 눈을 꽉 감고 있었다. 질끈 내리감은 눈꺼풀이 파르르 떨리고 있었다. 턱을 괸 채 창에 기댄 준호는 그냥 보기엔 잠든 것 같기도 했고, 음악을 감상하는 것 같기도 했다.

그의 말대로 아무것도 보이지 않고, 아무것도 들리지 않는 사람처럼. 재즈의 선율은 어느새 잔잔하게 바뀌어 있었다. 다른 곡으로 넘어가 분위기와 적절하게 어울려 녹아내렸다. 유유히 흐르는 재즈의 선율이 모란의 마음을 쿡 찔렀다. 깊이 파고드는 날카로운 선율이 모란의 마음 여기저기를 파고들었기에, 결국 울음을 참지 못했다.

터져 버린 눈물은 그칠 새도 없이 계속해서 쏟아졌다. 참으려 해보았지만 참을 수 없었다. 준호가 만들어준 적절한 분위기 때문인지, 잠시 보지 않겠다 말해준 배려 때문인지는 모르지만. 모란은 그렇게 꽤 오랜 시간 울음을 터뜨렸다. 재즈곡이 세 번이나 바뀌고, 네 번째 곡이 반쯤 흐를 때까지 그 눈물은 계속됐다.

"이제 됐어요."

한참 울던 모란이 훌쩍거리며 볼륨을 줄였다.

"다 울었어요, 오빠."

창가에 기대고 있던 준호가 모란을 쳐다보았다. 붉게 물들어 부어오른 눈가 때문에 마음이 그다지 좋지 않았다.

"고마워요. 정말 오랜만에 펑펑 울어봤어요."

작게 웃음을 터뜨리던 모란이 눈가에 남은 눈물을 훔쳐냈다. 붉게 달아오른 눈가가 꼭 올망졸망 맺힌 산딸기 같았다. 그게 왜 이리 예뻐 보였는지, 시선이 쉽게 떨어지지 않았다. 그러다 모란과 시선이 마주했다. 준호는 꼭 무언가 잘못한 사람처럼 급히 시선을 피했다. 흠흠, 헛기침하는 목이 저 아래로 잠겨 있는 기분이었다.

"그나저나 제영이가 준 거, 봤어요?"

"아……. 아니요. 가져오기만 했는데."

그러고 보니 잊었네요, 중얼거리는 목소리도 노랫소리처럼 들렸다. 차 안에 울리고 있는 작은 재즈의 선율과 제법 잘 어울렸다. 쿵쿵. 심장이 눈치도 없이 또 뛰기 시작했다. 그 소리가 들리기라도 할까 봐, 준호는 입술을 꽉 눌렀다. 심장 소리가 잇새로 새어 나가는 것도 아닌데 왜 이리 걱정인지.

"뭘까요. 따로 받을 건 없었는데."

모란의 말에 준호가 고개를 돌려 봉투를 내려다보았다. 하지만 정작 눈에 들어온 건 봉투가 아닌, 봉투를 쥔 모란의 하얀 손가락이었다. 곧게 뻗은 손가락을 보자마자 숨이 턱 막혔다.

"인수인계 내용일지도 모르니까 한 번 열어봐요."

자기도 모르게 시선을 피했다. 그냥 울어도 되는 시간을 벌어준 것뿐인데, 제 심장은 왜 이리도 오만 난리를 피우는 걸까. 곧 부스럭거리는 소리가 들렸다. 봉투를 열고 있는 것이겠지만, 준호에겐 봉투의 내용물 따위 중요하지 않았다.

봉투를 쥐고 있던 모란의 하얀 손이 자꾸 생각났다.

"어? 이거."

"뭔데요?"

최대한 자연스럽게 말하며 고개를 돌렸다. 그리고 준호의 눈에 보인 건, 최근에 개장한 수족관에 들어갈 수 있는 두 장의 티켓이었다.

"이거 잘못 준 거 아니에요?"

당황한 모란과 더욱더 당황한 준호가 서로를 마주했다. 그리고 그때, 준호의 머릿속으로 제영의 목소리가 스쳐 지나갔다.

"나중에 저한테 고맙다는 말, 잊지 마시고요."

그게 이런 걸 의미하는 거였구나. 하, 깊은 탄식과 함께 웃음이 새어 나왔다. 언질이라도 주든가. 왜 아무 말도 안 해서 이 상황을 만들까. 머리를 긁적이던 그가 하하, 어색하게 웃었다. 말 그대로 '어색한 웃음'이었다.

"다시 돌려줘야겠어요. 잘못 준 것 같아요."

티켓을 다시 봉투에 집어넣는 모란의 손을 준호가 휙 낚아챘다. 그 순간, 어찌나 짜릿한 전기가 흘렀던지 깜짝 놀란 두 사람이 잽싸게 손을 뗐다. 휘둥그레진 눈도, 불그스름하게 물들어 버린 두 볼도 똑 닮아 있었다. 마치 판에 찍어 막 나온 반죽처럼, 두 사람의 표정이 똑같았다.

"아, 미. 미안해요. 그게 이상한 뜻은 아니고."

급하게 손을 뗀 모란은 제 손을 꼭 마주 잡고 있었다. 그런 모란에게 미안했는지 준호가 다짜고짜 변명을 시작했다. 머리를 긁적이는 그의 얼굴은 이미 사과보다도 더 붉게 물들어 있었다.

"아, 아니에요. 정전기가 나서 그래서 놀랐어요. 싫었던 거 아니에요."

모란은 괜히 목소리를 키워 그에게 아니라 답했다. 고개를 도리도리 저어가면서까지 싫었던 게 아니라며 제 마음을 이야기했다. 마주 잡고 있던 손을 급하게 떼고 무릎 위에 올렸다. 사실 그마저도 어색했다. 손을 어디에 두어야 할지 알 수 없었다.

두 사람이 시선을 마주했다. 천천히 깜빡거리는 눈동자 너머로 창밖의 야경이 비추어졌다. 어느덧 가슴을 간질거리게 만드는 재즈 선율이 흘러 퍼졌다. 오묘한 분위기가 계속해서 이어진 때, 준호가 흠흠 헛기침을 했다.

"그거 우리가 써도 돼요."

"네? 아…… 만약 잘못 준 거면……."

"제영이가 선물한 거예요. 저한테 나중에 고맙다는 말 잊지 말라 했거든요."

하, 짤막하게 터지는 숨이 뜨겁다. 질끈 감았다 뜨는 눈동자마저도 뜨끈했다. 열기란 열기가 전부 눈에 모인 기분이었다. 준호를 더욱 미치게 만드는 건, 동그랗게 눈을 뜬 모란이었다. 붉어진 눈 아래라던가, 콧잔등을 빤히 보던 그가 흠흠 크게 헛기침을 했다.

평소에 있던 호감이 오늘 갑자기 널뛰는 기분이었다. 고개를 획 돌리던 준호가 핸드폰을 들었다. 이 묘한 두근거림을 들키기라도 할까, 아무렇지 않은 척을 하려 애썼다.

"개장, 개장 시간이 10시네요."

말은 또 왜 이리 더듬는 건지. 꼭 연애를 못 해본 사람처럼 구는 제가 답답했다.

모란 역시 티켓을 내려다보았다. 떨리는 건 그녀 역시 마찬가지였다.

"그, 그래요. 10시에 보면 되겠어요."

"데리러 갈게요. 그러니까, 어……. 10시, 10시까지."

"그, 그래요. 그렇게 해요."

쿵쿵. 쿵쿵. 미세하게 뛰는 심장 소리에 머리까지 함께 울리고 있었다. 손가락이 간질거렸다. 긁어도 긁어도 나아지지 않을 것 같은 간질거림에 마른 침만 꿀꺽 삼킬 뿐이었다. 이 묘한 떨림이 사라지지 않기를, 슬쩍 바라고 있던 건 누구의 마음이었을까.

그날 밤, 모란을 데려다주고 집으로 돌아온 준호는 침대에 누워 멍하니 천장을 올려다보았다.

"고마워요."

그렇게 말하며 살짝 웃는 모란의 얼굴이 좀처럼 뇌리에서 떠나지 않았다. 이어지는 건, 눈을 동그랗게 뜨고 저를 보던 모란의 모습이었다. 호감은 있었다. 처음에는 날카로운 눈매에 괜히 뜨끔했고, 인사를 나누었을 땐 제법 어린 듯한 목소리에 귀가 쫑긋거렸다.

인사를 하며 웃는 눈을 마주했을 땐 괜히 시선이 떨어지지 않았고, 빵을 받을 때에는 조금 더 이야기를 나누고 싶었다. 그렇게 조금씩 키워온 호감이 오늘따라 머리끝까지 차오르는 것 같았다. 심장이 널뛰는 기분이었다. 쿵덕, 쿵덕 그 소리가 너무 심해 눈을 감아도 잠이 오지 않았다.

"안 되겠다. TV라도 봐야지."

시간이 밤 11시가 넘어가는데도 잠이 오지 않았다. 결국 그가 선택한 건 리모컨을 집어 드는 일이었다. TV에 전원이 들어왔을 때, 준호는 숨을 탁 멈출 수밖에 없었다.

[사실…… 오래전부터 좋아했어요.]

하필 나와도 이런 멜로 영화가 나오는지. 채널을 돌리려 했지만, 차마 버튼을 누를 수 없었다. 연기를 하는 여자 배우가 모란과 똑 닮은 탓이었다.

"눈은 모란 씨가 조금 더 예쁘네."

자신이 무슨 말을 하는지도 모르는 채 중얼거렸다. 턱을 괴고 TV를 보는 눈은 여자 배우에게서 떨어질 생각을 하지 않았다.

[매일 오빠만 생각했어요. 매일 보고 싶어서…….]

불그스름하게 물들어 버리는 눈가마저 모란과 똑 닮았다. 그래서 더욱 시선이 떨어지지 않았다. 하나로 질끈 묶고 있는 머리 모양마저 닮았다. 수줍어하는 표정을 보니 차에 앉아 있던 모란이 떠올랐다.

"나도 자꾸 모란 씨가 생각났어요."

내뱉고도 깜짝 놀라 허리가 바짝 세워졌다. 집에는 혼자밖에 없으면서, 혹 누가 들었을까 주변을 둘러보았다.

방 안은 어둠으로 가득 차 있었다. TV의 환한 불빛만이 어둠에 천천히 스며들고 있을 뿐. 하, 깊이 한숨을 내쉬던 준호가 다시 TV로 시선을 돌렸다. 확실히 모란과 닮았지만 조금 더 예쁜 쪽을 따지자면 분명 모란이었다.

모란을 떠올리던 준호가 턱을 괸 채 고개를 옆으로 기울였다.

"좋아해요."

툭 던진 말에 가슴이 울렁거렸다. 가슴이 먹먹해질 정도로 울렁이는 탓에 몇 번이나 침을 삼켜야 했다.

"좋아해요, 모란 씨."

숨을 크게 들이마시고 뱉은 말에는 그의 떨림이 묻어 있었다. 아아, 앓는 소리를 내던 그가 고개를 푹 떨어뜨렸다.

"어떻게 말해."

절대 말할 수 없다고 생각하며 고개를 도리도리 저었다. 아휴, 툭 터져 나오는 한숨 소리가 제법 크다.

[용기를 내줘요, 오빠.]

그때, TV 속 여자 배우가 던진 대사에 준호의 귀가 쫑긋거렸다. 하지만 잠시 후 허탈한 웃음이 새어 나왔다. 이게 뭐야. 중얼거리던 그의 입술이 파르르 떨렸다.

"하다 하다 이젠 영화에 반응을 한다, 내가."

휴. 길게 새어 나오는 한숨이 귓가를 울렸다. 빨리 아침이 왔으면 좋겠다. 중얼거리던 준호가 창밖을 쳐다보았다. 네온으로 반짝거리는 거리의 모습이 한눈에 들어왔다. 그 거리 너머 어쩌면 잠에 빠졌을지도 모르는 모란을 떠올리다 눈을 감았다.

"잘 자요."

내일 봐요. 묘한 떨림이 준호의 목소리 끝에 대롱대롱 매달려 있었다.

아침이 밝았다. 모란에게 아침 일찍 데리러 가겠다 약속을 해서, 준호는 누구보다 일찍 일어나 준비를 했다. 새벽 동이 트기도 전에 일어나 옷장을 모조리 뒤집어놓았다. 침대에 일렬로 늘어놓고, 무엇이 좋을까 거울 앞에서 얼마나 고민했는지 모른다.

평소에 쓰지 않던 향수까지 뿌리고, 간만에 머리도 만졌다. 며칠 전 안경점에서 추천받은 새로운 렌즈도 꼈다. 눈이 조금 더 선명하게 보일 거라며 추천해 준, 짙은 고동색의 컬러렌즈였다. 평소의 준호였다면 절대 착용하지 않았을 테지만, 오늘은 특별한 날이니 한 번쯤 껴보는 것도 좋겠지. 그렇게 생각했다.

"오늘 힘내라."

중얼거리던 그가 킥킥 웃음을 터뜨렸다. 생각만 해도 가슴이 울렁거리고, 두근거렸다.

바지를 몇 번이나 거울에 비추어보고, 남방을 세 번이나 갈아입었다. 하지만 옷은 맨 처음 골랐던 그대로였다. 다음의 난제는 신발이었다. 평소 신지 않던 신발까지 모조리 꺼내 몇 번이나 옷에 대어보았다. 아래를 내려다보는 건 한계가 있어 거울 앞까지 가져가 보았다.

겨우 신발을 고르고, 주차장으로 내려갔다. 어떻게 인사를 해야 할까. 한참 고민하며 핸드폰을 들었다.

〈지금 출발해요.〉

보내고 난 뒤에 슬쩍 미소를 그렸다. 그리고 백미러에 얼굴을 비추며 머리를 매만졌다.

"오빠, 어제 제 생각했죠?"

절대 묻지 않을 그녀의 말을 떠올리다 눈을 크게 떴다. 제 옆에서 저를 바라보며 묻는 모란이 거울에 비쳤다. 아아, 앓는 소리를 내며 말을 잇지 못하던 그가 고개를 돌렸다. 아니에요, 말을 하려고 했는데 모란의 모습은 흔적도 없이 사라지고 말았다.

미치겠네, 정말. 두 손으로 얼굴을 가린 그가 킥킥, 소리 내어 웃기 시작했다. 몇 번이나 숨을 가다듬은 뒤에야 주차장을 떠날 수 있었다. 심장이 꼭 마라톤을 하는 것처럼 빠르게 뛰었다. 코끝이 간질거려 재채기가 날 것 같았다. 꼭 봄날이 찾아온 것처럼 기분이 두루뭉술했다.

도로는 한산했다. 오늘의 데이트를 응원이라도 해주는 듯, 하늘은 푸르고 날은 따뜻했다. 흥얼거리는 콧노래가 절로 새어 나오는 날이었다. 생각보다 빠르게 모란의 아파트 앞에 도착한 준호가 핸드폰을 꺼내 문자를 두드렸다.

〈내려오시면 돼요. 저 도착했어요.〉

보내고 난 뒤에도 가슴이 간질거려 참을 수 없었다. 꾹꾹 억누르고 기다리기를 몇 번. 준비했던 인사를 몇 번이나 되뇌고 있을 때 똑똑 문을 두드리는 소리가 들렸다. 창밖엔 곱게 화장을 한 모란이 활짝 웃고 있었다.

창문을 내려 장벽을 없애고 나니 두근거림이 점점 더 커지기 시작했다. 준호가 활짝 웃으며 그녀를 바라보았다.

"모란 씨."

목소리가 엇나간 건 아닐까 걱정이 됐다. 목에 잔뜩 힘을 주긴 했는데.

그의 부름에 모란은 입을 벙끗거렸다. 무언가 말을 할 것 같아 귀를 기울이며 기다렸다. 숨을 크게 들이마시던 모란이 활짝 웃으며 손을 흔들었다.

"오늘 날씨 안녕하세요?"

곧 얼굴이 단단하게 굳는 모란과 마주했다. 아차, 입술을 꾹 누르는 그녀를 바라보며 준호는 킥킥, 웃었다. 불그스름하게 변하는 그녀의 얼굴을 보고 있는 것 또한 나쁘지 않았지만. 굳이 민망함을 지속시킬 필요는 없다.

"아, 네. 오늘 날씨 엄청 좋네요. 잘 잤어요?"

그는 듣지 못했다는 듯, 혹은 아무것도 아니라는 듯 넘기며 조수석의 문을 열어주었다. 고개를 꾸벅 숙이며 차에 올라타는 모란을 바라보며 준호는 미소를 지었다. 한껏 다가오는 그녀의 향기에 가슴이 울렁거렸다.

모란을 한참 쳐다보던 준호가 놀란 눈으로 고개를 기울였다. 그의 움직임에 모란 역시 눈을 굴렸고, 이윽고 두 사람은 눈을 마주했다.

"어…… 오늘은 렌즈가 다르네요?"

모란이 어색하게 웃으며 고개를 끄덕였다. 준호는 터져 나오려는 심장을 몇 번이나 꿀꺽꿀꺽 삼켜야 했다. 저도 모란도 똑같이 새로운 렌즈를 끼고 나왔다. 그저 흔한 우연일 텐데 왜 이렇게 떨리는지 모르겠다. 운명일까 하는 물음마저 저에게 던지고 있었다. 바보처럼.

"이상해요?"

그럴 리가 없잖아요. 목 바깥으로 터져 나오려는 말을 애써 삼켰다. 최대한 부드럽게, 놀라지 않도록. 그 와중에도 제 진심을 전할 수 있는 말을 찾았다. 머리를 더듬어 한참 생각하던 그가 슬그머니 미소를 지었다. 불그스름하게 달아오르는 모란의 얼굴이 예뻤다.

"엄청 예뻐요."

고작 고민에 고민을 이어 한 대답이 엄청 예쁘다, 라니.

"그 렌즈, 정말 잘 어울리는데요?"

심지어 덧붙이는 말은 그보다 더 고전적인 멘트였다. 고작 생각해낸다는 것이 이 정도의 이야기라니. 가슴이 답답했다. 이럴 줄 알았다면 제영에게 물어보기라도 할걸.

하지만 생각보다 듣기 싫은 말은 아니었나 보다. 모란은 수줍게 웃으며 얼굴을 붉혔다. 싱그럽게 피어나는 눈꼬리의 웃음꽃을 보며 준호는 터질 듯 뛰는 가슴에 힘을 꽉 주어야 했다. 모란이 무어라 이야기를 하려 입을 벙끗거린 순간.

딸꾹!

예상치 못했던 딸꾹질이 들렸다. 모란이 두 손으로 입을 틀어막는 걸 보아, 그녀의 입에서 나온 소리인 듯했다.

딸꾹! 딸꾹!

딸꾹질이 멈추지 않자 목에 잔뜩 힘을 주는 모습이 보였다. 숨을 참으며 딸꾹질을 멈춰보려 했지만 그것은 모란의 바람대로 되지 않는 것 같았다.

“모란 씨, 괜찮아요?”

준호의 물음에 모란은 억지로 미소를 지었다. 그리고 숨을 가다듬으며 입을 열었다.

“괜, 괜찮. 딸꾹, 괜찮아요. 딸꾹! 아니 그러니까, 딸꾹!”

하지만 돌아오는 건 딸꾹질이 섞인 대답이었다. 그는 빠르게 머리를 굴렸다. 딸꾹질이 나면, 인터넷 혹은 TV에서 보았던 이야기를 떠올린 그가 급히 차를 움직였다. 아파트를 벗어나자마자 저 앞으로 편의점이 보였다. 준호는 차를 멈춘 채 편의점으로 헐레벌떡 뛰어들어갔다.

“물, 물이랑.”

준호는 중얼거리며 생수 한 병을 샀고, 매대를 뒤져 작은 설탕 한 봉지를 샀다. 급하게 계산을 하면서도 차에서 시선을 떼지 못했다. 고작 딸꾹질일 뿐인데, 왜 이리도 안달이 난 건지 모르겠다.

곧 하얀 봉투를 받아 든 그가 잰걸음으로 편의점을 나섰다. 차에 올라탄 뒤, 이빨로 설탕 봉지의 끝을 물어뜯었다. 그리고 생수병 안에 설탕을 탈탈 쏟아 넣었다. 준호는 보는 것만으로도 단맛이 날 정도로 설탕이 들어간 뒤에야 생수병을 닫았다. 그리고 병을 있는 힘껏 흔든 뒤, 모란에게 건넸다.

"이거 마셔요. 아, 허리 아래로 굽혀야 해요."

"네? 딸꾹, 네?"

"빨리요. 멈추는 방법이에요."

병을 받아 든 모란이 허리를 숙였다. 그리고 그 순간, 위로 훽 올라가는 블라우스에 준호가 고개를 옆으로 돌렸다. 깜짝 놀란 모란이 몸을 일으켰고, 준호는 뒷좌석에서 제 겉옷을 가져와 그녀의 등에 덮어 주었다.

"자, 빨리요."

그리고 모란을 재촉했다. 허리를 숙인 모란이 설탕물을 꿀꺽꿀꺽 숨도 쉬지 않고 마시는 모습을 보며 그는 안도의 한숨을 쉬었다. 이제 좀 괜찮아지겠지.

모란이 몸을 일으켰을 땐, 어느새 딸꾹질은 멈추어 있는 상태였다. 곧 어깨가 쫙 펴졌다. 의기양양한 눈빛으로 모란을 지켜보던 그가 어깨를 으쓱거렸다.

"봐요, 멈춘다고 했잖아요."

모란은 여전히 부끄러운 건지, 준호를 바라보지 않았다. 고개를 돌린 채 입술을 꾹꾹 누르는 그녀의 모습조차 준호는 사랑스러웠다.

"자, 이거 줘요."

준호는 모란의 손에 들려 있는 물병을 건네받았다. 컵홀더에 쏙 끼워 넣은 뒤, 웃는 얼굴로 모란을 바라보았다.

"조금 의외네요."

"네? 왜요?"

몇 번이나 망설였는지 모른다. 이런 말을 해도 되는가 싶어서. 이런 이야기를 해도 될 정도로 사이가 가까워진 걸까, 궁금해서.

"뭐랄까. 일할 때 모란 씨랑 되게 달라 보여서요."

좋단 말이었는데, 모란의 얼굴이 금세 울상이 되어버렸다. 놀란 준호가 그게 아니라며 손을 저었다.

"아니, 싫다는 게 아니에요. 다른 모습을 볼 수 있어서 좋았다는 거니까. 그렇게 울상 짓지 말아요."

"좋…… 좋았다고요?"

모란의 물음에 준호가 크게 고개를 끄덕였다. 제법 진지한 표정을 짓는 것도 잊지 않았다.

"네. 이런 모습 나만 볼 수 있잖아요."

준호의 대답에 모란이 입술을 꽉 눌렀다. 점점 더 커다래지는 눈을 마주하던 그가 생긋 미소를 지었다. 그리고 흠흠, 헛기침을 뱉으며 앞을 바라보았다. 귓바퀴가 뜨끈해진 걸 보아, 분명 얼굴마저 붉게 물들었을 것이다.

"가, 갈까요."

왜 말을 더듬는 걸까. 바보처럼.

"네, 가요."

바보 같다고 생각하기 무섭게 모란의 밝은 목소리가 들렸다. 준호의 마음이 잔뜩 부풀어 오르고 있었다. 앞으로 죽- 뻗어 나가는 차가 쏟아지는 햇살을 잔뜩 머금고 있었다.

어쩐지 생각보다 더 행복한 데이트가 될 것 같았다.

"오빠, 이거 봐요! 이거! 엄청 커요!"

수족관에 들어선 지 고작 십 분. 모란은 어린애처럼 좋아하며 수족관을 둘러보고 있었다. 높은 구두를 신고도 어쩜 저렇게 잘 뛰어다니는지, 보는 준호로선 신기할 따름이었다.

"너무 예쁘다."

커다란 수조 터널에 들어온 모란이 넋을 놓고 위를 바라보았다. 유유히 헤엄치는 물고기들을 바라보는 그녀의 눈동자가 반짝거렸다. 준호가 옆으로 다가오자, 모란이 입을 열었다. 잔뜩 들뜬 목소리가 꼭 노래하는 것 같았다.

"진짜 오랜만에 오는 것 같아요."

"수족관을요?"

준호의 물음에 모란이 수줍게 고개를 끄덕였다.

"어릴 때, 부모님 손잡고 온 기억밖에 없어요."

"남자친구랑은 안 와봤어요?"

준호는 제가 묻고도 실언이구나 싶었다. 데이트를 와서 지난 사람을 묻는 건 또 무슨 경우람.

"아, 미안해요. 실언이었어요."

바로 부정을 하긴 했지만, 말실수했다는 건 변하지 않는다.

하지만 모란은 아무렇지 않게 웃었다. 그리고 다시 수족관을 둘러보며 준호에게 말했다. 어딘가 모르게 참 쓸쓸한 목소리였다.

"제 연애는 항상 정적이었거든요. 뭐, 일이 너무 바빠서 그러겠지만요. 아시다시피 백화점이 좀 그렇잖아요."

어깨를 으쓱거리는 모란을 보던 준호가 고개를 끄덕였다. 그렇죠, 대답하면서도 마음 한구석이 불편했다. 그녀의 씁쓸함을 덜어주고 싶은데 저는 왜 이리 말재주가 없는 건지.

"그래도 괜찮아요. 오빠랑 이렇게 와봤잖아요. 그러니까 괜히 미안해하거나 그러지 말아요. 옛날이야기인데요, 뭐."

모란의 말이 끝나기 무섭게 바다표범 먹이 주기 쇼가 시작된다는 안내 방송이 흘러나왔다. 두 사람의 분위기는 생각보다 쉽게 변했다. 모란은 아이처럼 좋아하며 준호를 잡아끌었다. 덕분에 두 사람은 신이 나서 걸음을 재촉했다. 하지만 미리 기다리고 있던 아이들이 우글우글 앉아 있는 탓에 모란과 준호는 뒤쪽에 오도카니 서야 했다.

이윽고 수조 안으로 커다란 바다표범 한 마리가 유유히 헤엄을 치며 나타났다. 와아! 아이들의 함성소리 끝으로 기뻐하는 모란의 탄성이 들렸다. 먹이 주기 시간은 생각보다 빨리 지나갔다. 워낙 푹 빠져 보았기 때문인지, 원래 짧은 건지 알 수 없었지만.

두 사람은 즐겁게 수족관을 탐방했다. 그리고 수족관의 끝에 다다랐을 때, 준호가 먼저 모란의 손목을 붙잡았다.

"네?"

깜짝 놀란 모란이 뒤를 돌았다.

"오빠?"

모란이 놀라 묻자, 준호가 숨을 크게 들이마셨다. 다시 내뱉으며 그녀의 손목을 조금 더 세게 붙잡았다.

"나도."

쉽게 말을 잇지 못하는 모습에 모란은 재촉하지 않았다. 천천히 말해도 된다며 그를 향해 고개를 끄덕였다.

"나도 여성분이랑 수족관 온 거 처음이에요."

준호의 말에 모란 역시도 조금 놀란 모양이었다.

"제 연애는 늘 바보 같았거든요. 그러니까, 어떻게 해야 기뻐할지 몰라서 매일 주춤거렸고 생각한 걸 행동에 옮기는 데도 시간이 오래 걸렸고. 제가 너무 눈치가 없어서 더 그랬나 봐요."

왜 이런 말을 하는지 모르겠다. 자기가 생각해도 너무 갑작스러운 이야기였다. 하지만 그 이유가 오롯이 모란 때문이라는 걸 알아주었으면 했다. 그래, 모란 때문에 이런 이야기도 하는 것이라고.

"저 역시 모란 씨 덕분에 수족관에 처음 와봤어요. 너무 즐거웠어요. 고마워요."

모란은 꽤 오래 준호에게 시선을 고정했다. 찰나의 시간이 지나가고, 모란이 준호를 향해 고개를 끄덕였다.

"저도 고마워요. 오빠 덕분에 오늘 진짜 즐거웠어요."

쿵. 쿵쿵. 오랜만에 느껴보는 미세한 떨림이 가슴에서 요동치고 있었다. 이게 사랑인가 싶다가, 그런 단어를 생각하는 것조차 부끄럽게 느껴졌다. 두 사람은 자연스럽게 수족관을 나섰다. 수족관에서 보았던 물고기 이야기를 하거나, 바다표범이 먹이를 받아먹을 때 제법 귀여웠다는 이야기를 했다.

조금만 더 가면 주차장인데, 모란이 준호를 불러 세웠다.

"오빠!"

"네?"

하마터면 모란을 지나쳐 앞서갈 뻔했던 준호가 걸음을 멈췄다.

"저기, 저거 먹으러 갈래요?"

모란이 어느 식당을 가리켰다. 그녀의 손가락을 따라 바깥을 쳐다보던 준호는 제 눈을 믿을 수 없었다. 빨간 간판에는 타오르는 불이 그려져 있었다. 그리고 분명, 제 눈이 틀리지 않았다면 그 간판엔 분명 '닭발'이라는 두 글자가 쓰여 있었다.

"닭발이요?"

준호의 말에 모란이 침을 꿀꺽 삼켰다. 고개를 세차게 끄덕거리며 그 어느 때보다도 더 환한 미소를 그렸다.

"네. 닭발이요."

"닭발 좋아해요?"

"네. 엄청 좋아해요. 오빤 싫어해요?"

모란의 질문에 준호는 당황하고 말았다. 좋고, 싫고의 문제가 아니었다. 좋다 싫다 이야기를 하려면 경험이 있어야 하는 게 맞는데.

"아니요, 먹어본 적이 없어서."

한 번도 입에 대본 적이 없었다. 굳이 먹어보려고 시도한 적도 없었고, 주변에서 먹는 사람도 없었고.

"정말요?"

그런 준호의 말에 모란이 놀라 눈을 동그랗게 떴다.

"네. 주변에서 먹는 사람이 없어요."

"저렇게 맛있는 걸 안 먹어봤단 말이에요?"

모란은 마치 큰일이라도 난 듯, 매우 놀란 모습을 보이며 물었다. 준호가 고개를 끄덕이자, 더더욱 눈이 휘둥그레졌다. 말도 안 돼. 모란의 중얼거림에 준호가 하하, 어색하게 웃었다.

"그럼 먹어봐요!"

이어지는 모란의 외침에 준호가 깜짝 놀랐다. 네? 되묻는 목소리가 떨리고 있었지만, 어쩐지 거절할 수 없었다. 슬쩍 바깥으로 닭발이라 쓰인 간판을 쳐다보았다. 빨간 간판에 타오르는 불 그림만 보아도 벌써 입이 맵다.

"대신 뼈 없는 거로 먹을게요. 원래는 뼈가 있어야 제맛인데."

이야기하던 모란이 꿀꺽, 침을 삼켰다. 그런 모습을 보고도 어떻게 거절을 할 수 있단 말인가. 도저히 그럴 수 없었다.

"그래요. 그럼 먹으러 가요."

"정말요? 진짜 먹을 거예요?"

환하게 웃는 모란에 준호가 고개를 끄덕거렸다. 미지의 음식처럼 두려운 게 없다지만 그녀의 웃는 모습에 비하면 그깟 두려움쯤 금방 극복해 낼 수 있었다. 그렇게 마음을 먹은 것도 잠시, 모란은 어느새 준호의 손을 꽉 잡은 채 걸음을 옮기고 있었다.

"조금 매울 거예요. 아, 그래도 괜찮아요. 쿨피스랑 주먹밥이랑 같이 먹으면 되니까요. 그리고 콜라는 같이 마시면 안 돼요."

걸음을 옮기는 내내 모란은 준호에게 먹는 이야기를 하느라 바빴다. 일할 때와 전혀 다른 모습이기 때문일까. 조금 더 가까워졌다는 생각이 물씬 드는, 기분 좋은 순간이었다.

"아…… 습…… 하……."

준호는 매우 후회하고, 또 후회했다. 사실 맵다고 해서 얼마나 매울까 우습게 본 것은 맞다. 자극이 바로 오지 않아서 더 그랬는지도 모른다. 모란이 주먹밥을 권했지만 괜찮다며 닭발을 입으로 막 밀어 넣었다. 생각보다 맛이 괜찮았다. 모양이 조금 징그러운 것 빼곤, 식감 또한 제 취향이었기에 과하게 욕심을 부렸다. 배부르게 먹은 것까진 좋았는데, 다 먹고 나오니 속이 뒤집힐 것처럼 아팠다. 매운 냄새가 코까지 역류해 죽을 것 같았다. 덕분에 몇 걸음 가지도 못하고 털썩 주저앉아 버렸다. 가까운 곳에 벤치가 있어 다행이지, 그게 아니었다면 바닥에 주저앉았을지도 몰랐다.

"오빠, 괜찮아요? 여기. 여기 이거 마셔요."

어느새 편의점까지 다녀온 모란이 곁에 앉아 과일 음료를 건넸다. 슬쩍 옆을 보니 다양하게도 사왔다. 정성스레 팩을 뜯어서 건네는 모란의 모습에 준호가 픽 웃었다. 얼마나 꼴사나운지.

"미안해요. 아, 너무 과하게 먹었나 봐요."

"거봐. 내가 주먹밥 먹으라고 했잖아요. 이럴 줄 알았어, 정말."

속상함이 가득 담긴 모란의 목소리에 준호가 키득키득 웃었다. 정말 오늘 하루 만에 별 모습을 다 보여주는구나 싶었다.

"왜 웃어요?"

모란의 물음에 준호가 그녀를 슬쩍 바라보았다. 음료를 꿀꺽꿀꺽 마시곤 어깨를 으쓱거렸다.

"뭐야, 왜요? 왜, 왜 웃는데요?"

차마 예뻐서, 라는 말을 대놓고 할 수 없어 다른 말을 하기로 했다.

"그냥. 잘 보이려고 욕심 부린 내가 웃겨서요."

하지만 뱉어놓고 나니 부끄러운 건 마찬가지다. 목구멍부터 입술까지 얼마나 홧홧한지, 얼얼함에 입을 뗄 수도 없었다. 닭발 때문에 매운 건가 싶어 음료를 꿀꺽꿀꺽 마셔보았지만, 나아지지 않았다. 여전히 뜨겁고, 얼얼하다.

부담스럽다고 생각하겠지. 뱉어놓고 걱정이 산더미 같았다.

"잘 보이고 싶어요? 저한테?"

하지만 모란은 그의 생각과 다르게 잔뜩 들뜬 목소리로 물었다. 모란의 동그란 두 눈이 반짝반짝 빛났다. 불그스름하게 물든 눈가를 바라보며 준호가 고개를 끄덕였다. 일순간 세상이 멈춘 것 같았다.

"네. 잘 보이고 싶어요."

왜요? 당연히 튀어나와야 할 질문은 두 사람에게 필요하지 않았다. 조용히 오가는 시선만으로도 그들은 속에 담긴 말을 알아챈 듯했다. 고요한 시간이 지나갔다. 바람이 머리칼을 흔들고, 콧잔등을 스쳐 지나가며 잡음을 걷어냈다.

길고 긴 침묵을 깨뜨린 건, 모란의 목소리였다.

"그럼 저 부탁 하나만 더 들어주세요."

"뭔데요?"

모란이 수줍은 표정을 지었다. 준호를 바라보는 눈이 유난히 반짝거리고 있었다. 마주하는 내내 심장이 떨릴 정도로, 사랑스러운 눈빛이었다.

"저랑 영화 봐요, 오빠."

"영화요?"

"네. 싫어요?"

싫을 리가 없었다. 단지 조금 놀랐을 뿐. 준호는 어떤 말을 해야 할지 좀처럼 찾지 못했다. 점점 울상이 되어가는 모란의 표정을 보고 나서야 급히 주머니를 뒤졌다.

"안 그래도 보러 가자고 할 참이었어요."

"이게 뭐예요?"

"하도 재밌다 해서, 아침에 모란 씨 데리러 가기 전에 끊어놨어요. 시간은 이 정도면 되겠다 싶어서……."

놀라는 모란의 모습을 보며 준호는 코를 쓱쓱 문질렀다. 어쩌면 운명이 아닐까, 그런 생각을 했다. 누군가는 바보 같다 웃을지도 모르지만, 통했다는 사실 하나만으로도 기뻤다.

"혹시 이 영화 싫으면 다른 거 봐도 괜찮아요."

며칠을 백화점 직원들에게 물어보고, 평점을 찾아봤다. 후기를 찾아보며 결말까지 읽을 뻔했지만, 눈을 감고 화면을 꺼버려서 스포일러는 피할 수 있었다. 우여곡절 끝에 결정한 영화였는데, 혹시 모란이 싫어할까 걱정됐다.

머뭇거리던 그때, 모란이 고개를 빠르게 저으며 그에게 바짝 다가왔다.

"아니에요, 좋아요! 진짜 좋아요!"

잔뜩 신이 난 그녀의 목소리에 절로 기분이 좋아졌다. 벽이 허물어진 기분이 들었다. 강 매니저, 나 팀장. 이미 오래 전에 허물어진 것을 저만 보지 못했던 걸까.

"그럼 이거만 마시고 가요."

"속 괜찮아요?"

"그럼요. 모란 씨가 사다준 음료수 덕에, 정말 괜찮아졌어요."

여전히 땀은 뻘뻘 흘리고 있었지만, 고작 닭발 때문에 무너지고 싶지 않았다. 음료수를 꿀꺽꿀꺽 마신 준호는 팩을 빠르게 접었다. 그리고 몸을 일으켜 모란을 내려다보았다.

"자, 빨리 일어나요. 다음 데이트하러 가야죠."

"팝콘은 제가 사올게요!"

모란은 영화관에 도착하자마자 스낵바로 뛰어갔다. 혹시라도 준호가 사겠다고 할까 어지간히 걱정된 모양이었다. 모란 씨! 그녀를 잡으려 손을 뻗었지만 잡히지 않았다. 뒤돌아서며 환히 웃는 그 얼굴이 자꾸 눈앞에 남았다. 멀어지는 구두 소리가 듣기 좋았다. 주머니에 손을 푹 찔러 넣은 준호가 주변을 둘러보았다. 코를 찌르는 팝콘 냄새에 머리까지 달콤해질 것 같았다.

흐응, 콧노래를 부르던 그때 누군가 준호의 어깨를 턱! 잡았다.

"어, 형!"

익숙한 목소리에 깜짝 놀란 준호가 뒤를 돌아보았다. 같은 층에서 일하는 승민과 연호가 있었다. 그들도 오늘 쉬는 날이었던가, 빠르게 머리를 굴렸다. 애써 웃어 보았지만 어색하기 짝이 없을 것이다.

"아, 너희였구나. 웬일이야?"

"웬일은요. 영화 보러 왔지."

"형도 영화 보러 왔어요? 누구랑?"

승민과 연호의 물음에 준호가 입을 벙끗거렸다. 어째서 모란과 왔다는 말을 한 번에 하지 못하는 걸까. 창피한 일도 아니고, 숨겨야 할 일도 아닌데 괜히 머리에서 식은땀이 삐질 흘러내렸다.

"형?"

승민이 다시 한 번 묻자, 준호가 화들짝 놀라 그들을 바라보았다. 가장 좋지 않은 타이밍은 아마 모란이 오는 상황일 텐데.

"준호 오빠, 이것 좀 같이 들어요!"

아니나 다를까, 스낵바 쪽에서 저를 부르는 모란의 목소리가 들렸다.

"오, 여자?"

"형, 데이트예요?"

눈을 초롱초롱 빛내는 승민과 연호의 모습에 준호가 손을 뻗어 그들을 살짝 밀어냈다. 이 이상 아는 척을 하지 말라는 무언의 뜻이었다.

"재밌게 보고 가, 내일 보자."

대충 인사를 건네고 돌아섰다. 제발 따라오지 마라, 속으로 빌며 모란에게 향했다.

준호는 에스컬레이터를 타고 상영관까지 올라간 뒤에야 휴, 한숨을 내쉬었다. 사실 모란을 소개하는 건 어려운 일이 아니다. 그저 그녀의 의견이 어떤지 아직 묻지 못했기에 선뜻 모란과 함께 왔다는 말을 할 수 없던 것뿐.

"오빠?"

모란은 준호의 급한 걸음에 맞추느라 얼굴이 빨갛게 달아올라 있었다. 눈을 동그랗게 뜨고 묻는 모습에 그가 하하, 웃음을 던졌다.

"아니, 미안해요. 빨리 보고 싶어서 그만."

"뭐예요, 그게."

준호가 툭 던진 말에 모란이 하하, 웃었다. 그리고 제 손에 들린 콜라를 그에게 내밀며 생긋 미소를 그렸다.

"이거 마셔요. 빨리 걷느라 힘들었죠?"

준호는 모란이 건넨 콜라를 쭉 빨아 마셨다. 이야기해야 하나, 말아야 하나 머리가 복잡했다. 그러다 아주 자연스럽게 그녀의 어깨에 팔을 올리고 있단 사실을 알아챘다. 헉, 잇새에서 새어 나오는 짧은 탄식에 모란이 놀라 뒤를 돌아보았다. 그녀 역시 제 어깨에 준호의 팔이 올라와 있는 걸 이제 깨달은 모양이었다.

빠르게 팔을 빼는 준호도, 고개를 돌린 채 콜라를 쭉쭉 빨아 먹는 모란도 얼굴이 빨갛게 달아올라 있었다.

"미, 미안해요."

뭐가 미안하다는 건지 모르겠다. 준호도, 모란도 똑같은 생각을 했다.

영화 상영 시간까지 그들은 별다른 이야기 없이 멀뚱히 앉아 있을 뿐이었다. 콜라를 마시고, 팝콘을 집어 먹으며 정적으로 이어지는 시간을 버텼다. 잔잔하게 흐르는 음악과 사람들의 소음이 이어졌다. 그리고 마침내 입장 시간이 되었을 때, 두 사람은 누구보다 빠르게 자리에서 일어나 영화관으로 들어갔다. 자리에 앉아 영화가 시작되는 걸 보는 내내 어색함을 감출 수 없었다. 심장이 뛰는 소리가 영화관에 울려 퍼질까 걱정됐다.

쪼르르륵- 콜라가 빨려 올라가는 소리가 났다. 속이 답답했다. 차라리 모른 척하고 있을 걸 그랬나 싶기도 하고. 영화가 시작되고 나서도 좀처럼 머릿속 이야기를 떨칠 수 없었다. 모란을 데리고 부랴부랴 상영관으로 올 때, 제 코 아래에서 나던 그녀의 향기가 잊히지 않았다.

닭발로 속이 뒤집힌 건 이미 없던 일이 되어버렸다.

한번 의식하고 나니 신경이 쓰여 영화에 집중할 수 없었다. 팝콘을 집어 먹는 손이 스치기라도 하면 몸이 괜히 움찔거렸다. 영화의 내용이 뭔지도 모를 정도로 시간이 빠르게 지나갔다. 출연한 배우들의 이름이 화면에 차례대로 뜨고, 사람들이 하나둘 자리에서 일어날 때 즈음에야 정신을 차릴 수 있었다. 팝콘 통과 콜라를 주섬주섬 챙기던 준호가 어색할 정도로 큰 목소리를 냈다.

"아, 재밌었다."

내용을 묻지 않았으면 했다. 대답도 못 하고 멋쩍은 웃음만 던져야 할 게 뻔했으니까.

"그러게요. 재미있게 봤어요."

모란의 대답에 준호는 웃었다. 모란이라도 재미있게 봐 다행이다. 두 사람은 상영관에서 나올 때까지 어색함을 떨치지 못했다. 상영관을 나서 에스컬레이터로 향하는데 뒤쪽에서 익숙한 부름이 들렸다.

"준호 형!"

목소리만 들어도 연호라는 걸 알 수 있었다. 상영관에 들어서기 전부터 예민하게 생각하고 있었기 때문일까. 온몸의 모든 털이 바짝 서는 것 같았다.

"윤연호 씨?"

모란이 먼저 연호의 이름을 불렀다. 모른 척해주기를 바랐던 준호의 바람이 산산조각이 났다.

"어? 나 팀장님?"

연호의 뒤를 따라오던 승민은 준호와 모란을 번갈아 보며 놀라움을 감추지 못했다.

"나 팀장님 맞죠? 나모란 팀장님?"

"아, 네……."

어색하게 고개를 끄덕이는 모란의 대답에 연호가 씨익 웃으며 승민의 어깨를 퍽 밀쳤다.

"거봐! 내가 어디서 많이 봤다고 했잖아!"

"아, 뭐야. 나 팀장님이 맞았어? 준호 형 그래서 도망간 거였어요? 비밀로 하려고?"

승민과 연호의 말에 준호가 고개를 도리도리 저었다. 사실은 그게 아니라는 말을 해야 하는데 어떻게 변명해야 할지 몰라 입이 떨어지지 않았다. 왜 이럴 때 저는 솔직하지 못한 걸까.

"야, 됐어. 모른 척해."

그때 승민이 연호의 팔을 툭 쳤다. 모란과 준호를 슬쩍 바라보던 승민이 연호를 잡아당기며 말했다.

"저희 먼저 갈게요. 내일 봐요, 형. 나 팀장님 방해해서 죄송해요."

승민은 두 사람에게 꾸벅 고개를 숙인 뒤, 연호를 끌고 부랴부랴 두 사람의 앞을 벗어났다. 변명은 오롯이 준호의 몫이 되었다.

"오빠."

그러지 않아도 머리가 복잡한 참인데, 모란의 목소리를 듣고 나니 머릿속이 하얗게 변해 버렸다.

"저기, 모란 씨."

무슨 변명이라도 해야겠다 싶어 뒤를 돌았다. 모란을 쳐다보며 입을 벙끗거리려 했는데, 도저히 말이 나오지 않았다. 어떤 변명을 해도 나중엔 알게 될 것이다. 제가 모란과 왔다는 걸 숨기려고 했다는 사실을. 그렇담 누군가의 입에서 듣는 것보다 직접 말을 하는 게 낫지 않을까. 생각은 하고 있었지만, 실천은 쉽지 않다.

하지만 이대로 멈춰 있다간 예전의 강준호와 다른 바 없다. 그러니 용기를 내기로 했다. 살아가며 용기가 꼭 필요한 순간이 찾아오기 마련이니까. 지금이 그 순간인 것 같기도 했고.

"미안해요."

준호의 사과에 모란의 눈동자가 흔들렸다.

"왜요?"

"사실 아까 승민이랑 연호 녀석 보고 놀라서 모란 씨 데리고 여기까지 온 거 맞아요. 물론 창피하고 그런 이유는 아니었어요."

심호흡을 해보지만, 빨리 뛰는 가슴이 진정되지 않았다. 무슨 이야기를 하고 있는지도 모를 지경이었다.

"모란 씨와의 하루를 방해받고 싶지 않았어요. 우리가 만난 지금 이 순간이 내일 출근한 뒤에 이야깃거리가 되는 것도 원치 않았고요. 단지 그뿐이었어요. 속여서 기분 나빴다면, 미안해요."

침착하게 이야기를 뱉고 나니 속이 조금 후련해졌다. 결과가 어떠하든 솔직하기 털어놓지 않았다면 정말 많이 후회했을지도 모르는 일이니까. 그게 자기만족으로만 그치는 일이라 해도 할 말은 없었다.

모란은 그런 준호의 모습을 보며 한동안 아무런 말도 이어가지 않았다. 그저 제 손가락을 몇 번 어루만지다 준호를 올려다볼 뿐.

"화나셨죠?"

잔뜩 긴장한 표정으로 묻는 준호의 모습에 모란이 얼굴을 들었다. 단단하게 굳어져 있던 표정이 꼭 얼음이 녹듯 사르르 녹아내렸다.

"아니에요. 괜찮아요."

손을 뻗은 모란이 준호의 손가락을 살짝 말아 쥐었다. 그 순간, 준호의 얼굴이 터질 듯 달아올랐다. 건들면 톡 터질 것 같았다.

"우리 단 거 먹으러 가요. 단 거 먹고 싶어졌어요."

그녀의 대답에 어둠으로 뒤덮였던 시야가 조금씩 트이기 시작했다. 아직 희망은 있는 걸까.

"단 거요?"

"네. 케이크나, 뭐 빙수도 좋고요."

준호도 모란의 손을 살짝 말아 쥐었다. 그녀의 손이 제 손안에 쏙 들어온 탓이었을까, 심장이 요란하게 뛰었다.

"가요, 빨리."

모란이 먼저 앞장서 걸음을 옮기고, 준호가 그녀를 따랐다. 걸음걸음마다 피어나는 이 설렘이, 얼마나 크게 다가오는지 그녀는 알고 있을까.

"이 근처에 유명한 카페가 있대요. 타르트가 맛있다나?"

크게 말을 하면서도 뒤 한 번 돌아보지 않는 모란이 귀엽다. 피식피식 웃음이 새어 나왔다. 그러다 꼭 마주 잡은 손을 내려다보았다. 보드라운 살갗이 따뜻했다. 이번엔 아까처럼 놀라 손을 떼거나 어색한 상황을 만들지 않겠다고 다짐했다.

"괜찮아요, 오빠?"

곧 뒤를 보며 묻는 모란의 모습에 준호가 흠칫거렸다. 차마 아무것도 듣지 못했다는 말은 할 수 없어 고개를 끄덕였다.

"아, 네. 괜찮아요."

더불어 모란이 하자는 것이 싫을 리도 없고. 모란은 환하게 웃으며 다시 고개를 돌렸다. 에스컬레이터가 조금 더 길게 이어지기를 바랐다. 꼭 잡은 손을 좀 더 오래 붙잡고 있기를, 간절히 바라던 준호의 얼굴에 환한 꽃이 피었다.

간식까지 즐긴 두 사람이 차에 탔을 땐, 어느새 하늘이 어둑해진 뒤였다. 많은 이야기를 한 것 같은데, 돌이켜 보면 시시콜콜한 이야기들이 전부였던 것 같다. 하지만 행복했다. 시시콜콜한 이야기들, 달콤한 디저트와 간간히 귀를 울리는 서로의 웃음소리. 꼭 처음 연애하는 사람처럼 설렜다.

어느새 저 앞으로 모란의 아파트가 보였다. 곧 모란이 내린다는 사실이 아쉽기만 했다.

"오늘 재미있었어요."

그런 준호의 마음을 알아챈 건지, 모란이 먼저 말을 건넸다.

"오래간만에 즐거운 휴무…… 보낸 것 같아요. 다 오빠 덕분이에요."

수줍은 목소리였다. 덕분에 봄날의 꽃잎처럼 가슴이 팔랑거렸다. 눈치 없이 빠르게 뛰는 심장 때문에 준호는 몇 번이나 헛기침으로 목을 다듬어야 했다.

"아니, 뭐. 저도 마찬가지인걸요."

신호등아 제발, 빠르게 바뀌지 말아다오. 속절없는 바람이 가슴을 뚫고 나왔다.

그런 그를 놀리기라도 하는 듯, 신호등이 잽싸게 옷을 갈아입었다. 아, 낮은 탄식이 양쪽에서 새어 나왔다. 깜짝 놀란 모란과 준호가 서로를 힐끗거렸다. 지금 아쉬워서 그래요? 쉽게 물어볼 수 있는 말도 차마 뱉지 못한다.

"흠흠, 그럼 우리. 다음 주 휴무에도 만날까요?"

준호의 말에 모란의 눈이 동그래졌다. 어두워 잘 보이지 않지만 눈 아래가 불그스름하게 물들어 있는 것 같기도 하다.

"네? 다음 주요?"

"모란 씨 만나서 즐거웠으니까. 그러니까 다음에도 또 만나서 이렇게 즐겁게 휴무 보내고 싶어서요."

떨렸다. 바보같이 진심 하나 제대로 전하지도 못하고 얼버무리는 꼴이라니. 바보 같은 저를 탓하고 있는데 모란이 신이 난 목소리로 대답했다.

"응! 좋아요! 다음 주에는 제가 코스 짜볼게요!"

눈으로 보지 않아도 모란의 웃는 얼굴이 떠오를 것 같은 목소리였다. 가슴이 터질 것 같았다. 두 사람이 웃으며 대화를 하는 사이, 어느새 모란의 아파트에 다다랐다. 두 개의 동만 지나가면 모란이 사는 107동에 도착할 것이다.

"길이 좁네요. 오늘 차가 많아서 그런가."

시답잖은 변명을 하며 차를 살살 몰았다. 조금이라도 더 모란과 오래 있고 싶었다. 한참 단지를 돌고 돌던 모란의 차가 아파트 앞에 우뚝 멈추었다.

"다 왔네요."

모란의 말이 씁쓸하게 들렸다.

"그러게요, 다 왔네요."

받아치는 준호의 목소리에는 긴 여운이 담겨 있었다.

"얼른 들어가요, 오빠. 피곤하잖아요."

"네. 모란 씨도 얼른 들어가세요."

"응, 내일 봐요."

모란은 가벼운 듯, 무거운 듯 인사를 남긴 채 안전벨트를 풀었다. 조수석의 문을 열고 나가는 그 순간까지 준호의 눈은 그녀에게서 떨어지지 않았다. 문이 닫히는 소리와 함께 가슴이 철렁 내려앉았다.

준호는 아파트로 들어가는 모란을 한참 쳐다보았다. 이제 들어가겠지 싶었는데, 모란이 갑자기 뒤를 돌았다. 차로 돌아오는 그녀의 모습을 보던 준호가 급하게 창을 내렸다.

"왜요, 뭐 잊은 거 있어요?"

"내일."

"내일?"

"데리러 올 거죠?"

환하게 웃으며 묻는 모란의 모습에 준호가 잠시 멈칫거리다, 크게 고개를 끄덕였다.

"네! 당연하죠!"

씩씩하고 힘차게 대답을 하면서도 심장은 터질 것 같다. 목소리가 엇나가는 게 느껴졌지만, 개의치 않았다.

"그럼, 조심히 가요, 오빠."

모란은 마지막 인사를 남겨둔 채, 다시 아파트 입구를 향해 걸어갔다. 비밀번호를 누르고 현관에 들어설 때, 준호를 보며 손을 흔들어주었다. 온종일 그를 설레게 만든, 해사한 웃음을 지으면서.

돌아가는 길은 행복했다. 마치 누군가 꽃을 잔뜩 뿌려놓은 것처럼 아름다웠고, 별빛이 그 위로 내려앉은 것처럼 반짝거렸다. 내일이, 또 그다음 날이 기대되는 건 오늘이 처음이었다. 부디 이 행복한 꿈이 오래오래 이어지기를 바라는 그의 가슴이 큰 소리를 내며 뛰고 있었다.

한 달이라는 시간이 흘렀다. 두 사람은 당연하게 출퇴근길과 휴무를 함께했다. 딱히 무슨 사이라 결정 내린 건 아니었지만, 말하지 않아도 어렴풋이 알 수 있었다. 특별한 사이가 되어가고 있다는 걸, 모를 리가 없었다.

두 사람만의 규칙도 생겼다. 누가 먼저 출근하든, 먼저 도착한 사람이 커피를 뽑아놓고 기다리는 일이었다. 장소는 언제나 직원 주차장 구석에 마련된 자판기 앞이었다. 여느 때와 마찬가지로 준호가 먼저 도착해 커피를 뽑아 기다리고 있었다.

"모란 씨, 여기!"

하나 극복하지 못한 게 있다면, 서로에게 말을 놓지 못하고 있다는 것뿐이었다.

"아, 오빠!"

모란이 높은 구두를 신은 채 뛰어오자, 준호가 걱정 어린 표정으로 그녀를 바라보았다. 안달이 난 표정이 제법 볼만 했다.

"왜 뛰어와요. 넘어지면 어쩌려고."

"괜찮아요. 하루 이틀 신어보나."

"그래도 여기 주차장인데, 뛰지 말아요. 넘어질까 걱정돼요."

"알았어요."

준호는 이 순간에 볼 수 있는 모란의 수줍은 미소를 좋아했다.

"아, 오빠한테 줄 거 있는데."

"나한테요?"

오랜만에 느껴보는 설렘이 배려로, 관심으로 변화하는 것도 만족스러웠다. 요즘은 길을 걷다 모란이 생각나는 것들이 많아졌다. 그 역시 모란에게 건네기 위해 덥석덥석 사버린 게 몇 개나 되는지 모른다.

"이게 뭐예요?"

"이따 쉬는 시간에 풀어봐요. 지금은 말고."

"지금 보면 안 돼요?"

"부끄러워서 싫어요. 나 없을 때 봐요. 알았죠?"

고개를 끄덕이는 준호의 얼굴에 미소가 만개했다.

모란은 준호의 한 손에 들려 있는 커피를 낚아채고, 그 자리에 자신의 선물을 들려주었다.

"고마워요."

"그 말도 오빠가 선물 본 뒤에 듣고 싶어요."

새침하게 웃는 모란 덕분에 준호의 하루는 늘 특별하게 시작할 수 있었다.

누군가 저들을 쳐다보는 걸 의식해 구석으로 숨던 때가 있었다. 남들이 바쁠 때 몰래 휴게실에서 만난다거나, 직원들이 오지 않을 곳을 찾는다거나. 하지만 요즈음 두 사람은 당당해졌다. 직원들이 자주 오가는 주차장 쪽 휴게실도, 지하 휴게실도 당당히 이용했다. 서로에게 마음이 기울어가면 기울어갈수록, 그들은 더욱 앞으로 나섰다.

"근데 오빠."

모란의 부름에 준호가 고개를 돌렸다.

"왜요?"

"나 요즘 얼굴 많이 좋아졌어요?"

"얼굴이요? 왜요?"

계속 예뻤다는 말을 하려다 입을 꾹 닫았다.

"사무실 사람들이 그래서요. 뭐, 날이 선 표정이 조금 사라졌다고? 음…… 다가가기 쉬워졌다고? 그런 말을 자주 하거든요."

"사무실 사람들이 모란 씨한테 그래요?"

"네. 그동안 따돌려서 미안하다고 사과도 받았어요."

아이처럼 좋아하는 그녀의 모습에 준호도 덩달아 기분이 좋아졌다.

"정말요? 잘됐다. 그럼 이제."

"그래도 밥은 오빠랑 먹을 거예요."

원하는 답을 던져준 모란 덕분에 가슴이 요란하게 뛰었다. 두 사람은 커피를 마시며 이런저런 이야기를 나누었다. 그러던 중, 앞으로 진행될 행사에 관한 이야기가 나왔다.

"오빠네 브랜드도 신청하라고 공문 들어갔을 거예요."

"어? 그래요? 내가 하면 되는데."

"우리가 하는 게 답변은 더 빨리 받을 걸요?"

"고마워요. 괜히 수고하게 했네요."

"그럼 오늘 점심 디저트는 오빠가 사기!"

좋아요, 흔쾌히 고개를 끄덕이는 준호의 모습에 모란이 웃음을 터뜨렸다. 기분 좋은 아침이었다. 햇살도, 바람도 모두가 두 사람을 향해 있는 것 같은 착각을 일으키는 그런 아침.

정신없는 오전을 보내던 중에 점심을 같이 먹자 이야기를 해놓고, 안 될 것 같다는 메시지를 보냈다. 끊임없이 몰려드는 고객들 때문이었다. 한참 고객들을 상대하느라 여념이 없던 찰나, 밥을 급하게 먹고 내려온 직원들이 그의 등을 떠밀었다.

"얼른, 얼른 가서 밥 먹고 와요, 형."

"그래요. 빨리 가서 먹어요."

"아니야, 나 그냥 일해도 괜찮아."

준호는 그들의 말을 한사코 거절했다. 이렇게 바쁠 때 저만 한가로이 밥을 먹을 수 없다고 말했지만, 직원들이 그의 말을 들어줄 리 만무했다. 되레 버럭 승질을 내며 그를 떠밀었다.

"사람이 어떻게 밥을 안 먹고 일을 해요! 빨리요!"

준호는 결국 못 이기는 척 매장을 나설 수밖에 없었다. 일이 있으면 꼭 전화하라 말하며 엘리베이터를 탔다. 막상 매장을 벗어나 식당으로 향하니 모란이 떠올랐다. 그녀와 함께 밥을 먹을 수 있을까, 내심 기대가 됐다. 연락할까 싶었지만, 깜짝 놀라게 해주는 것도 나쁘지 않을 것 같다는 생각이 들었다.

식당에 들어간 그가 주변을 돌아보았다. 반찬을 담고, 밥을 담으면서도 두 눈은 그녀를 찾기에 급급했다. 모란은 생각보다 가까운 곳에 앉아 있었다. 깜짝 놀라게 해주고 싶어 살금살금 그녀에게 다가간 순간, 함께 밥을 먹던 사무실 사람의 목소리에 준호가 걸음을 우뚝 멈추었다.

"모란 씨, 그 이야기 사실이야?"

"뭐가요?"

한 직원이 중얼거렸다.

"못 들었나 봐."

"봐, 아니라니까. 그냥 뜬소문이야. 진짜면 모란 씨가 알고 있었겠지."

뜬소문? 준호의 얼굴이 미묘하게 변화했다.

"무슨 이야기인데요?"

날이 선 모란의 목소리가 그들을 향했다. 몸을 움찔거리던 두 사람이 모란에게서 시선을 피하며 눈치를 보는 게 느껴졌다.

"말해주세요. 제 이야기인데 제가 모르고 있다는 건 말이 안 되잖아요."

"아니, 뭐……."

"괜찮아요."

단호한 그녀의 대답에 맨 처음 모란에게 물어본 직원이 입을 열었다. 제대로 말을 하지 못하고 우물쭈물하는 게, 어쩐지 느낌이 좋지만은 않았다.

"그게…… 모란 씨가 어떤 브랜드 매니저랑 그렇고 그런 사이라는데, 아니 뭐. 사람이 연애도 할 수 있고 그렇지. 사내 연애가 안 되는 건 아니니까. 그런데 문제는."

"문제는? 문제가 있어요?"

준호의 마음이 와르르 무너졌다. 제 존재가 모란에게 해가 되고 말았다는 사실이 그를 좌절하게 했다. 그냥 소문이 나도는 것이라면야 별거 아니라 생각했을 테지만. 문제라니, 딱 두 글자를 듣고 난 뒤에 가슴이 울렁거렸다.

"아니, 모란 씨가 행사를 밀어준다잖아! 그 직원이랑 그렇고 그런 사이라서, 그 매니저한테 잘 보이려고 행사를 전부 밀어준다고 소문이 났어."

눈앞이 하얗게 번졌다. 이도 저도 못 하던 찰나, 저만큼이나 넋이 빠진 모란이 눈에 들어왔다. 준호는 가슴에 힘을 꽉 준 채 그들에게로 다가갔다. 쾅! 식판을 내려치며 목소리에 힘을 주고 물었다.

"무슨 소문이 났다고요?"

준호의 물음에 모란을 비롯한 사무실 직원이 고개를 돌렸다.

"오빠!"

"지금 뭐라고 하셨습니까? 그 소문 확실해요?"

강 매니저가 왜 저런대? 저들끼리 수군거리는 목소리가 더해졌다. 하지만 준호는 물러서지 않았다. 꿋꿋이 그 자리에 서서 그들을 쳐다보았다. 얼굴이 붉으락푸르락 난리가 난 것이 느껴졌다. 속이 부글부글 끓고 있었다.

"오빠, 아니에요. 일단."

"나모란 씨가 행사를 밀어줬다고요? 그렇고 그런 사이인 직원한테요? 그거, 누가 그럽니까?"

잔뜩 열을 내는 준호의 모습에 사무실 직원들이 피식 실소를 터뜨렸다.

"왜 강 매니저님이 그래요? 뭐, 그렇고 그런 사이의 주인공이 강 매니저라도 되나 봐요?"

그에 무어라 답을 하려던 준호가 입을 벙끗거리다 애꿎은 숨을 잔뜩 삼켰다. 그리고 그들의 맞은편에 앉은 모란을 쳐다보았다. 시선이 오고 갔다. 무슨 말을 하는 건지, 어떤 뜻이 담겨 있는지 고스란히 드러나는 눈빛이었다. 하지만 준호는 끝끝내 아무런 말을 하지 않았다. 식판을 쥐고 있는 손에 힘이 들어갔다.

"캐주얼 매장 직원들끼리 모여서 그러던데요, 뭐. 어디에서 봤네, 들었네. 소문이라는 게 원래 그런 거 아니겠어요?"

사무실 직원의 말에 준호가 입술을 콱 씹었다. 맛있게 드세요. 들리지도 않을 목소리로 중얼거리며 돌아섰다. 걸음을 옮기자마자 등 뒤에서 일어나는 소리가 들렸지만, 준호는 걸음을 멈추지 못했다.

"오빠! 오빠!"

준호를 붙잡은 건 그를 부르는 모란의 목소리였다. 거친 숨소리가 턱 끝까지 차오르는 게 들렸다. 그가 식당에서 나온 뒤 바로 쫓아 나온 모양이었다.

"잠깐, 잠깐만요."

저를 따라 나온 모란을 보니 미안한 마음이 배가 되었다.

"왜 따라 나왔어요."

"오빠가 그렇게 나가는데, 내가…… 하, 내가 어떻게 밥을 편히 먹어요."

모란은 턱 끝까지 차오르는 숨을 애써 다잡으며 입을 열었다. 숙이고 있던 상체를 곧게 세워 준호를 마주했다.

"왜 그렇게 화가 났어요."

"화가 안 나면 이상하죠."

"그러니까 왜 화가 났는지 묻는 거예요."

모란의 물음에 준호는 아무 말 없이 그녀를 쳐다보았다. 제 눈에 힘이 들어가 있다는 것도 모르는 듯했다.

"나는요, 그런 소문 신경 안 써요. 아니면 된 거잖아요."

"아닌 게 아니잖아요."

준호의 대답에 모란이 미간을 좁혔다.
"그게 무슨 말이에요?"
"모란 씨가 나를 특별하게 대했다거나, 특혜를 줬다거나 하지 않았다는 거. 내가 가장 잘 알아요. 그 소문의 주인공은 나일 테니까요."
모란은 말이 없었다. 알면서 왜 그런 말을 하는지 이해할 수 없다는 표정을 짓고 있었다.
"아까 아침에 기억 안 나요?"
"아침이요?"
"모란 씨가 나한테 했던 말이요."
준호의 말에 모란이 입술을 꾹 눌렀다. 시선을 마주하며 미간을 좁히는 게, 신경질을 내는 게 아니라 기억을 더듬고 있다는 걸 이제야 알 수 있었다.
"기억나요."
"그걸 누군가 들었다고 하면요."
모란은 반박하지 않았다. 두 팔에 힘이 들어가는 게 눈으로 보였다.
"그래서, 뭐라고 할 건데요?"
모란의 물음에 준호는 아무런 말도 할 수 없었다. 사실 대책 없이 그들을 찾아 나선 건 맞다. 밥까지 포기할 정도로 급했지만, 그들을 만나 어떤 말을 할지 생각해 본 적 없다. 식당에서 그 이야기를 들었을 때부터 지금까지 마찬가지였다. 머리가 돌아가지 않으니 말도 나오지 않는다. 모란과 맨 처음 이야기를 나누었던 그때의 강준호가 된 기분이었다.
아무런 대답이 없는 준호를 빤히 바라보던 모란이 휴, 길게 한숨을 내쉬었다.
"오빠가 가서 아니라고 부정한다면, 그렇고 그런 사이라는 것도 부정하는 게 되잖아요."

저 역시 모란과의 사이가 공공연하게 알려져 다행이라 생각했다. 우리 사귀어, 우리 만나기로 했어. 부수적인 말을 하지 않아도 자연스럽게 알아주길 바랐다. 누군가에게 굳이 만난다는 이야기를 하는 것만큼 부끄러운 게 없으니까. 차라리 자연스럽게 소문이 퍼졌으면 했는데.

이런 식으로 이야기가 퍼지는 건 원하지 않았다.

"그렇고 그런 사이라는 걸 부정하지 않으면 모란 씨가 뒤에서 따로 챙겨주고 있다는 걸 수긍하는 것밖에 안 되잖아요."

"상관없어요."

"뭐가 상관없어요?"

"따로 챙겨주는 거 아니라는 것만 보여주면 되잖아요."

준호는 모란의 말에 가슴이 답답해졌다. 저 역시 그런 생각을 하지 않은 건 아니었다. 모란을 좋아한다고, 예쁜 만남을 이어가는 사이가 되고 싶다고 말하고 싶었다. 다만 그럴 수 없었던 이유는 딱 하나. 앞으로 행사가 잡힐 때마다 모란의 이야기가 오르고 내릴까 걱정됐다. 저 때문에 모란의 능력이 의심받는 게 싫었다. 남들 눈에 모란이 하려는 일이 모두 저를 위함이 되는 것 또한, 원하지 않았다.

그렇게 되면 두 사람이 아무리 아니라고 해도, 그들은 믿지 않을 테다.

"따로 챙겨주는 게 아니라는 걸 보여줘도, 의심은 피하지 못할 거예요. 악의적인 소문도 따라다닐 거고요."

"그래서 뭐라고 할 건데요?"

모란의 표정이 차가워졌다. 몸이 움찔거렸지만 그럼에도 그는 시선을 피하지 않았다. 손가락이 저릿했다.

"그런 거 아니라고요."

"그런 사이가 아니라고 말하는 거랑 같아요."

그녀의 마지막 말에 가슴이 따끔거렸다. 왜 저는 이토록 생각이 많은 사람일까. 이것도 마음에 들지 않았다. 모란의 말대로 따로 챙겨주는 게 아니라 말하고 그대로 지내도 될 텐데. 성격상 쉬운 일이 아니었다. 모란을 그런 사람으로 만들고 싶지 않았고, 저 역시 그런 사람이 되고 싶지 않았다.

아직 남들에게 알려질 때가 아닌가 보다 싶었지만, 모란이 그 마음을 이해할까.

"그래도 가서 말할 거예요?"

"모란 씨에 대한 이상한 소문이 나는 것보단…… 나아요."

준호의 말에 모란의 표정이 단단하게 굳었다. 차갑게 식어버린 것과는 조금 거리가 있는 표정이었다. 아랫입술을 꽉 누른 그녀를 바라보던 준호가 작게 한숨을 내뱉었다. 안 갈게요, 그 말이 차마 나오지 않았다.

"맘대로 해요."

먹먹한 목소리였다. 울음을 꾹 삼키고 있었지만, 준호는 그를 알아챌 수 없었다.

"오빠 마음대로 해요."

하, 탄식을 뱉은 그녀가 고개를 푹 숙여 버렸다. 텅 비어버린 계단의 위쪽에서 사람들의 웃음소리와 말소리가 들리기 시작했다. 누군가 걸어 내려오고 있었다.

"모란 씨, 여기서 이러지 말고."

"가요."

"모란 씨."

"빨리 가요!"

짧고 높게 터져 나오는 그녀의 외침에 준호는 뻗으려던 팔을 아래로 툭 떨어뜨렸다. 처음 보는 모습이었다. 냉정하게 일을 처리하는 모습, 단호하게 안 된다고 거절하는 모습. 매의 눈으로 매장을 살피고 잘못된 것을 지적하는 모습. 그리고 아이처럼 맑게 웃는 모습까지.

다양한 모란을 보았다고 생각했는데, 지금 이 모습은 어쩐지 낯설었다. 하지만 이어갈 말을 찾지 못해 입만 벙끗거렸다.

"미안해요."

복잡한 마음을 담은 사과였다. 이렇게 소문이 나게 만들어 미안하다는 마음. 모란에게 그런 오명을 쓰게 만들어 미안하다는 마음. 그리고 결국 저와 모란의 사이를 부정해 미안하다는 마음. 하지만 준호의 진심이 모란에게 온전히 닿기란 어려운 일이었다. 모란은 끝까지 고개를 들지 않았다. 준호가 시계를 내려다보며 급히 그 자리를 뜰 때까지, 고개를 푹 숙이고 있었다.

그날 이후, 모란과 준호에 대한 소문은 걷잡을 수 없을 정도로 빠르게 퍼져 나갔다. 준호가 급히 불을 끈다고 껐지만, 식당에서 들은 직원들의 뒷북이 거세게 울려 퍼졌기 때문이었다.

수긍할 만도 하건만, 준호는 그런 소문이 들릴 때마다 아니라 강하게 부정했다.

"아냐, 그냥 길이 같아서 출퇴근 같이했을 뿐이야. 나 팀장님이 뭐가 아쉬워서 나 같은 남자랑 연애하겠어? 나보다 나이도 한참 어리고, 예쁜 사람인데. 안 그래?"

사실이라 생각했다. 모란과 함께했던 한 달의 시간이 꿈이라 느껴질 정도였으니까. 그저 모란에 대한 이상한 말이 퍼지는 것이 싫었다. 그래서 자꾸 부정했다. 누군가 겁쟁이라 욕한다 해도 상관없었다. 모란이 이제껏 쌓아온 모든 것들이 저로 인해 무너지고 마는 것이 더욱 싫었으니까.

어쩌다 마주쳐도 두 사람은 사무적인 인사를 주고받았다.

"안녕하세요."

"네, 안녕하세요. 강 매니저님."

딱딱한 인사, 그 외엔 아무것도 존재하지 않았다. 한 달의 꿈은 그렇게 먼지처럼 사라지고 말았다.

❂

"그렇게 됐어."

준호의 말을 듣고 있던 아리가 한숨인지 괴성인지 모를 소리를 내뱉었다.

"오빠 진짜 답답하네요."

아리가 고개를 저으며 준호의 가슴팍을 바라보았다. 모란의 이야기를 하는 내내 그의 캔디는 빨갛게 물들어 있었다. 얼마나 반짝거리며 빛나는지 눈이 다 부실 지경이었다. 그런데 포기라니, 모르는 사이보다 못한 관계라니.

도저히 이해할 수 없다.

"알아. 나도."

멋쩍게 웃는 준호의 모습에 현태가 흠, 짧게 한숨을 내쉬었다. 사실 저도 들은 적이 있었다. 당시 보안팀 팀장이 확인되지 않은 말을 퍼뜨리지 말라 입단속을 해 금세 사라졌던 적이 있었다.

"그래서 나 팀장이 유독 형한테 날카롭게 굴었나 보네요."

현태의 일침에 준호가 하하, 어색하게 웃으며 머리를 긁적거렸다.

그래. 그렇겠지. 고개를 끄덕이는 내내 입가에 쓴웃음이 걸렸다.

"형은 어떻게 하고 싶어요?"

이어지는 수호의 물음에 준호가 입을 꾹 닫았다. 수호를 향해 돌아온 눈동자가 어쩐지 축 처져 있었다.

"뭘 어떻게 하고 싶어?"

음, 입을 길게 다물고 고민하던 수호가 어깨를 으쓱거리며 대답했다.

"나 팀장님이요. 계속 이도 저도 아닌 사이로 남을 거예요?"

수호 역시 준호의 캔디를 보고 있었다. 빨갛게 물든 캔디는 나 보라는 듯 반짝거리며 빛나고 있었다. 맛 좋은 사탕처럼, 혹은 예쁘게 피어난 장미처럼.

준호는 고개를 숙인 채 피식 웃었다. 손사래를 치는 모습에서 그의 기분이 느껴졌다.

"어떻게 하겠다고 말을 할 수가 없지. 소문으로 곤란하게 만들기 싫다고 도망왔는데, 무슨 염치로 나 팀장님한테 잘 해보자고 해. 안 되지."

풀이 죽은 준호의 말에 아리가 맞장구를 쳤다.

"그래, 맞아. 애초에 오빠가 도망오지만 않았어도, 여기까지 오지 않았을 거예요."

답답했다. 일이 수월하게 풀릴 수 있을 거란 생각은 하지 않았지만, 이렇게 꼬여 있을 거라 생각해 본 적이 없었다. 그렇지만 포기할 수만은 없었다. 한참 고민하던 아리가 준호에게 말했다.

"이건 어차피 모 아니면 도인 거 알죠?"

"무슨 말이야?"

"어차피 이렇게 하든, 저렇게 하든. 둘 중 하나잖아요. 더 멀어지거나 다시 예전처럼 돌아가거나."

"그렇지."

"그럼 할 수 있는 건 다 해봐요."

"할 수 있는 거?"

준호의 물음에 아리가 고개를 끄덕였다.

"네. 할 수 있는 건 전부요."

자신만만한 아리의 모습에 수호와 준호가 희망을 곱씹었다.

"일단 첫 번째 방법은요."

아리는 잔뜩 신이 난 목소리로 수호와 준호에게 자신의 계획을 털어놓았다.

그런 아리의 모습을 지켜보던 현태가 씁쓸하게 미간을 좁혔다. 고개를 돌려 저 먼 곳을 바라보던 그가 짙은 탄식을 내뱉었다. 시선의 끝으로 가을에나 느낄 수 있는 쓸쓸한 바람이 휑휑 불고 있었다.

"남 캔디만 진지하게 보지 말라고…… 멍청아……."

네 사람은 점심시간이 끝나갈 무렵 아슬아슬하게 매장으로 돌아왔다. 계획을 세우고, 수정하는 데 얼마나 진땀을 뺐는지 모른다. 아리는 자신의 매장으로 돌아가려던 준호를 붙잡았다.

"오빠, 알죠?"

영 떨떠름한 표정이었지만, 방법이 이것밖에 없다니 어쩔 수 없지. 준호는 영 떨떠름한 표정을 떨치지 못한 채 매장으로 들어갔다.

"그런데 좀 의외다."

매장으로 들어가는 그의 뒷모습을 지켜보던 아리가 뱉은 말이었다. 수호와 현태의 시선이 그녀에게로 향했다.

"뭐가 의외야?"

아리가 어깨를 으쓱거렸다.

"그냥, 저 오빠가 연애하려고 시도했다는 점도 그렇고. 그 대상이나 팀장님이라는 것도 그렇고요."

"그러게, 아리 말대로 조금 의외기는 하다."

수호가 아리의 말에 맞장구를 치며 고개를 끄덕였다. 그런 두 사람의 모습을 보던 현태가 입을 빼죽거렸다. 툭 던지는 목소리에 심술이 가득 담겨 있었다.

"의외는 무슨."

"지현태 너."

"간다."

아리의 말을 뚝 끊어버린 현태가 그녀를 지나쳤다. 하지만 그대로 현태를 보낼 아리가 아니었다. 잽싸게 그의 손목을 낚아챘다. 현태를 이길 정도로 힘이 센 편은 아니었지만, 아리는 그를 멈출 수 있었다. 지현태는 한아리를 뿌리치지 않을 것이라는 사실을 알고 있기 때문이었다.

"왜."

현태는 아리의 생각대로 자리에 멈추었다. 놓으라 말하지 않았고, 뿌리치지 않았다.

"너는 왜 심통이 났어?"

현태는 입을 다물었다. 도통 알 수 없는 소리를 한다며 중얼거렸다.

"내가 모를 줄 알았지?"

눈을 흘기는 척 새침하게 쳐다보는 아리를 보고 현태가 긴 한숨을 쉬었다. 아리가 모르리라 생각하지 않았다. 캔디를 보지 않고도 제가 심통이 난 건 단박에 알아차리곤 했으니.

"어? 지 팀장님 심통 났어요?"

거기까진 좋았는데, 곁에서 수호가 거드는 것이 영 마음에 들지 않았다. 곧 제 캔디를 보고는 색이 어쩌네, 모양이 어쩌네 떠들 것 같았다. 보지 말라는 듯 슬쩍 몸을 틀었다.

"아니요. 심통 안 났는데요."

"거짓말. 엄청 심통 났으면서, 너 왜 거짓말해?"

"아니라니까."

평소였다면 알면 잘하라 농담이라도 던질 텐데. 수호가 있어 그런 농담 또한 던지고 싶지 않았다. 미간을 잔뜩 찌푸린 현태가 아리와 수호를 번갈아 보며 짜증 섞인 숨을 터뜨렸다.

"왜 그러냐고."

"아니야. 아무것도 아니니까 빨리 매장 가. 그 계획인가 뭔가 하려면 매장으로 들어가야 할 거 아냐."

짧게 대답하는 건 사라졌지만 퉁명한 목소리는 여전했다. 왜 심통을 부리는지 이유를 묻는 건 퇴근하고 물어보기로 했다. 이렇게 붙잡아놓는다 해서 말할 지현태가 아니었다. 괜히 고객이 지나다니는 통로에서 시간을 끌어봤자 안 좋은 이야기나 들을 테고.

순순히 그의 손을 놓아준 아리가 현태를 보며 눈을 흘겼다.

"퇴근하고 봐. 오늘 그 대답 안 해주면 너 집에 안 보내."

"그럼 너희 거실에 살림 차리지, 뭐."

"누가 내주기나 한대?"

"그럼 보내주든가."

곧 심통이 났다고 생각했던 현태의 얼굴에 희미한 미소가 번졌다. 아리는 그 모습에 놀랐다. 벌써 오랜 시간 친구로 지내고 있지만, 현태는 알다가도 모를 사람이었다. 모든 걸 알고 있으니 어르고 달래려 해봐도, 가끔 제 예상과는 빗나가는 모습을 보여주곤 한다.

심통이 났다 생각했는데 스스럼없이 미소를 보여주는 지금처럼 말이다.

"빨리 들어가라. 또 잔소리 듣지 말고."

현태는 아리의 이마에 꿀밤 한 대를 놔주었다. 톡! 소리와 함께 현태의 시선이 수호에게로 향했다. 딴짓 말고 매장에 들어가라는 무언의 말은 수호를 향한 것이나 다름없었다.

"흥, 너나 잘하세요!"

아리가 이마를 비벼대며 혀를 날름 내밀었지만, 현태는 개의치 않다는 듯 걸음을 옮겼다. 돌아서는 순간까지 수호를 향한 그의 시선은 매서웠다.

"어휴, 쟤는 진짜 왜 저러나 몰라."

수호는 투덜거리는 아리와 멀어지는 현태를 번갈아 보았다. 목이 따끔거려 당장 울음이 콱 터져 나올 것 같았다. 참다못한 그가 아리를 불렀다.

"그나저나 아리야. 아까 그거 말이야."

저 홀로 멀리 떨어지는 느낌이 싫어, 옥상에서 나누었던 이야기로 아리를 붙잡았다. 그의 생각대로 아리는 즉각 반응을 보였다. 저를 향한 눈동자가 얼마나 예쁜지, 한순간에 숨이 막히고 말았다.

"네?"

"아, 그러니까. 그거."

"그거? 아, 네! 그거!"

"그냥 말만 하면 돼? 뭐 소문내라, 이런 거 없이……."

아리는 고개를 끄덕였다.

"그런 말 없어도 소문은 퍼져요. 오빠, 백화점의 입소문은 무시하면 안 돼요. 그만큼 무섭기도 하지만."

수호는 아리를 보며 고개를 끄덕였다.

"알았어. 그럼 그렇게 할게."

"네. 잘 부탁해요, 오빠."

아리가 활짝 웃는 아리의 모습에 수호 역시도 웃어 보였다. 아리의 가슴팍을 슬쩍 쳐다보았지만, 여전히 캔디는 보이지 않았다. 형태라도 보이면 좋으련만. 아리는 힘내라는 말을 남긴 채 매장으로 들어갔다. 수호 역시 그녀가 사라질 때까지 서 있다, 제 매장으로 걸음을 옮겼다.

무언가 씁쓸했다. 현태와 비슷한 선상에 놓일 수 없다는 건 알고 있었지만, 어쩐지 그보다 더 아리와 가까워지고 싶었다.

〈2권에서 계속〉